Tout BUCK DANNY

MISSIONS "TOP SECRET"

par JEAN-MICHEL CHARLIER et VICTOR HUBINON

DUPUIS

Dépôt légal : octobre 1990   D. 1987/0089/53
ISBN 2-8001-1489-4   ISSN 0771-9000
© 1987 by World Créations and Editions Dupuis.
Tous droits réservés.
Imprimé en Belgique.

LES AVENTURES DE **Buck Danny**

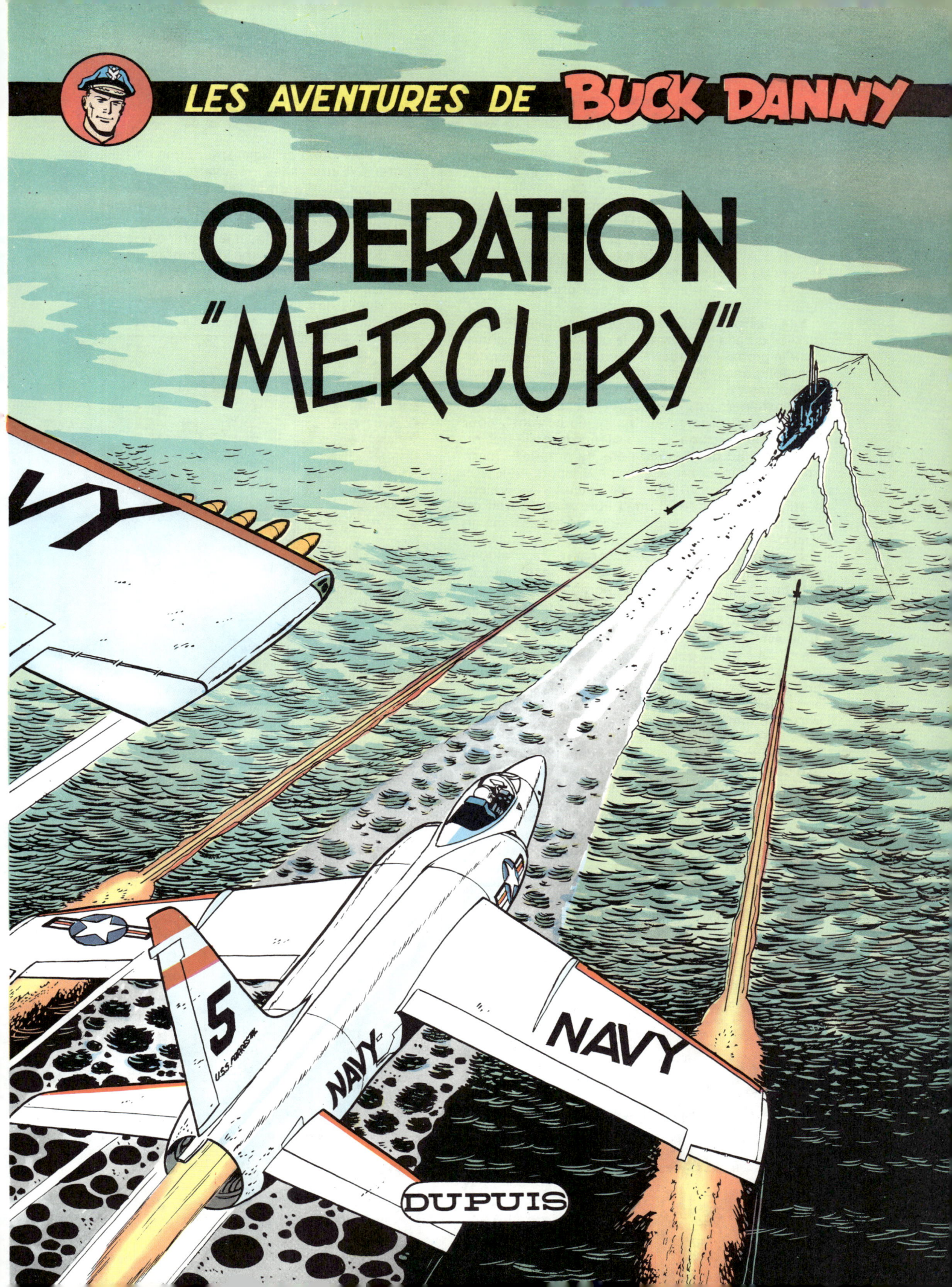

OPERATION "MERCURY"

DUPUIS

OPÉRATION MERCURY

C'EST la longue visite qu'il fit en 1962 aux principaux centres spatiaux des Etats-Unis qui inspira à Jean-Michel Charlier les trois premiers épisodes de cet album. Il séjourna à cap Canaveral, qui ne s'appelait pas encore cap Kennedy, et à Brooks A.F.B., près de San Antonio, où la N.A.S.A. mettait au point les techniques de pilotage et de survie dans l'espace — voire même déjà sur la Lune — et entraînait ses premiers astronautes.

Elle s'efforçait, dans l'ignorance totale des problèmes qu'allait rencontrer le colonel Glenn, choisi pour le premier vol spatial habité, d'improviser des solutions applicables à toutes les situations envisageables.

L'entraînement, qui s'est beaucoup allégé depuis, était proprement hallucinant. Ainsi, pour habituer les astronautes au silence intersidéral, on les enfermait des heures dans de grandes chambres si bien insonorisées qu'on n'y percevait plus le son de sa propre voix. Les chiens y mouraient d'angoisssse au bout d'une heure! On cloîtrait un mois durant un équipage de trois hommes dans un caisson où ils ne pouvaient pratiquement pas bouger, mangeant d'horribles concentrés d'algues vertes et buvant leur sueur et leur urine, chimiquement retransformées en eau potable. On jetait les futurs astronautes dans une piscine dont le liquide équilibrait le poids du corps humain, après leur avoir aveuglé les yeux, bouché totalement les oreilles et sans qu'ils puissent avoir le moindre repère tactile. Ils y tombaient dans n'importe quelle position et, se basant uniquement sur leurs perceptions sensorielles profondes, devaient se remettre à la verticale dans un temps donné. Pour aiguiser les réflexes des futurs pilotes de capsules, on les ficelait chacun sur une planche basculant autour d'un axe dans un camion où régnait une obscurité absolue et qui tournait à toute vitesse sur une aire de béton pour créer artificiellement une certaine apesanteur. A intervalles irréguliers, un flash très bref s'allumait et, durant la seconde que durait cette brève illumination, les astronautes attachés sur leur planche mobile devaient tenter avec une aiguille à tricoter de piquer le centre d'une cible placée devant eux sur l'une des parois du camion.

Ceci n'est qu'un bref aperçu des tortures quotidiennes infligées aux candidats pour l'espace. Et cela durait des mois!

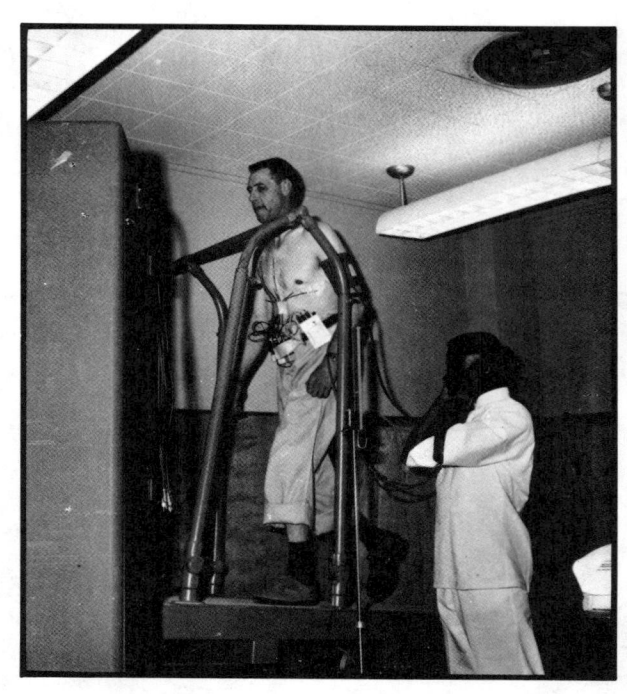

Le colonel Glenn, premier homme à avoir volé dans l'espace, à l'entraînement à Brooks A.F.B. Bourré d'électrodes, il se «bâtit» un cœur solide en marchant sur un étroit tapis roulant dont la vitesse et l'inclinaison sont augmentées chaque jour. Au bout de trois mois, Glenn couvrait ainsi l'équivalent de 40 km au pas accéléré!

Le «pad» et l'équipe de tir d'une fusée SATURNE chargée de mettre en orbite une capsule monoplace MERCURY. A noter le côté rudimentaire des installations comparées à celles d'aujourd'hui.

Vérification de la parfaite étanchéité d'une combinaison spatiale anti-G.

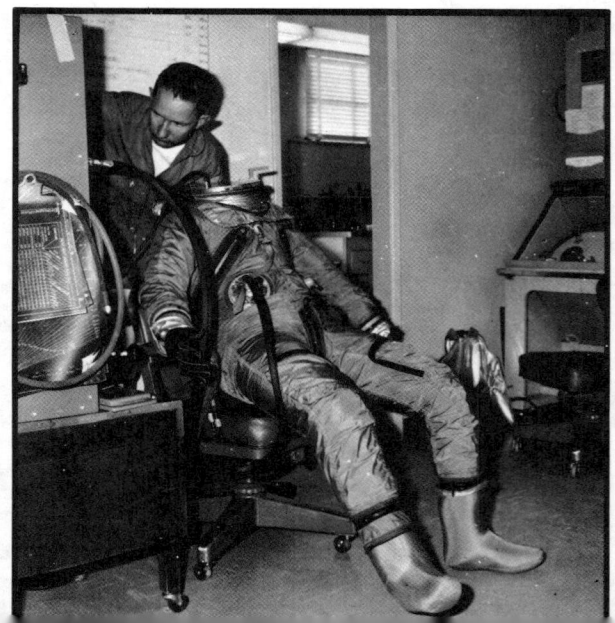

OPÉRATION "MERCURY"
NORFOLK (VIRGINIE) : LA PLUS GRANDE BASE OPÉRATIONNELLE DE L'U.S. NAVY SUR LA CÔTE ATLANTIQUE.
DEPUIS PLUS DE QUINZE JOURS, DANS UN SECTEUR ISOLÉ DU PORT, STRICTEMENT INTERDIT À TOUTE PERSONNE NON AUTORISÉE, UNE FIÉVREUSE ACTIVITÉ RÈGNE AUTOUR DU PORTE-AVIONS GÉANT "FORRESTAL" ET DE SA FLOTTILLE D'ACCOMPAGNEMENT.
O.M. 1 A.
MAIS... NOUS VOULIONS SIMPLEMENT SERRER LA MAIN DU COLONEL DANNY! C'EST UN AMI, ET...
NAVRÉ, SIR! IL FAUT UNE AUTORISATION SPÉCIALE! TOP SECRET! LE PERSONNEL EN SERVICE ACTUELLEMENT SUR LES UNITÉS MOUILLÉES DANS CETTE ZONE Y EST LUI-MÊME CONSIGNÉ!
GOSH! LES COPAINS DOIVENT PÉRIR D'ENNUI!
BAH! LE TERRAIN DE GOLF LEUR EST RÉSERVÉ! ÇA LES OCCUPE!
U.S. NAVY
SP
NO ADMITTANCE
ALORS, SONNY? TU JOUES?
OUAIS! ET CETTE FOIS, ÇA VA FUMER! TU VAS VOIR!
C'EST LE MOMENT DE TE DISTINGUER! VOILÀ L'AMIRAL QUI APPROCHE!
3
'LLO, TUCKSON! ALORS? VOUS VOUS ÊTES MIS AU GOLF? HI! HI! HI! EXCELLENTE IDÉE! ET EN TOUT CAS, C'EST MOINS DANGEREUX POUR VOS CAMARADES! HI! HI! HI!
GRRR!
ZUT!
?!?!
OOOH!
O.M. 1 B.

HEU... JE... JE... HEU... EX... EXCUSEZ-MOI, SIR! HEU... JE...
DE... DE RIEN, TUCKSON! DE RIEN! HI! HI! HI! C'EST... C'EST MA FAUTE! JE... J'AURAIS DÛ ME SOUVENIR QU'AVEC UN HURLUBERLU COMME VOUS, TOUS LES SPORTS SONT DANGEREUX POUR LE SPECTATEUR, Y COMPRIS LE JEU DE DAMES ET LA COURSE D'ESCARGOTS! HI! HI! HI!
ALLONS! ALLONS! NE VOUS DÉCOURAGEZ PAS, MON GARÇON! RECOMMENCEZ DONC! IL FAUT PERSÉVÉRER! HI! HI! HI! SEULEMENT, SI VOUS PERMETTEZ, JE PRÉFÈRE ME METTRE DERRIÈRE VOUS ET À BONNE DISTANCE!
O.M. 2 A.
GRRR... DAMNÉE FICHUE BALLE!
TOC
QUEL COUP! ON N'A MÊME PAS VU LA BALLE PARTIR!
OÙ EST-ELLE?
?
HI! HI! HI! HA! HA! HA! SACRÉ TUCKSON! VOILÀ UNE BALLE QU'ON N'EST PAS PRÈS DE REVOIR! HA! HA! HA!
POPS
OW!
?!
O.M. 2 B.
HEU... NA... NAVRÉ, SIR! JE... JE...
HEU... HUM! JE... JE... IL EST TEMPS QUE... QUE JE VOUS ACCORDE UNE P... PERMISSION, K... KIDS! LA RÉCLUSION VOUS ÉNERVE, ON D... DIRAIT! ÇA FINIRA P... PAR DES ACCIDENTS!
ET LE LENDEMAIN...
ÇA Y EST! JE LA TIENS, NOTRE PERMISSION! LE "VIEUX"(1) A ÉTÉ EN OR! AH! VOUS POUVEZ ME DIRE MERCI, TAS DE DÉGONFLÉS! C'EST BIEN GRÂCE À MOI QUE VOUS L'AVEZ DÉCROCHÉE! EN PISTE!
into Space
(1) : AMIRAL.
ALORS? OÙ VA-T-ON?
LAISSEZ-MOI FAIRE, JEUNES GENS! J'AI TOUT PRÉVU! ET JE VOUS PRÉVIENS QUE ÇA VA ÊTRE SENSATIONNEL!
C'EST BIEN CE QUI ME FAIT PEUR!
SP
SP
O.M. 2 C.

C'EST AU MUSIC-HALL QUE TU NOUS EMMENES?
NE SOYEZ PAS IMPATIENTS, BON SANG! VOUS ALLEZ VOIR! C'EST À VOUS COUPER LE SOUFFLE! MOI, J'EN RÊVE LA NUIT!
NOW STARRING
TAXI
CEPENDANT, DANS LA BANLIEUE OUEST DE NORFOLK...
ENFIN VOUS VOILÀ! VOICI TROIS JOURS QUE JE VOUS ESPÈRE! ALORS? DU NOUVEAU?
MALHEUREUSEMENT RIEN DE TRÈS PRÉCIS! MAIS PLUS AUCUN DOUTE POSSIBLE! L'OPÉRATION QUE NOUS ATTENDIONS SI IMPATIEMMENT EST EN TRAIN DE SE PRÉPARER EN GRAND SECRET! LES RAPPORTS DE TOUS NOS AGENTS CONCORDENT.
J'EN ÉTAIS SÛR! DEPUIS QUE LE "FORRESTAL" A RALLIÉ NORFOLK, IL EST ISOLÉ, AVEC TOUTE SA FLOTTE D'ACCOMPAGNEMENT, À L'EXTRÉMITÉ DE LA BASE, ET NUL N'EST AUTORISÉ À S'EN APPROCHER!
DE CONVERSATIONS SURPRISES PAR NOS AGENTS ENTRE LES MARINS, LES OUVRIERS DE L'ARSENAL ET LES PILOTES, IL RÉSULTE QU'ON EST EN TRAIN D'INSTALLER À SON BORD UN FORMIDABLE ÉQUIPEMENT ÉLECTRONIQUE!
ÉQUIPAGE ET PILOTES DE SERVICE SONT CONSIGNÉS. ET L'ON A FAIT REVENIR, POUR LES AFFECTER À BORD DU "FORRESTAL", LES MEILLEURS HOMMES DE L'AÉRO-NAVALE, SOUS LE COMMANDEMENT DE DANNY...
? DANNY? BUCK DANNY?
O.M.3A.
HÉ! C'EST L'AS DES MISSIONS SPÉCIALES! ET ÇA PROUVE QUE CE QUI SE PRÉPARE EST DE PREMIÈRE IMPORTANCE... IL EST LÀ AVEC TOUTE SON ÉQUIPE: TUMBLER, TUCKSON ET HOLDEN!
ÇA ALORS!
SI NOUS VOULONS RÉUSSIR NOTRE GRAND COUP, IL EST PLUS QU'URGENT QUE NOUS PUISSIONS DRESSER UN PLAN ET QUE NOUS COMMENCIONS À AGIR... ET POUR CELA, IL FAUT UN MAXIMUM DE RENSEIGNEMENTS PRÉCIS!
RASSUREZ-VOUS! NOS MEILLEURS AGENTS SONT SUR PLACE... MAIS, PLUS QUE SUR EUX TOUS, JE COMPTE SUR UNE NOUVELLE RECRUE: LULU BELLE... ELLE EST D'UNE HABILETÉ DIABOLIQUE!
LULU BELLE?
ET MAINTENANT, LADIES ET GENTLEMEN, J'AI LE GRAND HONNEUR ET LE PLAISIR DE VOUS PRÉSENTER CELLE QUE VOUS ATTENDEZ TOUS... NOTRE GRANDE, NOTRE CHARMANTE VEDETTE: LULU BELLE!
BRAVO!
?!
?!
O.M.3B

MERCI DE VOTRE ACCUEIL! IL ME SEMBLE QUE MES AMIS, LES MARINS DE NORFOLK ET LES AVIATEURS DE LANGLEY FIELD, SONT PARTICULIÈREMENT NOMBREUX DANS LA SALLE, AUJOURD'HUI! AUSSI EST-CE À EUX QUE JE DÉDIERAI CE SOIR MON TOUR DE CHANT!
BRAVO! BRAVO! MERCI, LULU!...
OH! ÇA VA!
SILENCE!
ASSEZ! ON VA SE FAIRE SORTIR!
LA FERME!
LULU BELLE EST TRÈS POPULAIRE PARMI LES HOMMES DE LA BASE... ET SON MÉTIER LUI PERMET DE RENCONTRER ÉNORMÉMENT DE PILOTES ET DE MARINS TRAVAILLANT DANS LA ZONE INTERDITE...
INTÉRESSANT...
PLUS TARD, CE MÊME SOIR...
TU... TU TIENS VRAIMENT À CE QUE NOUS T'ACCOMPAGNIONS DANS LA LOGE DE LULU BELLE AVEC CETTE FORÊT?
INGRATS! VOUS N'ALLEZ TOUT DE MÊME PAS ME REFUSER CE PETIT SERVICE!
ENTREZ!
3
Lulu Belle
TOC TOC
O.M. 4 A.
MISS BELLE, PERMETTEZ À L'UN DE VOS PLUS HUMBLES ET PLUS FERVENTS ADMIRATEURS DE DÉPOSER À VOS PIEDS... HEU... CET HOMMAGE FLEURI ET... HEU... ENRUBANNÉ... HEU... EN... EN TÉMOIGNAGE DE... DE...
JE TE PRÉVIENS, NOUS SOMMES GROTESQUES!
BAH! LE RIDICULE NE TUE PLUS! DIEU MERCI! LA PREUVE: SONNY EST VIVANT!
OH! QUELLE CHARMANTE ATTENTION! VRAIMENT, VOUS N'AURIEZ PAS DÛ! CES FLEURS SONT TOUT SIMPLEMENT SPLENDIDES! ET D'UN GOÛT! VRAIMENT, JE SUIS CONFUSE! À QUI DOIS-JE CE...
CAPITAINE TUCKSON! ET VOICI MES AMIS DANNY ET TUMBLER!
HEIN? QUE... QUELS NOMS AVEZ-VOUS DITS?
CAPITAINES TUCKSON ET TUMBLER... COLONEL DANNY... NOUS CONNAÎTRIEZ-VOUS, MISS?
QUI NE CONNAÎT LE TRIO LE PLUS CÉLÈBRE DE TOUTE L'AÉRO-NAVALE? JE NE SAIS COMBIEN DE FOIS LES JOURNAUX ONT RELATÉ VOS EXPLOITS! VOUS ÊTES BASÉS À NORFOLK?
EXACTEMENT, MISS! SUR LE "FORRESTAL"!
MERVEILLEUX! VRAIMENT, JE SUIS TRÈS FLATTÉE... JE NE SAIS COMMENT VOUS REMERCIER... ME FERIEZ-VOUS L'HONNEUR DE M'ACCOMPAGNER CHEZ MES PARENTS POUR FÊTER CETTE RENCONTRE... SI! SI! J'INSISTE ABSOLUMENT!
HEU...
O.M. 4 B.

HEU... C'EST... C'EST NAVRANT! MES AMIS NE PEUVENT PAS ACCEPTER VOTRE INVITATION! ILS... HEU... ILS DOIVENT RENTRER À BORD AVANT MINUIT. MAIS, MOI, JE VOUS RACCOMPAGNERAI! CE SERA UN VRAI PLAISIR!
HEIN? NOUS? PAS LIBRES?
PAS DU TOUT! NOUS...
AH! VOUS! ÇA VA, HEIN! ÉTOUFFEZ-VOUS! C'EST MOI QUI AI PAYÉ LA GERBE!
BON... BON! ON A COMPRIS!
ON TE LAISSE! GRIGOU, VA! RAPIAT! ÉGOÏSTE!
VRAIMENT, GENTLEMEN, VOUS N'ÊTES PAS LIBRES? J'EN SUIS DÉSOLÉE!
J'ESPÈRE AVOIR LE PLAISIR DE VOUS REVOIR UNE AUTRE FOIS... ET ENCORE MERCI! CAPITAINE TUCKSON, JE SERAI VITE PRÊTE. VOULEZ-VOUS M'ATTENDRE DANS LE COULOIR? J'ARRIVE TOUT DE SUITE!
EH BIEN, BONSOIR FAUX FRÈRE! ET TÂCHE DE NE PAS ÉPOUVANTER LES PARENTS DE MISS BELLE!
ET PAS DE CONFIDENCES! JE TE RAPPELLE QUE TOUT CE QUI CONCERNE LA BASE, LE BATEAU OU NOTRE JOB EST TOP-SECRET! (1)
NO SMOKING
(1) SECRET ABSOLU.
CEPENDANT...
ALLO? BOSS? C'EST VOUS? NON, IMPOSSIBLE DE PARLER PLUS HAUT! ÉCOUTEZ! LE HASARD M'A SERVIE DE FAÇON INESPÉRÉE. JE VIENS DE LEVER UN GROS POISSON! MAIS IL FAUT ACHEVER DE LE FERRER! VOICI MON PLAN!
ELVIS PRESTLEY
O.M.5A.
SACRÉ SONNY, VA! LES YEUX LUI EN SORTAIENT DE LA TÊTE! HA! HA! HA! JE LE RETIENS, SON PROGRAMME! IL NOUS A PROPREMENT VIDÉS!
METS-TOI À SA PLACE! CETTE JEUNE ACTRICE EST VRAIMENT CHARMANTE.
COLONEL DANNY? CAPITAINE TUMBLER? L'AMIRAL SMITH NOUS A FAIT PASSER UN MESSAGE POUR VOUS! IL DÉSIRE VOUS VOIR D'URGENCE!
À CETTE HEURE-CI?
U.S. NAVY
STRICTLY FORBIDDEN TO ALL UNAUTHORIZED PERSONS.
SP
QUELQUES INSTANTS PLUS TARD...
'LLO, KIDS! TUCKSON N'EST PAS AVEC VOUS? ENTREZ DONC! JE DÉSIRAIS VOUS FAIRE PART, SANS ATTENDRE, DE RENSEIGNEMENTS GRAVES ET CONFIDENTIELS QUI VIENNENT DE M'ÊTRE TRANSMIS!
?!?!
UNE FICHE D'ALERTE ÉMANANT DE NOS SERVICES SPÉCIAUX SIGNALE LA PRÉSENCE CERTAINE DANS LA RÉGION DU CHEF D'UNE PUISSANTE ORGANISATION INTERNATIONALE D'ESPIONNAGE!
UNE ORGANISATION SEMBLABLE À CELLE QUE DIRIGEAIT AUTREFOIS LADY X ET VENDANT AU PLUS OFFRANT DES RENSEIGNEMENTS GLANÉS UN PEU PARTOUT.
MAIS... SI CE CHEF EST ICI, EN PERSONNE, C'EST QUE... NOUS PRÉPARONS UNE OPÉRATION CONSIDÉRABLE, SUSCEPTIBLE D'INTÉRESSER SON GANG D'ESPIONS?
EXACT! ET IL EST TEMPS QUE JE VOUS EN PARLE!
O.M.5B

THÉORIQUEMENT, LE SECRET DE LA MISSION DU "FORRESTAL" NE DEVAIT ÊTRE LEVÉ, POUR L'ENSEMBLE DE SON ÉQUIPAGE, QU'UNE FOIS L'ESCADRE EN MER. MALHEUREUSEMENT CE SECRET COMMENCE À PERCER, PUISQUE L'ESPIONNAGE ENNEMI SEMBLE DÉJÀ AU COURANT!
VOICI TROIS SEMAINES QUE D'INNOMBRABLES ÉQUIPES D'OUVRIERS INSTALLENT À BORD TOUT CE MATÉRIEL ÉLECTRONIQUE SUPPLÉMENTAIRE. IL Y A EU PRESQUE INÉVITABLEMENT DES FUITES!
ÊTES-VOUS BIEN AU COURANT DU PROJET "MERCURY III"?
LES JOURNAUX EN SONT PLEINS! IL S'AGIT DE LA CAPSULE SPATIALE QUE NOUS DEVONS LANCER AUTOUR DE LA TERRE À UNE DATE INDÉTERMINÉE?
EXACT! EH BIEN, CETTE EXPÉRIENCE AURA LIEU DANS DIX-HUIT JOURS! ET C'EST NOUS QUI SOMMES CHARGÉS DE RETROUVER ET DE RÉCUPÉRER CETTE CAPSULE APRÈS SA REDESCENTE DANS L'ATLANTIQUE SUD!
?!
?!
CE VOL SPATIAL SERA LE PLUS IMPORTANT QUI AIT JAMAIS ÉTÉ TENTÉ. NON SEULEMENT PARCE QU'IL DURERA 24 HEURES COMME CELUI DU RUSSE TITOV, MAIS SURTOUT PARCE QUE, POUR LA PREMIÈRE FOIS AU MONDE, UN ÊTRE HUMAIN FRANCHIRA LES CEINTURES DE VAN ALLEN!
CE SONT CES ÉNORMES NAPPES DE PARTICULES COSMIQUES QUI ENTOURENT NOTRE GLOBE, COMME DES ANNEAUX, ENTRE 250 ET 200 MILLE MILLES(1) D'ALTITUDE, N'EST-CE PAS? ET QUI DÉGAGENT UNE EFFROYABLE RADIO-ACTIVITÉ?
(1): 400 À 320.000 KM.
O.M. 6 A
C'EST ÇA! LEUR RADIO-ACTIVITÉ DÉPASSE 200 ROENTGEN(1) À L'HEURE, ALORS QUE L'HOMME EXPOSÉ DURANT DEUX JOURS À UNE DOSE DE 10 ROENTGEN SEULEMENT N'A AUCUNE CHANCE DE SURVIVRE!
PHUUU!
(1): UNITÉ DE MESURE DE LA RADIO-ACTIVITÉ.
JUSQU'ICI, SEULS DES ANIMAUX ONT EFFLEURÉ CES ZONES D'INTENSE RADIO-ACTIVITÉ, MAIS JAMAIS AUCUN COSMONAUTE. MÊME GAGARINE ET TITOV SONT RESTÉS BIEN EN DEÇÀ...
D'INNOMBRABLES ESSAIS ULTRA-SECRETS VONT ENFIN NOUS PERMETTRE DE TENTER L'EXPÉRIENCE AVEC UN HOMME. NOUS PENSONS AVOIR VAINCU LE DANGER DES TERRIBLES RAYONS COSMIQUES!
CE SERA L'UN DES OBJECTIFS DE L'OPÉRATION "MERCURY 3"... LES RENSEIGNEMENTS QUE NOUS RECUEILLERONS AURONT UNE IMPORTANCE VITALE ET NOUS DONNERONT UNE AVANCE CONSIDÉRABLE DANS LE DOMAINE SPATIAL!
VOILÀ QUI EXPLIQUE LE GROUILLEMENT D'ESPIONS QU'ON VOUS SIGNALE AUTOUR DE NOUS, SIR!
OR, AU MÊME INSTANT...
LA VILLA DE MES PARENTS EST À 300 MÈTRES... ÇA NE VOUS ENNUIE PAS QUE J'AIE ARRÊTÉ LE TAXI UN PEU AVANT... J'AI ENVIE DE MARCHER UN PEU POUR PRENDRE L'AIR...
MAIS AU CONTRAIRE! JE SUIS RAV... HÉ! QUI VA LÀ?
VICTOR HUBINON
O.M. 6 B.

PAS UN CRI, PAS UN GESTE, VOUS DEUX! SINON ON VOUS ABÎME!
UN BON CONSEIL, POUPÉE! PASSE-NOUS TON SAC, TON MANTEAU ET TES BIJOUX SANS RECHIGNER! ET EN VITESSE!
DE QUOI?
TOI, LE NABOT, UN BON CONSEIL: NE JOUE PAS LES HÉROS!
ROYALS
HEIN? NABOT? MOI?
CAPITAINE!
N'AYEZ PAS PEUR, MISS BELLE! CES VOYOUS VONT SAVOIR CE QU'IL EN COÛTE D'ATTAQUER UN CHAMPION DE JUDO! HA! HA! HA! NUMÉROTE TES OS, CANAILLE!
?!
OW!
O.M.7A
HOULA! HOU...HOUOU! TENEZ B...BON, MISS B... B...HOUOU! JE...JE LI... LIQUIDE CES DEUX-LÀ, PUIS JE...WOUOU!
AU SECOURS! À L'AIDE!
GOSH! FILONS, LES COPAINS! C'EST RATÉ! ON VA ACCOURIR! VITE!
CEPENDANT BUCK ET TUMBLER ONT QUITTÉ LE BUREAU DE L'AMIRAL...
SACRÉ SONNY, VA! IL DOIT ÊTRE EN TRAIN DE PASSER UNE JOYEUSE FIN DE SOIRÉE!
?! OÙ... OÙ SONT-ILS? QUE...QUE M'EST-IL ARRIVÉ?
VOUS AVEZ ÉTÉ MAGNIFIQUE! VOUS LES AVEZ MIS EN FUITE! OH! SONNY, VOUS ÊTES UN VRAI HÉROS!
ET, QUELQUES INSTANTS PLUS TARD...
DADDY, MOM! JE VOUS RAMÈNE UN PARFAIT GENTLEMAN! UN VRAI CHEVALIER DU MOYEN ÂGE! LE CAPITAINE SONNY TUCKSON! IL VIENT DE ME SAUVER DE TROIS GANGSTERS QUI M'ATTAQUAIENT! SI VOUS L'AVIEZ VU! IL LES A LITTÉRALEMENT RATATINÉS!
HEU...BAGATELLE, POUR UN HEU...JUDOKA DE MA FORCE!
?!
O.M.7B.

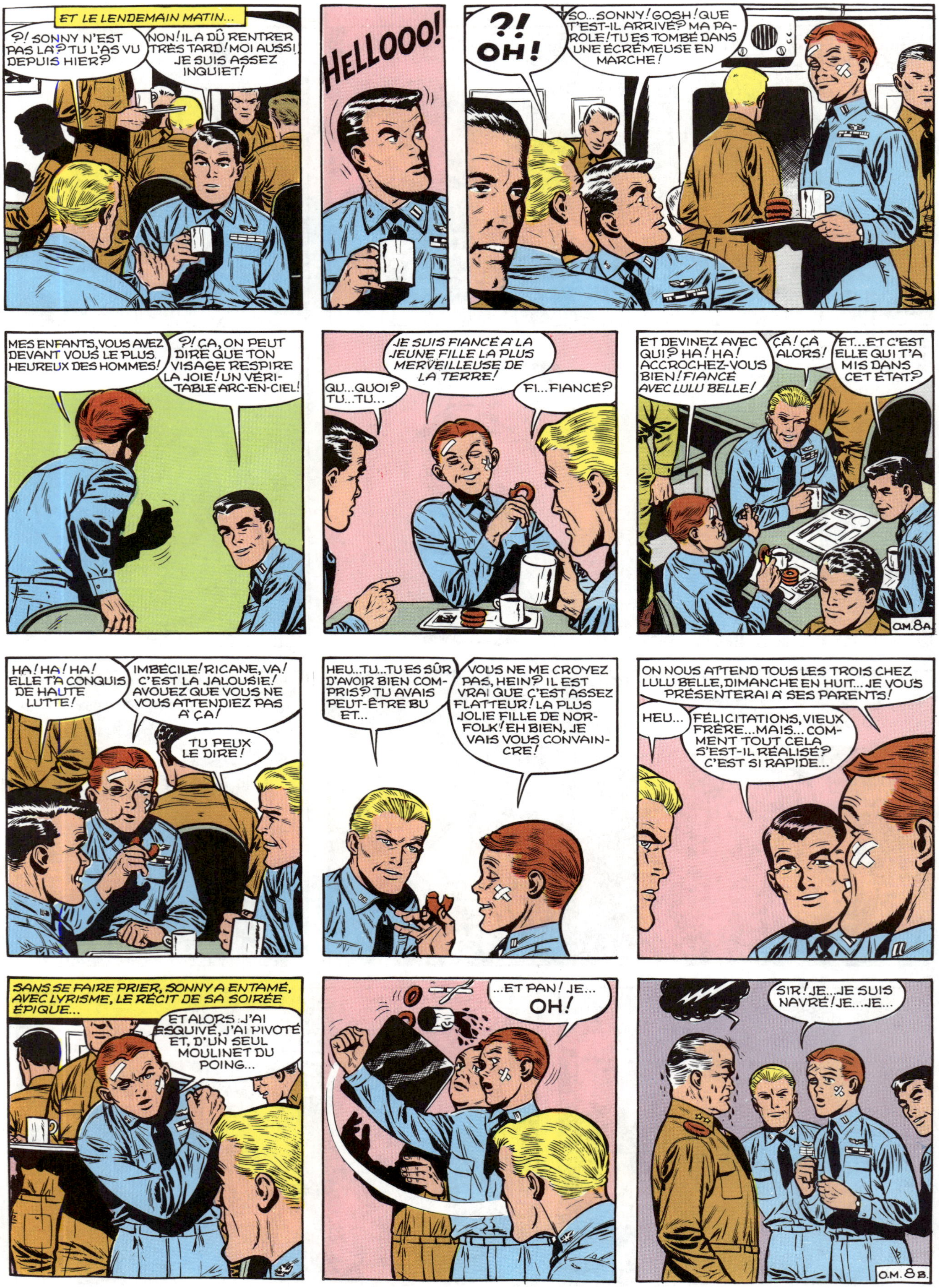
ET LE LENDEMAIN MATIN...
?! SONNY N'EST PAS LÀ? TU L'AS VU DEPUIS HIER?
NON! IL A DÛ RENTRER TRÈS TARD! MOI AUSSI, JE SUIS ASSEZ INQUIET!
HELLOOO!
?! OH!
SO... SONNY! GOSH! QUE T'EST-IL ARRIVÉ? MA PAROLE! TU ES TOMBÉ DANS UNE ÉCRÉMEUSE EN MARCHE!
MES ENFANTS, VOUS AVEZ DEVANT VOUS LE PLUS HEUREUX DES HOMMES!
?! ÇA, ON PEUT DIRE QUE TON VISAGE RESPIRE LA JOIE! UN VÉRITABLE ARC-EN-CIEL!
JE SUIS FIANCÉ À LA JEUNE FILLE LA PLUS MERVEILLEUSE DE LA TERRE!
QU... QUOI? TU... TU...
FI... FIANCÉ?
ET DEVINEZ AVEC QUI? HA! HA! ACCROCHEZ-VOUS BIEN! FIANCÉ AVEC LULU BELLE!
ÇA! ÇA ALORS!
ET... ET C'EST ELLE QUI T'A MIS DANS CET ÉTAT?
O.M. 8A
HA! HA! HA! ELLE T'A CONQUIS DE HAUTE LUTTE!
IMBÉCILE! RICANE, VA! C'EST LA JALOUSIE! AVOUEZ QUE VOUS NE VOUS ATTENDIEZ PAS À ÇA!
TU PEUX LE DIRE!
HEU... TU... TU ES SÛR D'AVOIR BIEN COMPRIS? TU AVAIS PEUT-ÊTRE BU ET...
VOUS NE ME CROYEZ PAS, HEIN? IL EST VRAI QUE C'EST ASSEZ FLATTEUR! LA PLUS JOLIE FILLE DE NORFOLK! EH BIEN, JE VAIS VOUS CONVAINCRE!
ON NOUS ATTEND TOUS LES TROIS CHEZ LULU BELLE, DIMANCHE EN HUIT... JE VOUS PRÉSENTERAI À SES PARENTS!
HEU...
FÉLICITATIONS, VIEUX FRÈRE... MAIS... COMMENT TOUT CELA S'EST-IL RÉALISÉ? C'EST SI RAPIDE...
SANS SE FAIRE PRIER, SONNY A ENTAMÉ, AVEC LYRISME, LE RÉCIT DE SA SOIRÉE ÉPIQUE...
ET ALORS J'AI ESQUIVÉ, J'AI PIVOTÉ ET, D'UN SEUL MOULINET DU POING...
...ET PAN! JE... OH!
SIR! JE... JE SUIS NAVRÉ! JE... JE...
O.M. 8B.

ENCORE EN TRAIN DE PIQUER UNE CRISE, TUCKSON? SANS DOUTE NARRIEZ-VOUS VOS NOUVEAUX EXPLOITS AU GOLF? COMBIEN DE TUÉS À VOTRE TABLEAU DE CHASSE, HIER?
JE... HEU...
PARDONNEZ-LUI, SIR! C'EST L'ÉMOTION! LE CAPITAINE TUCKSON VIENT DE SE FIANCER!
ET ALORS? ÇA LUI PASSERA! J'AI BIEN ÉTÉ FIANCÉ SIX FOIS, MOI! ET QUELLE EST LA JEUNE PERSONNE ASSEZ INCONSCIENTE OU ASSEZ COURAGEUSE POUR AVOIR ACCEPTÉ CE SÉMAPHORE EN DÉLIRE?
MISS LULU BELLE, SIR!
NON? ÇA ALORS! SACRÉ TUCKSON! JAMAIS JE NE VOUS AURAIS CRU ASSEZ DE SOURDI! FÉLICITATIONS! JE CONNAIS MISS BELLE! JE L'AI APPLAUDIE MAINTES FOIS! RAVISSANTE! ET DU TALENT!
DITES DONC, AU FAIT! J'ESPÈRE QUE VOUS ALLEZ NOUS L'AMENER! IL FAUT QU'ELLE NOUS OFFRE UN RÉCITAL À BORD!
QUAND VOUS VOUDREZ, SIR! JUSTEMENT ELLE RÊVE DE CONNAÎTRE LE CADRE OÙ JE... JE VIS!
ENTENDU, TUCKSON! ARRANGEZ ÇA! AU FAIT, DANNY, JE VOULAIS VOUS PRÉVENIR... NOUS APPAREILLONS DEMAIN... JUSQU'À DIMANCHE: ESSAIS EN HAUTE MER ET ENTRAÎNEMENT EN VUE DE NOTRE PROCHAINE MISSION!
O.M. 9 A.
JE VOUS APPORTE UN AUTRE BREAKFAST, SIR.
MERCI ENCORE, SIR! MA FIANCÉE SERA RAVIE! ET EXCUSEZ ENCORE MON GESTE MALADROIT DE TOUT À L'HEURE! J'AI FAIT COMME ÇA, SANS REGARDER, ET...
...ET JE... OH!
AAAAAH! IMBÉCILE!
TUCKSON! VOUS AURIEZ INTÉRÊT À DISPARAÎTRE AVANT QUE, MOI, JE NE VOUS CASSE TOUTE LA CAFETIÈRE SUR LA TÊTE!
B... BIEN, SIR!
ET LE LENDEMAIN, À L'AUBE, FLANQUÉ DE SES ESCORTEURS ET DE SES RAVITAILLEURS, LE "FORRESTAL" QUITTE MAJESTUEUSEMENT NORFOLK POUR UNE SEMAINE D'ENTRAÎNEMENT INTENSIF ET D'ESSAIS DE SES ÉQUIPEMENTS SPÉCIAUX...
436
CEPENDANT...
PLUS DE DOUTE POSSIBLE! C'EST BIEN LE "FORRESTAL" QUI PARTICIPERA À L'OPÉRATION "MERCURY III"!
O.M. 9 B.

UNE SEMAINE D'INTENSE TRAVAIL A COMMENCÉ POUR LES ÉQUIPAGES ET LES PILOTES DE LA FLOTTE AMÉRICAINE. A BORD DU "FORRESTAL", LES MISSIONS SE SUCCÈDENT SANS ARRÊT.
C'EST DANNY QUI DÉCOLLE AVEC SONNY? DIS DONC! IL EN MET UN SACRÉ COUP! IL A JURÉ DE NE PAS NOUS LAISSER SOUFFLER!
ALLO! TIGER LEADER À TIGER DEUX! DIS DONC! TU CHANTES OU TU VOLES? JE TE RAPPELLE QUE NOUS SOMMES CENSÉS NOUS ENTRAÎNER À LA LOCALISATION ET AU REPÉRAGE D'UNE CAPSULE DÉRIVANT SUR L'OCÉAN!
OH! MY SWEET GWENDOLINE...
OR, AU MÊME INSTANT, À BORD DU "FORRESTAL"...
SIR! REGARDEZ! UN... UN ÉCHO SUSPECT EN PROFONDEUR! JUSTE DANS NOTRE SILLAGE!
?!
LE "SPOT" EST TROP NET POUR QU'IL S'AGISSE D'UN BANC DE POISSONS... ET CE N'EST PAS UNE ÉPAVE. CET ÉCHO SE DÉPLACE AUSSI VITE QUE NOUS! AUCUN DOUTE! C'EST UN SOUS-MARIN!
ET UNE SECONDE PLUS TARD...
ALERTE GÉNÉRALE... ALERTE GÉNÉRALE... SOUS-MARIN INCONNU REPÉRÉ, SECTEUR G.V. 07.62, PROFONDEUR: 60 PIEDS, CAP: ZÉRO... TROIS... CINQ... 035, VITESSE...
?!
O.M. 10A
GOSH! MAIS... J'AI DES ZINCS EN VOL PRÉCISÉMENT DANS CE SECTEUR! LEWIS! ALERTEZ IMMÉDIATEMENT DANNY ET TUCKSON! QU'ILS TÂCHENT DE REPÉRER CE CURIEUX POUR GUIDER LES ESCORTEURS!
AYE AYE, SIR!
ALLO, TIGER LEADER! ICI SWEET HOME! ORDRE DE RECHERCHER IMMÉDIATEMENT ET...
OOOO... MY SWEET... SWEET GWEN...
HO! CARUSO! VAS-TU ENFIN CESSER DE BRAILLER À LA RADIO? VOILÀ DEUX MINUTES QUE LE GARAGE APPELLE! ET PAS MOYEN D'ENTENDRE!
ET QUELQUES SECONDES PLUS TARD...
UN... UN SOUS-MARIN? OKAY! BIEN COMPRIS! NOUS ESSAYONS DE L'IDENTIFIER, PUIS... DE L'ÉCOEURER! CONTINUEZ À NOUS TRANSMETTRE SA POSITION, MINUTE PAR MINUTE!
BUCK A AUSSITÔT DÉCLENCHÉ LA CHASSE...
C'EST RIDICULE! NOUS NE SOMMES PAS ÉQUIPÉS POUR ÇA! CES FAINÉANTS N'ONT QU'À FAIRE DÉCOLLER LES "HUNTERS-KILLERS"! (1)
SHUT UP! L'ENGIN NAVIGUE PRESQUE EN SURFACE... DOS AU SOLEIL, AVEC CETTE EAU QUASI TRANSPARENTE, NOUS AVONS DES CHANCES DE LE REPÉRER!
(1): GROUPES DE DEUX APPAREILS ÉQUIPÉS, L'UN POUR LE REPÉRAGE, L'AUTRE POUR LA DESTRUCTION DES SOUS-MARINS.
OH!... BUCK! LÀ! LÀ! À TROIS HEURES!
VICTOR HUBINON
O.M. 10B

AU CRI D'ALERTE DE SONNY, BUCK A RALLIÉ SON AILIER ET DÉCOUVRE A SON TOUR SOUS L'EAU VERTE LE FUSEAU SOMBRE D'UN SOUS-MARIN DE GRANDE CROISIÈRE NAVIGUANT A FAIBLE PROFONDEUR...

ALLO, SWEET HOME! ICI TIGER LEADER! OBJECTIF ACCROCHÉ ET PARFAITEMENT VISIBLE. C'EST UN SOUS-MARIN ÉTRANGER, TYPE OCÉANIQUE, NAVIGUANT A FLEUR D'EAU... NATIONALITÉ IMPOSSIBLE A DÉTERMINER... JE DEMANDE INSTRUCTIONS!

SWEET HOME A TIGER LEADER... UNE PATROUILLE ANTI-SOUS-MARINE VIENT DE DÉCOLLER... DEUX DESTROYERS FONT ROUTE VERS VOUS... CONTINUEZ A SURVOLER L'OBJECTIF ET TRANSMETTEZ POSITION DE MINUTE EN MINUTE... OVER!

MAIS AU MÊME INSTANT...

DES AVIONS! NOUS... NOUS SOMMES SURVOLÉS PAR DES CHASSEURS YANKEES! ATTENTION PARTOUT! PLONGÉE ACCÉLÉRÉE! BALLASTS OUVERTS EN GRAND! ASSIETTE: 30.

O.M.11A.

OH! TIGER DEUX A TIGER LEADER! LE... LE SOUS-MARIN PLONGE! CES SALES RATS NOUS ONT REPÉRÉS!

ET QUELQUES SECONDES PLUS TARD...

PLUS RIEN! CES RASCALS ONT DÛ DESCENDRE A TRÈS GRANDE PROFONDEUR! C'EST RAGEANT! VOILA LA PATROUILLE DE RECHERCHES QUI RAPPLIQUE A 9 HEURES!

LAISSONS-LUI LE CHAMP LIBRE! ELLE POSSÈDE D'AUTRES MOYENS QUE NOUS, ET LE PÉTROLE COMMENCE A BAISSER SÉRIEUSEMENT! CAP RETOUR! ON RENTRE!

PLUS TARD, SUR LE "FORRESTAL"...

BIEN ENTENDU, NOTRE PATROUILLE ANTI-SOUS-MARINE EST RENTRÉE BREDOUILLE... CERTES, CE SUBMERSIBLE POUVAIT SE TROUVER PAR HASARD DANS NOTRE SILLAGE... MAIS ÇA M'ÉTONNERAIT!

PLUS VRAISEMBLABLEMENT, UNE DES GRANDES NATIONS INTÉRESSÉES PAR NOS RECHERCHES SPATIALES SAIT-ELLE QUE NOUS PARTICIPERONS A L'OPÉRATION MERCURY III ET ENTEND-ELLE NOUS ESPIONNER PAR TOUS LES MOYENS!

NOUS RENTRONS A NORFOLK DÈS CE SOIR, ET LA VÉRITABLE OPÉRATION AURA LIEU D'ICI UNE DIZAINE DE JOURS... D'ICI LA, INUTILE, GENTLEMEN, DE VOUS RECOMMANDER DE REDOUBLER DE VIGILANCE!

O.M.11 B.

TRENTE HEURES PLUS TARD, LE "FORRESTAL" A REGAGNÉ NORFOLK AVEC SA FLOTTILLE D'ACCOMPAGNEMENT...
GENTLEMEN, JE DOIS VOUS FÉLICITER, VOUS ET VOS HOMMES... NOS ESSAIS SE SONT DÉROULÉS DE FAÇON PARFAITE! NOUS POUVONS CONSIDÉRER QUE NOUS SOMMES FINS PRÊTS POUR LE JOUR J! J'ACCORDE UNE PERMISSION GÉNÉRALE, SAUF POUR LES ÉQUIPES DE SÉCURITÉ...
NAVY
ALORS, BON SANG! VOUS VOUS DÉPÊCHEZ? VOUS OUBLIEZ QUE C'EST AUJOURD'HUI QUE LULU BELLE NOUS ATTEND POUR FAIRE PLUS AMPLE CONNAISSANCE AVEC VOUS!
PEU APRÈS.
HEU...TU CROIS QUE C'EST... HEU...C'EST BIEN NÉCESSAIRE?
GOSH! TON ARBRE TIENT TOUTE LA PLACE...TU N'AURAIS PAS PU LUI OFFRIR PLUTÔT UN BOUQUET DE VIOLETTES?
NOUS Y VOICI! ET C'EST LÀ-BAS QUE J'AI FLANQUÉ UNE ROSSÉE AUX DIX VOYOUS QUI NOUS ATTAQUAIENT!
DE QUOI, DIABLE, VAIS-JE BIEN POUVOIR DISCUTER AVEC LES PARENTS DE LULU?
SONNY? EST-CE VOUS QUI VOUS CACHEZ DERRIÈRE CE MASSIF AMBULANT? OH! DARLING! QUELLE HEUREUSE SURPRISE!
YOUHOU! LULU CHÉRIE! DANS MES BRAS!
HEU...IMPOSSIBLE, DEAR... À CAUSE DE... DE CETTE ESPÈCE DE PLANTE QUI...
RAVISSANTE, HEIN? C'EST POUR VOUS, CHÉRIE! PAS BESOIN DE VOUS PRÉSENTER MES AMIS BUCK ET TUMB, HEIN? OÙ SONT DONC VOS CHARMANTS PARENTS?
À TROIS HEURES, JUSTE DERRIÈRE TON ARBRE EN POT!
BONJOUR, MISS BELLE!
HONEY, VOUS VERREZ! DANS VOTRE CHAMBRE, CETTE PLANTE FERA UN EFFET À TOUT CASSER ET...
OH! N...NAVRÉ, DEAR!
CLANG
CE N'EST RIEN, CHÉRI... TOUT LE MONDE PEUT COMMETTRE UNE MALADRESSE...ET CETTE LAMPE NE NOUS PLAISAIT PLUS... MAIS, POUR L'AMOUR DU CIEL, CESSEZ DONC DE PROMENER CET ARBRE!
JE...JE LE DÉPOSE TOUT DE S...
OW!... AAAAAH!...

OH!
HEU... JE CROIS QU'ON FERAIT MIEUX DE S'EN ALLER!
M... MON TAPIS! MES BIBELOTS! MA... MA ROBE!
N... NAVRÉ! ABSOLUMENT NAVRANT! HEU... ABSU-ABSAN...
VOILÀ ENCORE DES FIANÇAILLES QUI VONT SE TERMINER BRUTALEMENT!
HEU... ALLONS, ALLONS... CE N'EST RIEN... LULU VA ARRANGER TOUT ÇA! NE VOUS EXCUSEZ PAS! C'EST L'ÉMOTION!
JE... JE VOUS DÉDOMMAGERAI... ET JE VOUS RAPPORTERAI UNE AUTRE PLANTE!
AH NON!
ET UNE HEURE PLUS TARD...
EH BIEN, VOUS VOYEZ! TOUT EST BIEN QUI FINIT BIEN! VRAIMENT, ÇA NE VOUS ENNUIE PAS DE FAIRE CE POKER AVEC MOI?
PAS DU TOUT! ÇA NOUS CHANGE DU MUR DU SON!
HEU... BUCK... TU PEUX ME PRÊTER CINQ DOLLARS?. HEU... JE SUIS FAUCHÉ... À CAUSE DE CETTE PLANTE...
OKAY, FICHU TAPEUR! MAIS C'EST LA DERNIÈRE FOIS!
OM 13A
OH! ZUT!... J'AI OUBLIÉ DE LAISSER TOUS CES DOCUMENTS À BORD. JE MÉRITERAIS QUINZE JOURS D'ARRÊTS DE RIGUEUR!
?!!?
TIENS! TIENS!
C'EST DONC SI GRAVE, COLONEL?...
HMM! CE SONT DES INSTRUCTIONS ULTRA-CONFIDENTIELLES AU SUJET DE NOTRE PROCHAINE MISSION... ELLES NE DOIVENT EN AUCUN CAS QUITTER LE BORD! J'AI OUBLIÉ DE LES ENFERMER DANS MON COFFRE!
BAH! VOUS LES Y ENFERMEREZ EN RENTRANT!... TOUT LE MONDE PEUT COMMETTRE UN PETIT OUBLI!...
C'EST LA FAUTE DE SONNY!... IL NOUS A TELLEMENT PRESSÉS AU MOMENT DE PARTIR!...
POUR LE PUNIR, NOUS ALLONS LE FAIRE TRAVAILLER! DARLING, AVANT DE JOUER, VOULEZ-VOUS PASSER CES TASSES DE THÉ?
AYE AYE MA'AM!
POUR L'AMOUR DU CIEL, TÂCHEZ DE NE RIEN RENVERSER!
HA! HA! HA! N'EST-IL PAS MIGNON TOUT PLEIN, NOTRE TERREUR DU TEXAS! IL NE LUI MANQUE QU'UN PETIT TABLIER DE DENTELLE ET UN RUBAN DANS LES CHEVEUX!
IMBÉCILE! OCCUPE-TOI DE TES CARTES!
OM 13B

VOUS POUVEZ RICANER! JE N'AI PAS PERDU UNE SEULE GOUTTE, MÊME DANS LES SOUCOUPES! TIENS, BUCK! TA TASSE... VITE!
JE TE RECOMMANDERAI À L'AMIRAL POUR SES RÉCEPTIONS...
?!!? OW!
ATT...
ESPÈCE D'ANIMAL!
LA TABLE! LES CARTES!
SONNY! DEAR! DÉCIDÉMENT, VOUS ÊTES LA MALADRESSE MÊME! OH! COLONEL! VOTRE VESTE!
JE... JE... OOOH!
DÉSOLÉ, BUCK! JE... J'AI BUTÉ SUR UN PIED ET...
VITE! DONNEZ-MOI VOTRE VESTE, COLONEL! MAMMY ET MOI ALLONS VOUS LA NETTOYER À CHAUD, ÇA PARTIRA!
MAIS...
O.M.14 A
LAISSEZ! JE PEUX FAIRE ÇA MOI-MÊME ET...
MAIS NON! MAIS NON! C'EST DU TRAVAIL DE FEMME, ÇA! D'AILLEURS, IL Y EN A POUR TRENTE SECONDES! AIDEZ PLUTÔT VOS PARTENAIRES!
GOSH! TU ES PIRE QU'UN TYPHON! JE PLAINS MISS BELLE!
JE... JE N'Y COMPRENDS RIEN, BUCK! JE T'ASSURE! QUELQU'UN M'A FAIT UN CROC-EN-JAMBE!
CEPENDANT...
VITE, SUSAN! VOTRE APPAREIL À MICRO-FILMS! NOUS AVONS À PEINE DEUX MINUTES.
HA! HA! HA! UN VRAI COUP DE MAÎTRE! TOM A BIEN JOUÉ!
LE COUP DE LA TASSE DE THÉ RENVERSÉE ÉTAIT GÉNIAL! CES IDIOTS DE YANKEES N'Y ONT VU QUE DU FEU... ET J'AI L'IMPRESSION QUE LE BUTIN EST SENSATIONNEL!
DÉPÊCHONS! DÉPÊCHONS! MOI, JE M'OCCUPE DE NETTOYER LA VESTE!
ET VOILÀ! TERMINÉ POUR MOI! VOUS POUVEZ REMETTRE CES PAPIERS À LEUR PLACE!
MAIS...
MILLE TONNERRES! MON PORTEFEUILLE! MES DOCUMENTS "TOP-SECRET"!
HEU... EX... EXCUSEZ-MOI UN INSTANT! JE REVIENS TOUT DE SUITE!
VICTOR HUBINON
O.M.14 B

JE... HEU... JE... EXCUSEZ-MOI! JE... JE VENAIS VOIR SI... HEU... SI VOUS VOUS EN TIRIEZ AVEC MA VESTE.. HEU...
TRÈS BIEN! NOUS AVONS TERMINÉ! VOTRE VESTE EST PRÊTE ET ON NE VERRA RIEN! J'AI DONNÉ UN COUP DE FER À VOS REVERS! VOILÀ!
OUF! IL ÉTAIT TEMPS! SI CE FICHU YANKEE AVAIT PENSÉ À SON PORTEFEUILLE VINGT SECONDES PLUS TÔT, NOUS ÉTIONS PRISES EN FLAGRANT DÉLIT D'ESPIONNAGE!
VOUS ÊTES DE VRAIES FÉES! COMMENT VOUS REMERCIER?
TOUT VA BIEN! MON PORTEFEUILLE ET MES PAPIERS SONT LÀ! SUIS-JE IDIOT AVEC MES SOUPÇONS RIDICULES!
PLUS TARD...
ET MERCI ENCORE POUR CETTE CHARMANTE APRÈS-MIDI!
OH! J'ALLAIS OUBLIER! HONEY! J'AI PROMIS À NOTRE AMIRAL QUE... HEU.. JE VOUS DEMANDERAIS UNE FAVEUR!
CELLE DE... HEU... CHANTER À BORD DU "FORRESTAL", LE SOIR DU "THANKSGIVING DAY"(1), POUR LES ÉQUIPES DE SERVICE!
ACCORDÉ D'AVANCE, DARLING! AVEC PLAISIR! MAIS À UNE CONDITION!
(1): GRANDE FÊTE OFFICIELLE DES U.S.A.
TOUS TROIS, VOUS ME FEREZ À VOTRE TOUR LES HONNEURS DE VOTRE BATEAU! J'ADORE LES BATEAUX! D'ACCORD?
D'ACCORD! VOUS ÊTES UN AMOUR! LE "VIEUX" EST UN DE VOS "FANS"(1)! IL SERA RAVI DE VOUS PILOTER LUI-MÊME!
(1): ADMIRATEURS.
PLUS TARD...
AVOUEZ QU'ELLE EST MERVEILLEUSE, HEIN? UN ANGE!
FRANCHEMENT, OUI! APRÈS TOUTES TES GAFFES, JE ME DEMANDE ENCORE CE QU'ELLE PEUT BIEN TE TROUVER!
CEPENDANT...
FORMIDABLE! MA CHÈRE LULU BELLE, VOUS AVEZ FAIT LÀ UN TRAVAIL SENSATIONNEL! CES DOCUMENTS CONTIENNENT TOUS LES DÉTAILS RELATIFS AU DÉROULEMENT DE L'OPÉRATION "MERCURY III"... GRÂCE À VOUS, NOUS ALLONS POUVOIR AGIR EFFICACEMENT!
PLANNING D'OPÉRATIONS POUR LE "FORRESTAL" ET LES NAVIRES DE RÉCUPÉRATION... PLANNING DU LANCEMENT DE LA FUSÉE PORTEUSE, DU VOL ORBITAL DE LA CAPSULE ET DE SA DESCENTE AVEC CALCULS DES TRAJECTOIRES... TOUT Y EST!
TOUT... SAUF L'INDICATION DE LA ZONE OÙ AMERRIRA LA CAPSULE MERCURY!
BAH! NOS SOUS-MARINS N'AURONT QU'À SUIVRE LE "FORRESTAL" À LA PISTE... IL LES MÈNERA DROIT AU SATELLITE...
IMPOSSIBLE! À TITRE D'ENTRAÎNEMENT, UN DE NOS SUBMERSIBLES A TENTÉ DE PISTER LE "FORRESTAL" DURANT SES RÉCENTS ESSAIS EN HAUTE MER... IL A ÉTÉ AUSSITÔT DÉTECTÉ PAR LES JETS YANKEES!
IL EN SERA IMMANQUABLEMENT DE MÊME AU COURS DE L'OPÉRATION "MERCURY". D'AUTANT PLUS QU'AYANT REPÉRÉ NOTRE SOUS-MARIN, LES YANKEES VONT ÊTRE PLUS QUE JAMAIS SUR LEURS GARDES!

LA FLOTTILLE AMÉRICAINE VA ÊTRE PROTÉGÉE EN PERMANENCE PAR DES PATROUILLES AÉRIENNES ANTI-SOUS-MARINS, CE QUI FORCERA NOS SUBMERSIBLES À NAVIGUER EN PLONGÉE TRÈS PROFONDE...
À CES PROFONDEURS, NOS BÂTIMENTS NE PEUVENT SUIVRE LE "FORRESTAL" QU'AU "SONAR", EN SE GUIDANT SUR SES BRUITS D'HÉLICES... ET DE TRÈS PRÈS, CAR LE RAYON D'UTILISATION DU "SONAR" EST RÉDUIT! CE QUI LES FERA REPÉRER À LEUR TOUR PAR LES DÉTECTEURS AMÉRICAINS!
(1): SYSTÈME DE DÉTECTION SOUS-MARINE.
EN SOMME, IL FAUDRAIT QUE NOS SOUS-MARINS PUISSENT SUIVRE LE "FORRESTAL" DE TRÈS LOIN, MAIS AVEC PRÉCISION, DE FAÇON À NE PAS SE FAIRE REPÉRER, ET NE SE RAPPROCHENT QU'AU MOMENT DÉCISIF?
EXACTEMENT!
LA CHOSE SERAIT POSSIBLE SI NOS SUBMERSIBLES POUVAIENT SE GUIDER D'APRÈS LES ÉMISSIONS RADIO DES NAVIRES AMÉRICAINS. MAIS LES FRÉQUENCES SPÉCIALES SUR LESQUELLES CEUX-CI ÉMETTENT SONT SECRÈTES!
JE VOIS...
SI JE COMPRENDS BIEN, VOUS ATTENDEZ DE MOI QUE JE PUISSE VOUS PROCURER LE TABLEAU DE CES FRÉQUENCES RADIO!
ET AUSSI CELUI DES FRÉQUENCES QUI SERVIRONT AUX LIAISONS AVEC LA CAPSULE APRÈS SON AMERRISSAGE!
DIABLE! COMMENT FAIRE?
UN CERTAIN NOMBRE DE SPÉCIALISTES DU "FORRESTAL" DOIVENT DÉJÀ POSSÉDER CES TABLEAUX. PEUT-ÊTRE MÊME SONT-ILS AFFICHÉS DANS LES SALLES D'OPÉRATIONS ET DE CONTRÔLE RADAR DU PORTE-AVIONS!
O.M. 16A
EN CE CAS, JE CROIS POUVOIR VOUS PROMETTRE CES LISTES DE FRÉQUENCES... JE VISITERAI LE "FORRESTAL" LE "THANKSGIVING DAY"!
NON? FORMIDABLE!
MA CHÈRE, VOUS ÊTES ABSOLUMENT MERVEILLEUSE!
C'EST À PEINE CROYABLE! COMMENT AVEZ-VOUS FAIT? LE "FORRESTAL" ET TOUS LES BÂTIMENTS DE L'ESCADRE SONT INTERDITS, MÊME AUX JOURNALISTES LES MOINS SUSPECTS!
JE DOIS CHANTER POUR LES MARINS ET LES PILOTES DES ÉQUIPES DE SÉCURITÉ, CONSIGNÉS À BORD. ÇA SE PASSERA LE SOIR...
HÉ! HÉ! CE RÉCITAL VA ABSORBER TOUT LE MONDE... VOILÀ QUI ME DONNE UNE EXCELLENTE IDÉE POUR LA MISE EN PLACE DE NOS DERNIERS PRÉPARATIFS! CAR D'APRÈS LES DOCUMENTS SOUSTRAITS À DANNY, L'APPAREILLAGE AURA LIEU DÈS LE LENDEMAIN!
RÉUSSISSEZ CE COUP DE MAÎTRE, ET VOTRE FORTUNE EST FAITE! EN ATTENDANT, JE DOUBLE L'ACOMPTE PROMIS! VOUS L'AVEZ BIEN MÉRITÉ!
COMPTEZ SUR MOI! VOUS AUREZ BIENTÔT DE MES NOUVELLES!
PLUSIEURS JOURS ONT PASSÉ... ET, CE MATIN-LÀ...
MISS LULU BELLE? UN MESSAGE POUR VOUS!
SP
U.S.S. FORRESTAL
L'AMIRAL BARNLEY, COMMANDANT LA 3E FLOTTILL SPÉCIALE, PRIE MISS LULU BELLE DE BIEN VOULOIR HONORER DE SA PRÉSENCE LA FÊTE INTIME QUI SERA DONNÉE À BORD DU PORTE-AVIONS U.S.S. "FORRESTAL" LE SOIR DU THANKSGIVING DAY, À PARTIR DE 19 HEURES. UNE VOITURE VIENDRA PRENDR MISS LULU BELLE VERS 18 HEURES 30.
CI-JOINTS, LES LAISSEZ-PASSER SPÉCIAUX POUR TRÉE DANS LE SECTEUR NORD DE LA BASE DE NO
O.M. 16B.

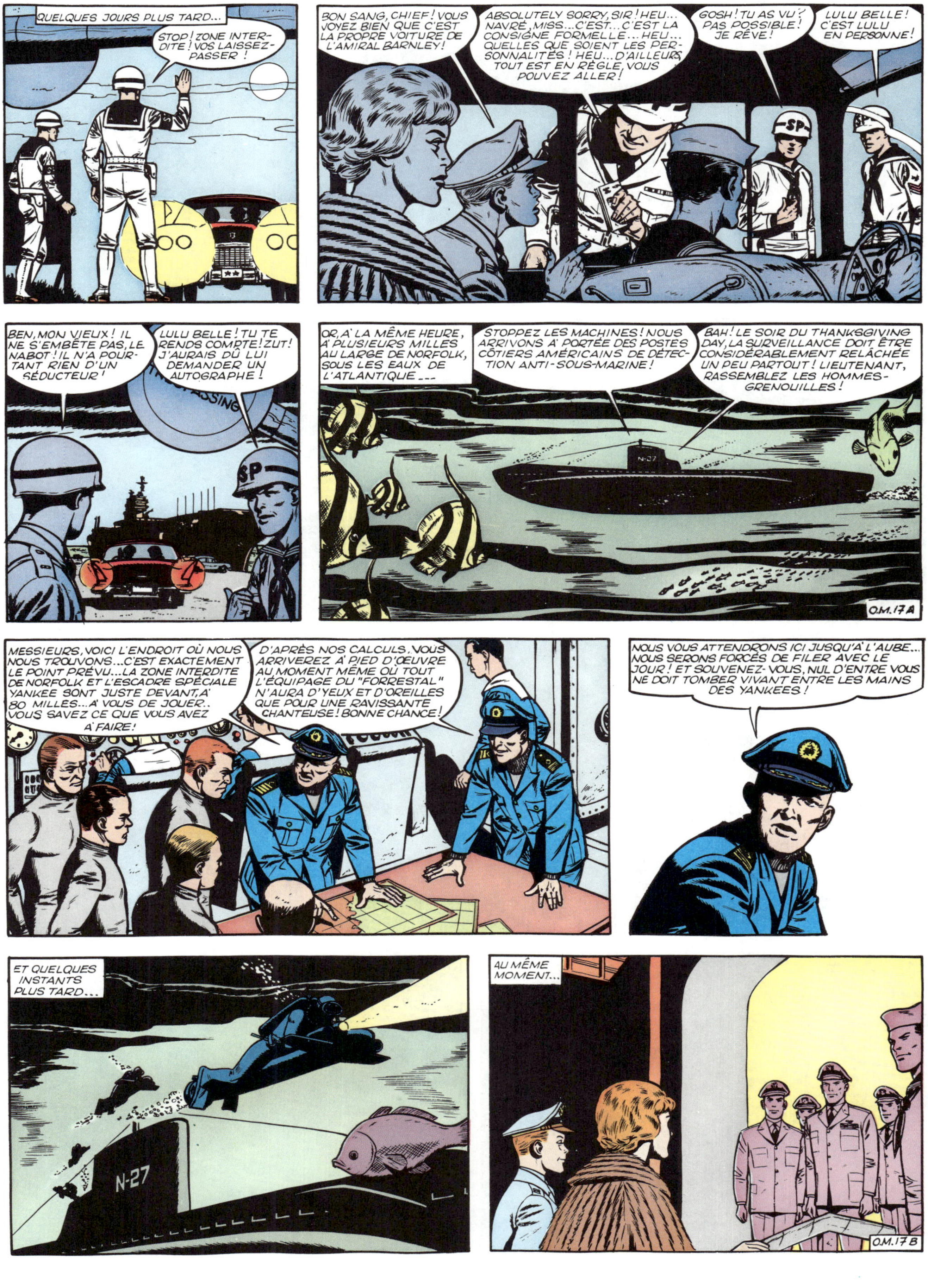
QUELQUES JOURS PLUS TARD...
STOP! ZONE INTERDITE! VOS LAISSEZ-PASSER!
BON SANG, CHIEF! VOUS VOYEZ BIEN QUE C'EST LA PROPRE VOITURE DE L'AMIRAL BARNLEY!
ABSOLUTELY SORRY, SIR! HEU... NAVRÉ, MISS... C'EST LA CONSIGNE FORMELLE... HEU... QUELLES QUE SOIENT LES PERSONNALITÉS! HEU... D'AILLEURS TOUT EST EN RÈGLE, VOUS POUVEZ ALLER!
GOSH! TU AS VU? PAS POSSIBLE! JE RÊVE!
LULU BELLE! C'EST LULU EN PERSONNE!
BEN, MON VIEUX! IL NE S'EMBÊTE PAS, LE NABOT! IL N'A POURTANT RIEN D'UN SÉDUCTEUR!
LULU BELLE! TU TE RENDS COMPTE! ZUT! J'AURAIS DÛ LUI DEMANDER UN AUTOGRAPHE!
OR, À LA MÊME HEURE, À PLUSIEURS MILLES AU LARGE DE NORFOLK, SOUS LES EAUX DE L'ATLANTIQUE...
STOPPEZ LES MACHINES! NOUS ARRIVONS À PORTÉE DES POSTES CÔTIERS AMÉRICAINS DE DÉTECTION ANTI-SOUS-MARINE!
BAH! LE SOIR DU THANKSGIVING DAY, LA SURVEILLANCE DOIT ÊTRE CONSIDÉRABLEMENT RELÂCHÉE UN PEU PARTOUT! LIEUTENANT, RASSEMBLEZ LES HOMMES-GRENOUILLES!
N-27
O.M. 17 A
MESSIEURS, VOICI L'ENDROIT OÙ NOUS NOUS TROUVONS... C'EST EXACTEMENT LE POINT PRÉVU... LA ZONE INTERDITE DE NORFOLK ET L'ESCADRE SPÉCIALE YANKEE SONT JUSTE DEVANT, À 80 MILLES... À VOUS DE JOUER.. VOUS SAVEZ CE QUE VOUS AVEZ À FAIRE!
D'APRÈS NOS CALCULS, VOUS ARRIVEREZ À PIED D'OEUVRE AU MOMENT MÊME OÙ TOUT L'ÉQUIPAGE DU "FORRESTAL" N'AURA D'YEUX ET D'OREILLES QUE POUR UNE RAVISSANTE CHANTEUSE! BONNE CHANCE!
NOUS VOUS ATTENDRONS ICI JUSQU'À L'AUBE... NOUS SERONS FORCÉS DE FILER AVEC LE JOUR! ET SOUVENEZ-VOUS, NUL D'ENTRE VOUS NE DOIT TOMBER VIVANT ENTRE LES MAINS DES YANKEES!
ET QUELQUES INSTANTS PLUS TARD...
N-27
AU MÊME MOMENT...
O.M. 17 B

TRÈS CHÈRE MISS BELLE, SOYEZ LA BIENVENUE À MON BORD!... CE TUCKSON EST DÉCIDÉMENT UN SACRÉ VEINARD! JE N'AI JAMAIS AUTANT REGRETTÉ DE N'AVOIR PAS VINGT ANS DE MOINS!...
AMIRAL!... VOUS M'EMPLISSEZ DE CONFUSION!... VRAIMENT, C'EST TROP FLATTEUR!...
TOUT EST PRÊT POUR VOUS ACCUEILLIR, COMME LE MÉRITE VOTRE GRAND TALENT, DANS LE GRAND CARRÉ. MES HOMMES L'ONT DÉCORÉ SPÉCIALEMENT. DÉSIREZ-VOUS VOUS RAFRAÎCHIR?...
PAS TOUT DE SUITE, AMIRAL!... FAITES-MOI DONC VISITER D'ABORD VOTRE MAGNIFIQUE BATEAU! ÇA DOIT ÊTRE EXALTANT DE COMMANDER CETTE VILLE FLOTTANTE!...
À VOS ORDRES, CHÈRE AMIE!...
D'ESCALIERS ROULANTS EN ASCENSEURS, À TRAVERS LES ATELIERS ET LES IMMENSES HANGARS DIVISÉS PAR LES CLOISONS PARE-FEU, LA VISITE A COMMENCÉ.
OH?!. POURQUOI CET AVION EST-IL AINSI PEINTURLURÉ? ON DIRAIT UN TRIPORTEUR DE MARCHAND AMBULANT D'ICE-CREAM!...
HA! HA! HA! ELLE EST BIEN BONNE!... C'EST... HA! HA! HA! C'EST LE JET DU CAPITAINE TUCKSON! C'EST LE PICASSO DU BORD.
HEU... JE... J'AI VOULU VOUS FAIRE UNE SURPRISE, DARLING! FERMEZ LES YEUX! VOUS LES ROUVRIREZ QUAND JE VOUS LE DIRAI!
?
OM.18.A.
VOILÀ! VOUS POUVEZ REGARDER!
?!!
Lulu B
HEIN?!!? QUE... QUELLE EST CETTE HORREUR?...
MAIS... C'EST... C'EST VOUS, HONEY! JE... HEU... J'AI BAPTISÉ MON ZINC DE VOTRE NOM!...
VOUS... HEU... VOUS M'AVEZ UN PEU VIEILLIE, MAIS... HEU... L'ATTENTION EST CHARMANTE, CHÉRI!...
JE... JE L'AI PEINT MOI-MÊME!
EH BIEN, VOUS AVEZ EU TORT!...
MA CHÈRE, VOUS DEVRIEZ LUI RÉCLAMER DES DOMMAGES ET INTÉRÊTS!...
MAIS NON, SIR!... L'INTENTION ÉTAIT CHARMANTE!...
SACRÉ RUBENS, VA! SI TU AVAIS PEINT ÇA SUR TOUS NOS ZINCS, EN 1943, NOUS GAGNIONS LA GUERRE DEUX ANS PLUS TÔT! ÇA VAUT DIX BOMBES H!...
IMBÉCILE! QUAND ON NE CONNAIT RIEN À L'ART, ON SE TAIT!...
12
CEPENDANT LA VISITE SE POURSUIT. D'ÉTAGE EN ETAGE, LES VISITEURS ONT GAGNÉ LE CHÂTEAU CENTRAL ET LE POSTE DE COMMANDEMENT...
ET LÀ?... QU'EST-CE QUE C'EST?
LE SAINT DES SAINTS!... LE CERVEAU ET LE CENTRE NERVEUX DE TOUTES NOS OPÉRATIONS!... MAIS L'ENTRÉE EN EST INTERDITE!...
OM.18.B

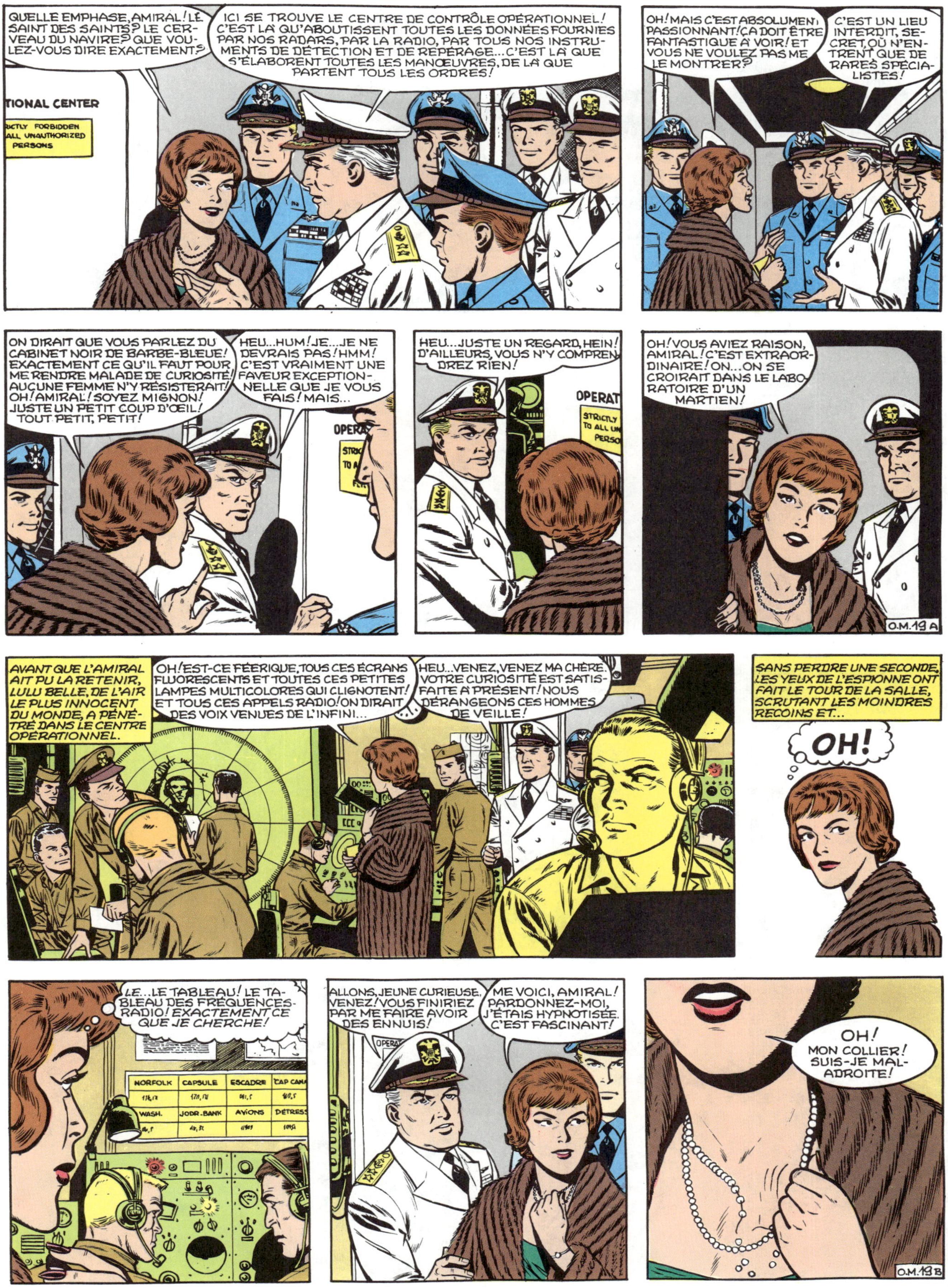
QUELLE EMPHASE, AMIRAL! LE SAINT DES SAINTS? LE CERVEAU DU NAVIRE? QUE VOULEZ-VOUS DIRE EXACTEMENT?
ICI SE TROUVE LE CENTRE DE CONTRÔLE OPÉRATIONNEL! C'EST LÀ QU'ABOUTISSENT TOUTES LES DONNÉES FOURNIES PAR NOS RADARS, PAR LA RADIO, PAR TOUS NOS INSTRUMENTS DE DÉTECTION ET DE REPÉRAGE... C'EST LÀ QUE S'ÉLABORENT TOUTES LES MANOEUVRES, DE LÀ QUE PARTENT TOUS LES ORDRES!
TIONAL CENTER
ICTLY FORBIDDEN ALL UNAUTHORIZED PERSONS
OH! MAIS C'EST ABSOLUMENT PASSIONNANT! ÇA DOIT ÊTRE FANTASTIQUE À VOIR! ET VOUS NE VOULEZ PAS ME LE MONTRER?
C'EST UN LIEU INTERDIT, SECRET, OÙ N'ENTRENT QUE DE RARES SPÉCIALISTES!
ON DIRAIT QUE VOUS PARLEZ DU CABINET NOIR DE BARBE-BLEUE! EXACTEMENT CE QU'IL FAUT POUR ME RENDRE MALADE DE CURIOSITÉ. AUCUNE FEMME N'Y RÉSISTERAIT! OH! AMIRAL! SOYEZ MIGNON! JUSTE UN PETIT COUP D'ŒIL! TOUT PETIT, PETIT!
HEU... HUM! JE... JE NE DEVRAIS PAS! HMM! C'EST VRAIMENT UNE FAVEUR EXCEPTIONNELLE QUE JE VOUS FAIS! MAIS...
HEU... JUSTE UN REGARD, HEIN! D'AILLEURS, VOUS N'Y COMPRENDREZ RIEN!
OH! VOUS AVIEZ RAISON, AMIRAL! C'EST EXTRAORDINAIRE! ON... ON SE CROIRAIT DANS LE LABORATOIRE D'UN MARTIEN!
O.M. 19 A
AVANT QUE L'AMIRAL AIT PU LA RETENIR, LULU BELLE, DE L'AIR LE PLUS INNOCENT DU MONDE, A PÉNÉTRÉ DANS LE CENTRE OPÉRATIONNEL.
OH! EST-CE FÉERIQUE, TOUS CES ÉCRANS FLUORESCENTS ET TOUTES CES PETITES LAMPES MULTICOLORES QUI CLIGNOTENT! ET TOUS CES APPELS RADIO! ON DIRAIT DES VOIX VENUES DE L'INFINI...
HEU... VENEZ, VENEZ MA CHÈRE. VOTRE CURIOSITÉ EST SATISFAITE À PRÉSENT! NOUS DÉRANGEONS CES HOMMES DE VEILLE!
SANS PERDRE UNE SECONDE, LES YEUX DE L'ESPIONNE ONT FAIT LE TOUR DE LA SALLE, SCRUTANT LES MOINDRES RECOINS ET...
OH!
LE... LE TABLEAU! LE TABLEAU DES FRÉQUENCES-RADIO! EXACTEMENT CE QUE JE CHERCHE!
NORFOLK CAPSULE ESCADRE
WASH. JODR. BANK AVIONS
ALLONS, JEUNE CURIEUSE, VENEZ! VOUS FINIRIEZ PAR ME FAIRE AVOIR DES ENNUIS!
ME VOICI, AMIRAL! PARDONNEZ-MOI, J'ÉTAIS HYPNOTISÉE. C'EST FASCINANT!
OH! MON COLLIER! SUIS-JE MALADROITE!
O.M. 19 B

MA PAUVRE AMIE! QUEL MALHEUR! DANNY! TUMBLER! TUCKSON! VENEZ VITE!
OH! MES PERLES! MON DIEU! ELLES ROULENT PARTOUT! VITE, AMIRAL, AIDEZ-MOI! ELLES VALENT UNE FORTUNE!
Tic Tic Tic
FEIGNANT DE COURIR, AFFOLÉE, APRÈS LES PERLES DE SON COLLIER, LULU BELLE S'EST VIVEMENT RAPPROCHÉE DU TABLEAU DES FRÉQUENCES-RADIO.
FACE À LA LISTE, ELLE S'EST IMMOBILISÉE UN QUART DE SECONDE... COMME PAR UN GESTE MACHINAL, SA MAIN SE PORTE AU GROS CLIP QUI ORNE SON CORSAGE, PRESSE UN MINUSCULE ET SILENCIEUX DÉCLIC...
JE... JE SUIS ABSOLUMENT NAVRÉE. C'EST MA FAUTE! JE SUIS STUPIDE DE TOUJOURS JOUER NERVEUSEMENT AVEC CE COLLIER! CET ACCIDENT DEVAIT M'ARRIVER UN JOUR!
ALLONS, ALLONS! NE VOUS EN FAITES PAS! NOUS ALLONS BIEN FINIR PAR RETROUVER TOUTES VOS PERLES!
JE NE M'Y CONNAIS GUÈRE, MAIS JE PARIERAIS QUE CES PERLES SONT FAUSSES, BIEN QU'ADMIRABLEMENT IMITÉES!
BAH! COUP DE BLUFF FÉMININ!
O.M.20A
DIX MINUTES PLUS TARD.
ELLES DOIVENT TOUTES ÊTRE LÀ! COMMENT VOUS REMERCIER ET COMMENT M'EXCUSER, AMIRAL?
MAIS EN CHANTANT POUR NOUS! NOS HOMMES DOIVENT S'IMPATIENTER!
QUELQUES INSTANTS APRÈS...
ET, VOICI CELLE QUE VOUS ATTENDEZ, BRÛLANTS D'IMPATIENCE... J'AI NOMMÉ L'UNIQUE, LA CHARMANTE, L'INCOMPARABLE FIANCÉE DU CAPITAINE TUCKSON, CE VEINARD! MISS LULU BELLE.
BRAVO!
CEPENDANT, À LA SALLE DES OPÉRATIONS...
HÉ! LEWIS! FAIS DONC COMME MOI! BRANCHE TES ÉCOUTEURS SUR LE MESS DE L'ÉQUIPAGE! TU NE PERDRAS RIEN DU RÉCITAL DE LULU BELLE!
HÉ! SACRÉ JACK! TOUJOURS LES BONNES COMBINES! JE N'AURAIS JAMAIS PENSÉ À ÇA! JE VAIS REPASSER LE "TUYAU" EN DOUCE AUX COPAINS!
OR, AU MÊME INSTANT...
VICTOR HUBINON
O.M.20B

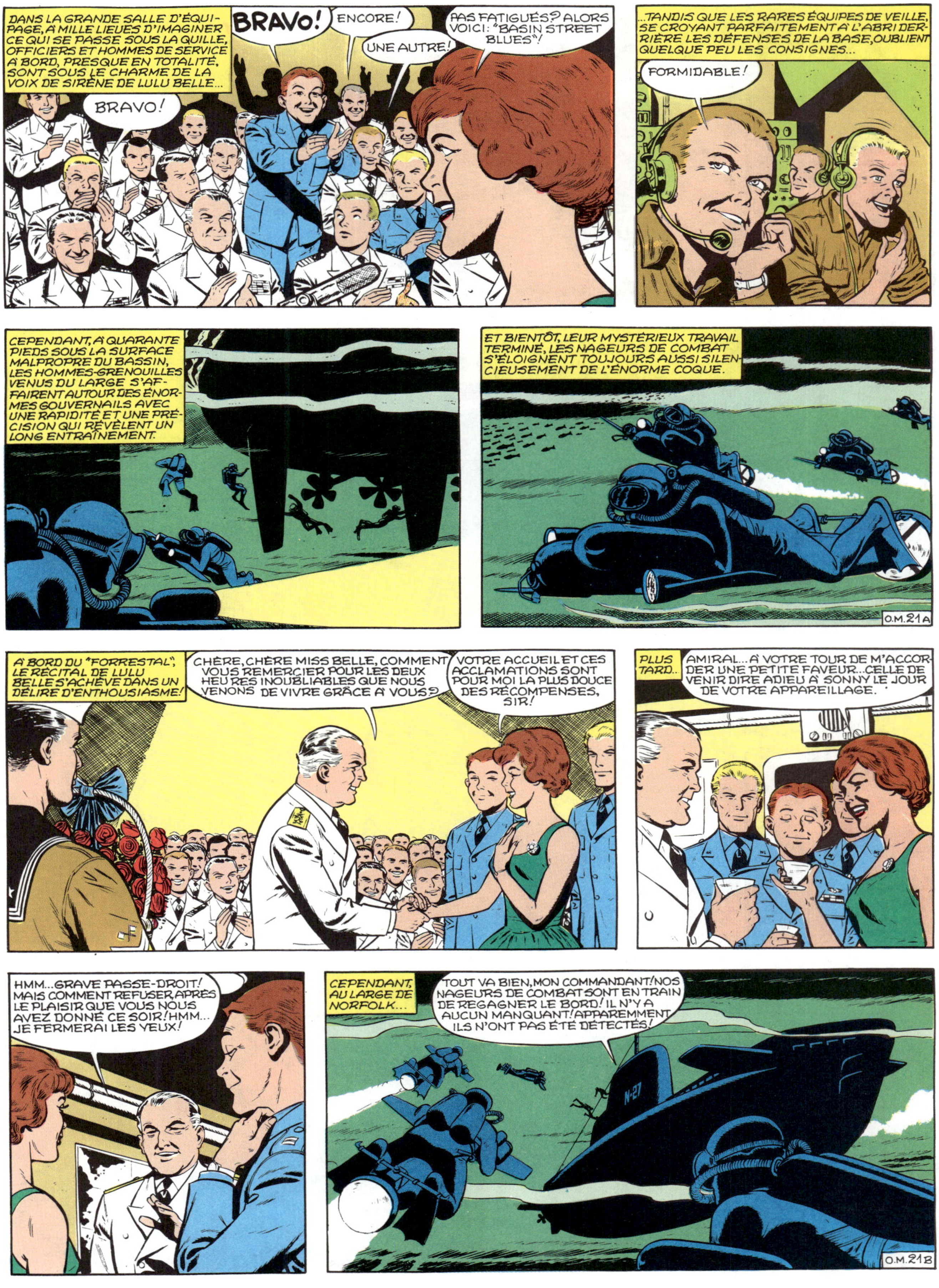
DANS LA GRANDE SALLE D'ÉQUIPAGE, À MILLE LIEUES D'IMAGINER CE QUI SE PASSE SOUS LA QUILLE, OFFICIERS ET HOMMES DE SERVICE À BORD, PRESQUE EN TOTALITÉ, SONT SOUS LE CHARME DE LA VOIX DE SIRÈNE DE LULU BELLE...
BRAVO!
ENCORE!
UNE AUTRE!
PAS FATIGUÉS? ALORS VOICI: "BASIN STREET BLUES"!
BRAVO!
...TANDIS QUE LES RARES ÉQUIPES DE VEILLE, SE CROYANT PARFAITEMENT À L'ABRI DERRIÈRE LES DÉFENSES DE LA BASE, OUBLIENT QUELQUE PEU LES CONSIGNES...
FORMIDABLE!
CEPENDANT, À QUARANTE PIEDS SOUS LA SURFACE MALPROPRE DU BASSIN, LES HOMMES-GRENOUILLES VENUS DU LARGE S'AFFAIRENT AUTOUR DES ÉNORMES GOUVERNAILS AVEC UNE RAPIDITÉ ET UNE PRÉCISION QUI RÉVÈLENT UN LONG ENTRAÎNEMENT.
ET BIENTÔT, LEUR MYSTÉRIEUX TRAVAIL TERMINÉ, LES NAGEURS DE COMBAT S'ÉLOIGNENT TOUJOURS AUSSI SILENCIEUSEMENT DE L'ÉNORME COQUE.
O.M.21A
À BORD DU "FORRESTAL", LE RÉCITAL DE LULU BELLE S'ACHÈVE DANS UN DÉLIRE D'ENTHOUSIASME!
CHÈRE, CHÈRE MISS BELLE, COMMENT VOUS REMERCIER POUR LES DEUX HEURES INOUBLIABLES QUE NOUS VENONS DE VIVRE GRÂCE À VOUS?
VOTRE ACCUEIL ET CES ACCLAMATIONS SONT POUR MOI LA PLUS DOUCE DES RÉCOMPENSES, SIR!
PLUS TARD...
AMIRAL... À VOTRE TOUR DE M'ACCORDER UNE PETITE FAVEUR... CELLE DE VENIR DIRE ADIEU À SONNY LE JOUR DE VOTRE APPAREILLAGE.
HMM... GRAVE PASSE-DROIT! MAIS COMMENT REFUSER, APRÈS LE PLAISIR QUE VOUS NOUS AVEZ DONNÉ CE SOIR! HMM... JE FERMERAI LES YEUX!
CEPENDANT, AU LARGE DE NORFOLK...
TOUT VA BIEN, MON COMMANDANT! NOS NAGEURS DE COMBAT SONT EN TRAIN DE REGAGNER LE BORD! IL N'Y A AUCUN MANQUANT! APPAREMMENT ILS N'ONT PAS ÉTÉ DÉTECTÉS!
N-27
O.M.21B

26

EN SE GUIDANT SUR SES ÉMISSIONS RADIO, NOS SOUS-MARINS POURRONT SUIVRE LE "FORRESTAL" À DISTANCE SUFFISANTE POUR NE PAS RISQUER D'ÊTRE REPÉRÉS!
MAIS POUR CONTRÔLER ET ASSURER PARFAITEMENT LEUR NAVIGATION, IL SERAIT SOUHAITABLE QU'ILS PUISSENT CHAQUE JOUR, À HEURE FIXE, FAIRE UN RELÈVEMENT D'APRÈS UN SIGNAL RADIO PROLONGÉ ÉMIS DEPUIS LE PORTE-AVIONS.
QU... QUOI?
VOUS ÊTES FOU? VOUS N'IMAGINEZ TOUT DE MÊME PAS QUE JE PEUX TRANQUILLEMENT DEMANDER À UN DES HOMMES DU "FORRESTAL" DE TRAHIR SON PAYS ET D'ASSURER L'ÉMISSION QUE VOUS RÉCLAMEZ!
COMMENT FERAIT-IL, D'AILLEURS? VOUS NE LE VOYEZ PAS S'INSTALLER FROIDEMENT DANS UN COIN AVEC UN ÉMETTEUR À ONDES ULTRA-COURTES ET COMMENCER À OPÉRER AU MILIEU DE SES COPAINS?
MAIS SI! PRÉCISÉMENT! TOUTE LA QUESTION EST QU'IL ÉMETTE, À SON INSU, LE SIGNAL QUI NOUS EST NÉCESSAIRE... ET QUE NUL AUTOUR DE LUI NE SOUPÇONNE CE QUI SE PASSE RÉELLEMENT...
CETTE DOUBLE DIFFICULTÉ, NOUS L'AVONS RÉSOLUE... GRÂCE À CECI!
UNE VALISE?
O.M. 23 A
NON! UN MAGNÉTOPHONE PORTATIF! UN MAGNÉTOPHONE TRUQUÉ!
IL RECÈLE UN PETIT ÉMETTEUR TRÈS PUISSANT QUI SE DÉCLENCHE ET ÉMET UN SIGNAL CONTINU CHAQUE FOIS QUE L'ON MET LE MAGNÉTOPHONE EN ROUTE POUR ÉCOUTER UNE BANDE ENREGISTRÉE!
IL VOUS SUFFIRA D'OFFRIR CE MAGNÉTOPHONE COMME CADEAU D'ADIEU À VOTRE NIGAUD DE FIANCÉ... ET EN LE FAISANT FONCTIONNER, CET IMBÉCILE, À SON INSU, AIDERA NOS SOUS-MARINS À PISTER SON BATEAU!
TRÈS INGÉNIEUX ET TRÈS FACILE POUR MOI! CE PAUVRE TUCKSON SERA RAVI! MAIS... COMMENT L'AMENER À SE SERVIR DE SON MAGNÉTOPHONE À HEURE FIXE?
NOUS Y AVONS PENSÉ ET NOUS AVONS RÉSOLU LA DIFFICULTÉ! C'EST LÀ QUE VOUS INTERVENEZ! ÉCOUTEZ BIEN, MA CHÈRE... VOICI NOTRE PLAN!
CEPENDANT...
JE SUIS INQUIET! SONNY N'A PLUS QUE SA "LULU BELLE" EN TÊTE! HMM! BIZARRE! JE NE PARVIENS PAS À CROIRE QU'ELLE PUISSE VRAIMENT TENIR À LUI! ÇA ME PARAÎT... INOUÏ!
O.M. 23 B.

28

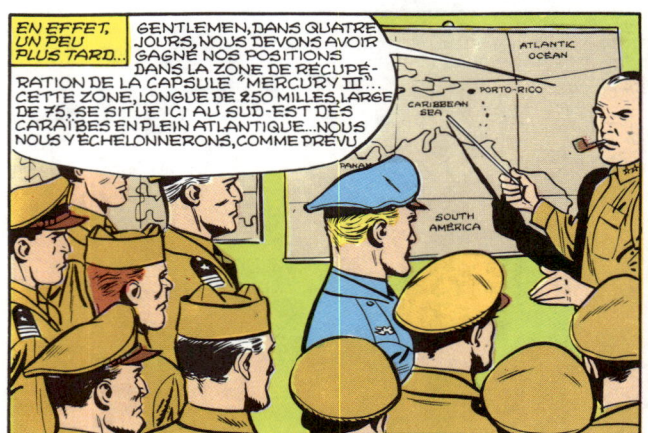

EH BIEN, GENTLEMEN, SI PERSONNE D'AUTRE N'A DE PROBLÈME DE CŒUR À RÉSOUDRE, NOUS POUVONS CLORE CE "BRIEFING"! BON TRAVAIL ET BONNE CHANCE À TOUS!
ET, LE LENDEMAIN, SOUS LES TROIS MILLE PAIRES D'YEUX GOGUENARDS DE L'ÉQUIPAGE DU "FORRESTAL", DÉLIRANT ET MASSÉ AU GRAND COMPLET À TRIBORD, SONNY, DESCENDU SUR LE QUAI, PEUT, COMME LE LUI A PROMIS L'AMIRAL, FAIRE SES ADIEUX À SA FIANCÉE.
HEU... D... DARLING, C'EST... C'EST GENTIL D'ÊTRE VENUE!
OH! JE N'AURAIS PAS VOULU VOUS LAISSER PARTIR AINSI, HONEY! HEU... ÇA... ÇA MANQUE UN PEU D'INTIMITÉ, CE QUAI, NON?
NOUS SOMMES VICTIMES DE VOTRE POPULARITÉ, CHÉRIE!
VRAIMENT TOUS CES IMBÉCILES HURLANT AUX BALCONS, ÇA ME GÊNE. OH! AU FAIT, DEAR, J'ALLAIS OUBLIER! JE... JE VOUS AI APPORTÉ UN PETIT CADEAU!
?!?
VRAIMENT, CHÉRIE, IL NE FALLAIT PAS! JE... JE SUIS CONFUS! C'EST TROP! VOUS AVEZ FAIT DES FOLIES... HEU... C'EST... C'EST UNE VALISE DE CRAVATES?
NON... UN MAGNÉTOPHONE!
O.M. 25A
JE... JE SUIS TRÈS ROMANTIQUE... JE... J'AI VOULU ÊTRE SÛRE QUE VOUS PENSERIEZ À MOI À L'HEURE MÊME OÙ MOI, JE PENSERAI TRÈS FORT À VOUS! CE MAGNÉTOPHONE VOUS Y AIDERA!
SUR CHACUNE DE CES BOBINES, JE... J'AI ENREGISTRÉ UN MESSAGE TRÈS TENDRE À VOTRE INTENTION, CHÉRI... UN POUR CHAQUE JOUR... ÇA VOUS FERA TROUVER LE TEMPS MOINS LONG!
OH!
C'EST... C'EST UNE ATTENTION CHARMANTE! VOUS ÊTES VRAIMENT MERVEILLEUSE DE DÉLICATESSE, CHÉRIE! JE VOUS JURE, J'ÉCOUTERAI CES BANDES TOUS LES SOIRS, AVANT DE M'ENDORMIR!
À 10 h 30 EXACTEMENT!
EXACTEMENT? POURQUOI?
PARCE QU'À LA MÊME MINUTE MOI, JE PENSERAI À VOUS, DE TOUTES MES FORCES, AU THÉÂTRE, DANS MA LOGE... AINSI NOS PENSÉES VOLERONT L'UNE VERS L'AUTRE, PAR-DESSUS L'OCÉAN!
ADORABLE! ROMANESQUE! TOUS LES SOIRS, À 10 h 30 PRÉCISES, DARLING, DUSSÉ-JE PLAQUER LÀ L'AMIRAL, J'ÉCOUTERAI VOTRE DOUCE VOIX! C'EST PROMIS!
ON VOUS RAPPELLE! À BIENTÔT, CHÉRI!
YEEPEEE!
HURRAH!
WOUOUOUOUH!
BIS!
BRAVO!
O.M. 25B

LONGUE VIE AU DON JUAN DU TEXAS!
HÉ! CAPTAIN! HOLLYWOOD VEUT FAIRE DE VOUS LE SUCCESSEUR DE MARLON BRANDO!
AH! NON... PAS VOUS, HEIN! POURQUOI RIGOLEZ-VOUS COMME ÇA? ON DIRAIT QUE VOUS N'AVEZ JAMAIS VU UN MAGNÉTOPHONE!
CEPENDANT DE LONGS COUPS DE SIFFLET, AMPLIFIÉS PAR LES HAUT-PARLEURS, ONT SOUDAIN BOULEVERSÉ L'IMMENSE FOURMILIÈRE QUE CONSTITUE LE PORTE-AVIONS, PRÉCIPITÉ LES BORDÉES DE SERVICE AUX POSTES D'APPAREILLAGE.
LES SIRÈNES DE LA FLOTTILLE BRAMENT TANDIS QUE, LE PREMIER, MAJESTUEUSEMENT, LE "FORRESTAL", TOUTES AMARRES LARGUÉES, S'ÉCARTE DU QUAI.
O.M. 26A
DIS DONC, ELLE NE S'EST PAS FICHUE DE TOI, TA FIANCÉE! C'EST LE TOUT DERNIER MODÈLE DE MAGNÉTOPHONE!
AH! OUI?
CEPENDANT...
ÇA Y EST! TOUT A MARCHÉ PARFAITEMENT! L'"OBJET" EST PARTI!... JE VOUS CONFIRME L'HEURE! 10h30 PRÉCISES!
BRAVO, MA CHÈRE! ADMIRABLE! JE TRANSMETS IMMÉDIATEMENT LA NOUVELLE À... À NOS AMIS MARINS... HMM... QUANT À VOUS... HMM... PARTEZ DONC QUELQUE TEMPS EN TOURNÉE À L'ÉTRANGER!
AU MÊME INSTANT...
HMM... CE SOUS-MARIN NON IDENTIFIÉ QUI NOUS A SUIVIS PENDANT NOS ESSAIS CONTINUE À ME PRÉOCCUPER... DÈS L'AUBE, JE VEUX UNE COUVERTURE AÉRIENNE CONSTANTE, DANNY!
JE VIENS DE PASSER AU CENTRE OPÉRATIONNEL, SIR! LE "SONAR" NE SIGNALE AUCUNE PRÉSENCE INQUIÉTANTE SOUS LES EAUX... IL Y A QUELQUES ÉCHOS EN SURFACE... PROBABLEMENT DES CHALUTIERS...
LÀ-BAS, SUR L'HORIZON... CES LUMIÈRES! CE SONT LES FEUX DE POSITION DE L'ESCADRE YANKEE!
COMMANDANT! ON VOUS DEMANDE EN BAS D'URGENCE!
VICTOR HUBINON
O.M. 26 B.

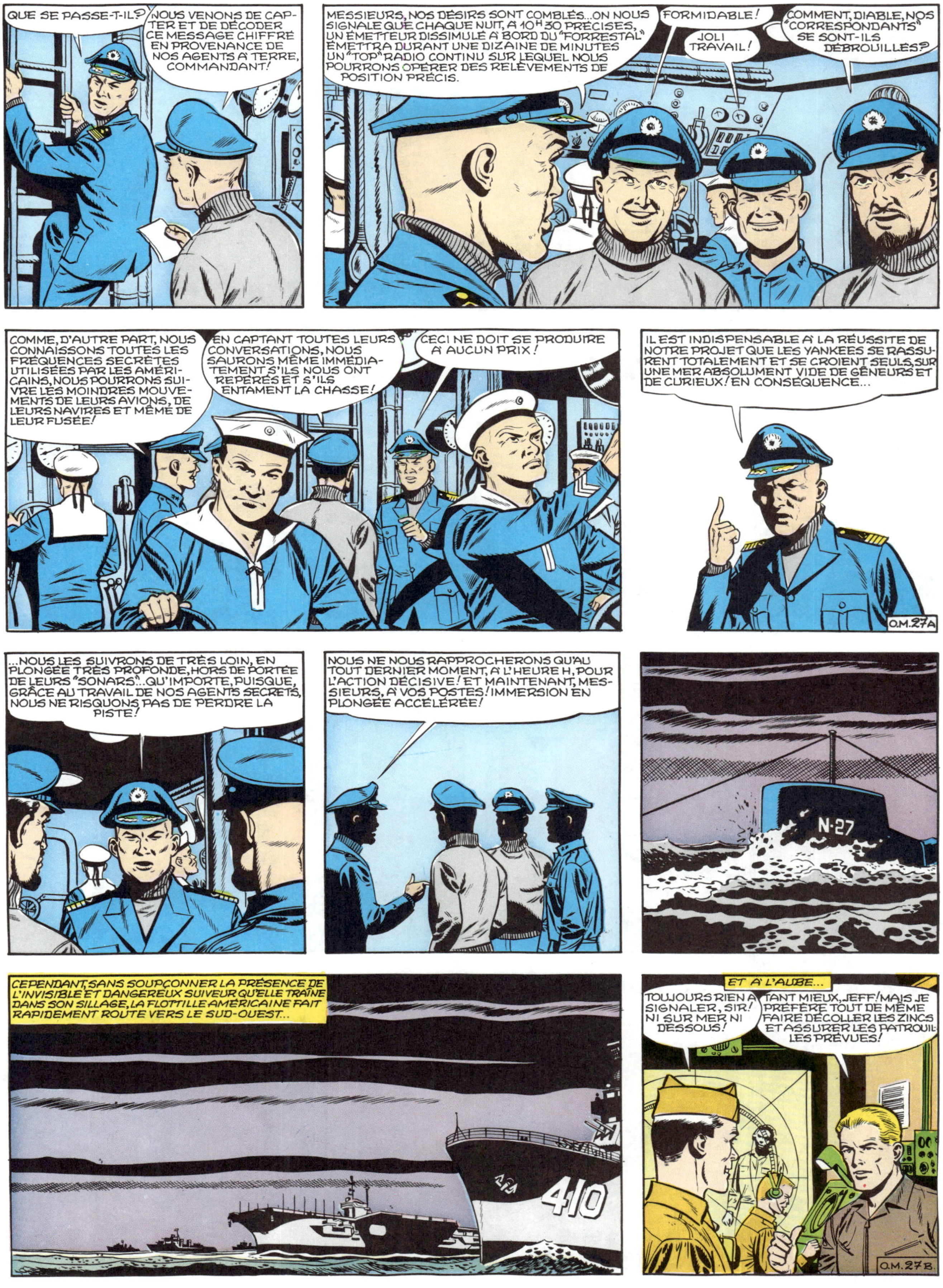

QUE SE PASSE-T-IL?
NOUS VENONS DE CAPTER ET DE DÉCODER CE MESSAGE CHIFFRÉ EN PROVENANCE DE NOS AGENTS À TERRE, COMMANDANT!
MESSIEURS, NOS DÉSIRS SONT COMBLÉS... ON NOUS SIGNALE QUE CHAQUE NUIT, À 10 H 30 PRÉCISES, UN ÉMETTEUR DISSIMULÉ À BORD DU "FORRESTAL" ÉMETTRA DURANT UNE DIZAINE DE MINUTES UN "TOP" RADIO CONTINU SUR LEQUEL NOUS POURRONS OPÉRER DES RELÈVEMENTS DE POSITION PRÉCIS.
FORMIDABLE!
JOLI TRAVAIL!
COMMENT, DIABLE, NOS "CORRESPONDANTS" SE SONT-ILS DÉBROUILLÉS?
COMME, D'AUTRE PART, NOUS CONNAISSONS TOUTES LES FRÉQUENCES SECRÈTES UTILISÉES PAR LES AMÉRICAINS, NOUS POURRONS SUIVRE LES MOINDRES MOUVEMENTS DE LEURS AVIONS, DE LEURS NAVIRES ET MÊME DE LEUR FUSÉE!
EN CAPTANT TOUTES LEURS CONVERSATIONS, NOUS SAURONS MÊME IMMÉDIATEMENT S'ILS NOUS ONT REPÉRÉS ET S'ILS ENTAMENT LA CHASSE!
CECI NE DOIT SE PRODUIRE À AUCUN PRIX!
IL EST INDISPENSABLE À LA RÉUSSITE DE NOTRE PROJET QUE LES YANKEES SE RASSURENT TOTALEMENT ET SE CROIENT SEULS, SUR UNE MER ABSOLUMENT VIDE DE GÊNEURS ET DE CURIEUX! EN CONSÉQUENCE...
O.M.27A
...NOUS LES SUIVRONS DE TRÈS LOIN, EN PLONGÉE TRÈS PROFONDE, HORS DE PORTÉE DE LEURS "SONARS"... QU'IMPORTE, PUISQUE, GRÂCE AU TRAVAIL DE NOS AGENTS SECRETS, NOUS NE RISQUONS PAS DE PERDRE LA PISTE!
NOUS NE NOUS RAPPROCHERONS QU'AU TOUT DERNIER MOMENT, À L'HEURE H, POUR L'ACTION DÉCISIVE! ET MAINTENANT, MESSIEURS, À VOS POSTES! IMMERSION EN PLONGÉE ACCÉLÉRÉE!
N-27
CEPENDANT, SANS SOUPÇONNER LA PRÉSENCE DE L'INVISIBLE ET DANGEREUX SUIVEUR QU'ELLE TRAÎNE DANS SON SILLAGE, LA FLOTTILLE AMÉRICAINE FAIT RAPIDEMENT ROUTE VERS LE SUD-OUEST...
410
ET À L'AUBE...
TOUJOURS RIEN À SIGNALER, SIR! NI SUR MER NI DESSOUS!
TANT MIEUX, JEFF! MAIS JE PRÉFÈRE TOUT DE MÊME FAIRE DÉCOLLER LES ZINCS ET ASSURER LES PATROUILLES PRÉVUES!
O.M.27B.

UN QUART D'HEURE PLUS TARD, À LA SALLE D'ALERTE...
BIEN COMPRIS, KIDS? IL S'AGIT DE NETTOYER L'OCÉAN DANS UN RAYON DE 150 MILLES... EN CAS D'INTERCEPTION D'UN "HOSTILE"[1] OU D'UN "INCONNU"[1] REFUSANT TOUT CONTACT, ORDRE FORMEL DE LES COULER BAS, APRÈS SOMMATIONS!
DANNY, TUCKSON, HOLDEN ET MOI, NOUS CONDUIRONS À TOUR DE RÔLE LES PATROUILLES DE RATISSAGE! LA MÉTÉO EST EXCELLENTE... 2/5 DE STRATUS À 10.000 PIEDS... VISIBILITÉ 20 NOEUDS!
(1): TERMES TECHNIQUES
JOUR ET NUIT, JE VEUX EN PERMANENCE DEUX ZINCS EN AVANT, DEUX EN ARRIÈRE ET DEUX SUR CHAQUE FLANC DE L'ESCADRE! ET LES HUNTERS-KILLERS PRÊTS À DÉCOLLER! BAVARDEZ LE MOINS POSSIBLE À LA RADIO. PLUS DE QUESTIONS? À VOS AVIONS, KIDS!
BIENTÔT LES PREMIERS CATAPULTAGES COMMENCENT... DEUX PAR DEUX, LES "JETS" ESCALADENT L'AZUR... DURANT TOUTE LA JOURNÉE, LES ÉQUIPES DE PONT SONT EN ALERTE. SUR L'AIRE D'ENVOL, C'EST UN INCESSANT CARROUSEL DE DÉCOLLAGES ET D'APPONTAGES.
CAKE JAUNE 1 ET 2! AU POSTE DE CATAPULTAGE!
17
U.S.S. FORRE
RIEN! NÉGATIF SUR TOUTE LA LIGNE! ON SE FATIGUE EN VAIN!
LA NUIT, ON ESPACERA LES PATROUILLES, SINON TOUS LES GARS SERONT SUR LES GENOUX DANS TROIS JOURS!
O.M. 28A
CE SOIR-LÀ...
?!? HÉ! QU'EST-CE QUE TU FAIS LÀ? JE VEUX CROIRE QUE TU N'AS PAS L'INTENTION D'ÉCOUTER DE LA MUSIQUE À UNE HEURE PAREILLE! J'AI ENVIE DE DORMIR, MOI!
10H25... NAVRÉ, VIEUX! C'EST L'HEURE DE MON RENDEZ-VOUS EN PENSÉE AVEC LA FEMME DE MA VIE!
QU... QUOI?
10H30! CHUT! GO!
HELLO! HELLO, SONNY DARLING! C'EST MOI! BONSOIR, HONEY...
C'EST ÇA! BONNE NUIT, MA VIEILLE! VA DONC TE COUCHER!
JE T'INTERDIS DE PARLER SUR CE TON À MA FIANCÉE!
CE TYPE DEVIENT IMPOSSIBLE! DE PLUS EN PLUS MABOUL!
EN CE MOMENT, JE SUIS AU THÉÂTRE, ET C'EST L'ENTRACTE!
JE SUIS SEULE DANS MA LOGE ET JE PENSE À TOI!
ET MOI, JE SUIS DANS MON LIT ET JE VEUX DORMIR... DORMIR!
SHUT UP! BOUCLE-LA OU JE FAIS HURLER L'APPAREIL AU MAXIMUM!
C'EST NOTRE PREMIER JOUR DE SÉPARATION, ET DÉJÀ TU ME MANQUES!
NOM DE NOM! ET JE CONDUIS UNE PATROUILLE DEMAIN, À 4H DU MATIN! LA PESTE SOIT DES BONNES FEMMES ET DE LEURS SOTTES INVENTIONS!
O.M. 28B

TANDIS QUE SONNY, RAVI ET INCONSCIENT DE L'INVOLONTAIRE TRAHISON QU'IL COMMET, ÉCOUTE LE TENDRE MESSAGE ENREGISTRÉ PAR LULU BELLE... À 150 KILOMÈTRES DE LÀ ET À 150 MÈTRES SOUS LA MER...
ADMIRABLE ! L'ÉMISSION DU SIGNAL A COMMENCÉ JUSTE À 10H30... NOTRE "BALISE" EST AU POINT ET PARFAITEMENT AUDIBLE !
ÇA Y EST, COMMANDANT ! NOS RELÈVEMENTS SONT TERMINÉS...
...ET MAINTENANT, HONEY, VOICI, HÉLAS ! VENUE L'HEURE DE NOUS QUITTER... BONSOIR ! JE T'EMBRASSE... À DEMAIN !
QUOI ? ÇA... ÇA VA RECOMMENCER DEMAIN ?
DEMAIN ET TOUS LES SOIRS, À 10H30 !
HEIN ? MILLE MILLIARDS DE... TU N'AS PAS LE DROIT D'INFLIGER ÇA À UN VIEUX FRÈRE D'ARMES ! JE ME PLAINDRAI... SI AU MOINS TON ENNUYEUSE JOUAIT DU TUBA AU LIEU DE...
?!
CEPENDANT, TOUTE LA NUIT ET TOUTE LA JOURNÉE DU LENDEMAIN, LES PATROUILLES AÉRIENNES SONT POURSUIVIES SANS RELÂCHE...
O.M. 29 A
ET LE SOIR, À 10H30, IMPERTURBABLEMENT...
HELLO, DARLING ! C'EST MOI !
ENCORE ? AH ! NON, NON ET NON ! J'EN AI ASSEZ DE CES ROUCOULEMENTS RIDICULES !
...ET LE TROISIÈME JOUR...
JE T'ASSURE, BUCK, ÇA NE PEUT PLUS DURER !
BAH ! UN PEU DE PATIENCE ! DEMAIN, NOUS SERONS À PIED D'ŒUVRE... ET APRÈS-DEMAIN, C'EST LE JOUR J...
JOUR J OU PAS, CE N'EST PAS ÇA QUI VA ARRÊTER CET IDIOT BÊLANT DE SONNY ! TONNERRE ! SI JE POUVAIS METTRE LA MAIN SUR SA BOÎTE À MUSIQUE QUAND IL N'EST PAS LÀ ! HÉ ! HÉ ! C'EST UNE IDÉE !
TO AL
UN JOUR ENCORE A PASSÉ... LA FLOTTILLE AMÉRICAINE A ATTEINT LE SECTEUR DÉSIGNÉ POUR LA RÉCUPÉRATION DE LA CAPSULE "MERCURY III"... LES DIFFÉRENTS BÂTIMENTS COMMENCENT À S'ÉCHELONNER SUR TOUTE LA ZONE INTERDITE...
C'EST THÉORIQUEMENT NOUS ET L'ESCORTEUR "PENSACOLA" QUI SERONS LES PLUS PROCHES DU POINT PRÉVU POUR L'AMERRISSAGE DU SATELLITE... MAIS IL PEUT Y AVOIR DES SURPRISES. SA TRAJECTOIRE PEUT DÉVIER !
COUCOU, DARLING ! C'EST ENCORE MOI !
PAS BESOIN DE LE DIRE, MÊME ! MAIS C'EST LA DERNIÈRE FOIS ! DEMAIN, SONNY VOLE SANS MOI ! ÇA ME DONNERA LE TEMPS DE TE CLORE LE BEC SCIENTIFIQUEMENT !
O.M. 29 B

34

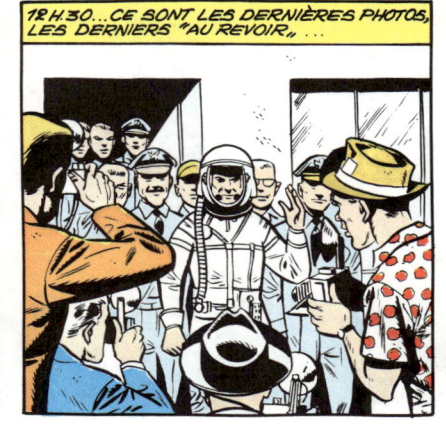

ICI CONTRÔLE CAP CANAVERAL... ALLO, "FORRESTAL"? LE PILOTE DE "MERCURY III" VIENT DE MONTER EN ASCENSEUR JUSQU'A LA CAPSULE, OÙ IL EST EN TRAIN DE PRENDRE PLACE... OVER...
13 HEURES... LE CAPITAINE DAYTON ACHÈVE DE S'ATTACHER SUR SON SIÈGE, DANS LA CAPSULE... MINUTIEUSEMENT, LES INGÉNIEURS TERMINENT LE RACCORDEMENT DES CIRCUITS DE SON SCAPHANDRE A CEUX DU SATELLITE.
13 H. 15...
ATTENTION! ATTENTION! VEUILLEZ ÉVACUER IMMÉDIATEMENT L'AIRE D'ENVOL ET GAGNER VOS ABRIS RESPECTIFS... JE RÉPÈTE... ORDRE GÉNÉRAL D'ÉVACUER L'AIRE D'ENVOL!
ALLO, DAYTON? PLUS QUE DIX MINUTES! DÉCONTRACTEZ-VOUS... RESPIREZ LARGEMENT... FAITES CORPS LE PLUS POSSIBLE AVEC VOTRE SIÈGE... PARÉ?
PARÉ! TOUT VA BIEN!
ATTENTION! JE VAIS COMMENCER LE COMPTE A REBOURS... PLUS QUE 20 SECONDES... 15... 12... DIX... NEUF...
OM. 31A.
HUIT... SEPT... SIX...
CINQ... QUATRE... TROIS...
DEUX... UN... ZÉRO!...
FEU!
FIRE
OM. 31B.

36

37

38

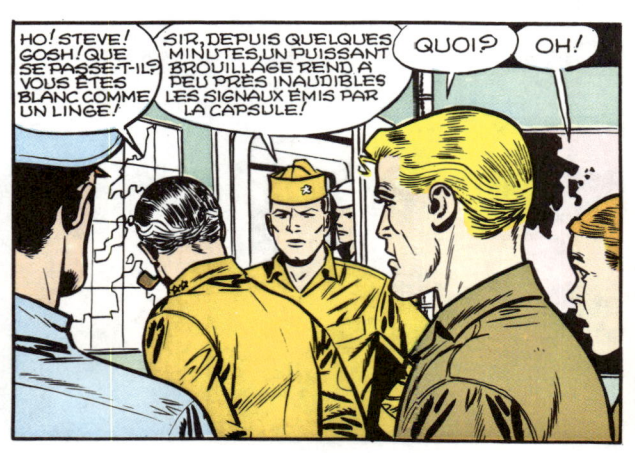

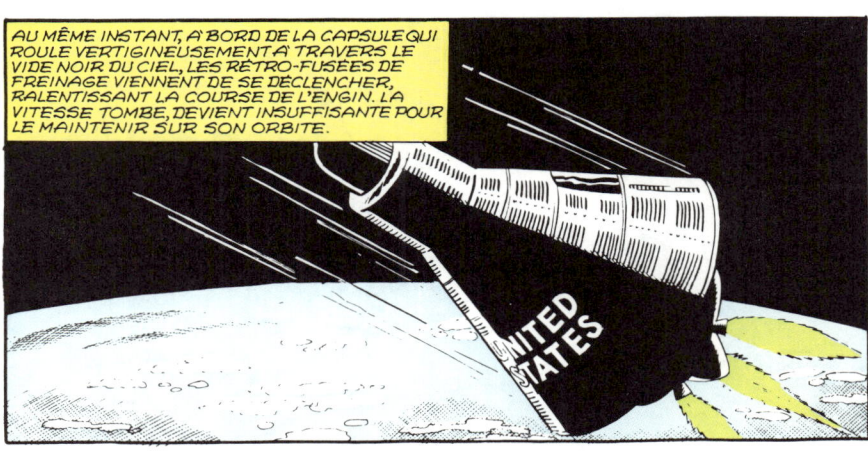

| QUELQUES INSTANTS PLUS TARD, TANDIS QUE BUCK DÉCOLLE À LA TÊTE D'UNE PREMIÈRE PATROUILLE DE RECHERCHES... | ...TUMBLER REMPLIT PONCTUELLEMENT SA MISSION. | TRANSMETTEZ CECI À LA SÉCURITÉ MILITAIRE DE LA BASE DE NORFOLK : ORDRE D'ARRÊTER IMMÉDIATEMENT LA CHANTEUSE LULU BELLE ET TOUS LES MEMBRES DE SA FAMILLE ! |

ET BIENTÔT D'INNOMBRABLES MESSAGES CHIFFRÉS CRÉPITENT SUR LES ONDES, ALERTANT TOUS LES ORGANISMES PARTICIPANT À L'OPÉRATION "MERCURY III."

— CEPENDANT... DEPUIS QUELQUES MINUTES, NOUS DÉCELONS UNE INTENSE ACTIVITÉ SUR LES LIGNES RADIOPHONIQUES DES YANKEES ! MAIS TOUT EST CODÉ !

— ILS DOIVENT SOUPÇONNER QUELQUE CHOSE À LA SUITE DE NOTRE BROUILLAGE INTENSIF !

— BAH ! DE TOUTES FAÇONS, ILS NE PEUVENT PLUS FAIRE GRAND-CHOSE QU'ATTENDRE LA CHUTE DE LA FUSÉE !

À BORD DU "FORRESTAL" ET DE TOUS LES BÂTIMENTS DE LA FLOTTILLE, CHAQUE HEURE QUI PASSE AUGMENTE L'INQUIÉTUDE...

— NÉGATIF, SIR ! CES DAMNÉS SOUS-MARINS NOUS REPÈRENT TROP AISÉMENT ! DÈS QUE NOUS NOUS RAPPROCHONS, ILS CESSENT LEUR ÉMISSION, SE DÉPLACENT ET RECOMMENCENT !

— GENTLEMEN ! NOUS RECEVONS À L'INSTANT UN MESSAGE CODÉ DE CAP CANAVERAL : LA CAPSULE "MERCURY III" VIENT D'ENTAMER SES OPÉRATIONS DE DESCENTE...

— JUSTE À L'HEURE ! HO ! DANNY !

— JE VEUX UN MAXIMUM DE ZINCS PRÊTS À DÉCOLLER... FAITES-LES TOUS ARMER ! J'AI L'IMPRESSION QUE NOUS ALLONS AVOIR À JOUER UNE TRÈS CHAUDE PARTIE !

— TOUT EST PARÉ, SIR !

AU MÊME INSTANT, À BORD DE LA CAPSULE QUI ROULE VERTIGINEUSEMENT À TRAVERS LE VIDE NOIR DU CIEL, LES RÉTRO-FUSÉES DE FREINAGE VIENNENT DE SE DÉCLENCHER, RALENTISSANT LA COURSE DE L'ENGIN. LA VITESSE TOMBE, DEVIENT INSUFFISANTE POUR LE MAINTENIR SUR SON ORBITE.

MAIS SOUDAIN...

— SIR ! DAYTON SIGNALE QUE L'UNE DE SES RÉTRO-FUSÉES N'A PAS FONCTIONNÉ ! SA TRAJECTOIRE DE RENTRÉE DANS L'ATMOSPHÈRE VA ÊTRE LÉGÈREMENT ALLONGÉE !

— QUOI ?!

40

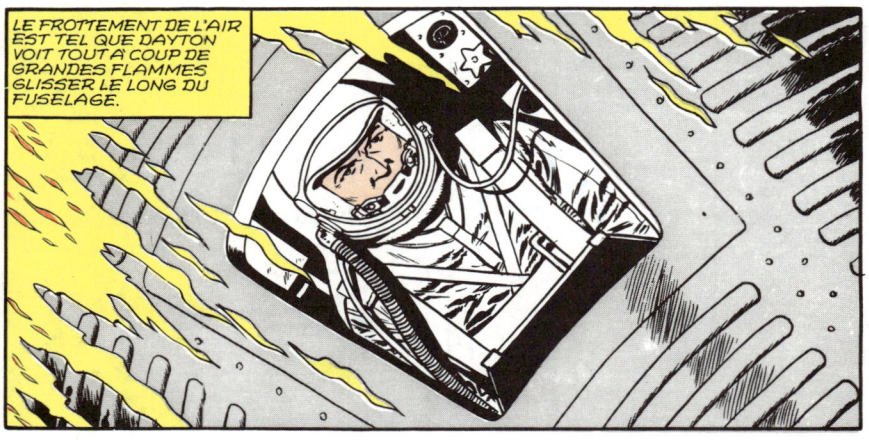

UNE EPAISSE COUCHE DE BROUILLARD EST EN TRAIN DE SE FORMER RAPIDEMENT ET DE FAÇON INEXPLICABLE SUR TOUTE UNE PARTIE DE LA ZONE DE RÉCUPÉRATION... LÀ OÙ SELON TOUTE PROBABILITÉ VA AMERRIR LA CAPSULE!
? HELL!
ET AU MÊME INSTANT...
ALERTE! JE LOCALISE DANS LE 186 PLUSIEURS ÉCHOS À TRÈS GRANDE PROFONDEUR, CONVERGEANT DROIT VERS NOUS! VITESSE: ENVIRON 25 NOEUDS... DES SOUS-MARINS, PROBABLEMENT!
HEIN? BRANCHEZ IMMÉDIATEMENT LE SYSTÈME D'IDENTIFICATION! (1)
(1): TOUS LES AVIONS, NAVIRES OU SOUS-MARINS AMIS SONT MUNIS D'UN SYSTÈME ÉLECTRONIQUE QUI FAIT APPARAÎTRE DEVANT LEUR ÉCHO, SUR LES ÉCRANS RADARS, DEUX "BANANES", QUI PERMETTENT DE LES IDENTIFIER COMME AMIS.
RIEN, SIR! CE SONT DES SUBMERSIBLES "HOSTILES"!
GEE! DÉCOLLAGE IMMÉDIAT POUR TOUS LES AVIONS! ORDRE DE REPÉRER ET DE COULER TOUT SOUS-MARIN AYANT PÉNÉTRÉ DANS LA ZONE!
CEPENDANT, FREINÉE DE PLUS EN PLUS PAR LE FROTTEMENT DE L'AIR SUR SA COQUE CHAUFFÉE AU ROUGE, LA CAPSULE, PERDANT RAPIDEMENT DE L'ALTITUDE, A ACCOMPLI SON ULTIME ROTATION AUTOUR DU GLOBE ET, SURVOLANT LES ÉTATS-UNIS D'OUEST EN EST, ENTAME SON ULTIME DESCENTE VERS L'ATLANTIQUE ET LES CARAÏBES
O.M. 37 A.
CEPENDANT.
COMMANDANT! LE "FORRESTAL" ET PLUSIEURS UNITÉS YANKEES SE SONT MIS EN ROUTE À TOUTE VITESSE DANS LE 032 SUR LE CAP 225...
ALERTE! DANS LE 040! DE NOMBREUX APPAREILS DÉCOLLÉS DU PORTE-AVIONS SE DIRIGENT VERS NOUS!
EN EFFET, TANDIS QUE LE "FORRESTAL" ET DEUX ESCORTEURS FONCENT VERS LE NOUVEAU POINT DONNÉ PAR CAP CANAVERAL COMME CELUI DE L'AMERRISSAGE PROBABLE DE LA CAPSULE...
DEUX SOUS-MARINS "HOSTILES" DANS LE 193! JE LES SITUE À MOINS DE 40 MILLES DE NOUS!
... UNE PUISSANTE FORMATION D'ATTAQUE ANTI-SOUS-MARINE GUIDÉE PAR RADAR S'APPRÊTE À INTERCEPTER LES SUBMERSIBLES.
NAVY
OR AU MÊME INSTANT...
ATTENTION! PARÉS POUR LE DÉCLENCHEMENT DE LA TROISIÈME PHASE DE NOTRE OPÉRATION! FEU!
O.M. 37 B.

À BORD DU MYSTÉRIEUX SUBMERSIBLE, UN OPÉRATEUR A BRANCHÉ SON ÉMETTEUR SUR UNE FRÉQUENCE ULTRA-COURTE ET VIENT D'ENFONCER UN POUSSOIR, ENVOYANT UNE IMPULSION RADIO-ÉLECTRIQUE À DISTANCE.
INSTANTANÉMENT, CE SIGNAL A ÉTÉ CAPTÉ PAR LES RÉCEPTEURS COMMANDANT LA MISE À FEU DES CHARGES, POSÉES QUELQUES JOURS AUPARAVANT SUR LES GOUVERNAILS DU PORTE-AVIONS PAR DES HOMMES-GRENOUILLES INCONNUS DANS LES EAUX DE NORFOLK...
SUR L'ARRIÈRE DU "FORRESTAL", UNE SOURDE ET PUISSANTE EXPLOSION A SOUDAIN SOULEVÉ LA MER EN UN DOUBLE GEYSER... SOUS LA COQUE, LES CHARNIÈRES DES GOUVERNAILS, FAUSSÉES, SE SONT BLOQUÉES NET! ET L'IMMENSE NAVIRE SE MET À VIRER SUR LUI-MÊME EN LARGES CERCLES CONCENTRIQUES, COMME UN VULGAIRE JOUET DE BAZAR.
O.M. 38 A
ET TANDIS QUE SUR LE PORTE-AVIONS HURLENT LES SIRÈNES D'ALERTE ET SE DÉPLOIE UNE FIÉVREUSE ACTIVITÉ, À UNE CENTAINE DE KILOMÈTRES DE LÀ, LA CAPSULE, SOUTENUE PAR SON PARACHUTE, DESCEND RAPIDEMENT VERS LA MER...
...TROUE L'ÉPAISSE COUCHE DE BROUILLARD TRAÎNANT À LA SURFACE, AVANT DE S'ABATTRE AU MILIEU DES VAGUES. AUTOUR DU CÔNE BALLOTTÉ S'AGRANDIT AUSSITÔT UNE IMMENSE TACHE DE COLORANT JAUNE. UN PUISSANT RADIO-SIGNAL SE DÉCLENCHE À BORD POUR GUIDER LES RECHERCHES.
AMERRISSAGE RÉUSSI! CAPSULE LOCALISÉE DANS LE 028, SECTEUR Z, À UNE DISTANCE DE 53 NAUTIQUES! (1)
(1) : MILLE NAUTIQUE, SOIT 1852 M.
MAIS À BORD DU MYSTÉRIEUX SOUS-MARIN QUI COMMANDE LES FORCES ADVERSES, RADIO ET RADAR ONT AUSSI REPÉRÉ L'ÉPAVE...
EN AVANT TOUTES! IL FAUT QUE NOUS PARVENIONS LES PREMIERS SUR PLACE!
VICTOR HUBINON
O.M. 38 B

ALERTE GÉNÉRALE! UN SOUS-MARIN NON IDENTIFIÉ FONCE VERS LA CAPSULE! IL RISQUE FORT DE PRÉCÉDER SUR PLACE TOUS NOS BATEAUX!
HELL! DANNY VIENT DE DÉCOLLER! QU'IL SE DÉROUTE AVEC SA PATROUILLE. ORDRE DE COUVRIR MERCURY III ET DE DÉTRUIRE À VUE TOUT SUBMERSIBLE SUSPECT!
ALLO, SWEET HOME! ICI CAKE LEADER! BIEN COMPRIS! FAISONS DU "HOMING" SUR LE RADIO-SIGNAL DE MERCURY! SOMMES TRÈS GÊNÉS PAR LE BROUILLARD!
UN DESTROYER VOUS REJOINT!
DE TOUTE LA PUISSANCE DE SES MACHINES, L'ESCORTEUR AMÉRICAIN FONCE, EN EFFET, DROIT VERS LA RÉGION OÙ VIENT DE SE POSER LA CAPSULE. MAIS SOUDAIN...
ALLO, PASSERELLE... ICI, POSTE DE DÉTECTION 2! ATTENTION!
SOUS-MARIN DROIT DEVANT, EN IMMERSION PROFONDE, DANS LE 228... ALERTE! NOMBREUX ÉCHOS FAIBLES ET RAPPROCHÉS TOUT AUTOUR DE NOUS! VRAISEMBLABLEMENT DES MINES!
O.M. 39 A
EN EFFET... PRÉCÉDANT DE PEU L'ESCORTEUR, L'UN DES SOUS-MARINS ADVERSES, NAVIGUANT À PROFONDEUR LIMITE ET PRESQUE À L'ABRI DES CHARGES DE FOND, EST EN TRAIN DE LARGUER SUR SA ROUTE DES CHAPELETS DE MINES FLOTTANTES.
ATTENTION! LÀ! UNE MINE! PAS DE DOUTE! HO! TREUGOTT! LA VITESSE! FAITES RÉDUIRE LA VITESSE! EN FONÇANT COMME DES AVEUGLES DANS CE MAUDIT GUÊPIER, C'EST LA CATASTROPHE CERTAINE!
À BORD DU "FORRESTAL" TOUJOURS LANCÉ DANS UNE RONDE INFERNALE, C'EST LA PANIQUE...
ALLO! SWEET HOME À CAKE LEADER! TOUS NOS NAVIRES DE SURFACE GRAVEMENT RETARDÉS!
VOUS ÊTES ACTUELLEMENT LA FORMATION LA PLUS PROCHE DE LA CAPSULE! ATTENTION! SOUS-MARIN HOSTILE À PROXIMITÉ IMMÉDIATE DE MERCURY! HURRY UP! HURRY UP, KIDS! (1)
FACILE À DIRE AVEC CE DAMNÉ BROUILLARD! LEADER À TOUS! ARMEZ VOS ROCKETS! ENCLENCHEZ VOS RADARS DE TIR!
(1): VITE!
O.M. 39 B.

CEPENDANT, SOUS L'ÉPAISSE COUCHE DE BRUME QUI NOIE LA MER, DAYTON, L'ASTRONAUTE QUI A PILOTÉ LA CAPSULE, S'EST DÉGAGÉ ET PAR LA TRAPPE DE SORTIE GUETTE DÉSESPÉRÉMENT LES SECOURS...
SI CES EMPAILLÉS NE SE DÉPÊCHENT PAS UN PEU, MA BOÎTE DE CONSERVES VA PRENDRE EAU, ET JE VAIS ME RETROUVER AVEC ELLE DANS LES ABYSSES!
OH! CE VROMBISSEMENT! CE SONT LES COPAINS! ILS ME CHERCHENT! ILS NE M'ONT PAS VU SOUS CETTE SALETÉ DE BRUME! JE... OH! QU'EST-CE...
BRUSQUEMENT LA MER S'EST SOULEVÉE, S'OUVRE AVEC DE PUISSANTS REMOUS ÉCUMEUX. JAILLISSANT DES PROFONDEURS, EN ÉMERSION ACCÉLÉRÉE, UN GRAND SOUS-MARIN DE CROISIÈRE, SANS LE MOINDRE SIGNE DISTINCTIF DE NATIONALITÉ, VIENT DE SURGIR AUX YEUX DE DAYTON, SIDÉRÉ...
?!!?
N-27
UNITED STATES
O.M. 40A
ALLO! ALLO! ICI MERCURY III! MAYDAY! MAYDAY! MAYDAY! SOUS-MARIN INCONNU STOPPÉ TOUT PRÈS. PLUSIEURS AVIONS VIENNENT DE PASSER À MA VERTICALE! POUR L'AMOUR DU CIEL, FAITES VITE!
MAIS IL EST DÉJÀ TROP TARD...
HALTE! RENDEZ-VOUS! LÂCHEZ CE MICRO IMMÉDIATEMENT OU NOUS FAISONS FEU! SI VOUS VOUS TENEZ TRANQUILLES, IL NE VOUS ARRIVERA RIEN DE MAL!
N-27
ALLO! ALLO, DAYTON! ALLO, DAYTON! OÙ ÊTES-VOUS? RÉPONDEZ!
ET QUELQUES INSTANTS PLUS TARD...
BIENVENUE À NOTRE BORD, MISTER DAYTON! ET TOUTES NOS FÉLICITATIONS POUR L'EXTRAORDINAIRE PERFORMANCE QUE VOUS VENEZ DE RÉUSSIR!
UNITED STATES
HO! VOUS AUTRES! OCCUPEZ-VOUS DE LA CAPSULE! IL NE FAUT PAS MOISIR ICI!
PLUS VITE! PLUS VITE! VOICI LES AVIONS QUI REVIENNENT! PRESSONS!
O.M. 40B.

45

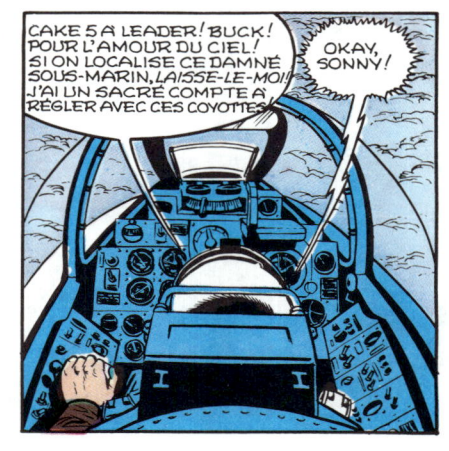

DANS LE HURLEMENT DES KLAXONS AVERTISSEURS, LE SOUS-MARIN DÉJÀ S'ENFONCE, TROUE LA SURFACE... MAIS IL EST TROP TARD! JAILLISSANT AU RAS DE L'EAU DE LA COUCHE DE BRUME, LES "GRUMMAN" REDRESSENT À FAUCHER LE KIOSQUE, CRACHENT EN RAFALES LEURS ROQUETTES.
YEEPEEE! NOUS LE TENONS!
N-27
DANS LE FRACAS DES EXPLOSIONS, LE SUBMERSIBLE S'EST DÉROBÉ EN CATASTROPHE SOUS LA SURFACE DE LA MER, EMPORTANT DANS SES FLANCS LA CAPSULE "MERCURY" ET SON COSMONAUTE. MAIS...
CAKE 5 À LEADER! TOUCHÉ! NOUS L'AVONS TOUCHÉ! IL Y A DE LARGES TACHES D'HUILE QUI REMONTENT À LA SURFACE! IL FAUT LE SUIVRE! L'ACHEVER!
LEADER À TOUS! PAS QUESTION! DEMI-TOUR! NOUS SOMMES PRESQUE À SEC DE CARBURANT! ON GRIMPE ET ON SE REGROUPE SUR LE CAP 010 AU-DESSUS DE LA COUCHE! OUT!
5
USS FORRESTAL
NAVY
O.M. 42A
ALLO, CAKE LEADER! C'EST DE LA FOLIE! SI NOUS LÂCHONS CE DAMNÉ RAFIOT, NOUS NE LE RETROUVERONS PLUS! IL NOUS ÉCHAPPERA! AVEC DAYTON ET LA CAPSULE!
CAKE LEADER À CAKE 5! ON RENTRE! C'EST UN ORDRE! JE NE PUIS PAS SACRIFIER LA VIE DE PLUSIEURS PILOTES POUR UN SOUS-MARIN QUI N'IRA PLUS LOIN! CESSE DE RONCHONNER ET GRIMPE!
NAVY
RETRAVERSANT LA ZONE DE BRUME, LES "F11F" REGROUPÉS, ONT PRIS LE CAP-RETOUR.
ALLO, SWEET HOME! ICI CAKE LEADER! AVONS TRÈS GRAVEMENT ENDOMMAGÉ LE SUBMERSIBLE ENNEMI, MAIS SANS POUVOIR LE COULER!
IL FUIT SUR LE CAP 054... ZÉRO... CINQ... QUATRE, EN PERDANT DE L'HUILE ET DU CARBURANT... ENVOYEZ D'URGENCE "HUNTER-KILLER" DANS LE SECTEUR 08 BZ. 26 RT! OVER!
?
3
NAVY
NAVY
ALLO! CAKE 4 À LEADER! BUCK! IL... IL MANQUE UN AVION! MON AILIER A DISPARU! ET... ET C'ÉTAIT SONNY! LE CIEL EST VIDE!
?!?! QUOI?! TONNERRE!
ALLO! ICI CAKE LEADER! J'APPELLE CAKE 5! ALLO! ALLO, CAKE 5, M'ENTENDEZ-VOUS? ALLO! POUR L'AMOUR DU CIEL, CAKE 5, RÉPONDEZ! ALLO! MON DIEU! SONNY NE RÉPOND PLUS!
VICTOR HUBINON
O.M. 42B

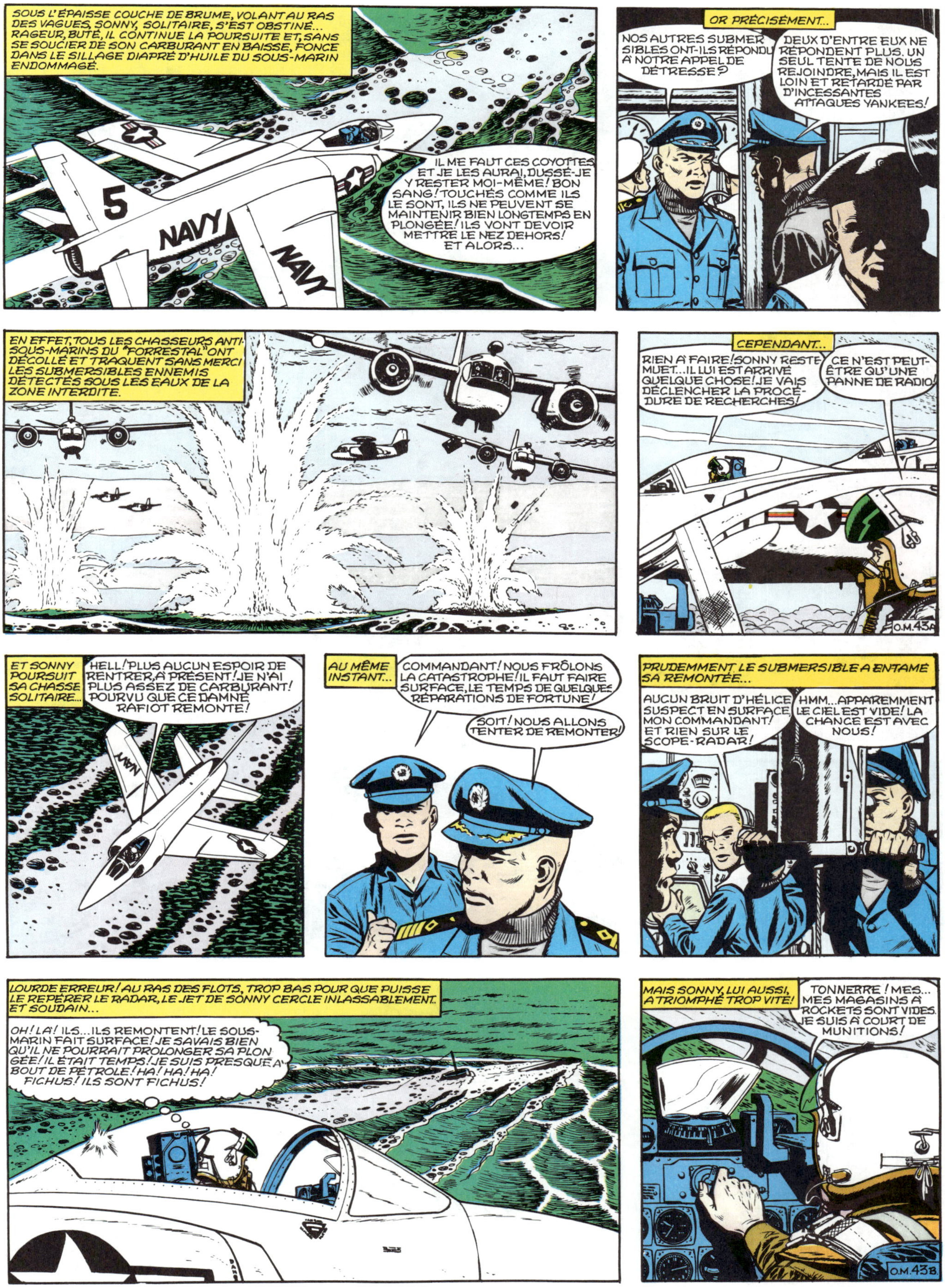
SOUS L'ÉPAISSE COUCHE DE BRUME, VOLANT AU RAS DES VAGUES, SONNY, SOLITAIRE, S'EST OBSTINÉ... RAGEUR, BUTÉ, IL CONTINUE LA POURSUITE ET, SANS SE SOUCIER DE SON CARBURANT EN BAISSE, FONCE DANS LE SILLAGE DIAPRÉ D'HUILE DU SOUS-MARIN ENDOMMAGÉ.
IL ME FAUT CES COYOTTES ET JE LES AURAI, DUSSÉ-JE Y RESTER MOI-MÊME! BON SANG! TOUCHÉS COMME ILS LE SONT, ILS NE PEUVENT SE MAINTENIR BIEN LONGTEMPS EN PLONGÉE! ILS VONT DEVOIR METTRE LE NEZ DEHORS! ET ALORS...
5
NAVY
NAVY
OR PRÉCISÉMENT...
NOS AUTRES SUBMERSIBLES ONT-ILS RÉPONDU À NOTRE APPEL DE DÉTRESSE?
DEUX D'ENTRE EUX NE RÉPONDENT PLUS. UN SEUL TENTE DE NOUS REJOINDRE, MAIS IL EST LOIN ET RETARDÉ PAR D'INCESSANTES ATTAQUES YANKEES!
EN EFFET, TOUS LES CHASSEURS ANTI-SOUS-MARINS DU "FORRESTAL" ONT DÉCOLLÉ ET TRAQUENT SANS MERCI LES SUBMERSIBLES ENNEMIS DÉTECTÉS SOUS LES EAUX DE LA ZONE INTERDITE.
CEPENDANT...
RIEN À FAIRE! SONNY RESTE MUET... IL LUI EST ARRIVÉ QUELQUE CHOSE! JE VAIS DÉCLENCHER LA PROCÉDURE DE RECHERCHES!
CE N'EST PEUT-ÊTRE QU'UNE PANNE DE RADIO!
O.M.43A
ET SONNY POURSUIT SA CHASSE SOLITAIRE...
HELL! PLUS AUCUN ESPOIR DE RENTRER, À PRÉSENT! JE N'AI PLUS ASSEZ DE CARBURANT! POURVU QUE CE DAMNÉ RAFIOT REMONTE!
NAVY
AU MÊME INSTANT...
COMMANDANT! NOUS FRÔLONS LA CATASTROPHE! IL FAUT FAIRE SURFACE, LE TEMPS DE QUELQUES RÉPARATIONS DE FORTUNE!
SOIT! NOUS ALLONS TENTER DE REMONTER!
PRUDEMMENT LE SUBMERSIBLE A ENTAMÉ SA REMONTÉE...
AUCUN BRUIT D'HÉLICE SUSPECT EN SURFACE, MON COMMANDANT! ET RIEN SUR LE SCOPE-RADAR!
HMM... APPAREMMENT LE CIEL EST VIDE! LA CHANCE EST AVEC NOUS!
LOURDE ERREUR! AU RAS DES FLOTS, TROP BAS POUR QUE PUISSE LE REPÉRER LE RADAR, LE JET DE SONNY CERCLE INLASSABLEMENT. ET SOUDAIN...
OH! LÀ! ILS... ILS REMONTENT! LE SOUS-MARIN FAIT SURFACE! JE SAVAIS BIEN QU'IL NE POURRAIT PROLONGER SA PLONGÉE! IL ÉTAIT TEMPS! JE SUIS PRESQUE À BOUT DE PÉTROLE! HA! HA! HA! FICHUS! ILS SONT FICHUS!
MAIS SONNY, LUI AUSSI, A TRIOMPHÉ TROP VITE!
TONNERRE! MES... MES MAGASINS À ROCKETS SONT VIDES. JE SUIS À COURT DE MUNITIONS!
O.M.43B.

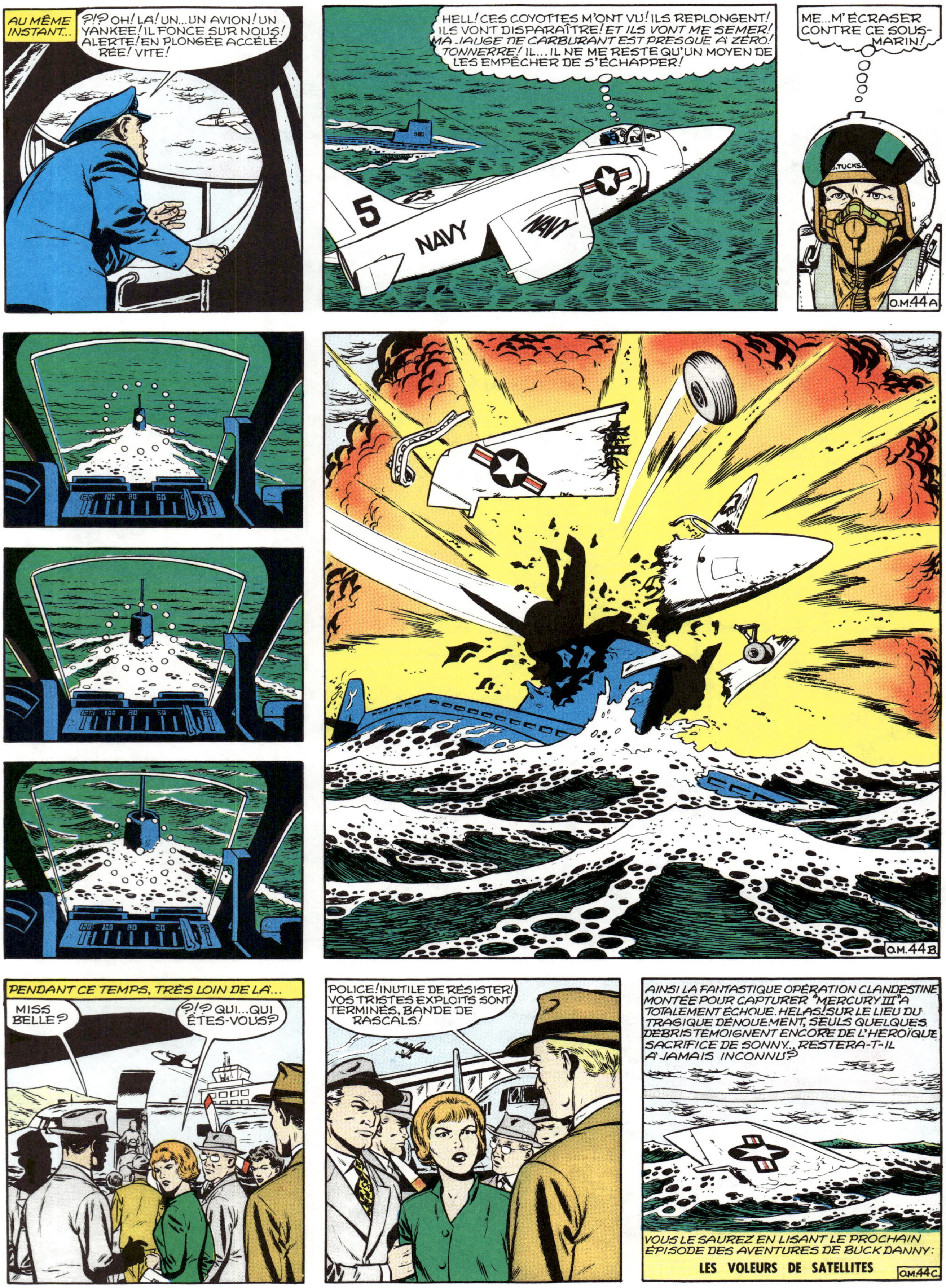
AU MÊME INSTANT...
?!? OH! LÀ! UN... UN AVION! UN YANKEE! IL FONCE SUR NOUS! ALERTE! EN PLONGÉE ACCÉLÉRÉE! VITE!
HELL! CES COYOTTES M'ONT VU! ILS REPLONGENT! ILS VONT DISPARAÎTRE! ET ILS VONT ME SEMER! MA JAUGE DE CARBURANT EST PRESQUE À ZÉRO! TONNERRE! IL... IL NE ME RESTE QU'UN MOYEN DE LES EMPÊCHER DE S'ÉCHAPPER!
5
NAVY
NAVY
ME... M'ÉCRASER CONTRE CE SOUS-MARIN!
O.M. 44 A
O.M. 44 B.
PENDANT CE TEMPS, TRÈS LOIN DE LÀ...
MISS BELLE?
?!? QUI... QUI ÊTES-VOUS?
POLICE! INUTILE DE RÉSISTER! VOS TRISTES EXPLOITS SONT TERMINÉS, BANDE DE RASCALS!
AINSI LA FANTASTIQUE OPÉRATION CLANDESTINE MONTÉE POUR CAPTURER "MERCURY III" A TOTALEMENT ÉCHOUÉ. HÉLAS! SUR LE LIEU DU TRAGIQUE DÉNOUEMENT, SEULS QUELQUES DÉBRIS TÉMOIGNENT ENCORE DE L'HÉROÏQUE SACRIFICE DE SONNY... RESTERA-T-IL À JAMAIS INCONNU?
VOUS LE SAUREZ EN LISANT LE PROCHAIN ÉPISODE DES AVENTURES DE BUCK DANNY:
LES VOLEURS DE SATELLITES
O.M. 44 C.

LES AVENTURES DE Buck Danny

LES VOLEURS DE SATELLITES

VICTOR HUBINON

DUPUIS

CET APRÈS-MIDI-LA, ACCROCHÉE À SES POSTES DE RADIO OU DE TÉLÉVISION, L'AMÉRIQUE ENTIÈRE ATTEND, ANXIEUSE ET HALETANTE, L'ANNONCE DE L'HEUREUSE RÉCUPÉRATION D'UNE CAPSULE SPATIALE "MERCURY", LANCÉE LA VEILLE DE CAP CANAVERAL AVEC UN COSMONAUTE À BORD. APRÈS UN VOL ORBITAL DE PLUS DE 24 HEURES, LE SATELLITE A AMERRI À LA LIMITE DE LA ZONE DE RÉCUPÉRATION PRÉVUE, QUELQUE PART EN PLEIN ATLANTIQUE.
MAIS DEPUIS LA DIFFUSION DE CETTE NOUVELLE, PLUS RIEN...

— FOLKS ! ALORS ? TOUJOURS RIEN DE NEUF ?

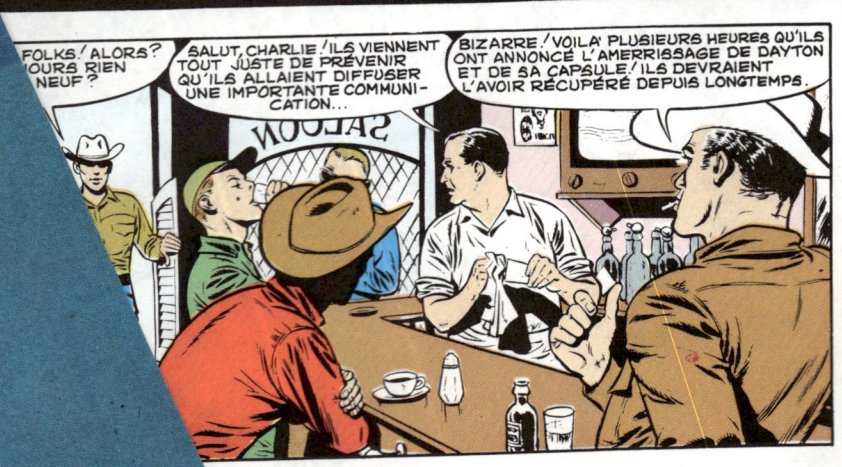

— SALUT, CHARLIE ! ILS VIENNENT TOUT JUSTE DE PRÉVENIR QU'ILS ALLAIENT DIFFUSER UNE IMPORTANTE COMMUNICATION...

— BIZARRE ! VOILÀ PLUSIEURS HEURES QU'ILS ONT ANNONCÉ L'AMERRISSAGE DE DAYTON ET DE SA CAPSULE ! ILS DEVRAIENT L'AVOIR RÉCUPÉRÉ DEPUIS LONGTEMPS.

— SURTOUT AVEC TOUT LE DISPOSITIF MIS EN PLACE ! À MON AVIS, IL A DÛ ARRIVER QUELQUE CH...

— LADIES AND GENTLEMEN, NOUS VOUS PRIONS D'ÉCOUTER UN BULLETIN SPÉCIAL !

...QUE NOUVELLE RE PART... DE LAQUELLE TE JIMMY ECTEMENT

...N'A PU ÊTRE RETROUVÉE PAR LES NAVIRES ET LES AVIONS LANCÉS À SA RECHERCHE. LE COMMUNIQUÉ OFFICIEL DE LA N.A.S.A.①, QUI VIENT DE L'ANNONCER, NE DONNE AUCUN DÉTAIL...

①: N.A.S.A.: NATIONAL AERONAUTICS AND SPACE ADMINISTRATION : ORGANISME QUI DIRIGE TOUTES LES RECHERCHES SPATIALES DES U.S.A.

...MAIS IL SEMBLE BIEN QUE L'ON NE CONSERVE AUCUN ESPOIR. LE PORTE-PAROLE DE LA N.A.S.A. S'EST REFUSÉ À TOUT COMMENTAIRE ET À TOUTE EXPLICATION. D'APRÈS CERTAINS MILIEUX BIEN INFORMÉS...

...LES SERVICES DE RÉCUPÉRATION ÉCHELONNÉS DANS L'ATLANTIQUE AURAIENT RENCONTRÉ DE GRAVES DIFFICULTÉS. UNE RÉUNION À L'ÉCHELON SUPÉRIEUR SE TIENT ACTUELLEMENT CHEZ LE PRÉSIDENT KENNEDY...

...ELLE GROUPE LES PRINCIPAUX RESPONSABLES DU PENTAGONE(1) ET DE LA N.A.S.A.... NOUS VOUS TIENDRONS AU COURANT AU FUR ET À MESURE QUE NOUS PARVIENDRONT DE NOUVEAUX DÉTAILS.
(1): GRAND QUARTIER GÉNÉRAL DES FORCES ARMÉES DES U.S
MESSIEURS, CE QUE VOUS ME RAPPORTEZ LÀ EST INCROYABLE...
MONSIEUR LE PRÉSIDENT, C'EST POURTANT LA STRICTE VÉRITÉ. ELLE ÉTAIT SI EFFARANTE QUE NOUS NOUS LA SOMMES FAIT CONFIRMER DEUX FOIS, ET PAR L'AMIRAL COMMANDANT LA FLOTTE DE RÉCUPÉRATION LUI-MÊME!
BIEN ENTENDU, IL ÉTAIT ABSOLUMENT IMPOSSIBLE DE LA LIVRER AU GRAND PUBLIC!
LA CAPSULE SPATIALE DU CAPITAINE DAYTON N'A PAS COULÉ À LA SUITE D'UN INCIDENT TECHNIQUE, OU PAR SUITE D'UN RETARD DE DÉTECTION, OU DU DÉCLENCHEMENT DES OPÉRATIONS DE RÉCUPÉRATION...
?!
ELLE A ÉTÉ ENLEVÉE PAR UN SOUS-MARIN INCONNU, APRÈS QUE LES NAVIRES DE RÉCUPÉRATION AIENT ÉTÉ RETARDÉS PAR D'AUTRES SUBMERSIBLES, QUI ONT IMMOBILISÉ LE PORTE-AVIONS "FORRESTAL"...
...ET SEMÉ LA MER DE MINES! NOS AVIONS SONT IMMÉDIATEMENT INTERVENUS, MALGRÉ L'ÉPAIS BROUILLARD QUI GÊNAIT LEURS OPÉRATIONS... ILS ONT DÛ SE RÉSOUDRE À ATTAQUER LE SOUS-MARIN QUI EMPORTAIT DAYTON!
L'ONT-ILS COULÉ?
C'EST PROBABLE! UNE FORMATION DE "JETS" APPARTENANT AU "FORRESAL" L'A TRÈS DUREMENT TOUCHÉ ALORS QU'IL TENTAIT DE PLONGER... DES DÉBRIS ET UNE IMMENSE TACHE D'HUILE SONT REMONTÉS À LA SURFACE!
DE TOUTE FAÇON, NAVIRES ET AVIONS RATISSENT ACTUELLEMENT L'OCÉAN... MAIS ILS N'ONT RIEN RETROUVÉ! LES AUTRES SUBMERSIBLES SEMBLENT ÉGALEMENT AVOIR ÉTÉ COULÉS PAR NOS PATROUILLES AÉRONAVALES!
TOUT CELA EST INFINIMENT GRAVE ET SUSCEPTIBLE DE DÉCLENCHER UN CONFLIT MONDIAL! A-T-ON PU DÉTERMINER LA NATIONALITÉ DES SOUS-MARINS ATTAQUANTS?
NON! UNE SEULE CERTITUDE: ILS N'ÉTAIENT PAS SOVIÉTIQUES...
TROIS ESPIONS QUI ONT SERVI D'AGENTS DE RENSEIGNEMENTS À NOS ADVERSAIRES INCONNUS ONT ÉTÉ ARRÊTÉS. MAIS ILS NIENT FAROUCHEMENT ET RESTENT DÉSESPÉRÉMENT DISCRETS!
AVONS-NOUS EU DES PERTES?
UN SEUL DE NOS PILOTES N'EST PAS RENTRÉ... LE CAPITAINE TUCKSON, L'UN DES AS DE NOTRE AÉRONAVALE; IL ÉTAIT BASÉ SUR LE "FORRESTAL" ET A ÉTÉ PORTÉ DISPARU APRÈS L'ATTAQUE CONTRE LE SUBMERSIBLE!
DES AVIONS ET DES HÉLICOPTÈRES LE RECHERCHENT ÉGALEMENT... MAIS UN ÉPAIS BROUILLARD PERSISTE SUR TOUTE CETTE PARTIE DE L'ATLANTIQUE... IL Y A PEU D'ESPOIR!
VICTOR HUBINON
BD. 2 B.

AU MÊME INSTANT, DANS L'ATLANTIQUE...
VOICI LE CAPITAINE TUMBLER QUI RENTRE !
C'ÉTAIT LA DERNIÈRE PATROUILLE ENCORE EN L'AIR ! LE BROUILLARD, HÉLAS ! NE NOUS PERMETTRA PAS D'EN FAIRE DÉCOLLER D'AUTRES ! IL VA FALLOIR INTERROMPRE NOS RECHERCHES !
J'EFFECTUERAI PERSONNELLEMENT UN DERNIER VOL ! JE PARTIRAI SEUL ! A-T-ON REFAIT LES PLEINS DE MON ZINC !
6
NAVY
NAVY
SIR ! C'EST DE LA FOLIE ! AVANT UN QUART D'HEURE, ON N'Y VERRA PLUS À DIX MÈTRES ! VOUS NE POURREZ PLUS VOUS POSER ! ET AVEC UNE VISIBILITÉ AUSSI RÉDUITE, TOUTE RECHERCHE EST VOUÉE À L'ÉCHEC...
LIFE JACKET
J'EMPORTERAI UN MAXIMUM DE BIDONS (1) ET J'IRAI ME POSER, S'IL LE FAUT, À PORTO RICO OU SUR UNE AUTRE ÎLE DES CARAÏBES... MAIS SONNY ÉTAIT MON MEILLEUR COPAIN... JE FERAI L'IMPOSSIBLE POUR LE RÉCUPÉRER !
(1): RÉSERVOIRS SUPPLÉMENTAIRES.
BD.3A.
JE REFUSE DE CROIRE QUE SONNY SOIT MORT ! BON SANG ! JE LUI AI ENCORE PARLÉ PAR RADIO APRÈS L'ATTAQUE CONTRE LE SOUS-MARIN QUI EMPORTAIT LA CAPSULE SPATIALE DE DAYTON... NOUS GRIMPIONS !
VOILÀ LE CAPITAINE TUMBLER QUI SE POSE ! PEUT-ÊTRE A-T-IL DU NOUVEAU...
6
NAVY
'LO, TUMB ! DU NOUVEAU ?
RIEN ! J'AI REPÉRÉ QUELQUES TACHES DE MAZOUT... UN POINT, C'EST TOUT ! GOSH ! JE NE COMPRENDS RIEN À CETTE DISPARITION !
IL N'EST ENTRÉ EN COLLISION AVEC AUCUN AILIER... ET IL N'A PU HEURTER AUCUN OBSTACLE AU-DESSUS DE CETTE MER DÉSERTE ! ALORS ? UN ZINC NE SE VOLATILISE POURTANT PAS COMME ÇA ! SANS UN APPEL DE DÉTRESSE, SANS LAISSER AUCUNE TRACE !
UNE SEULE HYPOTHÈSE EST PLAUSIBLE : UNE PANNE MÉCANIQUE SE DOUBLANT D'UNE PANNE TOTALE DE RADIO ! SONNY A DÛ S'ÉJECTER OU TENTER D'AMERRIR SANS POUVOIR DONNER L'ALERTE ! JE SUIS SÛR QU'IL FLOTTE QUELQUE PART À NOUS ATTENDRE SUR SON DINGHY INDIVIDUEL !
MAIS EN CE CAS, NOUS AURIONS DÛ LE RETROUVER BEAUCOUP PLUS RAPIDEMENT ! SOUVIENS-TOI, SITÔT SA DISPARITION CONSTATÉE, NOUS AVONS CERCLÉ À BASSE ALTITUDE DANS LA ZONE OÙ NOUS VOLIONS LORS DE SON DERNIER APPEL RADIO !
B.D.3B.

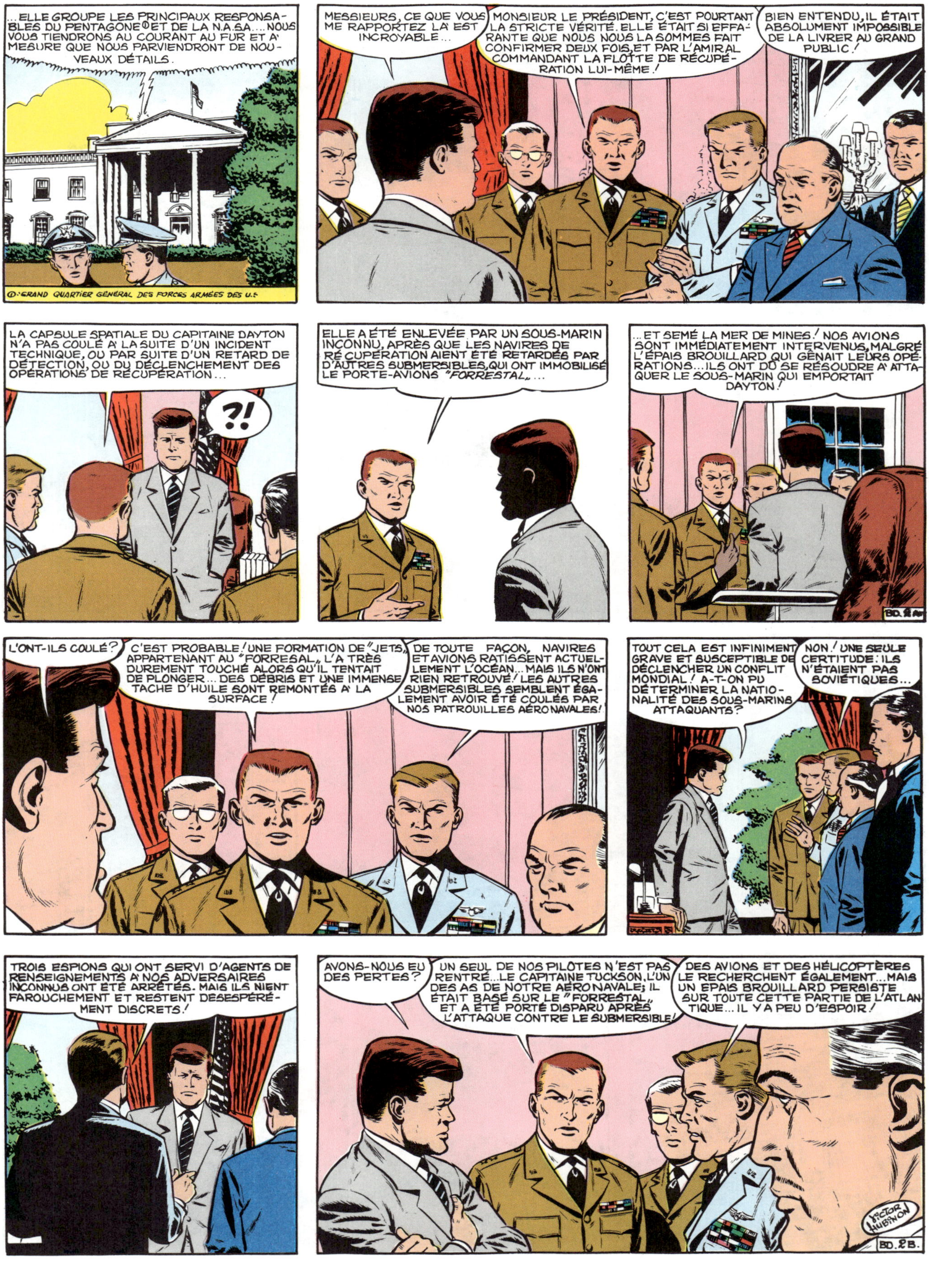

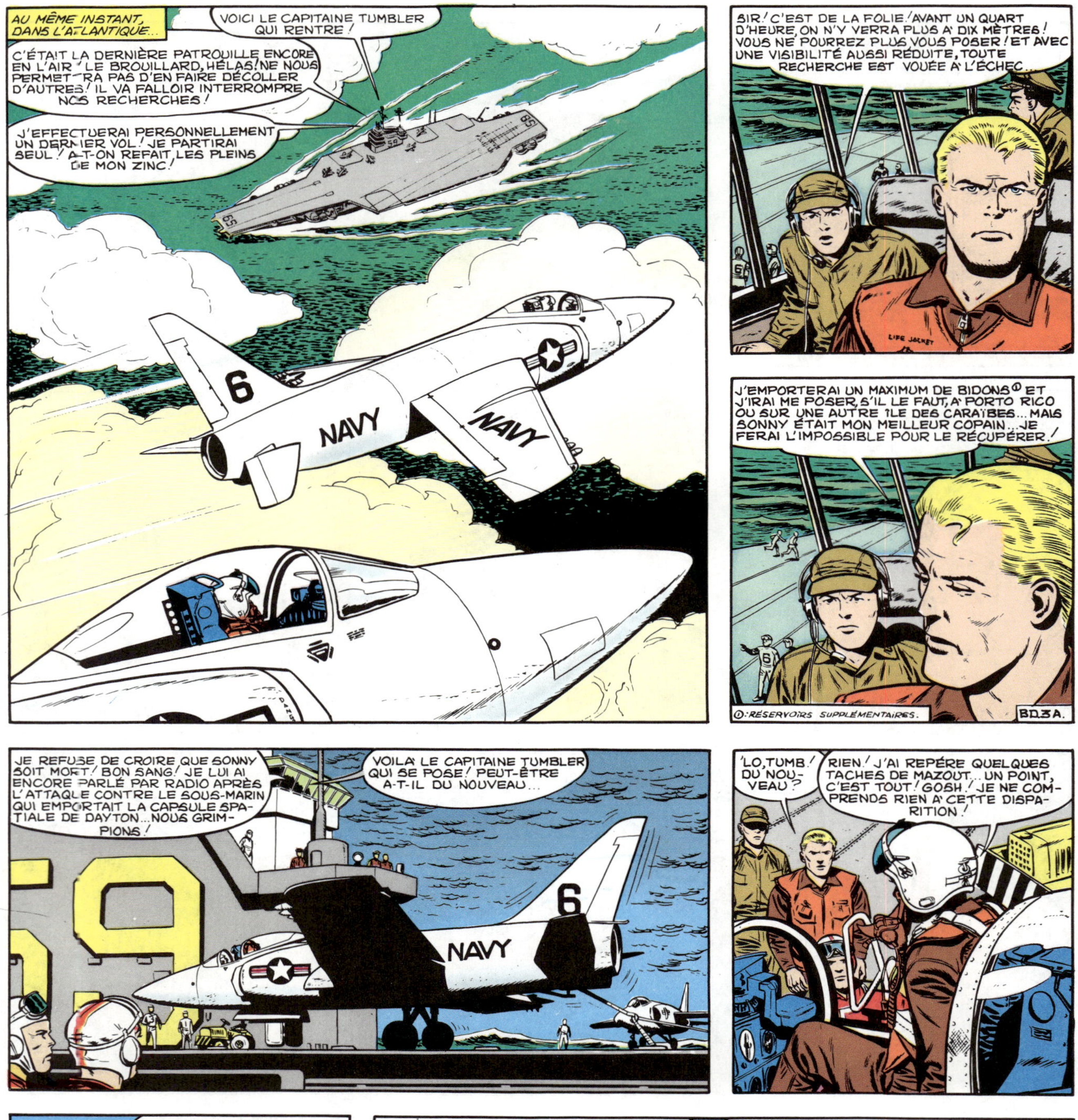

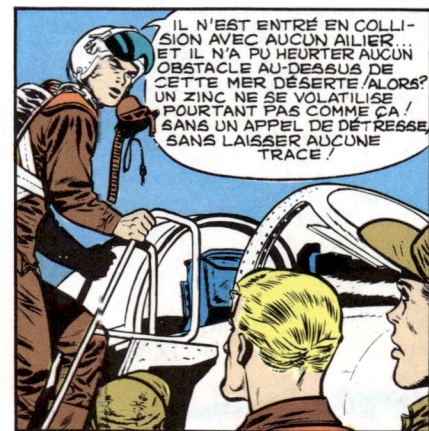

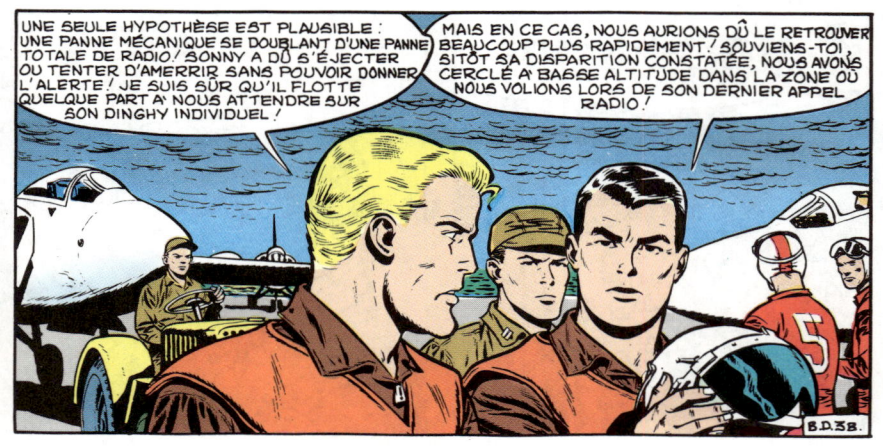

LES AVENTURES DE BUCK DANNY

LES VOLEURS DE SATELLITES

VICTOR HUBINON

DUPUIS

50

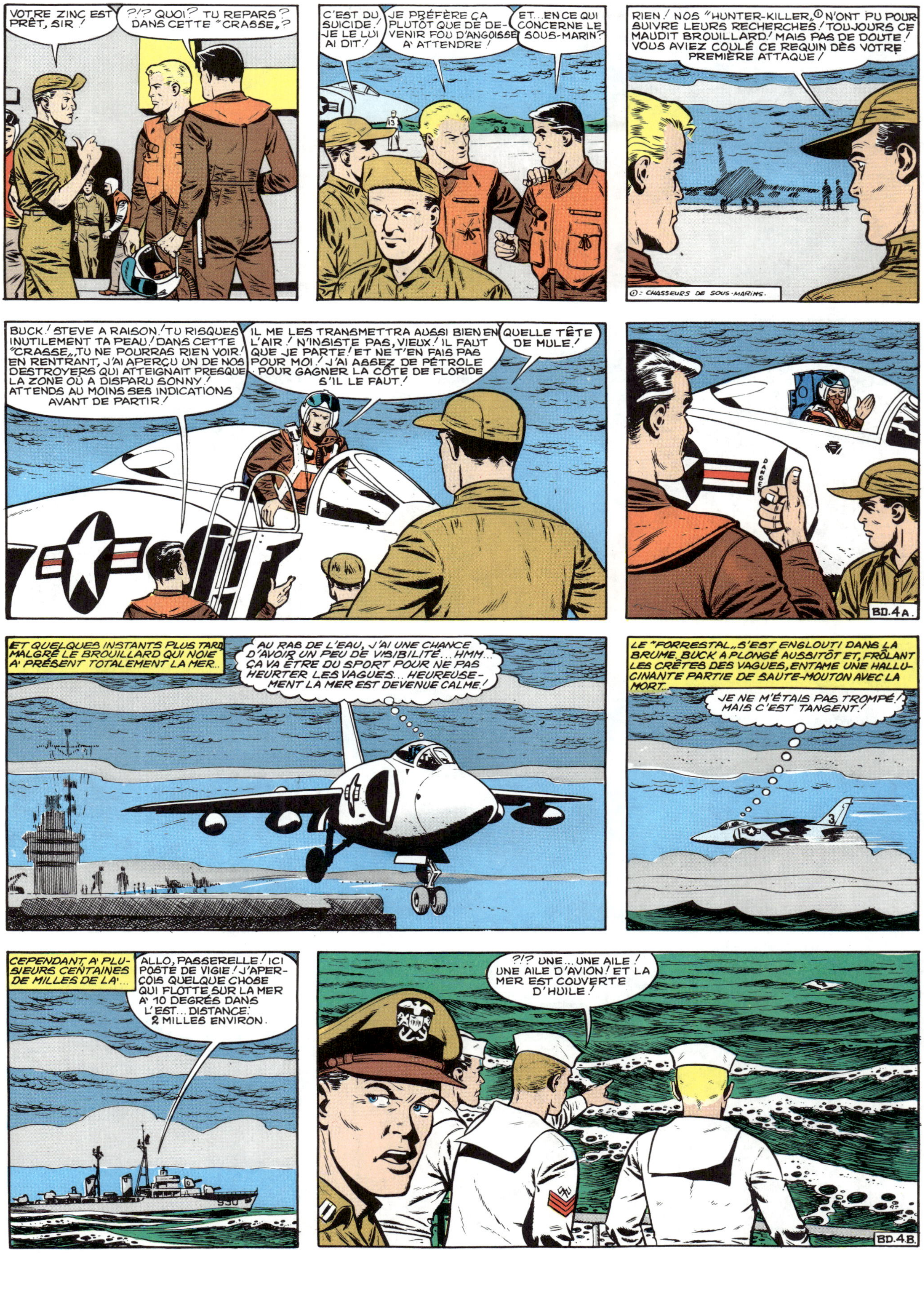
VOTRE ZINC EST PRÊT, SIR !
?!? QUOI? TU REPARS? DANS CETTE "CRASSE"?
C'EST DU SUICIDE! JE LE LUI AI DIT!
JE PRÉFÈRE ÇA PLUTÔT QUE DE DEVENIR FOU D'ANGOISSE À ATTENDRE!
ET... EN CE QUI CONCERNE LE SOUS-MARIN?
RIEN! NOS "HUNTER-KILLER" (1) N'ONT PU POURSUIVRE LEURS RECHERCHES! TOUJOURS CE MAUDIT BROUILLARD! MAIS PAS DE DOUTE! VOUS AVIEZ COULÉ CE REQUIN DÈS VOTRE PREMIÈRE ATTAQUE!
(1): CHASSEURS DE SOUS-MARINS.
BUCK! STEVE A RAISON! TU RISQUES INUTILEMENT TA PEAU! DANS CETTE "CRASSE" TU NE POURRAS RIEN VOIR! EN RENTRANT, J'AI APERÇU UN DE NOS DESTROYERS QUI ATTEIGNAIT PRESQUE LA ZONE OÙ A DISPARU SONNY! ATTENDS AU MOINS SES INDICATIONS AVANT DE PARTIR!
IL ME LES TRANSMETTRA AUSSI BIEN EN L'AIR! N'INSISTE PAS, VIEUX! IL FAUT QUE JE PARTE! ET NE T'EN FAIS PAS POUR MOI! J'AI ASSEZ DE PÉTROLE POUR GAGNER LA CÔTE DE FLORIDE S'IL LE FAUT!
QUELLE TÊTE DE MULE!
BD.4A.
ET QUELQUES INSTANTS PLUS TARD MALGRÉ LE BROUILLARD QUI NOIE À PRÉSENT TOTALEMENT LA MER...
AU RAS DE L'EAU, J'AI UNE CHANCE D'AVOIR UN PEU DE VISIBILITÉ... HMM... ÇA VA ÊTRE DU SPORT POUR NE PAS HEURTER LES VAGUES... HEUREUSEMENT LA MER EST DEVENUE CALME!
LE "FORRESTAL" S'EST ENGLOUTI DANS LA BRUME. BUCK A PLONGÉ AUSSITÔT ET, FRÔLANT LES CRÊTES DES VAGUES, ENTAME UNE HALLUCINANTE PARTIE DE SAUTE-MOUTON AVEC LA MORT...
JE NE M'ÉTAIS PAS TROMPÉ! MAIS C'EST TANGENT!
CEPENDANT, À PLUSIEURS CENTAINES DE MILLES DE LÀ...
ALLO, PASSERELLE! ICI POSTE DE VIGIE! J'APERÇOIS QUELQUE CHOSE QUI FLOTTE SUR LA MER À 10 DEGRÉS DANS L'EST... DISTANCE: 2 MILLES ENVIRON.
?!? UNE... UNE AILE! UNE AILE D'AVION! ET LA MER EST COUVERTE D'HUILE!
BD.4B.

54

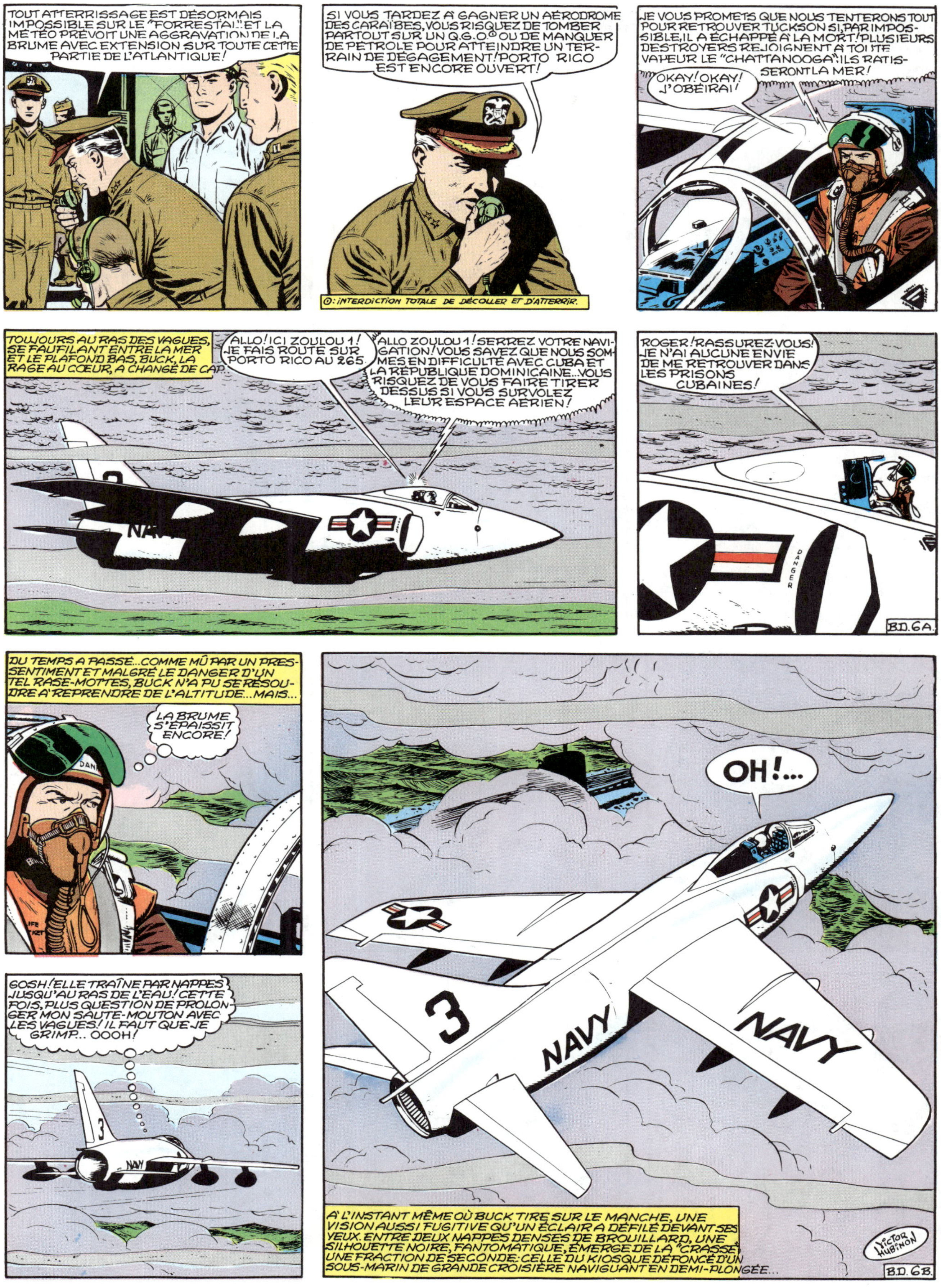
TOUT ATTERRISSAGE EST DÉSORMAIS IMPOSSIBLE SUR LE "FORRESTAL" ET LA MÉTÉO PRÉVOIT UNE AGGRAVATION DE LA BRUME AVEC EXTENSION SUR TOUTE CETTE PARTIE DE L'ATLANTIQUE!
SI VOUS TARDEZ À GAGNER UN AÉRODROME DES CARAÏBES, VOUS RISQUEZ DE TOMBER PARTOUT SUR UN Q.G.O.(1) OU DE MANQUER DE PÉTROLE POUR ATTEINDRE UN TERRAIN DE DÉGAGEMENT! PORTO RICO EST ENCORE OUVERT!
(1): INTERDICTION TOTALE DE DÉCOLLER ET D'ATTERRIR.
JE VOUS PROMETS QUE NOUS TENTERONS TOUT POUR RETROUVER TUCKSON SI, PAR IMPOSSIBLE, IL A ÉCHAPPÉ À LA MORT! PLUSIEURS DESTROYERS REJOIGNENT À TOUTE VAPEUR LE "CHATTANOOGA": ILS RATISSERONT LA MER!
OKAY! OKAY! J'OBÉIRAI!
TOUJOURS AU RAS DES VAGUES, SE FAUFILANT ENTRE LA MER ET LE PLAFOND BAS, BUCK, LA RAGE AU CŒUR, A CHANGÉ DE CAP.
ALLO! ICI ZOULOU 1! JE FAIS ROUTE SUR PORTO RICO AU 265.
ALLO ZOULOU 1! SERREZ VOTRE NAVIGATION! VOUS SAVEZ QUE NOUS SOMMES EN DIFFICULTÉ AVEC CUBA ET LA RÉPUBLIQUE DOMINICAINE... VOUS RISQUEZ DE VOUS FAIRE TIRER DESSUS SI VOUS SURVOLEZ LEUR ESPACE AÉRIEN!
ROGER! RASSUREZ-VOUS! JE N'AI AUCUNE ENVIE DE ME RETROUVER DANS LES PRISONS CUBAINES!
B.D. 6A.
DU TEMPS A PASSÉ... COMME MÛ PAR UN PRESSENTIMENT ET MALGRÉ LE DANGER D'UN TEL RASE-MOTTES, BUCK N'A PU SE RÉSOUDRE À REPRENDRE DE L'ALTITUDE... MAIS...
LA BRUME S'ÉPAISSIT ENCORE!
GOSH! ELLE TRAÎNE PAR NAPPES JUSQU'AU RAS DE L'EAU! CETTE FOIS, PLUS QUESTION DE PROLONGER MON SAUTE-MOUTON AVEC LES VAGUES! IL FAUT QUE JE GRIMP... OOOH!
OH!...
NAVY
À L'INSTANT MÊME OÙ BUCK TIRE SUR LE MANCHE, UNE VISION AUSSI FUGITIVE QU'UN ÉCLAIR A DÉFILÉ DEVANT SES YEUX. ENTRE DEUX NAPPES DENSES DE BROUILLARD, UNE SILHOUETTE NOIRE, FANTOMATIQUE, ÉMERGE DE LA "CRASSE" UNE FRACTION DE SECONDE: CELLE DU KIOSQUE DÉFONCÉ D'UN SOUS-MARIN DE GRANDE CROISIÈRE NAVIGUANT EN DEMI-PLONGÉE...
VICTOR HUBINON
B.D. 6B.

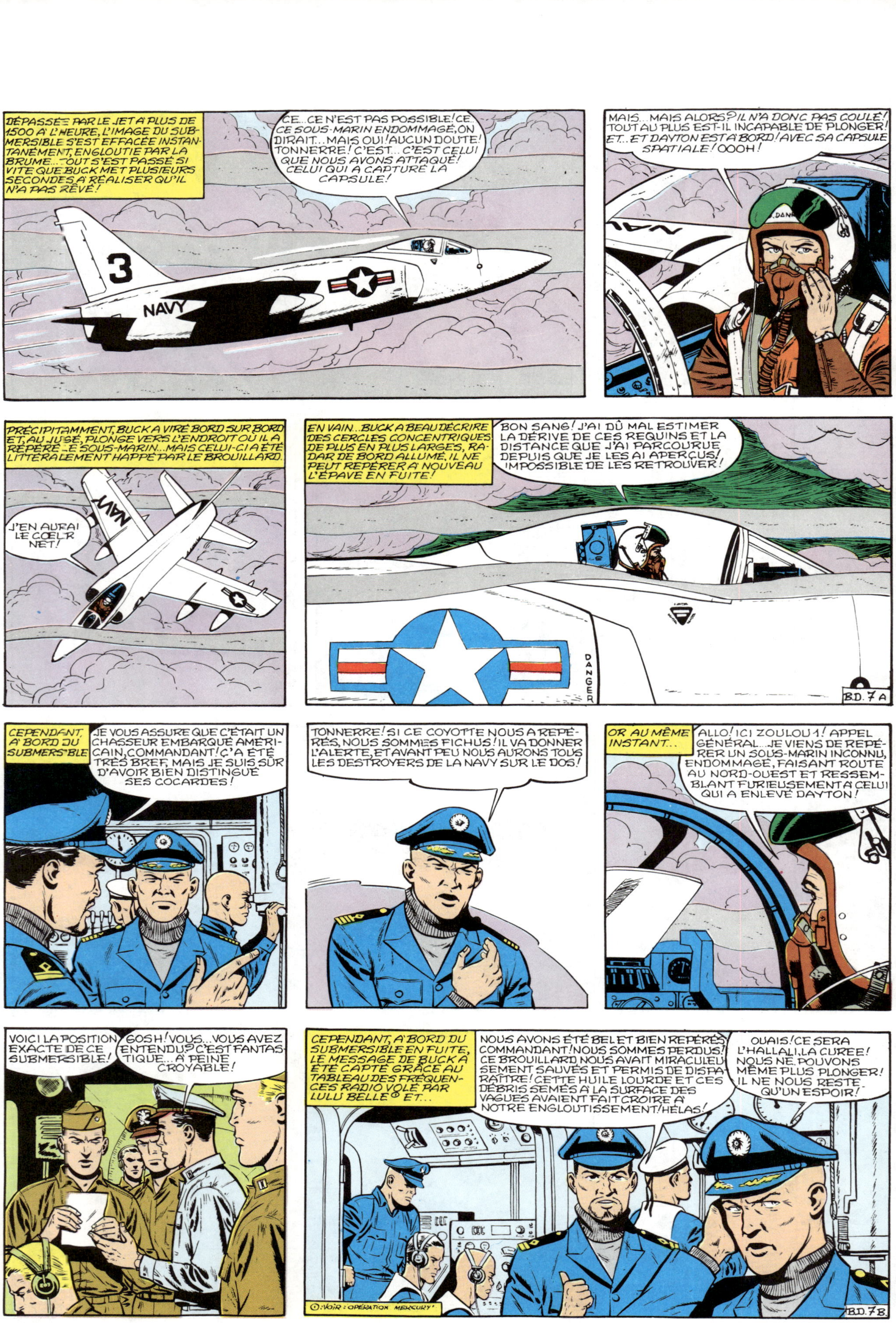
DÉPASSÉ PAR LE JET À PLUS DE 1500 À L'HEURE, L'IMAGE DU SUBMERSIBLE S'EST EFFACÉE INSTANTANÉMENT, ENGLOUTIE PAR LA BRUME... TOUT S'EST PASSÉ SI VITE QUE BUCK MET PLUSIEURS SECONDES À RÉALISER QU'IL N'A PAS RÊVÉ!
CE... CE N'EST PAS POSSIBLE! CE... CE SOUS-MARIN ENDOMMAGÉ, ON DIRAIT... MAIS OUI! AUCUN DOUTE! TONNERRE! C'EST... C'EST CELUI QUE NOUS AVONS ATTAQUÉ! CELUI QUI A CAPTURÉ LA CAPSULE!
3
NAVY
MAIS... MAIS ALORS? IL N'A DONC PAS COULÉ! TOUT AU PLUS EST-IL INCAPABLE DE PLONGER! ET... ET DAYTON EST À BORD! AVEC SA CAPSULE SPATIALE! OOOH!
PRÉCIPITAMMENT, BUCK A VIRÉ BORD SUR BORD ET, AU JUGÉ, PLONGÉ VERS L'ENDROIT OÙ IL A REPÉRÉ LE SOUS-MARIN... MAIS CELUI-CI A ÉTÉ LITTÉRALEMENT HAPPÉ PAR LE BROUILLARD.
J'EN AURAI LE COEUR NET!
NAVY
EN VAIN... BUCK A BEAU DÉCRIRE DES CERCLES CONCENTRIQUES DE PLUS EN PLUS LARGES, RADAR DE BORD ALLUMÉ, IL NE PEUT REPÉRER À NOUVEAU L'ÉPAVE EN FUITE!
BON SANG! J'AI DÛ MAL ESTIMER LA DÉRIVE DE CES REQUINS ET LA DISTANCE QUE J'AI PARCOURUE DEPUIS QUE JE LES AI APERÇUS! IMPOSSIBLE DE LES RETROUVER!
DANGER
B.D. 7 A
CEPENDANT, À BORD DU SUBMERSIBLE
JE VOUS ASSURE QUE C'ÉTAIT UN CHASSEUR EMBARQUÉ AMÉRICAIN, COMMANDANT! ÇA A ÉTÉ TRÈS BREF, MAIS JE SUIS SÛR D'AVOIR BIEN DISTINGUÉ SES COCARDES!
TONNERRE! SI CE COYOTTE NOUS A REPÉRÉS, NOUS SOMMES FICHUS! IL VA DONNER L'ALERTE, ET AVANT PEU NOUS AURONS TOUS LES DESTROYERS DE LA NAVY SUR LE DOS!
OR AU MÊME INSTANT...
ALLO! ICI ZOULOU 1! APPEL GÉNÉRAL... JE VIENS DE REPÉRER UN SOUS-MARIN INCONNU, ENDOMMAGÉ, FAISANT ROUTE AU NORD-OUEST ET RESSEMBLANT FURIEUSEMENT À CELUI QUI A ENLEVÉ DAYTON!
VOICI LA POSITION EXACTE DE CE SUBMERSIBLE!
GOSH! VOUS... VOUS AVEZ ENTENDU? C'EST FANTASTIQUE... À PEINE CROYABLE!
CEPENDANT, À BORD DU SUBMERSIBLE EN FUITE, LE MESSAGE DE BUCK A ÉTÉ CAPTÉ GRÂCE AU TABLEAU DES FRÉQUENCES RADIO VOLÉ PAR LULU BELLE (1) ET...
NOUS AVONS ÉTÉ BEL ET BIEN REPÉRÉS, COMMANDANT! NOUS SOMMES PERDUS! CE BROUILLARD NOUS AVAIT MIRACULEUSEMENT SAUVÉS ET PERMIS DE DISPARAÎTRE! CETTE HUILE LOURDE ET CES DÉBRIS SEMÉS À LA SURFACE DES VAGUES AVAIENT FAIT CROIRE À NOTRE ENGLOUTISSEMENT! HÉLAS!
OUAIS! CE SERA L'HALLALI, LA CURÉE! NOUS NE POUVONS MÊME PLUS PLONGER! IL NE NOUS RESTE QU'UN ESPOIR!
(1): VOIR 'OPÉRATION MERCURY'
B.D. 7 B

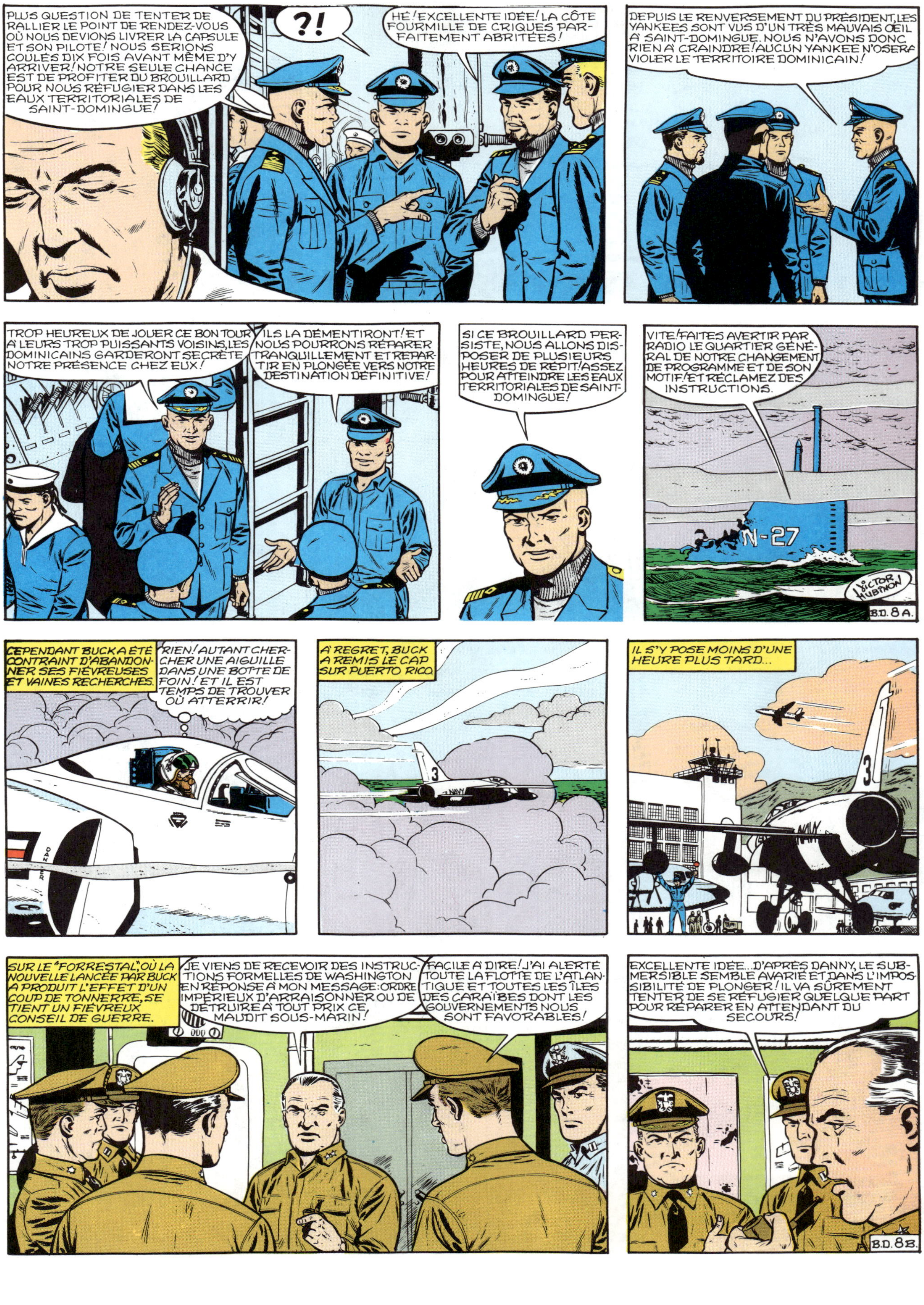
PLUS QUESTION DE TENTER DE RALLIER LE POINT DE RENDEZ-VOUS OÙ NOUS DEVIONS LIVRER LA CAPSULE ET SON PILOTE! NOUS SERIONS COULÉS DIX FOIS AVANT MÊME D'Y ARRIVER! NOTRE SEULE CHANCE EST DE PROFITER DU BROUILLARD POUR NOUS RÉFUGIER DANS LES EAUX TERRITORIALES DE SAINT-DOMINGUE!
?!
HÉ! EXCELLENTE IDÉE! LA CÔTE FOURMILLE DE CRIQUES PARFAITEMENT ABRITÉES!
DEPUIS LE RENVERSEMENT DU PRÉSIDENT, LES YANKEES SONT VUS D'UN TRÈS MAUVAIS OEIL À SAINT-DOMINGUE. NOUS N'AVONS DONC RIEN À CRAINDRE! AUCUN YANKEE N'OSERA VIOLER LE TERRITOIRE DOMINICAIN!
TROP HEUREUX DE JOUER CE BON TOUR À LEURS TROP PUISSANTS VOISINS, LES DOMINICAINS GARDERONT SECRÈTE NOTRE PRÉSENCE CHEZ EUX!
ILS LA DÉMENTIRONT! ET NOUS POURRONS RÉPARER TRANQUILLEMENT ET REPARTIR EN PLONGÉE VERS NOTRE DESTINATION DÉFINITIVE!
SI CE BROUILLARD PERSISTE, NOUS ALLONS DISPOSER DE PLUSIEURS HEURES DE RÉPIT! ASSEZ POUR ATTEINDRE LES EAUX TERRITORIALES DE SAINT-DOMINGUE!
VITE! FAITES AVERTIR PAR RADIO LE QUARTIER GÉNÉRAL DE NOTRE CHANGEMENT DE PROGRAMME ET DE SON MOTIF! ET RÉCLAMEZ DES INSTRUCTIONS.
N-27
VICTOR HUBINON
B.D. 8 A.
CEPENDANT BUCK A ÉTÉ CONTRAINT D'ABANDONNER SES FIÉVREUSES ET VAINES RECHERCHES.
RIEN! AUTANT CHERCHER UNE AIGUILLE DANS UNE BOTTE DE FOIN! ET IL EST TEMPS DE TROUVER OÙ ATTERRIR!
À REGRET, BUCK A REMIS LE CAP SUR PUERTO RICO.
IL S'Y POSE MOINS D'UNE HEURE PLUS TARD...
SUR LE "FORRESTAL", OÙ LA NOUVELLE LANCÉE PAR BUCK A PRODUIT L'EFFET D'UN COUP DE TONNERRE, SE TIENT UN FIÉVREUX CONSEIL DE GUERRE.
JE VIENS DE RECEVOIR DES INSTRUCTIONS FORMELLES DE WASHINGTON EN RÉPONSE À MON MESSAGE: ORDRE IMPÉRIEUX D'ARRAISONNER OU DE DÉTRUIRE À TOUT PRIX CE MAUDIT SOUS-MARIN!
FACILE À DIRE! J'AI ALERTÉ TOUTE LA FLOTTE DE L'ATLANTIQUE ET TOUTES LES ÎLES DES CARAÏBES DONT LES GOUVERNEMENTS NOUS SONT FAVORABLES!
EXCELLENTE IDÉE... D'APRÈS DANNY, LE SUBMERSIBLE SEMBLE AVARIÉ ET DANS L'IMPOSSIBILITÉ DE PLONGER! IL VA SÛREMENT TENTER DE SE RÉFUGIER QUELQUE PART POUR RÉPARER EN ATTENDANT DU SECOURS!
B.D. 8 B.

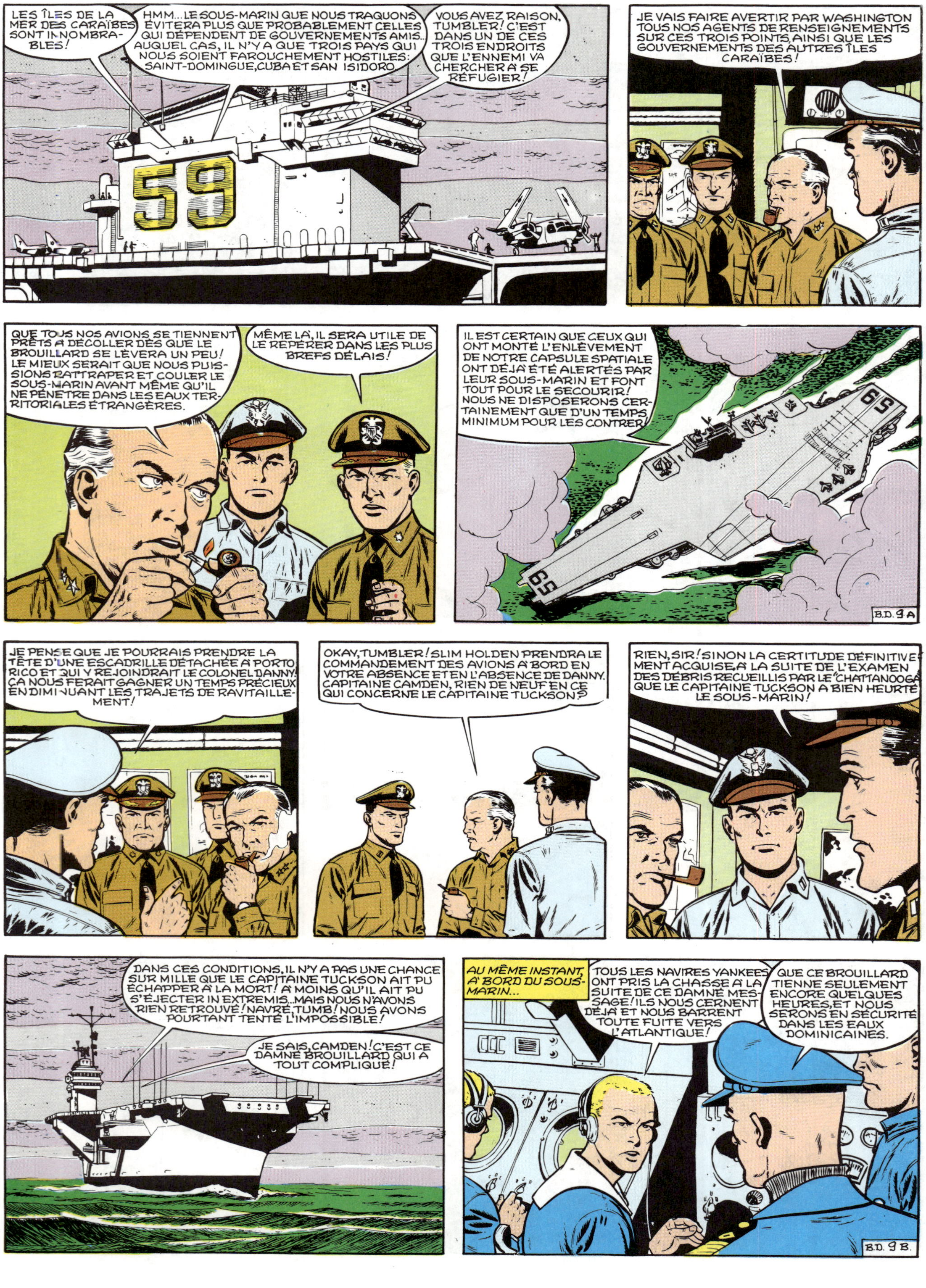
LES ÎLES DE LA MER DES CARAÏBES SONT INNOMBRABLES!
HMM... LE SOUS-MARIN QUE NOUS TRAQUONS ÉVITERA PLUS QUE PROBABLEMENT CELLES QUI DÉPENDENT DE GOUVERNEMENTS AMIS... AUQUEL CAS, IL N'Y A QUE TROIS PAYS QUI NOUS SOIENT FAROUCHEMENT HOSTILES: SAINT-DOMINGUE, CUBA ET SAN ISIDORO
VOUS AVEZ RAISON, TUMBLER! C'EST DANS UN DE CES TROIS ENDROITS QUE L'ENNEMI VA CHERCHER À SE RÉFUGIER!
JE VAIS FAIRE AVERTIR PAR WASHINGTON TOUS NOS AGENTS DE RENSEIGNEMENTS SUR CES TROIS POINTS AINSI QUE LES GOUVERNEMENTS DES AUTRES ÎLES CARAÏBES!
QUE TOUS NOS AVIONS SE TIENNENT PRÊTS À DÉCOLLER DÈS QUE LE BROUILLARD SE LÈVERA UN PEU! LE MIEUX SERAIT QUE NOUS PUISSIONS RATTRAPER ET COULER LE SOUS-MARIN AVANT MÊME QU'IL NE PÉNÈTRE DANS LES EAUX TERRITORIALES ÉTRANGÈRES.
MÊME LÀ, IL SERA UTILE DE LE REPÉRER DANS LES PLUS BREFS DÉLAIS!
IL EST CERTAIN QUE CEUX QUI ONT MONTÉ L'ENLÈVEMENT DE NOTRE CAPSULE SPATIALE ONT DÉJÀ ÉTÉ ALERTÉS PAR LEUR SOUS-MARIN ET FONT TOUT POUR LE SECOURIR! NOUS NE DISPOSERONS CERTAINEMENT QUE D'UN TEMPS MINIMUM POUR LES CONTRER!
B.D. 9 A
JE PENSE QUE JE POURRAIS PRENDRE LA TÊTE D'UNE ESCADRILLE DÉTACHÉE À PORTO RICO ET QUI Y REJOINDRAIT LE COLONEL DANNY. ÇA NOUS FERAIT GAGNER UN TEMPS PRÉCIEUX EN DIMINUANT LES TRAJETS DE RAVITAILLEMENT!
OKAY, TUMBLER! SLIM HOLDEN PRENDRA LE COMMANDEMENT DES AVIONS À BORD EN VOTRE ABSENCE ET EN L'ABSENCE DE DANNY. CAPITAINE CAMDEN, RIEN DE NEUF EN CE QUI CONCERNE LE CAPITAINE TUCKSON?
RIEN, SIR! SINON LA CERTITUDE DÉFINITIVEMENT ACQUISE, À LA SUITE DE L'EXAMEN DES DÉBRIS RECUEILLIS PAR LE 'CHATTANOOGA' QUE LE CAPITAINE TUCKSON A BIEN HEURTÉ LE SOUS-MARIN!
DANS CES CONDITIONS, IL N'Y A PAS UNE CHANCE SUR MILLE QUE LE CAPITAINE TUCKSON AIT PU ÉCHAPPER À LA MORT! À MOINS QU'IL AIT PU S'ÉJECTER IN EXTREMIS... MAIS NOUS N'AVONS RIEN RETROUVÉ! NAVRÉ, TUMB! NOUS AVONS POURTANT TENTÉ L'IMPOSSIBLE!
JE SAIS, CAMDEN! C'EST CE DAMNÉ BROUILLARD QUI A TOUT COMPLIQUÉ!
AU MÊME INSTANT, À BORD DU SOUS-MARIN...
TOUS LES NAVIRES YANKEES ONT PRIS LA CHASSE À LA SUITE DE CE DAMNÉ MESSAGE! ILS NOUS CERNENT DÉJÀ ET NOUS BARRENT TOUTE FUITE VERS L'ATLANTIQUE!
QUE CE BROUILLARD TIENNE SEULEMENT ENCORE QUELQUES HEURES, ET NOUS SERONS EN SÉCURITÉ DANS LES EAUX DOMINICAINES.
B.D. 9 B.

MAIS LE VENT S'EST LEVÉ. LA BRUME QUI NOYAIT L'OCÉAN COMMENCE À SE DISSIPER LENTEMENT.
LE TEMPS S'AMÉLIORE, TUMBLER! VOUS ALLEZ POUVOIR DÉCOLLER AVEC VOS HOMMES POUR RALLIER PORTO RICO... C'EST VRAIMENT LA MEILLEURE SOLUTION. NOS AVARIES NE NOUS PERMETTENT PLUS DE CONTINUER UTILEMENT LA POURSUITE! (1)
DEPUIS LA MISE HORS SERVICE DE NOS GOUVERNAILS, NOUS ÉVOLUONS AUX MOTEURS... C'EST TROP RISQUÉ!
(1): VOIR "OPERATION MERCURY"
SURTOUT RECOMMANDEZ BIEN À DANNY ET À VOS PILOTES D'AGIR TRÈS PRUDEMMENT! WASHINGTON NE VEUT PAS RISQUER LE MOINDRE INCIDENT DIPLOMATIQUE AVEC SAINT-DOMINGUE! ET LE GOUVERNEMENT DE L'ÎLE EST PARTICULIÈREMENT CHATOUILLEUX EN CE MOMENT!
TOUTES LES UNITÉS DISPONIBLES DE NOTRE FLOTTE ATLANTIQUE SONT EN ROUTE POUR TENDRE UN INFRANCHISSABLE FILET AUTOUR DES CARAÏBES! À VOUS DE REPÉRER LE POISSON ENTRE LES MAILLES DE CELUI-CI!
OUTRE NOS AGENTS DANS LES ÎLES, TOUS LES BÂTIMENTS DE COMMERCE ET TOUS LES AVIONS CIVILS AMÉRICAINS OU ALLIÉS ONT ÉTÉ ALERTÉS... NOUS REGROUPERONS TOUS LES RENSEIGNEMENTS REÇUS ET VOUS LES TRANSMETTRONS DIRECTEMENT À PORTO RICO!
D'AUTRES SUBMERSIBLES TENTERONT SANS DOUTE D'AIDER CELUI QUE NOUS TRAQUONS. NOS NAVIRES S'EN CHARGENT... MAIS LE PLUS SÛR EST DE LES GAGNER DE VITESSE. BONNE CHANCE, TUMB! ET ENCORE UNE FOIS, PAS D'IMPRUDENCE!
COMPTEZ SUR MOI, SIR!
B.D. 10 A
TRENTE MINUTES PLUS TARD, DOUZE CHASSEURS MENÉS PAR TUMBLER DÉCOLLENT DU "FORRESTAL" POUR REJOINDRE BUCK À PORTO RICO...
NAVY
2
59
CEPENDANT... LA RÉPONSE DU QUARTIER GÉNÉRAL, COMMANDANT! IL NOUS MARQUE SON ACCORD POUR SAINT-DOMINGUE! LES CONTACTS NÉCESSAIRES SONT PRIS AVEC LE GOUVERNEMENT DOMINICAIN, QUI SERA CENSÉ IGNORER NOTRE PRÉSENCE SUR SES CÔTES!
HMM... POUR LA VRAISEMBLANCE, ÇA NOUS OBLIGE À MOUILLER DANS UNE DES CRIQUES DE LA CÔTE NORD, QUI EST LA PLUS DÉSERTE ET LA PLUS SAUVAGE À FLAMINGO BEACH...
COMMENT POURRONS-NOUS Y RÉPARER?
UN DE NOS AUTRES SOUS-MARINS EST EN ROUTE... IL NOUS REJOINDRA À FLAMINGO BEACH OÙ IL EMBARQUERA LA CAPSULE ET DAYTON (1) ET NOUS LAISSERA UNE ÉQUIPE TECHNIQUE, DES VIVRES, ET TOUT CE QU'IL FAUT POUR RÉPARER!
(1): VOIR "OPERATION MERCURY"
COMMANDANT! LA BRUME SE LÈVE DE FAÇON INQUIÉTANTE!
BAH! NOUS NE SOMMES PLUS QU'À QUELQUES MILLES DES EAUX TERRITORIALES DE SAINT-DOMINGUE! IL EST TROP TARD POUR LES YANKEES!
VICTOR HUBINON
B.D. 10 B

CE MAUDIT BROUILLARD SE LÈVE DEUX HEURES TROP TÔT! J'AURAIS PRÉFÉRÉ ATTEINDRE LA CÔTE AVANT D'ÊTRE REPÉRÉ! SI LES YANKEES SAVENT OÙ NOUS SOMMES, ILS NE NOUS LAISSERONT PAS EN PAIX!
NAVIGUANT TOUJOURS EN DEMI-PLONGÉE ET À FAIBLE VITESSE, LE SUBMERSIBLE, DÉSEMPARÉ, A CONTINUÉ SA ROUTE VERS LE SUD-EST... ET SOUDAIN...
ENFER! LA VISIBILITÉ SERA BIENTÔT AU MAXIMUM! LE CIEL ET LA MER DOIVENT ÊTRE TRUFFÉS D'AVIONS ET DE BATEAUX YANKEES! NOUS NE POUVONS PLUS COMPTER QUE SUR NOTRE CHANCE!
HOURRA! COMMANDANT! NOUS VENONS DE FRANCHIR LA LIMITE DES EAUX TERRITORIALES DOMINICAINES! NOUS SOMMES À L'ABRI!
N-27
PAS ENCORE, CAR AU MÊME INSTANT, UN GRAND QUADRIMOTEUR CIVIL VIENT DE DÉCOLLER DE PORTO RICO. MONTANT POUR PRENDRE SON ALTITUDE DE CROISIÈRE, IL COUPE LA ROUTE DU SOUS-MARIN INCONNU.
HÉ! FRED! JETTE DONC UN COUP D'ŒIL SUR TRIBORD! LÀ-BAS! CETTE PROTUBÉRANCE QUI ÉMERGE DE L'EAU ET QUI LAISSE UN SILLAGE... C'EST UN BATEAU, UN RÉCIF OU QUOI?
?!
N76101
PAN AMERICAN WORLD AIRWAYS
PAA
?! C'EST CURIEUX, ON DIRAIT... HÉ! OUI, MA PAROLE! C'EST LE KIOSQUE D'UN SOUS-MARIN À DEMI IMMERGÉ... TONNERRE! CHARLIE! PASSE-MOI LA FICHE D'ALERTE QU'ON NOUS A TRANSMISE AVANT DÉCOLLAGE!
TU CROIS QUE C'EST LE SUBMERSIBLE SIGNALÉ?
N-27
B.D. 11 A
RÉDUISANT SA VITESSE, L'AVION A ENTAMÉ UN LARGE VIRAGE, CERCLÉ AUTOUR DU SOUS-MARIN.
PAS DE DOUTE! C'EST BIEN LUI! EXAMINE-LE... IL EST TRÈS SÉRIEUSEMENT ENDOMMAGÉ.
TU AS RAISON! GEE! IL FAUT ALERTER IMMÉDIATEMENT RAMEY AIR FORCE BASE(1)!
(1): BASE AMÉRICAINE DE PUERTO-RICO
OR AU MÊME INSTANT, À RAMEY A.F. BASE...
VOILÀ TUMB ET LES COPAINS! ET LE CIEL EST COMPLÈTEMENT DÉGAGÉ! ENFIN ON VA POUVOIR FAIRE DU BON TRAVAIL!
ALLO! RANGERS LEADER! VOUS ÊTES "CLEAR" POUR ATTERRIR! PISTE EN SERVICE: LA 01... VENT DANS L'AXE, 10 NŒUDS.
COLONEL DANNY! COLONEL DANNY!
6
NAVY
NAVY
ON VOUS DEMANDE D'URGENCE AUX OPÉRATIONS, SIR!
?!
VICTOIRE, SIR! NOUS AVONS LA CERTITUDE QUE LE SOUS-MARIN RECHERCHÉ S'EST RÉFUGIÉ DANS LES EAUX DOMINICAINES! UN APPAREIL COMMERCIAL DE LA PAN AMERICAN L'A REPÉRÉ ALORS QU'IL ARRIVAIT EN VUE DE LA CÔTE NORD!
TONNERRE!
B.D. 11 B

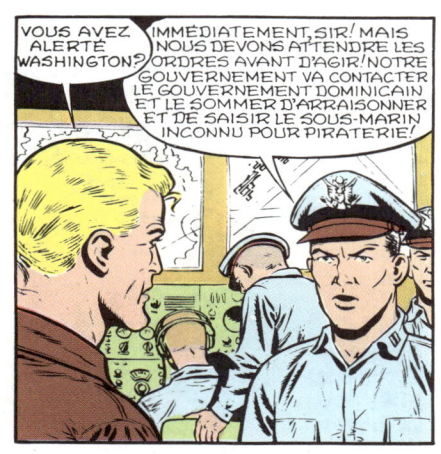

- VOUS AVEZ ALERTÉ WASHINGTON?
- IMMÉDIATEMENT, SIR! MAIS NOUS DEVONS ATTENDRE LES ORDRES AVANT D'AGIR! NOTRE GOUVERNEMENT VA CONTACTER LE GOUVERNEMENT DOMINICAIN ET LE SOMMER D'ARRAISONNER ET DE SAISIR LE SOUS-MARIN INCONNU POUR PIRATERIE!
- NOUS AURONS LA RÉPONSE D'ICI QUELQUES HEURES ET...
- QUELQUES HEURES? VOUS ÊTES CINGLÉS! ÇA DONNE LE TEMPS À CES RASCALS DE SE TERRER OU DE DISPARAÎTRE... DONNEZ-MOI LEUR POSITION! VITE!
- C'EST TOUT DE SUITE QU'IL FAUT AGIR! VOUS ME TRANSMETTREZ EN L'AIR LA RÉPONSE DE WASHINGTON!
- MAIS... SIR!

TURBINE FUEL
- HO! HELLO, BUCK! HEUREUX DE TE... HÉ! OÙ COURS-TU?
- PAS LE TEMPS DE T'EXPLIQUER! FAIS REFAIRE LES PLEINS DE TES ZINCS, ET TOUT LE MONDE EN L'AIR! DIRECTION : LA CÔTE NORD DE SAINT-DOMINGUE! ET EN RASE-MOTTES, HEIN! PAS QUESTION DE SE FAIRE REPÉRER PAR LES RADARS DU COIN! JE TE DONNERAI MES ORDRES PAR RADIO!

MOINS DE DIX MINUTES PLUS TARD, SOURD AUX HURLEMENTS DE LA TOUR DE CONTRÔLE, BUCK DÉCOLLE EN AVANT-GARDE.
- JE ME SUIS JURÉ D'AVOIR CES COYOTTES, ET JE LES AURAI!

MAIS AU MÊME INSTANT, LE SUBMERSIBLE INCONNU PÉNÈTRE DANS UNE BAIE ÉTROITE ET SAUVAGE, BORDÉE PAR LA JUNGLE, SUR LA CÔTE NORD DE SAINT-DOMINGUE...
- MESSIEURS! VOICI FLAMINGO BEACH! CETTE FOIS, NOUS POUVONS NOUS CONSIDÉRER COMME SAUVÉS!
- J'AI BIEN CRU QUE NOUS ALLIONS NOUS ÉCHOUER DANS LE GOULET D'ACCÈS! IL EST TERRIBLEMENT ÉTROIT ET PEU PROFOND.
- PERSONNE NE VIENDRA NOUS CHERCHER AU FOND DE CE CHENAL ENCAISSÉ ET INVISIBLE DU LARGE!
- L'ENDROIT EST ADMIRABLEMENT CHOISI! LA JUNGLE LE REND INACCESSIBLE PAR TERRE! OH! LÀ! REGARDEZ! UNE GROTTE! IL Y A PEUT-ÊTRE ASSEZ DE FOND POUR NOUS Y RÉFUGIER!

PRUDEMMENT, SONDANT MINUTIEUSEMENT LES FONDS, LE SOUS-MARIN A PÉNÉTRÉ DANS L'IMMENSE CAVERNE.
- C'EST LE PLUS EXTRAORDINAIRE REFUGE NATUREL QUE J'AIE JAMAIS VU!
- LES PIRATES ET LES FLIBUSTIERS QUI JADIS HANTAIENT CES CÔTES LE CONNAISSAIENT BIEN!
- ICI, AUCUN AVION NE NOUS REPÉRERA JAMAIS! NOUS POUVONS ATTENDRE EN TOUTE SÉCURITÉ LES SECOURS PROMIS!

CEPENDANT BUCK, VOLANT AU RAS DES VAGUES, VIENT D'ATTEINDRE LA CÔTE DOMINICAINE.
- VOICI LE POINT DU RIVAGE LE PLUS PROCHE, EN LIGNE DROITE, DE CELUI OÙ L'AVION DE LA P.A.A. A REPÉRÉ LE SOUS-MARIN!

SI JE SUIS REPÉRÉ, JE RISQUE D'ÊTRE ABATTU SANS AUTRE FORME DE PROCÈS. JE VIOLE L'ESPACE AÉRIEN DOMINICAIN! HEUREUSEMENT, CETTE CÔTE, PRESQUE DÉSERTE, SE SITUE EN DEHORS DES ROUTES MARITIMES.	TRÈS BAS ET À VITESSE RÉDUITE, BUCK LONGE TOUTES LES SINUOSITÉS DU RIVAGE, ABRUPT, DÉCOUPÉ, COUVERT DE JUNGLE DENSE... *SI CE DAMNÉ SOUS-MARIN S'EST RÉFUGIÉ DANS UNE DE CES CRIQUES, JE N'AI AUCUNE CHANCE DE L'APERCEVOIR!*	MAIS SOUDAIN... *TIENS? QUELLES SONT CES MARBRURES BRILLANTES SUR LA MER, DROIT DEVANT? ON DIRAIT...*

TONNERRE! DES... DES TRAÎNÉES D'HUILE SUR LESQUELLES LE SOLEIL SE REFLÈTE! LE COURANT LES ENTRAÎNE PEU À PEU VERS LA HAUTE MER, MAIS ELLES SEMBLENT S'ÉCHAPPER DE CETTE ÉTROITE ÉCHANCRURE DANS LA CÔTE! GOSH! IL FAUT QUE JE VOIE ÇA DE PLUS PRÈS.

JE VAIS EFFECTUER UN PASSAGE AUSSI BAS QUE POSSIBLE AU-DESSUS DE CETTE CRIQUE. UNE TELLE PERTE D'HUILE EST ANORMALE... DIABLE! JE SERAI OBLIGÉ DE GARDER DE L'ALTITUDE! C'EST MAL PAVÉ, PAR ICI!

AU RAS DE LA MONTAGNE, BUCK A PLONGÉ ACROBATIQUEMENT VERS LA CRIQUE, JOUANT À SAUTE-MOUTON AVEC LES ARBRES. *OH! L'EAU EST COUVERTE DE MAZOUT ET D'HUILE! MAIS PAS LA MOINDRE TRACE DE BATEAU OU DE SOUS-MARIN! HELL! J'AI L'IMPRESSION QUE JE VIENS DE RATER DE PEU CE DAMNÉ REQUIN!*

IL A DÛ SE TAPIR LÀ UNE HEURE OU DEUX, LE TEMPS DE SOUFFLER ET PEUT-ÊTRE DE PROCÉDER EN HÂTE À UNE RÉPARATION INDISPENSABLE. PUIS IL A DÛ REPRENDRE LA MER! EN CE CAS, IL NE PEUT ÊTRE LOIN.

MAIS C'EST EN VAIN QUE BUCK BAT LA CÔTE EN TOUS SENS, PRENANT DES RISQUES TERRIBLES POUR SURVOLER TRÈS BAS LES MOINDRES CRIQUES. À L'ESPOIR SUCCÈDE LE DÉCOURAGEMENT... *RIEN! TOUJOURS RIEN!*

ET POUR CAUSE! IGNORANT L'EXISTENCE DE LA GROTTE, IL NE SE DOUTE PAS QU'IL VIENT DE SURVOLER À QUELQUES DIZAINES DE MÈTRES SEULEMENT LA PROIE QU'IL TRAQUE... MAIS DES GUETTEURS INVISIBLES ONT SUIVI SES ÉVOLUTIONS AVEC ANGOISSE.

OUF! LE YANKEE SEMBLE BIEN S'ÊTRE ÉLOIGNÉ POUR DE BON!

NOUS AVONS DÛ ÊTRE TRAHIS PAR LES TRACES D'HUILE ET DE CARBURANT QUE NOUS LAISSIONS DERRIÈRE NOUS. IL EST À CRAINDRE QUE D'AUTRES AVIONS AMÉRICAINS NOUS TOMBENT SUR LE DOS.

IL FAUT PARER À CE DANGER! ÊTRE REPÉRÉS AU MOMENT OÙ NOUS ARRIVERA LE SOUS-MARIN DE SECOURS SERAIT CATASTROPHIQUE! J'AI UNE IDÉE!

62

63

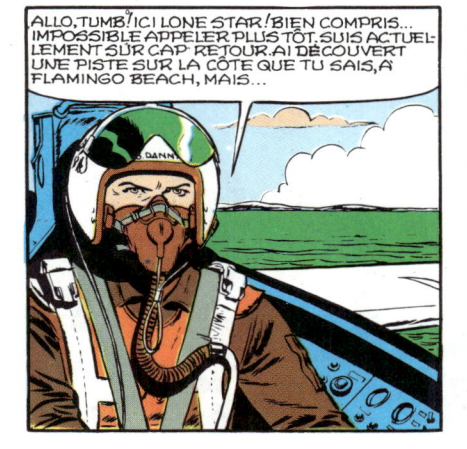

64

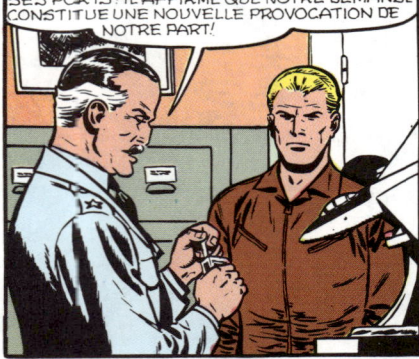

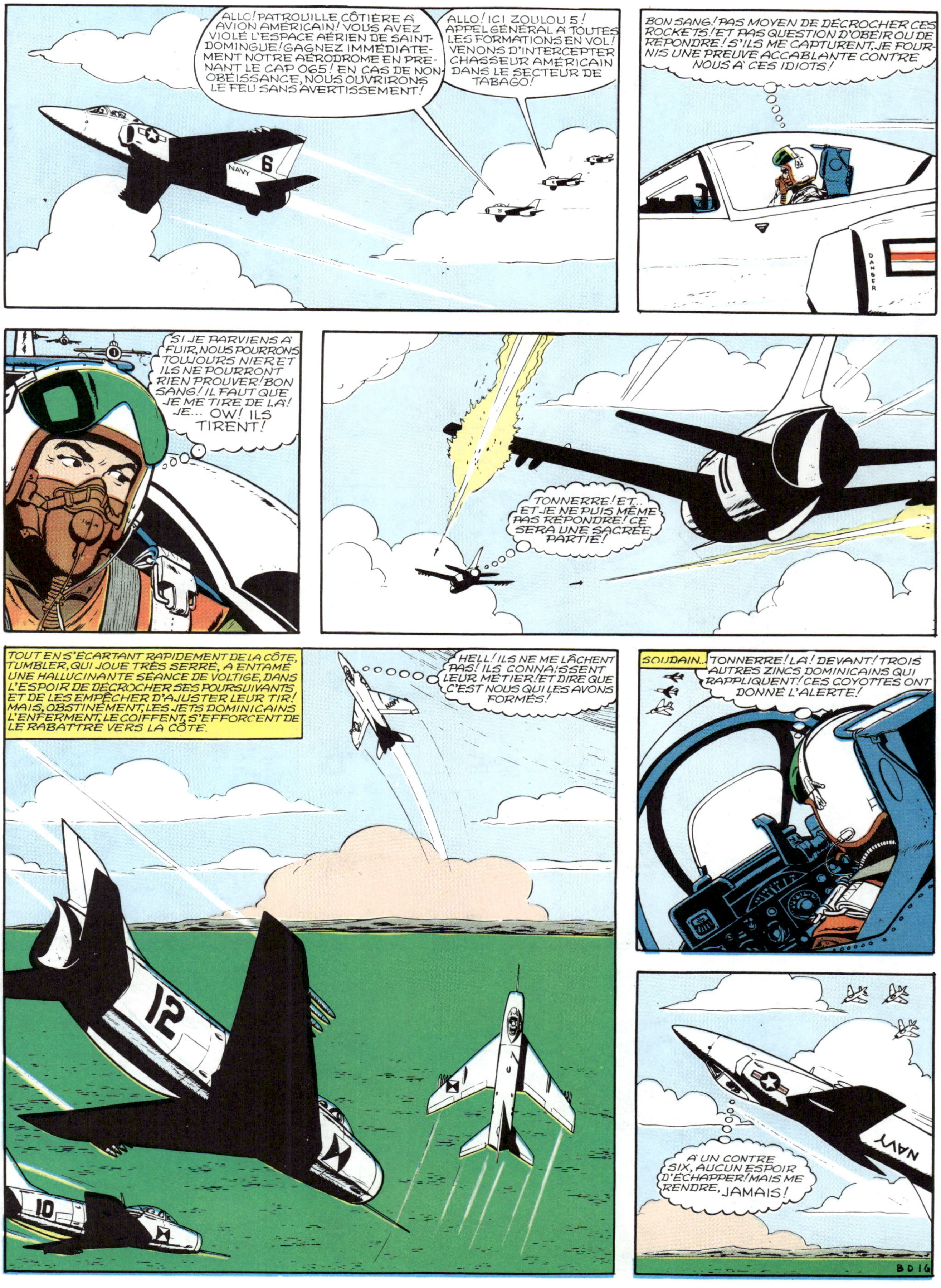

ALLO! PATROUILLE CÔTIÈRE À AVION AMÉRICAIN! VOUS AVEZ VIOLÉ L'ESPACE AÉRIEN DE SAINT-DOMINGUE! GAGNEZ IMMÉDIATEMENT NOTRE AÉRODROME EN PRENANT LE CAP 065! EN CAS DE NON-OBÉISSANCE, NOUS OUVRIRONS LE FEU SANS AVERTISSEMENT!
ALLO! ICI ZOULOU 5! APPEL GÉNÉRAL À TOUTES LES FORMATIONS EN VOL! VENONS D'INTERCEPTER CHASSEUR AMÉRICAIN DANS LE SECTEUR DE TABAGO!
BON SANG! PAS MOYEN DE DÉCROCHER CES ROCKETS! ET PAS QUESTION D'OBÉIR OU DE RÉPONDRE! S'ILS ME CAPTURENT, JE FOURNIS UNE PREUVE ACCABLANTE CONTRE NOUS À CES IDIOTS!
DANGER
SI JE PARVIENS À FUIR, NOUS POURRONS TOUJOURS NIER ET ILS NE POURRONT RIEN PROUVER! BON SANG! IL FAUT QUE JE ME TIRE DE LÀ! JE... OW! ILS TIRENT!
TONNERRE! ET... ET JE NE PUIS MÊME PAS RÉPONDRE! CE SERA UNE SACRÉE PARTIE!
TOUT EN S'ÉCARTANT RAPIDEMENT DE LA CÔTE, TUMBLER, QUI JOUE TRÈS SERRÉ, A ENTAMÉ UNE HALLUCINANTE SÉANCE DE VOLTIGE, DANS L'ESPOIR DE DÉCROCHER SES POURSUIVANTS ET DE LES EMPÊCHER D'AJUSTER LEUR TIR! MAIS, OBSTINÉMENT, LES JETS DOMINICAINS L'ENFERMENT, LE COIFFENT, S'EFFORCENT DE LE RABATTRE VERS LA CÔTE.
HELL! ILS NE ME LÂCHENT PAS! ILS CONNAISSENT LEUR MÉTIER! ET DIRE QUE C'EST NOUS QUI LES AVONS FORMÉS!
SOUDAIN...
TONNERRE! LÀ! DEVANT! TROIS AUTRES ZINCS DOMINICAINS QUI RAPPLIQUENT! CES COYOTTES ONT DONNÉ L'ALERTE!
À UN CONTRE SIX, AUCUN ESPOIR D'ÉCHAPPER! MAIS ME RENDRE, JAMAIS!
BD 16

C'EST L'HALLALI! ENFERMÉ DANS LA GIGANTESQUE ET MORTELLE TOILE D'ARAIGNÉE TISSÉE AUTOUR DE LUI PAR LES SIX CHASSEURS DOMINICAINS QUI LE SERRENT, SE COLLENT DANS SON SILLAGE, GÊNENT DANGEREUSEMENT SES ÉVOLUTIONS, TUMBLER, DANS L'IMPOSSIBILITÉ DE TIRER NI D'APPELER DU SECOURS, SE DÉBAT DÉSESPÉRÉMENT, MULTIPLIE LES PRODIGES DE VIRTUOSITÉ...
MAIS SOUDAIN...
HOMBRE! CETTE FOIS, JE TE TIENS, GRINGO!
B.D. 17 A.
DANS SON RÉTROVISEUR, TUMBLER A VU LE DÉPART DE LA SALVE. D'UN COUP DE PALONNIER TERRIBLE, IL TENTE DE L'ÉVITER, DÉRAPE DÉSESPÉRÉMENT. TROP TARD!
NAVY
BON SANG! CE COYOTTE M'A EU! HEUREUSEMENT MON ZINC TOMBERA ASSEZ LOIN DE LA CÔTE! ILS NE POURRONT PAS LE RÉCUPÉRER ET NE POURRONT RIEN PROUVER! ET MAINTENANT IL FAUT SORTIR!
BRÛLANT COMME UNE TORCHE, LE "GRUMMAN" DE TUMBLER, DÉSÉQUILIBRÉ, EST PASSÉ SUR LE DOS. TOURNOYANT SUR LUI-MÊME, IL TOMBE VERS LA MER COMME UN PAVÉ.
BON SANG! IM... IMPOSSIBLE DE LARGUER LE CANOPY! LE... LE CHOC A DÛ FAUSSER QUELQUE CHOSE! JE... JE NE PEUX PAS SORTIR! ET LA MER MONTE! JE... JE NE SUIS PLUS QU'À DEUX MILLE PIEDS!
LE... LE FEU! JE... J'ÉTOUFFE! AAAH!
B.D. 17 B.

BRUSQUEMENT, À QUELQUES CENTAINES DE PIEDS, ALORS QUE L'ÉPAVE N'EST DÉJÀ PLUS QU'UN BRASIER VRILLANT À MORT VERS LES VAGUES, C'EST LE MIRACLE. L'AVION SE DÉSAGRÈGE BRUTALEMENT, LIBÉRANT LE CANOPY.
DANS UN ULTIME RÉFLEXE, TUMBLER, QUE LES CLOISONS PARE-FEU ONT PROTÉGÉ JUSQUE-LÀ, MAIS QUI ÉTOUFFE, ASPHYXIÉ PAR LA FUMÉE, DÉCLENCHE L'ÉJECTION DE SON SIÈGE, AVANT DE SOMBRER DANS L'INCONSCIENCE.
B.D. 18 A
ET TANDIS QUE TUMBLER, INCONSCIENT, DÉRIVE AU LARGE DE LA CÔTE, SOUTENU PAR SA "MAE WEST"...
ALLO! ICI ZOULOU 25! VENONS D'ABATTRE AU-DESSUS DU SECTEUR CÔTIER 347 AVION AMÉRICAIN INTERCEPTÉ QUI REFUSAIT D'OBÉIR À NOS SOMMATIONS. LE PILOTE A SAUTÉ ET VIENT DE TOUCHER LA MER. ENVOYEZ SECOURS D'URGENCE! VOICI SA POSITION...
10
À RAMEY A.F. BASE, L'INQUIÉTUDE VA GRANDISSANT.
VOICI GORDON QUI RENTRE! IL DOIT ÊTRE PRESQUE À COURT DE PÉTROLE!
BON SANG! QUE FAIT TUMB? IL DEVRAIT ÊTRE LÀ! IL N'A PLUS QUE QUELQUES MINUTES DE CARBURANT, LUI AUSSI!
AU FAIT! DEPUIS QUE NOUS NOUS SOMMES DISPERSÉS, NUL D'ENTRE NOUS N'A PLUS EU LE MOINDRE CONTACT RADIO AVEC LUI!
BAH! LA CONSIGNE IMPOSAIT UN SILENCE ABSOLU...
OUAIS, MAIS SEULEMENT TANT QU'ON SE TROUVAIT DANS LES EAUX DOMINICAINES!
VICTOR HUBINON
B.D. 18 B.

AU FUR ET A MESURE QUE LE TEMPS COULE, L'INQUIÉTUDE SE CHANGE EN ANGOISSE.
RIEN! TOUJOURS RIEN!
AUCUN APPEL DU CAPITAINE TUMBLER A L'"APPROCHE", ET LE RADAR NE LE REPÈRE NULLE PART!
BAH! IL EST PEUT-ÊTRE EN PANNE DE RADIO ET IL AURA DÛ SE POSER QUELQUE PART SANS POUVOIR PRÉVENIR!
HELL! IL... IL N'A PLUS DE CARBURANT DEPUIS TROIS MINUTES! IL LUI EST ARRIVÉ QUELQUE CHOSE!
TANT PIS SI ÇA DOIT DONNER L'ÉVEIL AUX DOMINICAINS, MAIS JE VAIS ESSAYER D'APPELER TUMB PAR RADIO. S'IL NE RÉPOND PAS, DÉCLENCHEMENT IMMÉDIAT DE LA PROCÉDURE DE RECHERCHES! QU'ON REFASSE LES PLEINS!
EN COUP DE VENT, BUCK A PÉNÉTRÉ DANS LA SALLE D'APPROCHE, MAIS SOUDAIN IL SE FIGE, FRAPPÉ PAR LE SILENCE CONSTERNÉ ET LES VISAGES BOULEVERSÉS QUI L'ACCUEILLENT...
? GOSH! QU'EST-CE QUI SE PASSE? VOUS EN FAITES DES TÊTES. VOUS... VOUS AVEZ DU NOUVEAU?
SIR! JE... JE... JUSTEMENT, JE... J'ALLAIS VOUS PRÉVENIR!
LES... LES NOUVELLES NE... NE SONT PAS TRÈS BONNES, SIR!
QU... QUOI?
NOUS VENONS DE CAPTER UNE ÉMISSION SPÉCIALE DE... DE LA RADIO DOMINICAINE. ELLE ANNONÇAIT QU'UN CHASSEUR AMÉRICAIN QUI VENAIT DE VIOLER LE CIEL DE SAINT-DOMINGUE AVAIT ÉTÉ ABATTU EN FEU PAR LA CHASSE LOCALE!
B.D. 19 A.
TUMB! MON DIEU! CE... CE N'EST PAS POSSIBLE! D'ABORD SONNY, PUIS... TUMB! EN L'ESPACE DE QUARANTE-HUIT HEURES! MES DEUX MEILLEURS AMIS! C'EST EFFROYABLE! LA SÉRIE NOIRE!
TONNERRE! IL FAUT DÉCLENCHER IMMÉDIATEMENT DES RECHERCHES! LE CAPITAINE A PEUT-ÊTRE PU S'ÉJECTER ET...
HÉLAS! LES DOMINICAINS ONT ANNONCÉ QU'IL N'Y AVAIT PLUS D'ESPOIR DE RETROUVER VIVANT LE PILOTE DESCENDU!
D'APRÈS EUX, CELUI-CI EST TOMBÉ EN MER. DES HÉLICOPTÈRES, ALERTÉS PAR LES CHASSEURS, ONT DÉCOLLÉ IMMÉDIATEMENT ET SURVOLÉ LE POINT DE CHUTE DE L'AVION EN FEU... ILS N'ONT RETROUVÉ AUCUNE TRACE... LES REQUINS PULLULENT AU LARGE DES CÔTES!
QU'IMPORTE! LES DOMINICAINS NE DISENT PEUT-ÊTRE PAS LA VÉRITÉ! IL FAUT DÉCOLLER IMMÉDIATEMENT! JE SUIS VOLONTAIRE!
MOI AUSSI!
MOI AUSSI!
NAVRÉ! C'EST INTERDIT!
JE VIENS DE RECEVOIR DU GÉNÉRAL L'ORDRE FORMEL D'EMPÊCHER QUICONQUE DE DÉCOLLER! CET ÉVÉNEMENT TRAGIQUE VA DÉCLENCHER UN INCIDENT DIPLOMATIQUE TRÈS GRAVE! IL NE FAUT RIEN FAIRE POUR L'ENVENIMER ENCORE!
CEPENDANT, SUR LA CÔTE NORD DE SAINT-DOMINGUE.
LA... LA TERRE! ENFIN!
B.D. 19 B.

JE...J'AI BIEN CRU QUE JE...MOURRAIS D'ÉPUISEMENT...JE...JE SUIS À BOUT...C'EST UN...MIRACLE QUE...JE N'AIE PAS RENCONTRÉ DE REQUINS ET QUE LE COURANT M'AIT POUSSÉ...VERS LA CÔTE!	JE...JE N'AURAIS PAS TENU...DIX MINUTES DE P...PLUS...CE...C'EST LA FAUTE DE CE MAUDIT HÉLICOPTÈRE DOMINICAIN QUI M'A FORCÉ À ABANDONNER ET À CREVER MON DINGHY POUR ÉVITER DE ME FAIRE REPÉRER...PHUU!	LONGTEMPS TUMBLER EST RESTÉ AFFALÉ SUR LE SABLE, HALETANT, INCAPABLE DE FAIRE UN MOUVEMENT... OUF! ÇA VA MIEUX! BON SANG! BUCK ET LES COPAINS DOIVENT ÊTRE FOUS D'INQUIÉTUDE!
QUE FAIRE? CHERCHER À ATTEINDRE UN VILLAGE ET ME RENDRE POUR POUVOIR RASSURER BUCK AU PLUS TÔT? HMM... MON AVENTURE A DÛ DÉCHAÎNER UN EFFROYABLE RAMDAM! MAIS POUR L'INSTANT, LES DOMINICAINS NE PEUVENT FOURNIR AUCUNE PREUVE!	SI JE ME LIVRE, JE LEUR EN FOURNIS UNE DE DIMENSION! ILS M'EXHIBERONT PARTOUT, SE SERVIRONT DE MOI POUR ENFLER LEURS REVENDICATIONS ET LEURS PROTESTATIONS. LA TÂCHE DE MON GOUVERNEMENT SERA DÉJÀ SUFFISAMMENT PÉNIBLE SANS QUE JE LA LUI COMPLIQUE ENCORE!	IL FAUT DONC SURTOUT QUE JE NE TOMBE PAS AUX MAINS DES DOMINICAINS... ILS DOIVENT D'AILLEURS ÊTRE PERSUADÉS DE MA MORT! SI JE POUVAIS TROUVER DES VÊTEMENTS CIVILS ET ATTEINDRE UN POINT D'OÙ JE POURRAIS PRÉVENIR BUCK...
PREMIÈRE CHOSE À FAIRE: ME SITUER, PUIS ENTERRER MES ÉQUIPEMENTS DE VOL ET MA "MAE WEST"! HEUREUSEMENT CETTE BOUSSOLE VA ME PERMETTRE DE M'ORIENTER... JE DOIS ÊTRE TOUT PRÈS DE CE DAMNÉ FLAMINGO BEACH...	HMM! D'APRÈS MES CALCULS, CE POINT DEVRAIT SE TROUVER À QUATRE OU CINQ MILLES DANS L'EST... HÉ! JE POURRAIS ESSAYER DE JETER UN COUP D'ŒIL DE CE CÔTÉ! PAR ACQUIT DE CONSCIENCE... JE DISPOSE ENCORE DE QUELQUES HEURES DE JOUR!	VIVEMENT TUMBLER A ENTERRÉ LA PLUPART DE SES ÉQUIPEMENTS DE VOL, NE GARDANT QUE SA COMBINAISON, HÉLAS TRÈS VOYANTE... EN ROUTE! J'AI MES VIVRES CONCENTRÉS DE SECOURS, UN REVOLVER ET UN COUTEAU. ÇA ME SUFFIRA POUR ME DÉBROUILLER...
ET QUELQUES INSTANTS PLUS TARD...	OR AU MÊME INSTANT, À FLAMINGO BEACH, À BORD DU SOUS-MARIN INCONNU... CAPITAINE DAYTON! C'EST VOTRE TOUR DE MONTER PRENDRE L'AIR QUELQUES MINUTES SUR LE PONT! OKAY! ALLONS-Y! N'OUBLIEZ PAS! AU MOINDRE SIGNE SUSPECT, NOUS AVONS ORDRE DE VOUS TRUFFER DE PLOMB!	

70

71

CEPENDANT, À RAMEY A'R FORCE BASE...

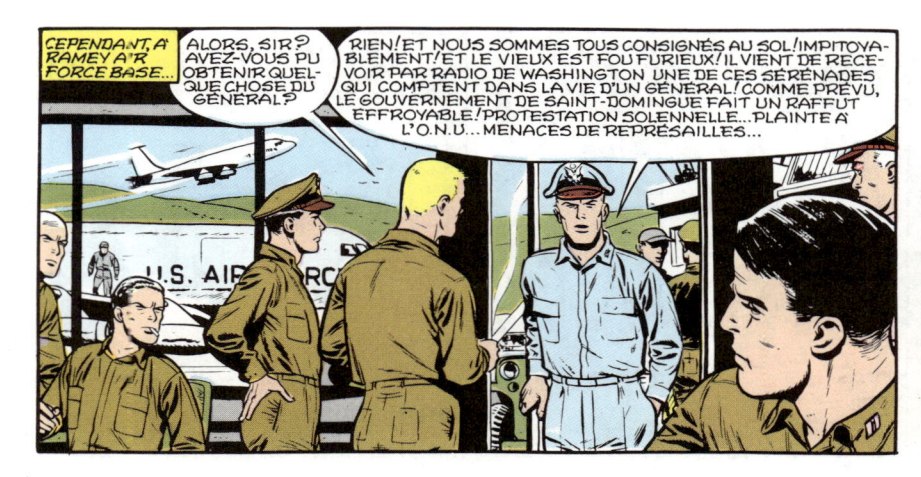

— ALORS, SIR? AVEZ-VOUS PU OBTENIR QUELQUE CHOSE DU GÉNÉRAL?

— RIEN! ET NOUS SOMMES TOUS CONSIGNÉS AU SOL! IMPITOYABLEMENT! ET LE VIEUX EST FOU FURIEUX! IL VIENT DE RECEVOIR PAR RADIO DE WASHINGTON UNE DE CES SÉRÉNADES QUI COMPTENT DANS LA VIE D'UN GÉNÉRAL! COMME PRÉVU, LE GOUVERNEMENT DE SAINT-DOMINGUE FAIT UN RAFFUT EFFROYABLE! PROTESTATION SOLENNELLE... PLAINTE À L'O.N.U... MENACES DE REPRÉSAILLES...

— BREF, C'EST LA PANIQUE! ET DU COUP, PLUS PERSONNE NE SE SOUCIE DE TUMB NI DE SONNY! C'EST TOUT JUSTE SI ON SE PRÉOCCUPE ENCORE DE DAYTON ET DE SA CAPSULE! ON NE PENSE QU'À ÉVITER DES COMPLICATIONS INTERNATIONALES!

— AVANT TOUT, NE PLUS RISQUER D'EXCITER LA FUREUR DES DOMINICAINS, MÊME EN RECHERCHANT TUMB! POUR EMPÊCHER LE SOUS-MARIN QUE NOUS TRAQUONS DE QUITTER LES CÔTES DOMINICAINES, ON SE CONTENTERA DE LES BLOQUER DE LOIN, SI TOUTEFOIS IL S'Y CACHE!

— CAR LE PENTAGONE SEMBLE PERSUADÉ QUE J'AI RÊVÉ! QUE J'AI DÛ ME TROMPER DANS LE BROUILLARD EN CROYANT APERCEVOIR UN SUBMERSIBLE ENDOMMAGÉ, PUIS PLUS TARD, EN REPÉRANT CES TACHES D'HUILE À FLAMINGO BEACH!

— QUE COMPTEZ-VOUS FAIRE, SIR?

— CONTINUER! ESSAYER DE RETROUVER UNE PREUVE DE LA MORT OU DE LA SURVIE DE CE PAUVRE TUMB! MAIS TOUT SEUL! EN CIVIL! SUR UN AVION DE LOCATION! DE TELLE SORTE QUE L'ON PUISSE ME DÉSAVOUER ET ME FAIRE PASSER POUR FOU EN CAS D'ÉCHEC!

CEPENDANT, SUR LA CÔTE NORD DE SAINT-DOMINGUE, NON LOIN DE FLAMINGO BEACH, TUMBLER, QUI N'EN CROIT PAS SES YEUX, LIT L'EFFARANT RÉCIT CONSIGNÉ PAR SONNY SUR SON ÉTRANGE MESSAGE...

— MOI, CAPTAIN TUCKSON, PILOTE À BORD DU "FORRESTAL", JE SUIS PRISONNIER DANS LE SOUS-MARIN INCONNU QUI A CAPTURÉ UN PEU AVANT MOI LE COSMONAUTE DAYTON ET SA CAPSULE MERCURY!

— ALORS QUE JE POURSUIVAIS PAR AIR CE SUBMERSIBLE, J'AI VOLONTAIREMENT JETÉ MON APPAREIL SUR SON KIOSQUE POUR L'EMPÊCHER DE FUIR EN PLONGÉE. J'AI TOUTEFOIS RÉUSSI À M'ÉJECTER UNE SECONDE AVANT LE CHOC...

L'INCRÉDULITÉ, LA STUPEUR, ÉCRASENT TUMBLER QUAND IL RELIT LA SIGNATURE FIGURANT À LA FIN DU S.O.S...

— OUI! C'EST ÇA! JE... JE DEVIENS FOU! JE RÊVE! LUI? LUI? OOOH!

ET SOUDAIN...

— VIVANT! IL... IL EST VIVANT! C'EST LE MIRACLE! LE PRODIGE! YEEEPEEE!...

— SONNY EST VIVANT! VIVANT! SONNY! WAHOOO!... YAHAAAH!...

Case 1: SACRÉ SONNY! CECI CONFIRME BIEN LES TRACES DE COLLISION RELEVÉES SUR LES DÉBRIS DE SON APPAREIL! C'EST UN VRAI MIRACLE QU'IL AIT PU S'EN TIRER!

Case 2: ...JE ME SUIS RETROUVÉ À DEMI ASSOMMÉ, MAIS VIVANT ET FLOTTANT SUR L'EAU, SOUTENU PAR MA "MAE WEST", À PROXIMITÉ DU SUBMERSIBLE STOPPÉ PAR LE CHOC. IL ÉTAIT EN TRAIN DE FLAMBER... MON SIÈGE ÉJECTABLE ET MON PARACHUTE AVAIENT PARFAITEMENT FONCTIONNÉ.

Case 3: J'AI ÉTÉ APERÇU PAR LES MARINS OCCUPÉS À ÉTEINDRE L'INCENDIE PROVOQUÉ PAR LE RUISSELLEMENT DU KÉROSÈNE ENFLAMMÉ DE MES RÉSERVOIRS... J'AI ÉTÉ FAIT PRISONNIER...

Case 4: AVANT D'ÊTRE RECUEILLI, J'AVAIS PU CACHER DANS MA BOTTE UN DES SACHETS DE COLORANT DE MON PAQUETAGE DE SECOURS. JE L'AI ESCAMOTÉ EN CHANGEANT DE VÊTEMENTS ET GLISSÉ SOUS LA COUCHETTE DE MA CABINE-PRISON!

Case 5: J'AI RETROUVÉ DANS CELLE-CI LE CAPITAINE DAYTON EN EXCELLENTE SANTÉ. SA CAPSULE A ÉTÉ EMBARQUÉE DANS UNE SOUTE SPÉCIALE DU SOUS-MARIN. NOUS VENONS D'ATTEINDRE UNE ÎLE APRÈS DEUX JOURS SEULEMENT DE NAVIGATION. UNE DES CARAÏBES PROBABLEMENT!

Case 6: ON NOUS A PERMIS DE PRENDRE L'AIR SUR LE PONT DU SOUS-MARIN À TOUR DE RÔLE. MONTÉ LE PREMIER, J'AI CONSTATÉ QUE LE NAVIRE EST CACHÉ DANS UNE GROTTE OUVRANT SUR LA MER. J'AI ENTENDU UN MARIN PRONONCER LES MOTS: FLAMINGO BEACH. DAYTON SORTIRA, À SON TOUR, DANS UNE HEURE...

Case 7: IL EMPORTERA CE MESSAGE, CACHÉ DANS UN BOUCHON, ET LESTÉ AVEC MON PAQUET DE COLORANT. CELUI-CI EST ARRANGÉ DE TELLE SORTE QU'IL NE COLORE LA MER QU'AU BOUT DE VINGT MINUTES, QUAND LE VIOLENT COURANT QUE J'AI REMARQUÉ DANS LA GROTTE L'AURA ENTRAÎNÉ AU-DEHORS.

Case 8: POUR L'AMOUR DU CIEL, FAITES VITE... S.O.S... NOUS IGNORONS COMBIEN DE TEMPS NOUS RESTERONS MOUILLÉS DANS LA GROTTE. SIGNÉ: CAPTAIN TUCKSON, U.S. NAVY, ET CAPTAIN DAYTON, N.A.S.A.!

Case 9: ÇA ALORS! C'EST À PEINE CROYABLE! DU MÊME COUP, JE VIENS DE RETROUVER SONNY, DAYTON ET LA CAPSULE QUE TOUTE LA NAVY CHERCHE DÉSESPÉRÉMENT! BON SANG! IL FAUT QUE JE VÉRIFIE CETTE INDICATION: FLAMINGO BEACH.

Case 10: D'APRÈS MES CALCULS, LA CRIQUE DE FLAMINGO BEACH DOIT S'OUVRIR SUR L'AUTRE VERSANT DE CES FALAISES ABRUPTES. DU CIEL, IL ÉTAIT IMPOSSIBLE DE VOIR LA GROTTE DONT PARLE SONNY, MAIS PAR TERRE, JE NE PUIS LA RATER!

Case 11: ET, UN QUART D'HEURE PLUS TARD... OH! JE... JE DÉBOUCHE JUSTE SUR LA CRIQUE! TONNERRE! POURVU QU'ON NE M'AIT PAS APERÇU! OH! LÀ! C'EST BIEN ÇA! SONNY NE S'EST PAS TROMPÉ!

LA GROTTE! VOILÀ LA GROTTE!
EN EFFET, SOUS UN MASSIF SURPLOMBÉE DE ROCHERS, UNE ÉNORME OUVERTURE SOMBRE BÉE SUR LA MER... L'ENTRÉE DE LA CAVERNE... DANS SA PÉNOMBRE, DE FUGITIVES LUEURS VONT ET VIENNENT COMME DES FEUX FOLLETS...
IL Y A DES LUMIÈRES À L'INTÉRIEUR DU GOUFFRE! SANS DOUTE L'ÉQUIPAGE DU SOUS-MARIN OCCUPÉ À RÉPARER LES AVARIES... OH! LÀ-HAUT! SUR LES ROCHERS, UNE SENTINELLE! C'EST UN MIRACLE QU'ELLE NE M'AIT PAS REPÉRÉ!
ET DIRE QUE SONNY ET DAYTON SONT LÀ! PRESQUE À PORTÉE DE VOIX! SANS QUE JE PUISSE RIEN FAIRE!
VOILÀ POURQUOI NOUS SOMMES TOUS PASSÉS ET REPASSÉS EN "JET" AU-DESSUS DE CE TROU SANS RIEN SOUPÇONNER! CETTE FALAISE QUI AVANCE EN SURPLOMB DISSIMULE TOTALEMENT L'ENTRÉE DE LA GROTTE VERS LE HAUT! ET PAR-DESSUS LE MARCHÉ, ELLE EMPÊCHE TOUT ACCÈS PAR TERRE.
BON SANG! ON NE PEUT ATTEINDRE CETTE DAMNÉE OUVERTURE QUE PAR MER! IL FAUT QUE JE LA SURVEILLE ET QUE JE RÉUSSISSE À SIGNALER MES FORMIDABLES DÉCOUVERTES ET MA PROPRE SURVIE AUX COPAINS! MAIS... COMMENT?
CETTE JUNGLE EST IMPÉNÉTRABLE! JE M'Y PERDRAIS INÉVITABLEMENT! À QUOI BON M'ENFONCER VERS L'INTÉRIEUR, D'AILLEURS! JE MULTIPLIE MES CHANCES DE ME FAIRE PRENDRE, SURTOUT VÊTU COMME JE SUIS! LE MIEUX EST DE GUETTER UN BATEAU...
B.D. 25A
CEPENDANT, À PORTO RICO, AU PETIT AÉROPORT CIVIL DE SAN JUAN...
O.K! O.K! JE VOUS LAISSE CE ZINC POUR CENT DOLLARS DE MOINS! MAIS JE VOUS JURE QUE VOUS FAITES UNE AFFAIRE! UN AMPHIBIE TOUT NEUF!
POURRI JUSQU'À LA MOELLE, OUI! ENFIN! L'ESSENTIEL EST QU'IL TIENNE QUELQUES HEURES!
SIR! JE VOUS EN SUPPLIE! RENONCEZ À CETTE FOLIE! VOUS RISQUEZ LA MORT INUTILEMENT! SANS COMPTER LES COMPLICATIONS QUE ÇA PEUT AMENER! VOUS N'AVEZ PAS UNE CHANCE SUR MILLE DE RETROUVER UNE TRACE DE TUMBLER!
AIRPLANES FOR SALE
VOUS NE SAVEZ MÊME PAS PAR OÙ COMMENCER...
SI! PAR CETTE CRIQUE DE FLAMINGO, PRÉCISÉMENT! CELLE OÙ J'AI APERÇU CES LARGES TRAÎNÉES D'HUILE ET DE CARBURANT, MAIS AUCUN BATEAU... DE LÀ, JE RAYONNERAI!
ET LE SOIR MÊME...
ALLONS! CESSEZ DE RONCHONNER! QUI POURRAIT REPROCHER À MISTER DANNY, HONORABLE PARTICULIER, D'ALLER CHASSER LE HÉRON ET LE PÉLICAN SUR LES CÔTES DE SAINT-DOMINGUE? AIDEZ-MOI PLUTÔT À EMBARQUER LE MATÉRIEL!
SI LES DOMINICAINS VOUS CAPTURENT AVEC TOUT CE MATÉRIEL, ILS VOUS FUSILLERONT COMME ESPION!
IL Y A LÀ UNE TROUSSE DE SECOURS COMPLÈTE MAIS AUSSI ASSEZ DE PLASTIC POUR FAIRE SAUTER UN BÂTIMENT DE VINGT ÉTAGES!
À BIENTÔT, GARÇONS! IL EST TEMPS QUE JE DÉCOLLE SI JE VEUX ARRIVER EN PLEINE NUIT À PROXIMITÉ DE FLAMINGO BEACH... JE SERAI MOINS FACILEMENT REPÉRÉ!
BONNE CHANCE, SIR!
B.D. 25 B.

ET QUELQUES INSTANTS PLUS TARD...
ESPÉRONS QUE LE GÉNÉRAL N'APPRENDRA PAS TROP TÔT MON ESCAPADE! JE RISQUE TRÈS GROS SI MON AVENTURE TOURNE MAL!
N15037
VOLANT AU RAS DE L'EAU POUR ÉVITER D'ÊTRE REPÉRÉ PAR LES RADARS INDISCRETS, BUCK A MIS LE CAP SUR SAINT-DOMINGUE.
POURVU QUE LES LAMES NE SOIENT PAS TROP FORTES SUR LA CÔTE NORD!
CEPENDANT, À PROXIMITÉ DE FLAMINGO BEACH, TUMBLER A ENTAMÉ UNE VEILLE INTERMINABLE.
BON SANG! ON NE PEUT PAS DIRE QUE LES BATEAUX EMBOUTEILLENT LES PARAGES! MÊME PAS UNE BARQUE DE PÊCHE!
RAISON DE PLUS POUR NE PAS RATER LE PREMIER QUE J'APERÇOIS! TANT PIS, SI JE SUIS ACCUSÉ DE PIRATERIE, ON S'EXPLIQUERA PLUS TARD. IL FAUT QUE JE M'EN EMPARE COÛTE QUE COÛTE! JE... TIENS! QUEL EST CE RONRONNEMENT?
? BIZARRE! ON DIRAIT UN VROMBISSEMENT D'AVION... MAIS ON L'ENTEND AU RAS DE LA MER! UN HYDROPLANE, PEUT-ÊTRE? OH! NON! LÀ! UN... UN HYDRAVION! TOUS FEUX ÉTEINTS!
B.D. 26 A
OR AU MÊME INSTANT...
LÀ-BAS! CETTE MASSE NOIRE! C'EST LA CÔTE DOMINICAINE! SI MA NAVIGATION EST CORRECTE, JE DOIS ME TROUVER UN PEU SUR LA DROITE DE FLAMINGO BEACH! LA MER SEMBLE CALME! MIEUX VAUT AMERRIR À BONNE DISTANCE!
TOUS FEUX ÉTEINTS, AIDÉ PAR LA SEULE CLARTÉ DE LA LUNE, BUCK A RÉDUIT LES GAZ ET PRUDEMMENT ENTAMÉ SA DESCENTE... ET BIENTÔT...
OUF! FAIRE UNE APPROCHE DE NUIT SANS BALISAGE ET SANS PHARES, SUR UN PLAN D'EAU QU'ON NE CONNAÎT PAS, C'EST UN SACRÉ SPORT! IL NE ME RESTE PLUS QU'À HYDROPLANER JUSQU'À LA PLAGE, EN ÉVITANT LES COUPS DE MOTEUR TROP BRUYANTS!
? MA PAROLE! CE ZINC A AMERRI! QUEL EST CE ZÈBRE QUI SE POSE SANS LE MOINDRE FEU? UN CONTREBANDIER? OU UN CONTRE-RÉVOLUTIONNAIRE? SI JE POUVAIS M'EMPARER DE CET AVION! C'EST UNE AUBAINE INESPÉRÉE!
OUF! ME VOICI AU SEC! C'EST À PEU PRÈS LA SEULE PLAGE ABORDABLE EXISTANT SUR CETTE PARTIE DE LA CÔTE! ET MAINTENANT PLUS UNE MINUTE À PERDRE...
N15037
VIVEMENT BUCK A SAUTÉ SUR LE SABLE, QUAND...
HAUT LES MAINS!
?!
VICTOR HUBINON
B.D. 26 B.

76

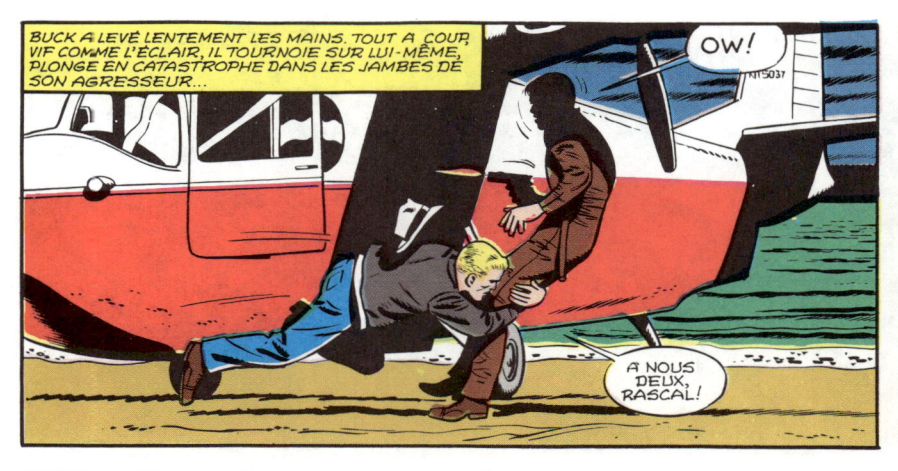

77

78

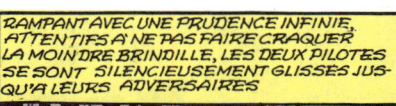

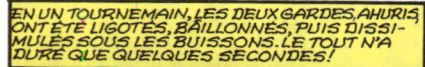

BON SANG! NOUS ALLONS ÊTRE IDENTIFIÉS! IL FAUT EMPÊCHER CES GÊNEURS D'ARRIVER JUSQU'ICI AVANT QUE LES CHARGES SOIENT PRÊTES À SAUTER! ATTENTION! PRÉPARE-TOI À OUVRIR LE FEU!
HÉ! OÙ SONT GREGOR ET YANN? IL N'Y A PERSONNE PRÈS DU FEU! ILS DOIVENT DORMIR!
FEU!
TRAHISON!
QUE... QU'EST-CE QUE C'EST? ALERTE!
ON NOUS TIRE DESSUS! À PLAT VENTRE!
ÇA Y EST! ILS RIPOSTENT! ILS NOUS TIRENT DESSUS! ET CES COYOTTES ACCOURENT DE PARTOUT! AVEC ÇA, ILS NOUS SURPLOMBENT! NOTRE POSITION SERA RAPIDEMENT INTENABLE!
IMPOSSIBLE DE NOUS FRAYER UN PASSAGE À TRAVERS LEURS RANGS! ILS SONT TROP NOMBREUX! ET ILS BLOQUENT TOUTE ISSUE!
BUCK! LES... LES CHARGES! ELLES VONT SAUTER DANS QUATRE MINUTES, ET NOUS AUSSI!
IL FAUT ARRACHER LES DÉTONATEURS! VITE!
PAS QUESTION! NOUS DEVONS EMPÊCHER AVANT TOUT LE FICHU REQUIN QUI SE CACHE LÀ-DESSOUS DE REPRENDRE LA MER. MÊME AU PRIX DE NOS VIES!
B.D. 30 A.
ALORS TOUT EST PERDU! NOUS ALLONS ÊTRE BROYÉS PAR L'ÉCROULEMENT DE CE SURPLOMB!
NOUS SOMMES ACCULÉS LE DOS AU VIDE... MAIS IL NOUS RESTE UNE ISSUE: LA MER!
HEIN? TU... TU ES FOU! NOUS LA DOMINONS DE PLUS DE 60 PIEDS! NOUS ALLONS NOUS ROMPRE LE COU!
C'EST ÇA OU ÊTRE PROJETÉS À TRAVERS LES AIRS! IL NOUS RESTE TROIS MINUTES!
OKAY! QU'EST-CE QU'ON FAIT DES DEUX GARDES? ON LES ABANDONNE, OU...
NOUS EN EMPOIGNONS CHACUN UN, QUE NOUS ENTRAÎNONS AVEC NOUS DANS LE VIDE! PRÊT?
C'EST LE MOMENT! CES RASCALS ONT STOPPÉ LEUR FEU... ILS DOIVENT PRÉPARER QUELQUE CHOSE! PRENDS CETTE GRENADE FUMIGÈNE. NOUS LA LANÇONS À MON SIGNAL, PUIS EN AVANT!
IL RESTE DEUX MINUTES! PRÊT?
PRÊT!
GOOO!
VICTOR HUBINON
B.D. 30 B.

EN AVANT! VITE!
POURVU QU'IL Y AIT ASSEZ DE FOND DANS LA CRIQUE!
SAUTE LE PLUS LOIN POSSIBLE DU BORD!
ALERTE!
NOUS SOMMES REPÉRÉS! VERS LE LARGE! VITE!
B.D. 31 A.
MAIS AU MÊME INSTANT, SUR LE SURPLOMB...
CES CANAILLES ONT SAUTÉ! ÇA ALORS! C'EST DU SUICIDE! ILS... OH! DE... DE LA FUMÉE JAILLIT DES CREVASSES! ARRIÈRE! ARRIÈRE!
MAIS SOUDAIN...
B.D. 31 B

BUCK! HO! BUCK, RIEN DE CASSÉ?
RIEN! NAGE VERS LA PASSE! ATTENTION AUX BLOCS QUI RETOMBENT!
MAIS, RÉVEILLÉE PAR LE FROID DE L'EAU, UNE DES SENTINELLES...
AU SECOURS!... AU SECOURS!...
DANS LA GROTTE, C'EST LA PANIQUE.
AU SECOURS! TOUT VA S'ÉCROULER!
L'ENTRÉE! L'ENTRÉE! NOUS ALLONS ÊTRE BLOQUÉS! EMMURÉS VIVANTS!
B.D. 32A
AU SECOURS! À MOI! ALERTE! LES YANKEES!
OH! LÀ! DES TYPES QUI TENTENT DE FUIR À LA NAGE! CE SONT EUX QUI ONT FAIT LE COUP! EN AVANT! AU CANOT!
OR AU MÊME INSTANT...
ENFER! NOUS SOMMES BLOQUÉS ICI COMME DES RATS AU FOND D'UN TROU! L'ENTRÉE DE LA GROTTE EST OBSTRUÉE, ET CES BLOCS PÈSENT AU MOINS DIX TONNES!
C'EST UN COUP DES YANKEES! ILS ONT RETROUVÉ NOTRE TRACE!
NOUS... NOUS SOMMES ÉCHOUÉS!
N-27
QU... QUOI?
LA CHUTE DES BLOCS DANS LA CRIQUE A SOULEVÉ UN FORMIDABLE RAZ DE MARÉE QUI S'EST RÉPERCUTÉ JUSQU'À LA RIVE ET NOUS A DROSSÉS SUR LES HAUTS-FONDS!
COMMANDANT! NOUS FAISONS EAU DE TOUTES PARTS! ET TOUS NOS CIRCUITS ÉLECTRIQUES ONT SAUTÉ!
ENFER! TOUT LE MONDE AUX POMPES À MAIN! PRÉPAREZ L'ÉVACUATION DE LA CAPSULE, DES INSTRUMENTS SCIENTIFIQUES ET DES PRISONNIERS!
CEPENDANT...
LÀ! LES VOILÀ! NOUS LES TENONS! IL NOUS LES FAUT VIVANTS!
PAN
PAN
32B

82

QU'ALLEZ-VOUS FAIRE DE NOUS?
JE VOUS AI RECONNU, COLONEL DANNY! VOUS ÊTES L'UN DES AVIATEURS LES PLUS CÉLÈBRES DES ÉTATS-UNIS! VOUS CONSTITUEZ UN OTAGE EXTRÊMEMENT PRÉCIEUX, UN ATOUT MAJEUR POUR ASSURER NOTRE RETRAITE! ENFERMEZ-LES AVEC LES AUTRES PRISONNIERS.
NE VOUS Y FIEZ PAS TROP, RASCAL!
ET QUELQUES MINUTES PLUS TARD...
BUCK! BUCK! VIEUX FRÈRE! DIS-MOI QUE JE NE RÊVE PAS! MON DIEU! JE... JE NE CROYAIS JAMAIS TE REVOIR!
SACRÉE VIEILLE NOIX! TOI? VIVANT! C'EST UN VRAI MIRACLE! CE QUE ÇA ME FAIT PLAISIR DE TE REVOIR!
DAYTON! RAVI DE VOUS CONNAÎTRE! MÊME DANS DE TELLES CIRCONSTANCES.
NOUS N'OSIONS ESPÉRER QUE QUELQU'UN TROUVERAIT SI VITE NOTRE S.O.S!
CEPENDANT, ALERTÉES PAR L'ULTIME MESSAGE DE BUCK, LES UNITÉS DE L'ESCADRE DE RECHERCHE DE L'U.S. NAVY, AMEUTÉES DE TOUTES PARTS, FONT ROUTE À VITESSE FORCÉE VERS LES CÔTES DOMINICAINES...
SIR, NOUS VENONS DE RECEVOIR LES DERNIÈRES INSTRUCTIONS DE WASHINGTON... LE GOUVERNEMENT DOMINICAIN CONTINUE DE NIER LA PRÉSENCE D'UN SOUS-MARIN À FLAMINGO BEACH ET À PRÉTENDRE QU'IL S'AGIT D'UN PRÉTEXTE INVENTÉ POUR VIOLER SES EAUX TERRITORIALES!
34A.
HMMM... LA TENSION EST AU MAXIMUM! NOS ORDRES SONT FORMELS! BLOQUER, AU LARGE, TOUTE LA CÔTE AVOISINANT FLAMINGO BEACH, MAIS INTERDICTION ABSOLUE DE FRANCHIR LA LIMITE DES EAUX TERRITORIALES DOMINICAINES SOUS AUCUN PRÉTEXTE!
CEPENDANT, DANS LE SOUS-MARIN PRISONNIER AU FOND DE LA GROTTE MURÉE...
ALLO? ALLO, TOPOK 3... ICI MARSOUIN. MESSAGE CHIFFRÉ POUR VOUS, EN PRIORITÉ URGENTE! ALLO... JE DICTE! 365... 2037... 3... 49967... 22... 118... 41...
ET QUELQUE PART EN EUROPE...
RÉPONDEZ QUE NOUS FAISONS DÉCOLLER IMMÉDIATEMENT UN HYDRAVION LOURD POUR LES SECOURIR! EN CODE, BIEN ENTENDU... QU'ILS PRÉPARENT TOUT POUR SON AMERRISSAGE
MOINS D'UNE HEURE PLUS TARD, UN GROS QUADRIMOTEUR RAPIDE DÉJAUGE, QUELQUE PART DANS UN COIN DU MONDE, SOUS UNE FAUSSE IMMATRICULATION ET SOUS LES COULEURS D'UNE PETITE COMPAGNIE CIVILE SUD-AMÉRICAINE...
OUAIS! SAUF SI LEURS RADARS NOUS REPÈRENT EN TRAIN D'AMERRIR À FLAMINGO BEACH! ILS NOUS INTERCEPTERONT IMMANQUABLEMENT AU RETOUR!
NOUS ATTEINDRONS SAINT-DOMINGUE AU DÉBUT DE LA NUIT PROCHAINE. NOTRE VOL A ÉTÉ RÉGULIÈREMENT ENREGISTRÉ ET SIGNALÉ... LES AMÉRICAINS NE POURRONT S'OPPOSER À NOTRE PASSAGE...
C'EST POURQUOI NOTRE DESTINATION OFFICIELLE EST HAÏTI, QUI SE PARTAGE L'ÎLE D'HISPANIOLA AVEC SAINT-DOMINGUE. ET NOUS GAGNERONS LE POINT DE RENDEZ-VOUS EN HYDROPLANANT TOUT LE LONG DE LA CÔTE, AU-DELÀ DE LA FRONTIÈRE!
AERONAVES DEL GUATEMALA
VICTOR HUBINON
34 B.

84

CEPENDANT CHEZ LE CAPITAINE DU MINUSCULE PORT DE CAP-HAÏTIEN...
LE FBJ ANNONCE QU'IL ATTENDRA LE JOUR SUR ANCRE FLOTTANTE POUR ENTRER EN RADE! INUTILE DE LUI ENVOYER UN PILOTE AVANT DEMAIN MATIN...
TANT MIEUX! À CETTE HEURE-CI, IL N'Y A NI SERVICE DE SANTÉ NI DOUANIER DE SERVICE! AH! ÇA Y EST! J'AI REPÉRÉ LEUR POSITION... BIZARRE... J'AURAIS JURÉ AVOIR ENTENDU L'AVION S'ÉLOIGNER!
PENDANT CE TEMPS...
D'APRÈS MES CALCULS, NOUS VENONS DE PASSER DES EAUX HAÏTIENNES DANS LES EAUX TERRITORIALES DOMINICAINES... LES RADARS YANKEES PEUVENT TOUJOURS FOUILLER LE CIEL! NOUS SOMMES EN DEHORS DE LEURS FAISCEAUX ET TOTALEMENT INVISIBLES POUR EUX!
IL FAUT QU'À L'AUBE, NOUS AYONS REGAGNÉ NOTRE MOUILLAGE FACE À CAP-HAÏTIEN, COMME SI NOUS NE L'AVIONS PAS QUITTÉ DE TOUTE LA NUIT!
NUL NE SE DOUTERA QU'ENTRETEMPS NOUS AURONS EMBARQUÉ LA CAPSULE, LES PRISONNIERS AMÉRICAINS ET L'ÉTAT-MAJOR DE NOTRE SOUS-MARIN! NOUS DÉBARQUERONS À PORT-HAÏTIEN LES DEUX MOTEURS MARINS QUE NOUS AVONS AMENÉS COMME ALIBI...
ET LA DOUANE HAÏTIENNE?
NOUS PRÉTEXTERONS DE NOTRE ENVERGURE POUR NE PAS ENTRER EN RADE ET POUR TRANSPORTER NOTRE CARGAISON SUR UN CANOT QUI L'AMÈNERA À TERRE... COMME NOUS NE DÉBARQUERONS PAS, LES DOUANIERS N'AURONT PAS À MONTER À BORD! ALLUMEZ LE PHARE CLIGNOTANT!
ET AU MÊME INSTANT...
VOILÀ L'HYDRAVION! SAUVÉS! NOUS SOMMES SAUVÉS!
36A
NOUS SOMMES AU LARGE DE FLAMINGO-BEACH! J'APERÇOIS LES SIGNAUX LUMINEUX! VIRE SUR TRIBORD! JE VAIS RÉPONDRE...
DANS LA CAVERNE OÙ LE MYSTÉRIEUX SOUS-MARIN EST DÉFINITIVEMENT EMPRISONNÉ, SON ÉQUIPAGE A RÉALISÉ, EN QUELQUES HEURES DE TRAVAIL ACHARNÉ, UN ROBUSTE VA-ET-VIENT DESTINÉ À AMENER LA CAPSULE SPATIALE VOLÉE DEPUIS SA SOUTE JUSQU'À UNE OUVERTURE HÂTIVEMENT DÉGAGÉE...
COMMANDANT! L'HYDRAVION VIENT D'ARRIVER... IL MOUILLERA LE PLUS PRÈS POSSIBLE DE LA CÔTE!
TRÈS BIEN! QUE L'ON ACCÉLÈRE LE TRANSBORDEMENT DE LA CAPSULE AU-DEHORS, ET FAITES DÉJÀ EMBARQUER LES PRISONNIERS.
ET...
DEBOUT, YANKEES! VOUS PARTEZ!
BON SANG! QU'EST-CE QUE CELA SIGNIFIE? OÙ NOUS EMMENEZ-VOUS?
RAPIDEMENT, LES TROIS PILOTES ET LE COSMONAUTE ONT ÉTÉ ENTRAÎNÉS AU-DEHORS...
TONNERRE! ILS ONT FAIT VENIR UN HYDRAVION! QUE FONT DONC NOS CHASSEURS? ILS SONT POURTANT ALERTÉS!
SI CES CANAILLES ONT TROUVÉ LE MOYEN DE FORCER LE BLOCUS DE NOS FORCES, J'AI BIEN PEUR QU'ILS RÉUSSISSENT À PASSER À TRAVERS LES MAILLES DU FILET, AVEC NOUS À BORD!
OH! REGARDEZ! MA CAPSULE! CES RASCALS SONT EN TRAIN DE L'EMBARQUER!
GU-FBJ
36B

86

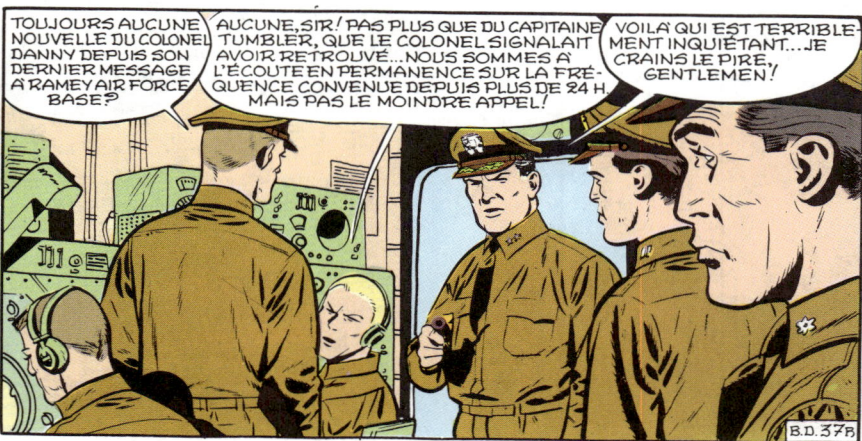

87

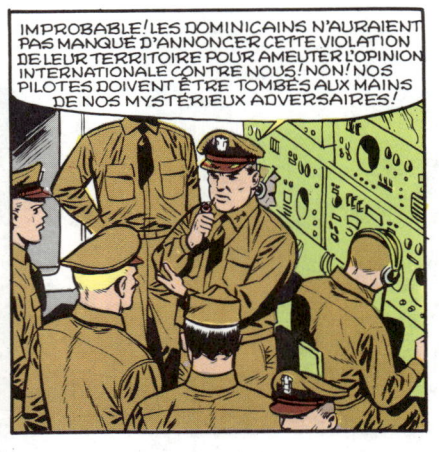

NOM DE NOM! UN... UN TRONC D'ARBRE ARRACHÉ! JUSTE EN TRAVERS DE NOTRE ROUTE!
ATTENTION! NOUS... NOUS FONÇONS DROIT DESSUS! VIRE! VIRE! VITE!
TROP TARD! AVEC CETTE DAMNÉE OBSCURITÉ, NOUS L'AVONS VU TROP TARD!
NOUS... NOUS ALLONS TOUCHER! CRAMPONNEZ-VOUS!
TONNERRE!
OH!
!
B.D. 39 A
CLAC
OW!
VITE! LE REVOLVER!
AU SEC...
JE... JE LE TIENS! TUMB! BLOQUE LA PORTE VERS L'AVANT! VITE!
ÇA Y EST! IL A SON COMPTE POUR UN BON MOMENT! SONNY! VITE! AIDE TUMB! SURVEILLE LA PORTE! DAYTON! FONCEZ VERS VOTRE CAPSULE! VOYEZ CE QUE VOUS POUVEZ FAIRE!
GOSH! LA RADIO! LA RADIO FONCTIONNE PEUT-ÊTRE ENCORE!
JE... JE NE SAIS PAS CE QUE NOUS AVONS HEURTÉ! MAIS C'ÉTAIT UN CHOC PROVIDENTIEL! OUAIS! SI NOUS NE COULONS PAS! ON A STOPPÉ!
MAIS À CE MOMENT...
ENFER! LA PORTE EST BLOQUÉE! POURVU QUE... HO! NIELS! NIELS! OUVRE-NOUS, BON SANG!
IL... IL NE RÉPOND PAS! LES... LES PRISONNIERS!
B.D. 39 B

89

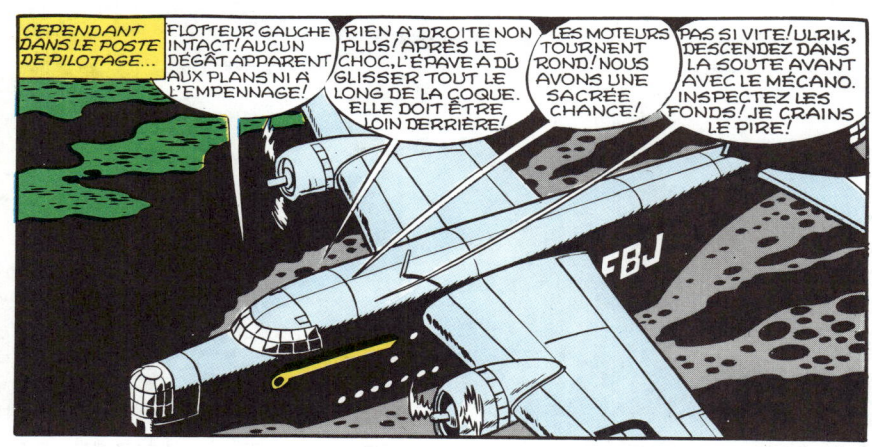

OKAY, DANNY! JE SUIS BRANCHÉ SUR LA FRÉQUENCE QUE VOUS M'AVEZ INDIQUÉE!
LANCEZ LE S.O.S., PUIS PASSEZ SUR LE SIGNAL FIXE. J'ESPÈRE SEULEMENT QUE LES COPAINS SONT ENCORE À L'ÉCOUTE MALGRÉ LE TEMPS ÉCOULÉ!
ALLO! ALLO! ICI DAYTON! J'APPELLE RAMEY AIR FORCE BASE... ALLO, RAMEY... M'ENTENDEZ-VOUS? ICI CAPTAIN DAYTON... MAYDAY... MAYDAY... MAYDAY①... OVER!
FBJ
①: SIGNAL DE DÉTRESSE INTERNATIONAL
OR AU MÊME INSTANT...
ATTENTION!
TACATAC TACATA
ÇA Y EST LA SERRURE CÈDE!
POUR L'AMOUR DU CIEL, DAYTON, FAITES VITE! NOUS N'AVONS PLUS QUE QUELQUES SECONDES!
JE... OH! DANNY! ÇA Y EST! ILS... ILS RÉPONDENT! LES NÔTRES ONT CAPTÉ NOTRE APPEL!
ALLO! ICI DAYTON! DANNY, TUMBLER, TUCKSON ET MOI VENONS D'ÊTRE ENLEVÉS À BORD HYDRAVION TYPE "SUNDERLAND", IMMATRICULÉ GU-FBJ... CAPSULE "MERCURY III" À BORD.
DAYTON! PLANQUEZ-VOUS!
B.D. 41 A.
FAISONS ROUTE DE FLAMINGO BEACH VERS LE NORD, LE LONG DE LA CÔTE DOMINICAINE... DESTINATION INC...
OW!
DAYTON!
AU MÊME INSTANT, MOTEURS DÉCHAÎNÉS, L'HYDRAVION SE LANCE PESAMMENT SUR LE PLAN D'EAU QUE DÉCOUPENT SES PHARES... MALGRÉ LES FLOTS QU'EMBARQUE SA COQUE, DONT LA DÉCHIRURE S'ÉLARGIT SOUS LA PRESSION, LA LOURDE MACHINE S'ARRACHE À LA MER...
NOUS ALLONS NOUS FAIRE REPÉRER AVEC CES DAMNÉS PHARES!
IMPOSSIBLE DE DÉCOLLER À L'AVEUGLETTE! J'ÉTEINDRAI TOUT, SITÔT EN L'AIR!
GU FBJ
FBJ
BIENTÔT L'APPAREIL VIRE VERS LE LARGE ET, TOUS FEUX ÉTEINTS, FONCE CAP AU NORD-OUEST, À QUELQUES MÈTRES SEULEMENT AU-DESSUS DES VAGUES...
TONNERRE! ÇA CONTINUE À TIRAILLER DUR, À L'ARRIÈRE! JE ME DEMANDE CE QUE FABRIQUENT SVEN ET LES AUTRES! ULRIK! LANCE UN MESSAGE EN CODE, AU CENTRE, POUR PRÉVENIR DE NOTRE CHANGEMENT DE PROGRAMME!
OKAY!
OR AU MÊME MOMENT...
C'EST FINI! PLUS DE CARTOUCHES! INUTILE DE PROLONGER NOTRE RÉSISTANCE! POINGS NUS CONTRE MITRAILLETTES, NOUS N'AVONS AUCUNE CHANCE!
ESPÉRONS QUE DAYTON A EU LE TEMPS DE LANCER SON S.O.S.!
TUMB! SONNY! DAYTON EST TOUCHÉ!
CLIC CLIC
B.D. 41 B

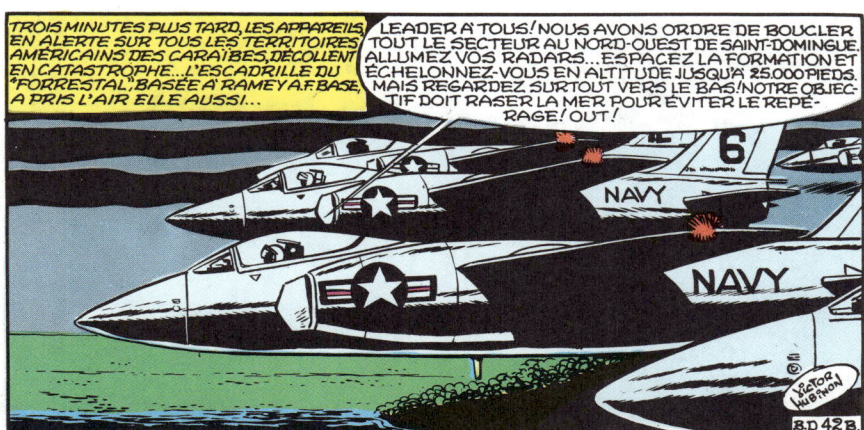

RENDEZ-VOUS, YANKEES! NOUS VENONS DE DÉJAUGER! IL NE VOUS RESTE PLUS AUCUN ESPOIR DE VOUS EN TIRER!

OKAY! ON CESSE DE JOUER! NE TIREZ PLUS!

AVANCE, RASCAL! SVEN, TROUVEZ DES CORDES ET LIGOTEZ-LES, LUI ET SES COMPAGNONS!

PAUVRE VIEUX DAYTON. C'EST GRAVE?

L'ÉPAULE BRISÉE... MAIS RIEN D'ESSENTIEL N'EST TOUCHÉ. JE LUI AI FAIT UN PANSEMENT SOMMAIRE!

T...TOUT EST ALL RIGHT, CHAP!

TOUT EST TERMINÉ À L'ARRIÈRE, COMMANDANT! NOUS AVONS EU DEUX BLESSÉS...ET LE COSMONAUTE A ÉTÉ TOUCHÉ LUI AUSSI... ON L'A ÉTENDU SUR DES SIÈGES RABATTUS. QUANT À SES COPAINS, ILS SONT FICELÉS SUR LEURS FAUTEUILS ET GARDÉS PAR SVEN!

BON TRAVAIL! À VOS POSTES, GARÇONS! ULRIK! ALERTEZ NOS HOMMES ANCRÉS EN FACE DE CAP-HAÏTIEN. QU'ILS GAGNENT LA TERRE DISCRÈTEMENT ET SABORDENT RADEAUX ET MATÉRIEL!

À VOS ORDRES! LE CENTRE SIGNALE QU'IL ENVOIE UN TANKER À NOTRE RENCONTRE. NOUS RAVITAILLERONS EN VOL EN PLEIN OCÉAN...

RESTE LE PLUS GRAVE, COMMANDANT! QUAND IL A ÉTÉ BLESSÉ, DAYTON TENTAIT D'UTILISER LA RADIO DE SA CAPSULE! IMPOSSIBLE DE SAVOIR S'IL A PU DONNER L'ALERTE!

NOM DE NOM! POURVU QUE...

CEPENDANT À BORD DU PORTE-AVIONS COMMANDANT L'ESCADRE AMÉRICAINE...

CE MESSAGE INCROYABLE QUE VIENT DE NOUS RETRANSMETTRE RAMEY A.F. BASE ÉMANE-T-IL VRAIMENT DE DAYTON? OU S'AGIT-IL D'UNE RUSE DESTINÉE À NOUS LANCER SUR UNE FAUSSE PISTE? TOUT EST LÀ!

L'HYDRAVION GU-FBJ FIGURE BIEN SUR NOS LISTES DE CONTRÔLE...IL A ÉTÉ INTERCEPTÉ HIER ALORS QU'IL VOLAIT VERS CAP-HAÏTIEN, SA DESTINATION.

CAP-HAÏTIEN? GOSH! MAIS...C'EST SUR LA CÔTE NORD D'HISPANIOLA... À QUELQUES DIZAINES DE MILLES SEULEMENT DE FLAMINGO-BEACH!

TONNERRE! VOILÀ QUI CONFIRME L'AUTHENTICITÉ DE L'APPEL DE DAYTON! CONTACTEZ CAP-HAÏTIEN! FAITES-VOUS CONFIRMER LA PRÉSENCE LÀ-BAS DU GU-FB! TRANSMETTEZ SON SIGNALEMENT À TOUS NOS CHASSEURS!

QUELQUES MINUTES PLUS TARD...

CAP-HAÏTIEN SIGNALE QUE LES FEUX DU FBJ ANCRÉ JUSQU'ICI AU LARGE DE LA RADE, VIENNENT BRUSQUEMENT DE S'ÉTEINDRE!

TOUT CELA EST DE PLUS EN PLUS LOUCHE! ALERTE GÉNÉRALE! IL FAUT ARRAISONNER À TOUT PRIX CET HYDRAVION!

TROIS MINUTES PLUS TARD, LES APPAREILS AMÉRICAINS DES CARAÏBES, DÉCOLLENT EN ALERTE SUR TOUS LES TERRITOIRES EN CATASTROPHE...L'ESCADRILLE DU "FORRESTAL", BASÉE À RAMEY A.F. BASE, A PRIS L'AIR ELLE AUSSI...

LEADER À TOUS! NOUS AVONS ORDRE DE BOUCLER TOUT LE SECTEUR AU NORD-OUEST DE SAINT-DOMINGUE. ALLUMEZ VOS RADARS...ESPACEZ LA FORMATION ET ÉCHELONNEZ-VOUS EN ALTITUDE JUSQU'À 25.000 PIEDS. MAIS REGARDEZ SURTOUT VERS LE BAS! NOTRE OBJECTIF DOIT RASER LA MER POUR ÉVITER LE REPÉRAGE! OUT!

91

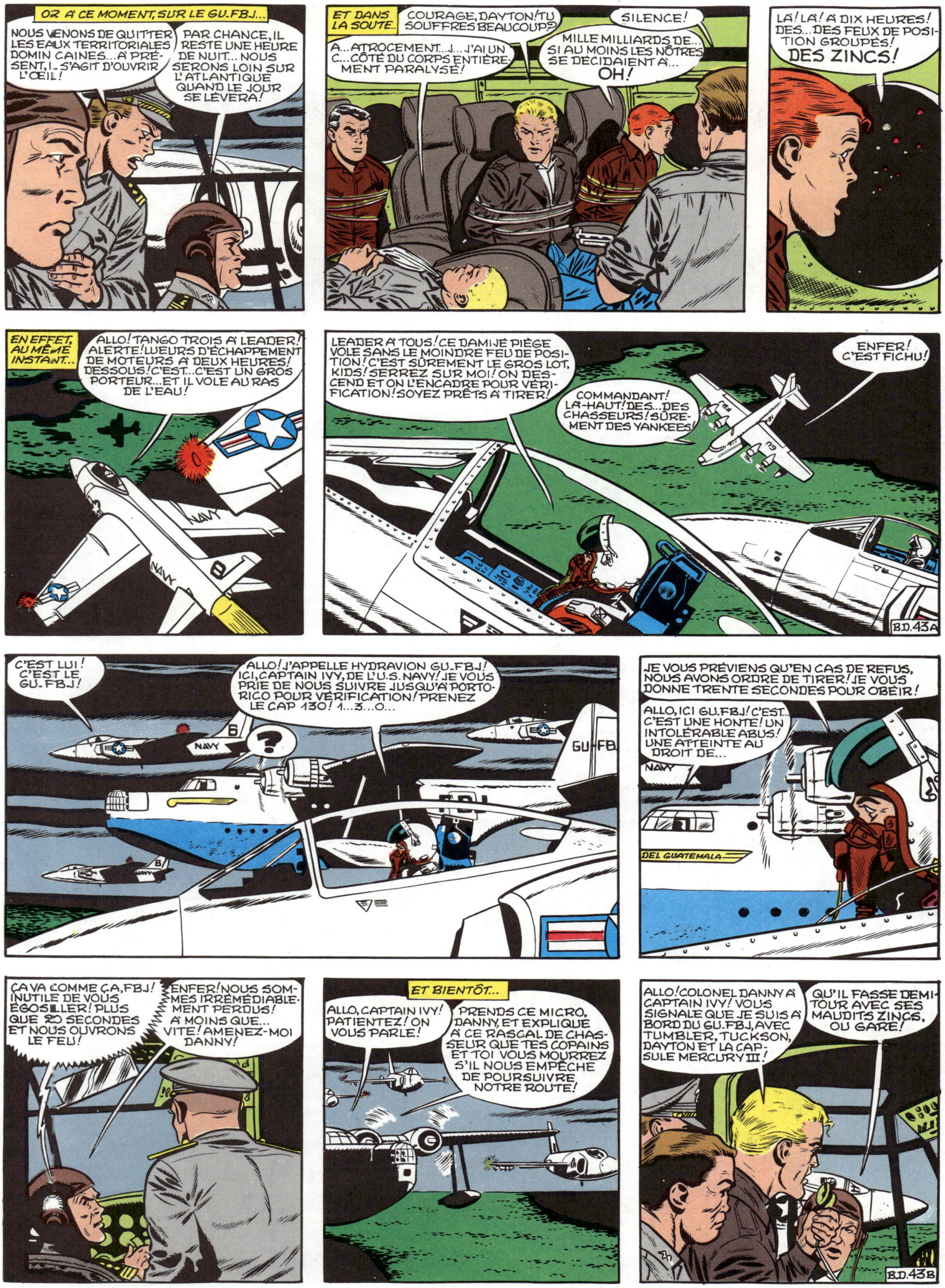

OR A CE MOMENT, SUR LE GU.FBJ...
NOUS VENONS DE QUITTER LES EAUX TERRITORIALES DOMINICAINES... À PRÉSENT, IL S'AGIT D'OUVRIR L'ŒIL!
PAR CHANCE, IL RESTE UNE HEURE DE NUIT... NOUS SERONS LOIN SUR L'ATLANTIQUE QUAND LE JOUR SE LÈVERA!
ET DANS LA SOUTE...
COURAGE, DAYTON! TU SOUFFRES BEAUCOUP?
A... ATROCEMENT... J... J'AI UN C... CÔTÉ DU CORPS ENTIÈREMENT PARALYSÉ!
SILENCE!
MILLE MILLIARDS DE... SI AU MOINS LES NÔTRES SE DÉCIDAIENT À... OH!
LÀ! LÀ! À DIX HEURES! DES... DES FEUX DE POSITION GROUPÉS! DES ZINCS!
EN EFFET, AU MÊME INSTANT...
ALLO! TANGO TROIS À LEADER! ALERTE! LUEURS D'ÉCHAPPEMENT DE MOTEURS À DEUX HEURES! DESSOUS! C'EST... C'EST UN GROS PORTEUR... ET IL VOLE AU RAS DE L'EAU!
LEADER À TOUS! CE DAMNÉ PIÈGE VOLE SANS LE MOINDRE FEU DE POSITION! C'EST SÛREMENT LE GROS LOT, KIDS! SERREZ SUR MOI! ON DESCEND ET ON L'ENCADRE POUR VÉRIFICATION! SOYEZ PRÊTS À TIRER!
COMMANDANT! LÀ-HAUT! DES... DES CHASSEURS! SÛREMENT DES YANKEES!
ENFER! C'EST FICHU!
B.D.43A
C'EST LUI! C'EST LE GU.FBJ!
ALLO! J'APPELLE HYDRAVION GU.FBJ! ICI, CAPTAIN IVY, DE L'U.S. NAVY! JE VOUS PRIE DE NOUS SUIVRE JUSQU'À PORTO-RICO POUR VÉRIFICATION! PRENEZ LE CAP 130! 1... 3... 0...
JE VOUS PRÉVIENS QU'EN CAS DE REFUS, NOUS AVONS ORDRE DE TIRER! JE VOUS DONNE TRENTE SECONDES POUR OBÉIR!
ALLO, ICI GU.FBJ! C'EST... C'EST UNE HONTE! UN INTOLÉRABLE ABUS! UNE ATTEINTE AU DROIT DE...
DEL GUATEMALA
ÇA VA COMME ÇA, FBJ! INUTILE DE VOUS ÉGOSILLER! PLUS QUE 20 SECONDES ET NOUS OUVRONS LE FEU!
ENFER! NOUS SOMMES IRRÉMÉDIABLEMENT PERDUS! À MOINS QUE... VITE! AMENEZ-MOI DANNY!
ET BIENTÔT...
ALLO, CAPTAIN IVY! PATIENTEZ! ON VOUS PARLE!
PRENDS CE MICRO, DANNY, ET EXPLIQUE À CE RASCAL DE CHASSEUR QUE TES COPAINS ET TOI VOUS MOURREZ S'IL NOUS EMPÊCHE DE POURSUIVRE NOTRE ROUTE!
ALLO! COLONEL DANNY À CAPTAIN IVY! VOUS SIGNALE QUE JE SUIS À BORD DU GU.FBJ, AVEC TUMBLER, TUCKSON, DAYTON ET LA CAPSULE MERCURY III!
QU'IL FASSE DEMI-TOUR AVEC SES MAUDITS ZINCS, OU GARE!
B.D.43B

93

94

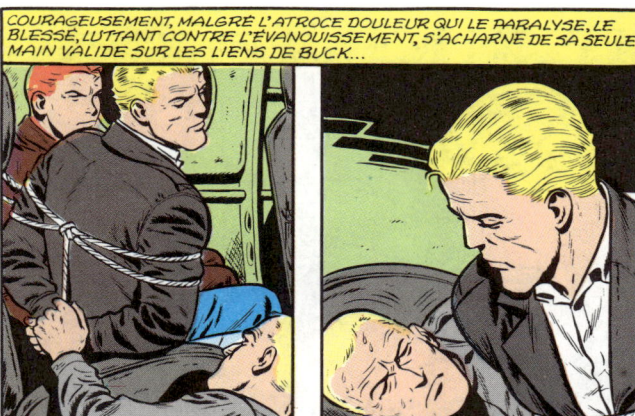

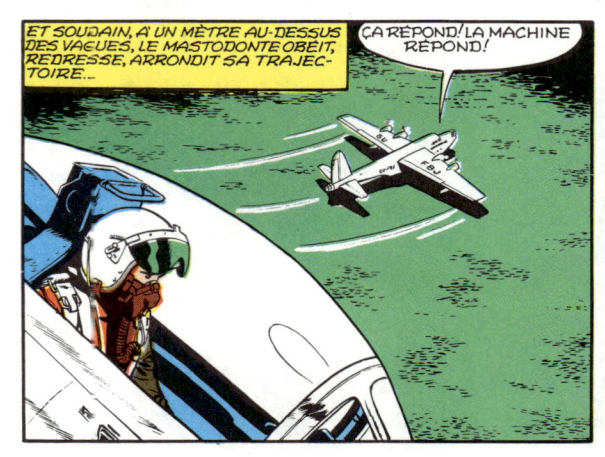

LES AVENTURES DE **Buck Danny**

ALERTE A CAP KENNEDY!

DUPUIS

ALERTE À CAP KENNEDY !

AU cours de son séjour à cap Canaveral en 1962, Jean-Michel Charlier avait eu la primeur de la projection d'un film réalisé par la N.A.S.A. et réunissant uniquement les images de lancements de fusées ratés. C'était hallucinant !

Certaines éclataient sur le « pad » de tir ; d'autres à quelques mètres du sol ; d'autres partaient en tire-bouchonnant avant d'exploser ; d'autres enfin, basculant cul par-dessus tête, revenaient percuter le sol à toute vitesse et finissaient dans un effroyable embrasement qui projetait leurs débris sur des kilomètres.

C'est ce film et l'étude du système complexe qui permettait de suivre la course des fusées et des capsules spatiales qui inspirèrent Charlier pour l'écriture de cet épisode. Il faut y ajouter l'affaire qui défrayait l'actualité de l'époque : l'installation de fusées soviétiques à Cuba. Découverte par des avions-espions américains, l'existence de ces bases de lancement russes à 140 kilomètres des côtes de Floride mit le monde au bord de la troisième guerre mondiale. Mais heureusement, la fermeté du président Kennedy fit plier les Russes, qui rembarquèrent leurs missiles. De là à imaginer qu'en plus de ces fusées une station de brouillage géante avait été installée dans une des innombrables îles Caraïbes devenues indépendantes à l'époque, il n'y avait qu'un pas que Charlier franchit allègrement. De faits absolument réels naquit ainsi l'île d'Inagua — un nom inventé, évidemment — et ses inquiétants occupants.

A noter également que c'est dans cet épisode que Buck Danny et ses équipiers commencèrent à voler sur A 5-A « Vigilante » qui comptaient à l'époque parmi les avions les plus récents et les plus performants en service dans l'U.S. Navy. Quant aux chasseur inaguayens, vous aurez sûrement reconnu d'emblée des « Mig » 21 d'origine soviétique.

L'une des nombreuses stations de « tracking », que les Américains avaient installées dans le monde pour suivre la course de leurs satellites et des capsules spatiales.

LE NORTH AMERICAN A.5 « VIGILANTE ». Biréacteur embarqué à très long rayon d'action, le « Vigilante » connut de nombreuses versions. Notamment le A3-J, bombardier capable d'emporter une bombe nucléaire à Mach 2 sur très grande distance, et le RA-5 C, avion de reconnaissance électronique qui emportait une batterie de caméras hyper-sophistiquées, des systèmes de détection et une réserve exceptionnelle de carburant. Notre photo montre trois A.5 photographiés sur le pont du porte-avions « Enterprise ». D'une envergure de 16 m 15 pour une longueur de 23 m 35, le A.5 pesait 36 t. 3 à pleine charge. Vitesse en altitude : Mach 2. Plafond opérationnel : 15.000 m. Distance franchissable : 3.000 km. Equipage : 2 hommes.

Départ d'une fusée, chargée de mettre en orbite un satellite-espion « Midas », à cap Canaveral.

(Photo : B. Thouanel.)

ALERTE A CAP KENNEDY !

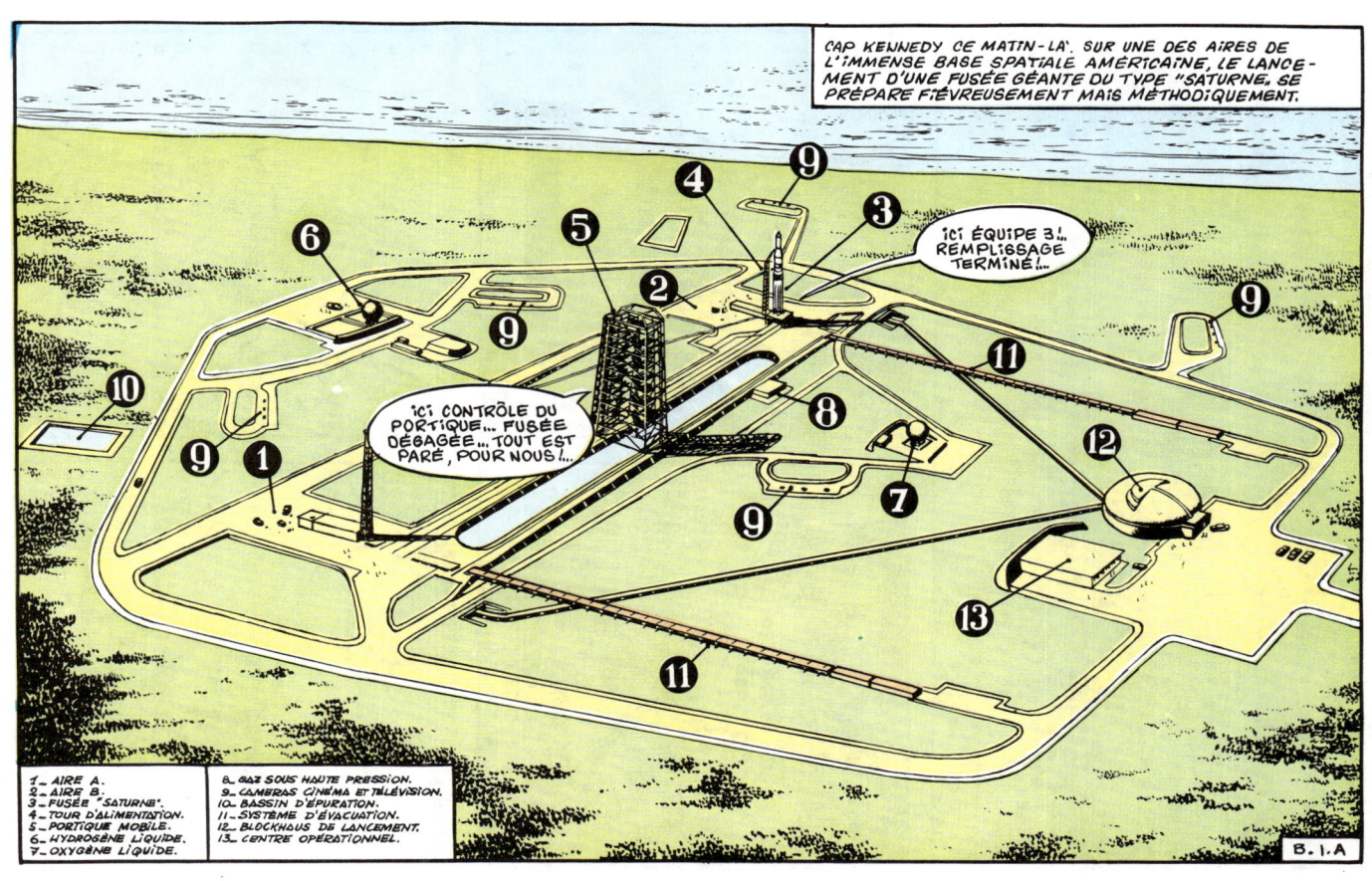

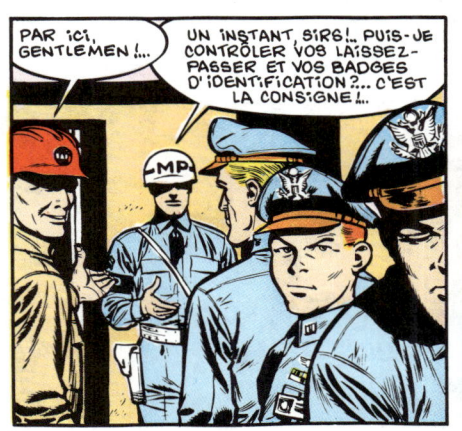

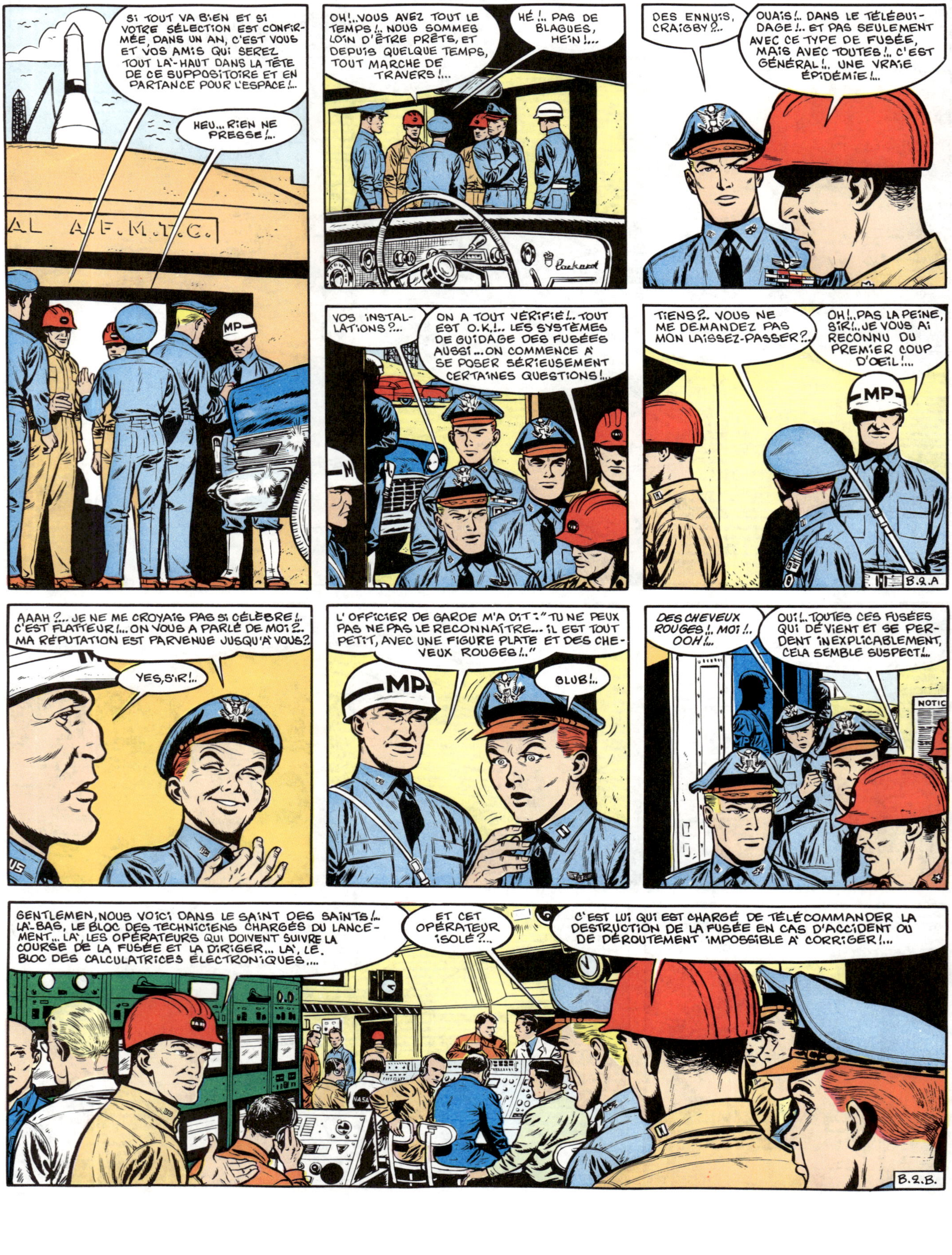

SI TOUT VA BIEN ET SI VOTRE SÉLECTION EST CONFIRMÉE, DANS UN AN, C'EST VOUS ET VOS AMIS QUI SEREZ TOUT LÀ-HAUT DANS LA TÊTE DE CE SUPPOSITOIRE ET EN PARTANCE POUR L'ESPACE !...
HEU... RIEN NE PRESSE !...
AL A.F.M.T.C.
OH !.. VOUS AVEZ TOUT LE TEMPS !.. NOUS SOMMES LOIN D'ÊTRE PRÊTS, ET DEPUIS QUELQUE TEMPS, TOUT MARCHE DE TRAVERS !...
HÉ !.. PAS DE BLAGUES, HEIN !...
DES ENNUIS, CRAIGBY ?..
OUAIS !.. DANS LE TÉLÉGUIDAGE !.. ET PAS SEULEMENT AVEC CE TYPE DE FUSÉE, MAIS AVEC TOUTES !.. C'EST GÉNÉRAL !.. UNE VRAIE ÉPIDÉMIE !...
VOS INSTALLATIONS ?...
ON A TOUT VÉRIFIÉ !.. TOUT EST O.K. !.. LES SYSTÈMES DE GUIDAGE DES FUSÉES AUSSI... ON COMMENCE À SE POSER SÉRIEUSEMENT CERTAINES QUESTIONS !...
TIENS ?.. VOUS NE ME DEMANDEZ PAS MON LAISSEZ-PASSER ?..
OH !.. PAS LA PEINE, SIR !.. JE VOUS AI RECONNU DU PREMIER COUP D'ŒIL !...
MP
B.2.A
AAAH ?... JE NE ME CROYAIS PAS SI CÉLÈBRE !.. C'EST FLATTEUR !... ON VOUS A PARLÉ DE MOI ?.. MA RÉPUTATION EST PARVENUE JUSQU'À VOUS ?
YES, SIR !..
L'OFFICIER DE GARDE M'A DIT : "TU NE PEUX PAS NE PAS LE RECONNAÎTRE... IL EST TOUT PETIT, AVEC UNE FIGURE PLATE ET DES CHEVEUX ROUGES !.."
MP
GLUB !..
DES CHEVEUX ROUGES !.. MOI !.. OOH !..
OUI !.. TOUTES CES FUSÉES QUI DÉVIENT ET SE PERDENT INEXPLICABLEMENT, CELA SEMBLE SUSPECT !...
GENTLEMEN, NOUS VOICI DANS LE SAINT DES SAINTS !.. LÀ-BAS, LE BLOC DES TECHNICIENS CHARGÉS DU LANCEMENT... LÀ, LES OPÉRATEURS QUI DOIVENT SUIVRE LA COURSE DE LA FUSÉE ET LA DIRIGER... LÀ, LE BLOC DES CALCULATRICES ÉLECTRONIQUES,...
ET CET OPÉRATEUR ISOLÉ ?...
C'EST LUI QUI EST CHARGÉ DE TÉLÉCOMMANDER LA DESTRUCTION DE LA FUSÉE EN CAS D'ACCIDENT OU DE DÉROUTEMENT IMPOSSIBLE À CORRIGER !...
B.2.B.

VOICI LES PÉRISCOPES ET LES ÉCRANS DE TÉLÉVISION QUI NOUS PERMETTENT DE SUIVRE LA MISE À FEU ET LE LANCEMENT DE LA FUSÉE...
LES CAMÉRAS SONT SUR LE TOIT, DANS DES EMBRASURES BLINDÉES... HÉ!.. LE COMPTE À REBOURS EST COMMENCÉ!..
ATTENTION!.. ICI CENTRAL!.. ICI CENTRAL!.. ORDRE GÉNÉRAL!.. ORDRE GÉNÉRAL!
CONTRÔLE À TOUS!.. ÉVACUEZ IMMÉDIATEMENT L'AIRE DE TIR!.. GAGNEZ LES ABRIS!.. JE RÉPÈTE...
MEUEUEUEUEUH
ÉQUIPE DE SÉCURITÉ 1.. TOUT EST OKAY...
ÉQUIPE 2... CLEAR...
ÉQUIPE 3.... TOUT EST ÉVACUÉ!...
TOUT EST PARÉ, SIR!.. ET LES POSTES DE GARDE CONFIRMENT QUE TOUS LES ACCÈS SONT BLOQUÉS ET LES ROUTES DÉGAGÉES!...
CIRCUITS DE MISE À FEU: ON!.. ①
①: ENCLENCHÉS.
CHECK① TERMINÉ, SIR!.. TOUT EST CLEAR ②!..
PARFAIT!.. ALLONS-Y POUR LA DERNIÈRE PHASE DU COMPTE À REBOURS!.. TOP!...
①: VÉRIFICATIONS.
②: PRÊT.
B.3.A.
PLUS QUE DOUZE SECONDES!.. 10... 9...8...7...6...5...4... 3...2...1... ZÉRO!...
GO!
ÇA Y EST!.. ELLE EST PARTIE!..
HELL!.. POURVU QUE CETTE FOIS TOUT AILLE BIEN!..
BON SANG!.. QU... QUEL EMBRASEMENT!..
HÉ!.. SONNY!.. IMAGINE-TOI LÀ-HAUT, À LA POINTE DE LA FUSÉE, ASSIS SUR CE DAMNÉ VOLCAN!..
HEU...
B.3.B.

100

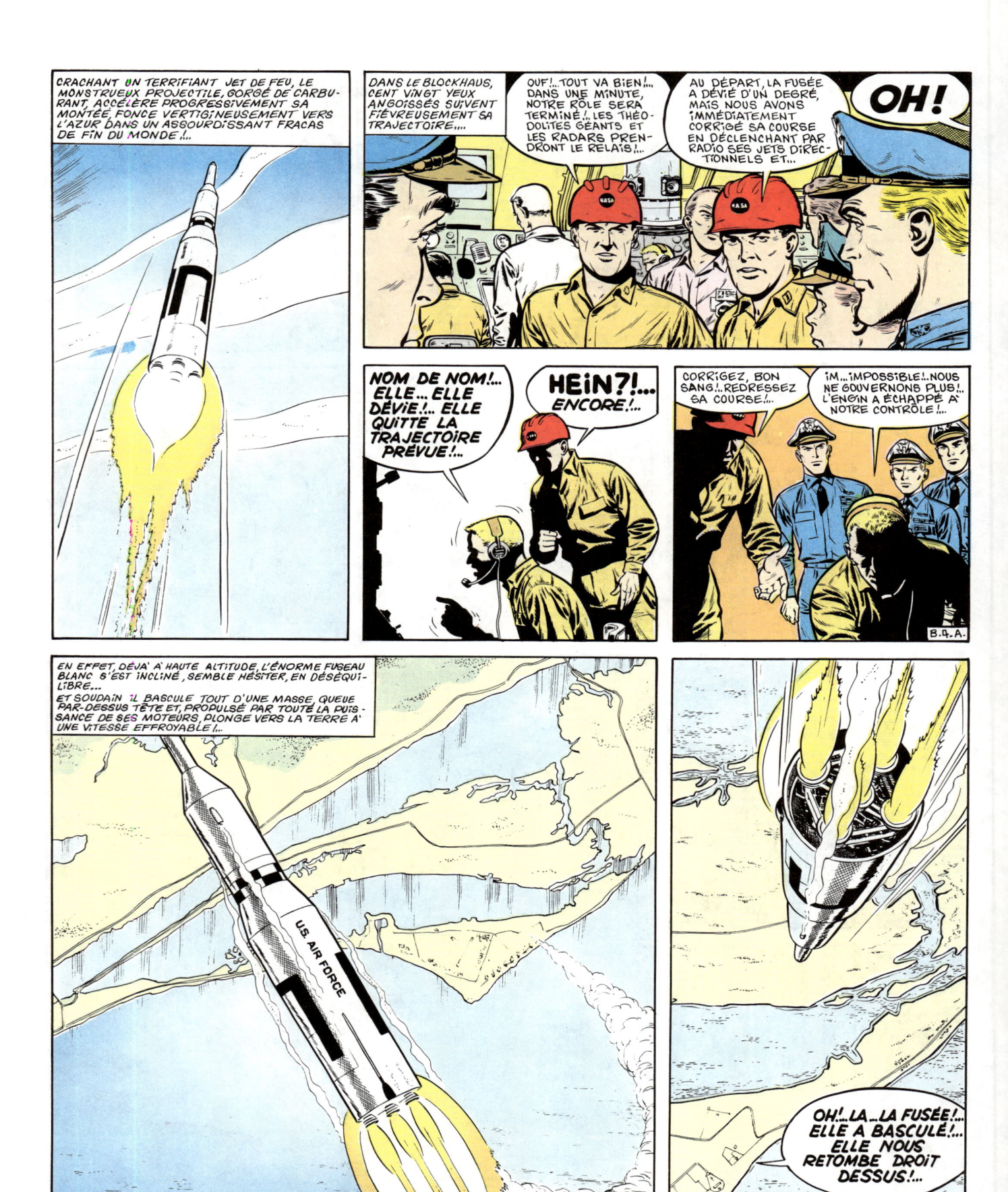

LA FUSÉE VA PERCUTER LE BLOCKHAUS !...
ELLE CONTIENT DES DIZAINES DE TONNES D'OXYGÈNE ET D'HYDROGÈNE LIQUIDES !.. NOUS ALLONS ÊTRE PULVÉRISÉS !...
AUCUN BLINDAGE NE TIENDRA CONTRE UN COUP DE PLEIN FOUET !.. NOUS SOMMES PERDUS !...
MILLE MILLIARDS DE... DU CALME !...
KEN !.. COMMANDEZ LA DESTRUCTION DE L'ENGIN PAR RADIO !... VITE !...
BIEN COMPRIS, SIR !...
B.5.A
ORDRE EXÉCUT... OH !...
LA... LA TÉLÉCOMMANDE DE... DE DESTRUCTION N'A PAS FONCTIONNÉ !..
NOUS SOMMES PERDUS !...
MAIS SOUDAIN C'EST LE MIRACLE !...
B.5.B.
SUR L'ÉPAISSE CUIRASSE DE BÉTON DU BLOCKHAUS, UN EFFROYABLE DÉLUGE DE FEU S'ABAT EN TROMBE. UNE MER DE FLAMMES GIGANTESQUES LE NOIE EN QUELQUES SECONDES.
CAPE KENNEDY
MALGRÉ SON ÉTANCHÉITÉ, LA SALLE SOUTERRAINE A ÉTÉ ENVAHIE D'ÉPAISSES FUMÉES DÉLÉTÈRES...
NOUS ALLONS MOURIR ASPHYXIÉS !...
B.5.C

CEPENDANT DE TOUS LES POINTS DE L'IMMENSE BASE, LES HÉLICOPTÈRES ET LES CAMIONS DE SECOURS, HURLANT DE TOUTES LEURS SIRÈNES, FONCENT DÉJA' A' TOMBEAU OUVERT VERS L'IMMENSE BRASIER.
C'EST UNE CHANCE!... LE VENT CHASSE LES FLAMMES DU CÔTÉ OPPOSÉ A' L'ENTRÉE DU BLOCKHAUS!...
IL FAUT LA DÉGAGER AU PLUS TÔT... LA CHALEUR A' L'INTÉRIEUR DOIT ÊTRE TERRIBLE...TOUS LES OCCUPANTS VONT ÊTRE CUITS A' L'ÉTOUFFÉE!...
ET ENFIN, APRÈS UNE DEMI-HEURE DE LUTTE FAROUCHE CONTRE LE FEU!...
OUF!..DE L'AIR!.. J'AI CRU MOURIR DE CHALEUR ET D'ASPHYXIE!...
VITE!...DES INFIRMIERS AVEC DES MASQUES!...IL Y A DES TAS DE TYPES ÉVANOUIS A' L'INTÉRIEUR!...
PLUS TARD...
ALLONS!...TOUT VA BIEN!...NI MORTS NI BLESSÉS GRAVES!.. NOUS L'AVONS TOUS ÉCHAPPÉ BELLE!...
PAR QUEL MIRACLE LA FUSÉE A-T-ELLE FINALEMENT ÉCLATÉ?...
B.6.A
OUTRE LA TÉLÉCOMMANDE DE MISE A' FEU TOUTES LES FUSÉES POSSÈDENT UN SYSTÈME D'AUTODESTRUCTION, DÉCLENCHÉ PAR LA VARIATION DE PRESSION BAROMÉTRIQUE!...
EN TOUT CAS, CRAIGBY, CE N'EST PAS DE SITÔT QUE VOUS ME CONVAINCREZ DE M'ASSEOIR AU SOMMET D'UNE DE VOS DAMNÉES PÉTOIRES, FÛT-CE POUR ALLER DANS LA LUNE!...
JE NE COMPRENDS RIEN A' CE NOUVEAU RATAGE!...TOUT SE PASSE COMME SI, BRUSQUEMENT, TOUS NOS SYSTÈMES DE TÉLÉGUIDAGE CESSAIENT D'AGIR EN MÊME TEMPS!...
GENTLEMEN. .LE COMMANDANT DE LA BASE CONVOQUE UNE CONFÉRENCE AU SOMMET DANS UNE HEURE!...IL DÉSIRE VOUS Y AVOIR TOUS POUR CONNAITRE VOTRE RAPPORT...
ET UNE HEURE PLUS TARD...
MESSIEURS!...LE DRAMATIQUE ACCIDENT D'AUJOURD'HUI, S'AJOUTANT A' UNE LONGUE SÉRIE DE FAITS SEMBLABLES ET TOUT AUSSI INEXPLICABLES, A ACHEVÉ DE NOUS OUVRIR LES YEUX!...
SANS AUCUN DOUTE POSSIBLE, LA PERTE DU CONTRÔLE DE NOS FUSÉES EST DUE A' UN BROUILLAGE INTENSIF DE NOS ÉMISSIONS DE TÉLÉGUIDAGE!...
HEIN ?!...
CAPE KENNEDY A.F.M.T.C.
B.6.B.

NE PEUT-IL S'AGIR DE MALFAÇONS DANS LA CONSTRUCTION DE NOS FUSÉES OU DANS LE FONCTIONNEMENT DE NOS APPAREILS DE TÉLÉGUIDAGE ?...
NON!... LEUR DÉFAILLANCE VIENT DE CE QU'UN POSTE CLANDESTIN, D'UNE PUISSANCE EXTRAORDINAIRE, ÉMET SUR LES LONGUEURS D'ONDES QUE NOUS UTILISONS POUR DIRIGER NOS FUSÉES!...
IL COUVRE ET BROUILLE COMPLÈTEMENT NOS PROPRES ÉMISSIONS ET NOUS VOLE AINSI LE CONTRÔLE DE NOS ENGINS!...
COMMENT CET ENNEMI INVISIBLE ET AUDACIEUX A-T-IL RÉUSSI À CONNAÎTRE LA GAMME DES FRÉQUENCES SECRÈTES SUR LESQUELLES NOUS TRAVAILLONS, JE L'IGNORE!...
MAIS ÇA NE PEUT PLUS DURER!... CETTE MENACE QUI PLANE DÉSORMAIS SUR TOUS NOS ESSAIS SPATIAUX FAIT COURIR UN PÉRIL MORTEL À NOTRE PAYS!...
SELON TOUTE VRAISEMBLANCE, L'ÉMETTEUR QUI NOUS SABOTE OPÈRE AU LARGE DES CÔTES DE FLORIDE, SOIT DANS L'ATLANTIQUE SOIT DANS LE GOLFE DU MEXIQUE!...
erica
CAPE KENNE
GRAND BA
ELEUTHER
SAN S
MAYA
B.7.A.
CET ÉMETTEUR, IL NOUS FAUT LE TROUVER À TOUT PRIX ET VITE!... C'EST POUR NOUS UNE QUESTION DE VIE OU DE MORT!...
PEUT-ÊTRE EST-IL INSTALLÉ À BORD D'UN SOUS-MARIN?!...
CE FUT LE CAS POUR CETTE CAPSULE MERCURY, CAPTURÉE VOICI DEUX ANS PAR DES ESPIONS QUI AVAIENT MODIFIÉ SA COURSE EN BROUILLANT, EUX AUSSI, NOTRE TÉLÉGUIDAGE (1)!...
North America
(1): VOIR: "OPÉRATION MERCURY" ET "LES VOLEURS DE SATELLITES".
EXACT, GENTLEMEN... ET SI MES SOUVENIRS SONT EXACTS, C'EST À VOUS QUE L'ON DOIT LA DÉCOUVERTE DE CES PIRATES ET LA RÉCUPÉRATION DE LA CAPSULE VOLÉE!...
QUELLE MÉMOIRE SIR!...
HÉ!... J'AI VÉCU PERSONNELLEMENT TOUTE CETTE AVENTURE!... ET PUIS J'AVAIS ÉTÉ FRAPPÉ, À L'ÉPOQUE PAR UNE PHOTO DE VOUS, TUCKSON!...
VOUS ME FLATTEZ SIR!... VOUS AVIEZ REMARQUÉ MA PHOTO?!...
OUI, À CAUSE DE VOTRE PETITE TAILLE ET DE VOS EXTRAORDINAIRES CHEVEUX ROUGES!...
BREF, DANNY, JE VOUDRAIS QUE VOS AILIERS ET VOUS RÉUSSISSIEZ LE MÊME TRAVAIL DE DÉPISTAGE EN RETROUVANT L'ÉMETTEUR QUI DÉROUTE NOS FUSÉES!...
?!?!
B.7.B.

JE SAIS QUE VOUS ÊTES ICI POUR UN STAGE PRÉPARATOIRE À VOTRE ENTRAÎNEMENT DE COSMONAUTES, MAIS VOUS AVEZ L'EXPÉRIENCE DU TRAVAIL QUE JE VOUS DEMANDE !...
DE PLUS, VOS CONNAISSANCES EN MATIÈRE DE FUSÉES ET DE GUIDAGE VOUS DONNENT UNE NETTE SUPÉRIORITÉ SUR NOS PILOTES DE PATRICK A.F. BASE !...
À VOS ORDRES, SIR !... MAIS COMMENT POUVONS-NOUS OPÉRER ?...
JE VAIS FAIRE ÉQUIPER SPÉCIALEMENT TROIS AVIONS DE SYSTÈMES DE DÉTECTION PERFECTIONNÉS... PUIS NOUS EFFECTUERONS DES TIRS DE FUSÉES !...
AVANT CHACUN DE CEUX-CI, VOUS PRENDREZ L'AIR ET VOUS VOUS ÉCHELONNEREZ AU-DESSUS DE L'ATLANTIQUE, AU LARGE DES CÔTES DE FLORIDE. NOS RADARS ET NOS GONIOS VOUS AIDERONT !...
AVEC UN PEU DE CHANCE, VOUS DEVRIEZ ARRIVER À REPÉRER ET À LOCALISER SANS TROP DE PEINE LES SAGOUINS QUI BROUILLENT NOS LANCEMENTS DE FUSÉES !...
BIEN COMPRIS, SIR !...
MERCI, GARÇONS !... METTEZ-VOUS IMMÉDIATEMENT EN RAPPORT AVEC LE COMMANDANT DE LA BASE AÉRIENNE... IL EST PRÉVENU !... ET BONNE CHANCE !...
CHEVEUX ROUGES !... IMBÉCILE !...
B.B.A.
ET LE SOIR MÊME...
VOICI VOS AVIONS, MESSIEURS !... DES "VIGILANTE" COMME CEUX QUE VOUS AVEZ PILOTÉS SUR PORTE-AVIONS... VOUS EMMÈNEREZ CHACUN, COMME ÉQUIPIER, UN ÉLECTRONICIEN DE LA N.A.S.A. !...
DANS TROIS JOURS, CES ZINCS AURONT REÇU LEUR ÉQUIPEMENT SPÉCIAL, ET NOUS POURRONS ENTAMER LES RECHERCHES !...
PARFAIT !...
PLUS TARD...
JE VIENS DE DÉTERMINER LES SECTEURS OÙ CHACUN DE NOUS OPÉRERA ET... OÙ DONC EST SONNY ?...
BOUCLÉ DANS SA CHAMBRE !...
HÉ !... SONNY !... VAS-TU OUVRIR, BON SANG ?... EN VOILÀ DES MANIÈRES !...
HEU... V... VOILÀ !... JE... HEU... JE PROCÉDAIS À UNE PETITE TRANSFORMATION !...
?!
OOOH !...
GOSH !... TES... TES CHEVEUX !...
RAVISSANTS, HEIN ?!...
MAIS...
TU... TU TE TEINS, MAINTENANT ?!...
TU COMPRENDS... J'EN AVAIS MARRE D'ENTENDRE TOUS CES IMBÉCILES S'EXTASIER SUR MES CHEVEUX ROUGES !...
VICTOR HUBINON
B.B.B.

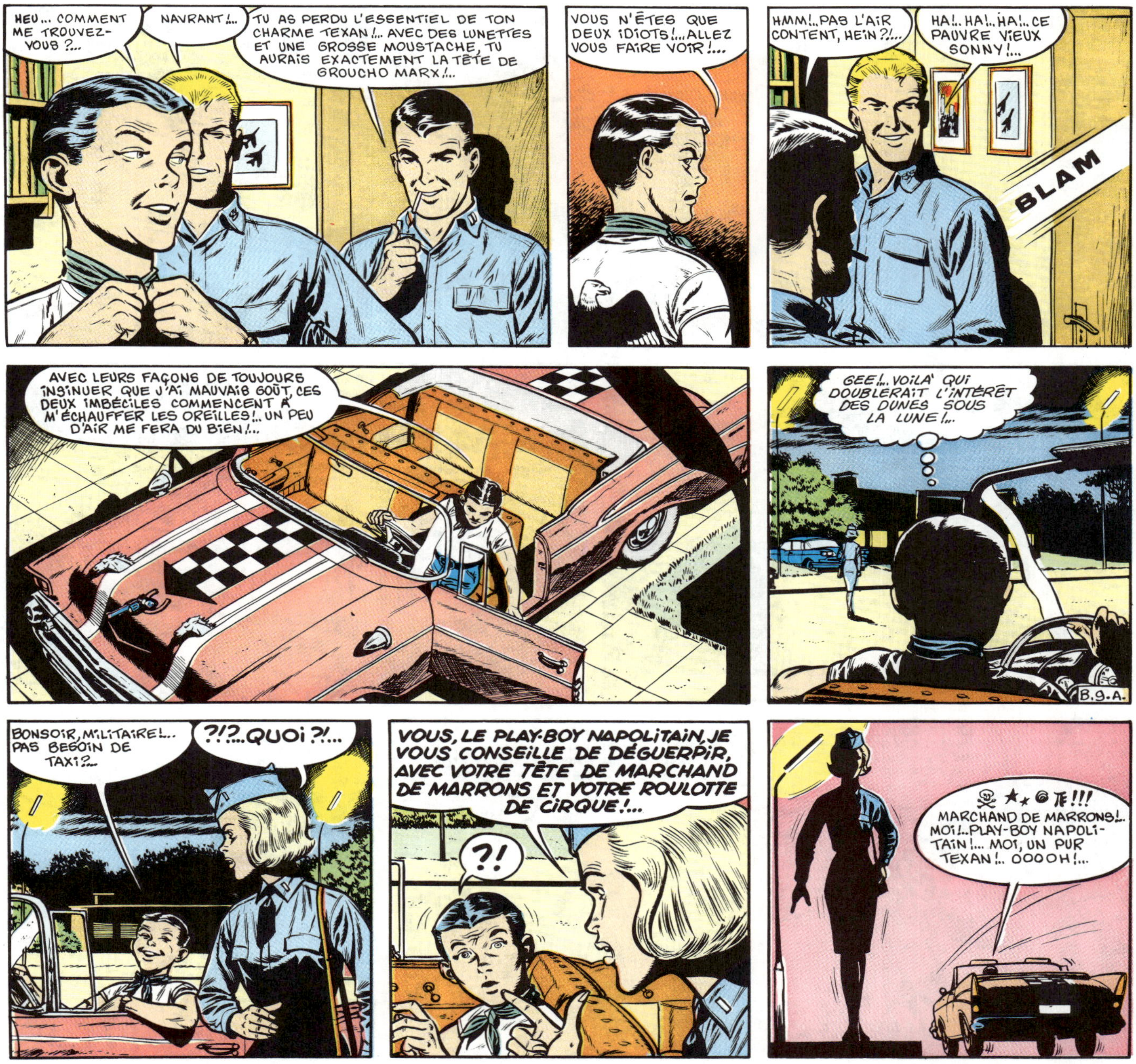
HEU... COMMENT ME TROUVEZ-VOUS ?...
NAVRANT !...
TU AS PERDU L'ESSENTIEL DE TON CHARME TEXAN !... AVEC DES LUNETTES ET UNE GROSSE MOUSTACHE, TU AURAIS EXACTEMENT LA TÊTE DE GROUCHO MARX !...
VOUS N'ÊTES QUE DEUX IDIOTS !... ALLEZ VOUS FAIRE VOIR !...
HMM !.. PAS L'AIR CONTENT, HEIN ?!...
HA !.. HA !.. HA !.. CE PAUVRE VIEUX SONNY !...
BLAM
AVEC LEURS FAÇONS DE TOUJOURS INSINUER QUE J'AI MAUVAIS GOÛT, CES DEUX IMBÉCILES COMMENCENT À M'ÉCHAUFFER LES OREILLES !.. UN PEU D'AIR ME FERA DU BIEN !...
GEE !... VOILÀ QUI DOUBLERAIT L'INTÉRÊT DES DUNES SOUS LA LUNE !...
B.9.A.
BONSOIR, MILITAIRE !... PAS BESOIN DE TAXI ?...
?!?...QUOI ?!...
VOUS, LE PLAY-BOY NAPOLITAIN, JE VOUS CONSEILLE DE DÉGUERPIR, AVEC VOTRE TÊTE DE MARCHAND DE MARRONS ET VOTRE ROULOTTE DE CIRQUE !...
?!
MARCHAND DE MARRONS !... MOI !.. PLAY-BOY NAPOLITAIN !... MOI, UN PUR TEXAN !.. OOOOH !...
DÉCIDÉMENT, IL VAUT MIEUX QUE JE MARCHE UN PEU !... ÇA ME CALMERA !... JE BOUS D'INDIGNATION !...
AH !... QUI CHANTERA LA SAUVAGE BEAUTÉ DES GRANDES DUNES TOUTES BAIGNÉES DE LUNE !... JE ME SENS UNE ÂME DE POÈTE, CE SOIR !...
Ô NATURE !... QUELLE GRANDIOSE BEAUTÉ !... QUELLE SOLITU... ?!?...
GRRR !...
B.9.B.

106

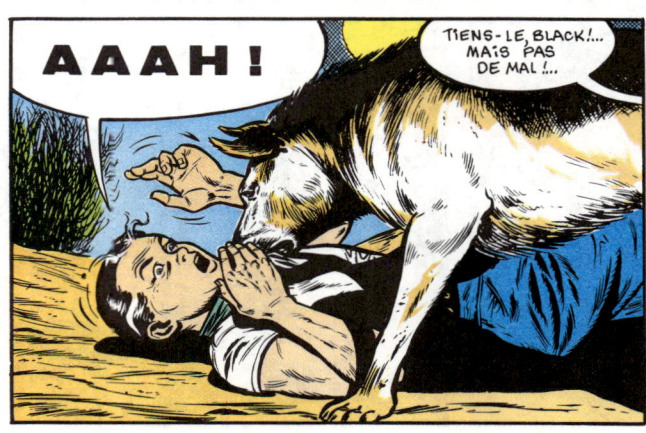

LE LENDEMAIN...
GOSH!... LA CHAMBRE DE SONNY EST VIDE, BUCK!... IL N'EST PAS RENTRÉ DE LA NUIT!... J'ESPÈRE QU'IL NE S'EST PAS VEXÉ POUR DE BON!...
ATTENDS!... QUELQUE CHOSE ME DIT...
DRRRRING DRRRRING
... QUE VOICI DE SES NOUVELLES!...
ALLO!... COLONEL DANNY?... HEU... DÉSOLÉ DE VOUS DÉRANGER, SIR!... MAIS... CETTE NUIT, NOUS AVONS RAMASSÉ UN SUSPECT DANS LES DUNES... EN CIVIL... AUCUN PAPIER!...
POUR NOUS, C'EST UN ESPION, PROBABLEMENT DÉPOSÉ PAR UN SOUS-MARIN... MAIS IL PRÉTEND VOUS CONNAÎTRE ET S'APPELER TUCKSON ET...
OKAY, MARSHALL!... J'ARRIVE!...
UN QUART D'HEURE PLUS TARD...
COLONEL DANNY?... NOUS N'AVONS PAS OSÉ VOUS DÉRANGER CETTE NUIT, SIR!... D'AUTANT QUE CE TYPE NOUS A DONNÉ UN SACRÉ FIL À RETORDRE!...
MA PAROLE!... IL A CABOSSÉ TOUS VOS BONSHOMMES!...
MÊME SANS AVOIR VU VOTRE PRISONNIER, MARSHALL, CECI ME DONNE LA QUASI-CERTITUDE QU'IL S'AGIT BIEN DU CAPITAINE TUCKSON!...
MP
B.11.A
VOILÀ L'OISEAU, SIR!...
?!?... MON DIEU!... SONNY!...
TIENS!... NON CONTENT DE SE TEINDRE LES CHEVEUX, IL S'EST AUSSI FAIT RECTIFIER LE PROFIL!... UNE VRAIE COQUETTE!...
AH!... VOUS VOILÀ, VOUS DEUX!... PAS TROP TÔT!...
SUR L'HONNEUR, MARSHALL, JE VOUS JURE QUE CET HOMME EST BIEN LE CAPITAINE TUCKSON!...
HEIN?!... OOOOH!... NAVRÉ!... ABSOLUMENT NAVRÉ, SIR!...
BON SANG, SONNY!... QUE T'EST-IL ARRIVÉ?...
HEU... IL S'EST REBELLÉ, SIR... ET... HEU... NOUS NE POUVIONS PAS DEVINER QUE LE CAPTAIN TUCKSON ÉTAIT BIEN LE... LE CAPTAIN TUCKSON!...
IMBÉCILE!... JE ME TUAIS À VOUS LE RÉPÉTER!...
MP
NOTICE
MAIS... POURQUOI PORTES-TU CETTE CASQUETTE RIDICULE?...
POURQUOI?!...
POUR ÇA!
HEIN?!
CE... CE N'EST PAS POSSIBLE!... TONNERRE!... TU... TU AS LES CHEVEUX VERTS!...
B.11.B.

108

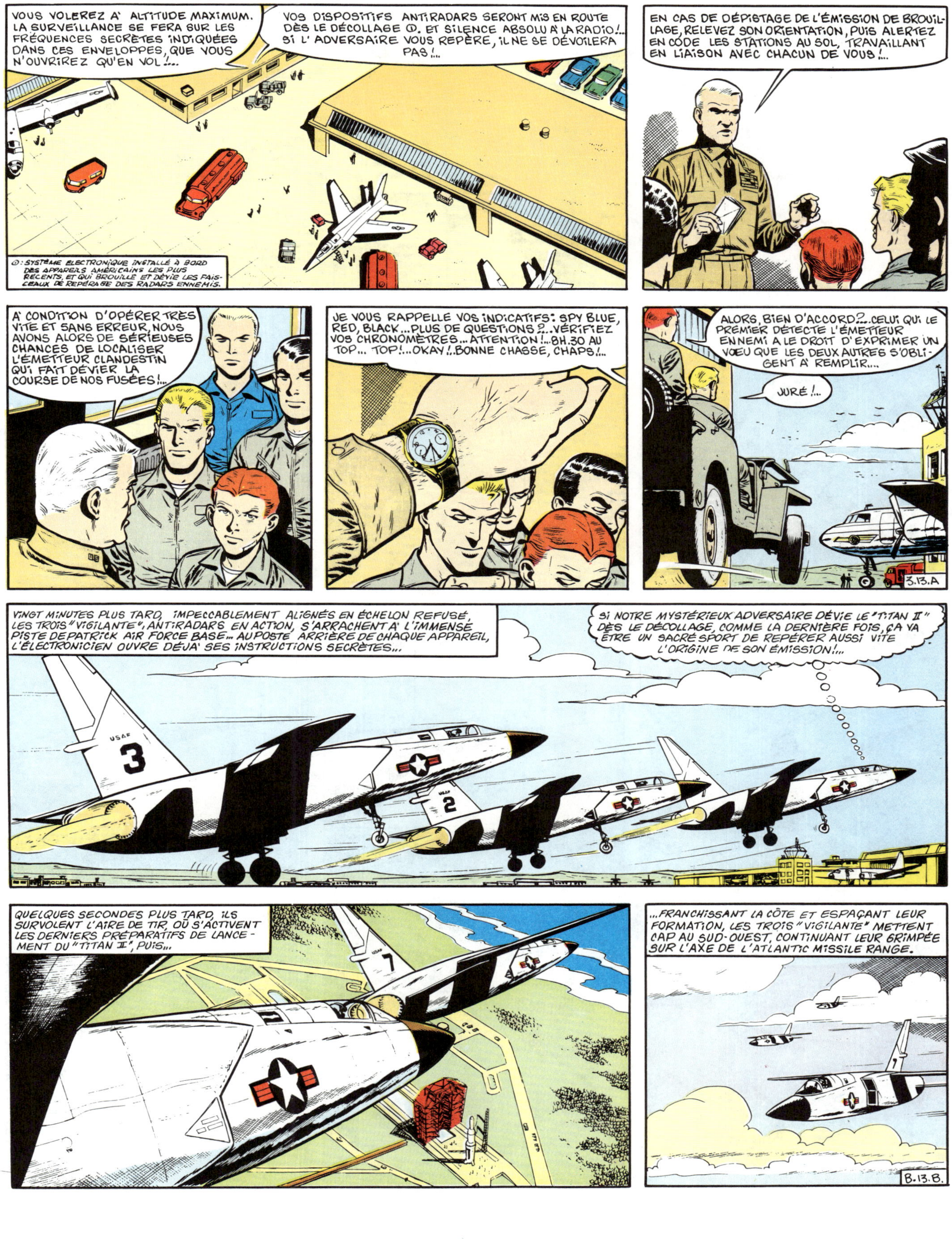
VOUS VOLEREZ À ALTITUDE MAXIMUM. LA SURVEILLANCE SE FERA SUR LES FRÉQUENCES SECRÈTES INDIQUÉES DANS CES ENVELOPPES, QUE VOUS N'OUVRIREZ QU'EN VOL !...
VOS DISPOSITIFS ANTIRADARS SERONT MIS EN ROUTE DÈS LE DÉCOLLAGE ①. ET SILENCE ABSOLU À LA RADIO !... SI L'ADVERSAIRE VOUS REPÈRE, IL NE SE DÉVOILERA PAS !...
①: SYSTÈME ÉLECTRONIQUE INSTALLÉ À BORD DES APPAREILS AMÉRICAINS LES PLUS RÉCENTS, ET QUI BROUILLE ET DÉVIE LES FAISCEAUX DE REPÉRAGE DES RADARS ENNEMIS.
EN CAS DE DÉPISTAGE DE L'ÉMISSION DE BROUILLAGE, RELEVEZ SON ORIENTATION, PUIS ALERTEZ EN CODE LES STATIONS AU SOL, TRAVAILLANT EN LIAISON AVEC CHACUN DE VOUS !...
À CONDITION D'OPÉRER TRÈS VITE ET SANS ERREUR, NOUS AVONS ALORS DE SÉRIEUSES CHANCES DE LOCALISER L'ÉMETTEUR CLANDESTIN QUI FAIT DÉVIER LA COURSE DE NOS FUSÉES !...
JE VOUS RAPPELLE VOS INDICATIFS : SPY BLUE, RED, BLACK... PLUS DE QUESTIONS ?... VÉRIFIEZ VOS CHRONOMÈTRES... ATTENTION !... 8H.30 AU TOP... TOP !... OKAY !... BONNE CHASSE, CHAPS !...
ALORS, BIEN D'ACCORD ?... CELUI QUI LE PREMIER DÉTECTE L'ÉMETTEUR ENNEMI A LE DROIT D'EXPRIMER UN VOEU QUE LES DEUX AUTRES S'OBLIGENT À REMPLIR...
JURÉ !...
B.13.A
VINGT MINUTES PLUS TARD, IMPECCABLEMENT ALIGNÉS EN ÉCHELON REFUSÉ, LES TROIS "VIGILANTE", ANTIRADARS EN ACTION, S'ARRACHENT À L'IMMENSE PISTE DE PATRICK AIR FORCE BASE... AU POSTE ARRIÈRE DE CHAQUE APPAREIL, L'ÉLECTRONICIEN OUVRE DÉJÀ SES INSTRUCTIONS SECRÈTES...
SI NOTRE MYSTÉRIEUX ADVERSAIRE DÉVIE LE "TITAN II" DÈS LE DÉCOLLAGE, COMME LA DERNIÈRE FOIS, ÇA VA ÊTRE UN SACRÉ SPORT DE REPÉRER AUSSI VITE L'ORIGINE DE SON ÉMISSION !...
USAF
3
2
QUELQUES SECONDES PLUS TARD, ILS SURVOLENT L'AIRE DE TIR, OÙ S'ACTIVENT LES DERNIERS PRÉPARATIFS DE LANCEMENT DU "TITAN II", PUIS...
...FRANCHISSANT LA CÔTE ET ESPAÇANT LEUR FORMATION, LES TROIS "VIGILANTE" METTENT CAP AU SUD-OUEST, CONTINUANT LEUR GRIMPÉE SUR L'AXE DE L'ATLANTIC MISSILE RANGE.
B.13.B.

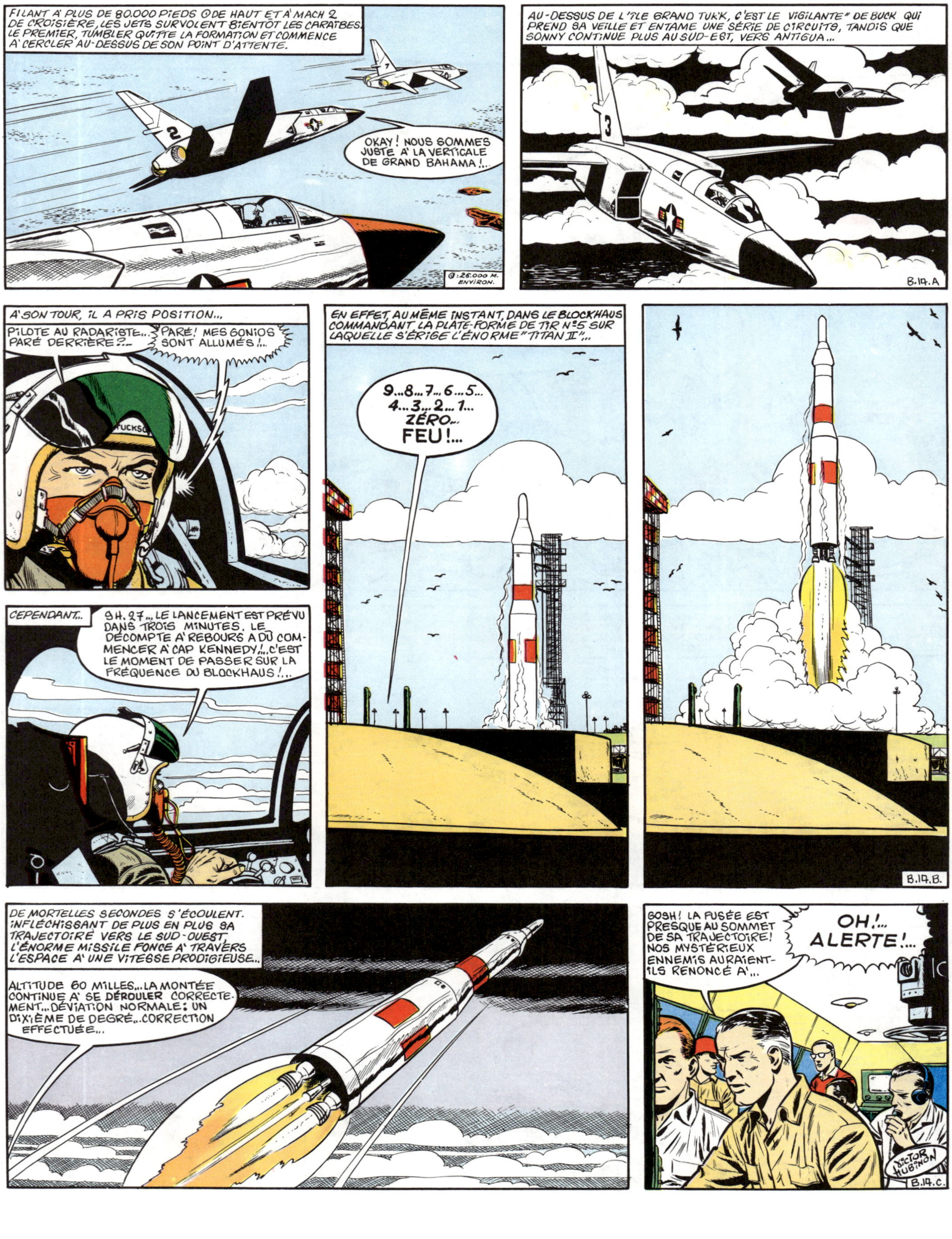
FILANT À PLUS DE 80.000 PIEDS ① DE HAUT ET À MACH 2 DE CROISIÈRE, LES JETS SURVOLENT BIENTÔT LES CARAÏBES. LE PREMIER, TUMBLER QUITTE LA FORMATION ET COMMENCE À CERCLER AU-DESSUS DE SON POINT D'ATTENTE.
OKAY ! NOUS SOMMES JUSTE À LA VERTICALE DE GRAND BAHAMA !..
①: 25.000 M. ENVIRON.
AU-DESSUS DE L'ÎLE GRAND TURK, C'EST LE "VIGILANTE" DE BUCK QUI PREND SA VEILLE ET ENTAME UNE SÉRIE DE CIRCUITS, TANDIS QUE SONNY CONTINUE PLUS AU SUD-EST, VERS ANTIGUA...
B.14.A
À SON TOUR, IL A PRIS POSITION...
PILOTE AU RADARISTE... PARÉ DERRIÈRE ?..
PARÉ ! MES GONIOS SONT ALLUMÉS !...
CEPENDANT...
9 H. 27... LE LANCEMENT EST PRÉVU DANS TROIS MINUTES. LE DÉCOMPTE À REBOURS A DÛ COMMENCER À CAP KENNEDY !.. C'EST LE MOMENT DE PASSER SUR LA FRÉQUENCE DU BLOCKHAUS !...
EN EFFET, AU MÊME INSTANT, DANS LE BLOCKHAUS COMMANDANT LA PLATE-FORME DE TIR N°5 SUR LAQUELLE S'ÉRIGE L'ÉNORME "TITAN II"...
9...8...7...6...5... 4...3...2...1... ZÉRO... FEU !...
B.14.B.
DE MORTELLES SECONDES S'ÉCOULENT. INFLÉCHISSANT DE PLUS EN PLUS SA TRAJECTOIRE VERS LE SUD-OUEST, L'ÉNORME MISSILE FONCE À TRAVERS L'ESPACE À UNE VITESSE PRODIGIEUSE...
ALTITUDE 60 MILLES... LA MONTÉE CONTINUE À SE DÉROULER CORRECTEMENT... DÉVIATION NORMALE : UN DIXIÈME DE DEGRÉ... CORRECTION EFFECTUÉE...
GOSH ! LA FUSÉE EST PRESQUE AU SOMMET DE SA TRAJECTOIRE ! NOS MYSTÉRIEUX ENNEMIS AURAIENT-ILS RENONCÉ À...
OH !... ALERTE !...
VICTOR HUBINON
B.14.C.

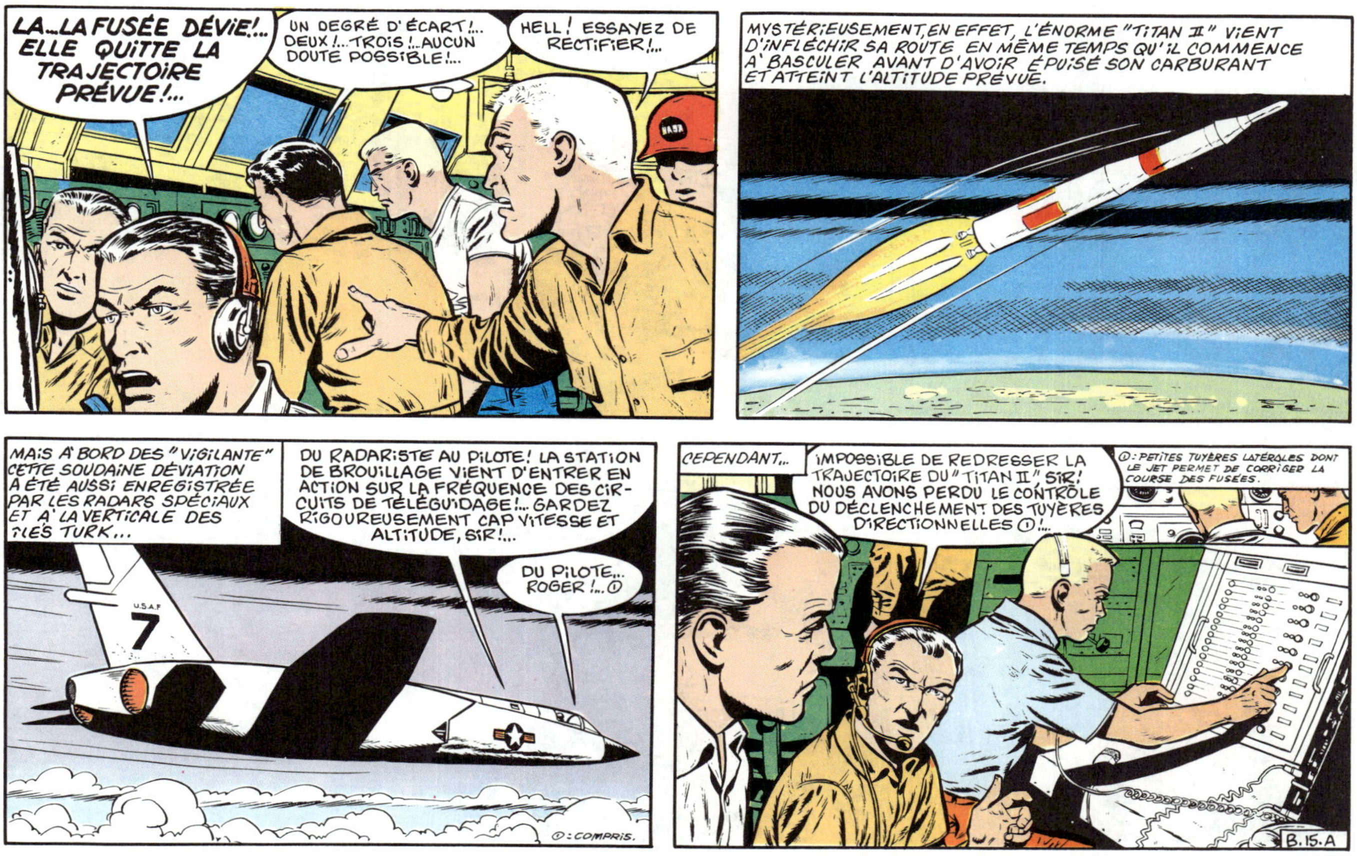

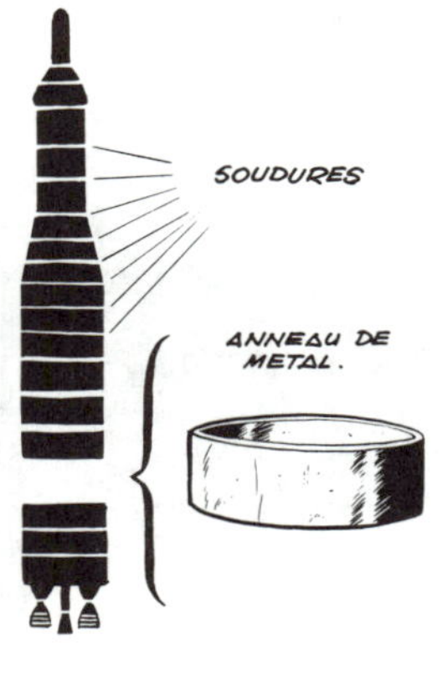

Contrairement à ce que l'on pourrait croire, les gigantesques fusées spatiales ne comportent pas la moindre armature ni le moindre «squelette». Elles sont faites d'anneaux de métal extrêmement minces (2 mm. d'épaisseur), simplement soudés les uns aux autres, sans même des éléments raidisseurs !... En effet, une coque épaisse ou une armature les rendraient trop lourdes et augmenteraient la consommation du carburant. C'est la pression de celui-ci, également répartie sur les parois de la fusée, qui lui donne sa rigidité !... A vide, on les gonfle d'air comprimé, pour éviter qu'elles se cassent ou se replient comme un accordéon.

A' CAP KENNEDY...
CONTACT PERDU AVEC "TITAN II", SIR!
TOUT EST TERMINÉ! IL VIENT D'EXPLOSER! POURVU QUE NOS AVIONS AIENT EU LE TEMPS DE FAIRE LEUR TRAVAIL!...
OR AU MÊME MOMENT, QUELQUE PART AU-DESSUS DE LA MER DES CARAÏBES.
DU RADARISTE AU PILOTE! L'ÉMISSION DE BROUILLAGE VIENT DE CESSER! MAIS JE N'OBTIENS PLUS AUCUN ÉCHO DE "TITAN II"!... NOUS POUVONS PRENDRE LE CAP RETOUR!...
PILOTE AU RADARISTE!... BIEN COMPRIS!... QU'EST-CE QUE ÇA A DONNÉ, CHARLIE ?...
U.S.AF
7
DIFFICILE A' DIRE, SIR! IL FAUT ATTENDRE LE DÉPOUILLEMENT DES BANDES ENREGISTREUSES ET LES RECOUPEMENTS DES AUTRES ZINCS ET DES STATIONS AU SOL... MAIS...
...JE DOUTE QUE LES INSTALLATIONS DE BROUILLAGE ENNEMIES SOIENT A' BORD D'UN AVION, D'UN SOUS-MARIN OU D'UN BATEAU... A' MOINS QUE CES DERNIERS AIENT ÉTÉ STOPPÉS!...
?!!?
POURQUOI ?...
PARCE QUE LA DIRECTION DE L'ORIGINE DE L'ÉMISSION PIRATE N'A PAS VARIÉ D'UN DIXIÈME DE DEGRÉ! OR LA SIMPLE DÉRIVE D'UN BATEAU A' L'ARRÊT L'AURAIT MODIFIÉE!...
B.16.A.
ET UNE HEURE PLUS TARD, A' PATRICK AIR FORCE BASE...
CONTRÔLE A' SPY BLUE!... VOUS ÊTES "CLEAR" POUR ATTERRIR!...
VOILA' LES ZINCS DE DANNY ET DE TUMBLER QUI RAPPLIQUENT, LA'-BAS!...
QUE LES BANDES ENREGISTREUSES SOIENT DÉVELOPPÉES IMMÉDIATEMENT!... ET J'ATTENDS LES ÉQUIPAGES AU RAPPORT!...
ET UNE HEURE PLUS TARD...
MERCI DE VOS COMPTES RENDUS, GENTLEMEN! VOUS AVEZ FAIT DE L'EXCELLENT TRAVAIL!... GRÂCE A' VOUS, NOUS ALLONS PEUT-ÊTRE ENFIN AVOIR DES RENSEIGNEMENTS POSITIFS!...
ÇA NE DEVRAIT PLUS TARDER, MAINTENANT! TOUS LES PARAMÈTRES ENREGISTRÉS ONT ÉTÉ TRANSMIS AUX CERVEAUX ÉLECTRONIQUES DE LA "GENERAL DYNAMICS" A' SAN DIEGO ET...
VOICI LEUR RÉPONSE! ÇA N'A PAS TRAÎNÉ!...
ALORS, HOBSON? DU NOUVEAU?
DU... DU FANTASTIQUE, SIR!... NOUS VENONS DE RECEVOIR LES RÉSULTATS DES DIVERS RECOUPEMENTS!... C'EST EFFARANT!...
NORTH AMERICA
NORTH ATLANTIC OCEAN
VICTOR HUBINON
B.16.B.

L'OPINION DU RADARISTE DU COLONEL DANNY ÉTAIT EXACTE, SIR! LES ÉMISSIONS DE BROUILLAGE NE PROVIENNENT PAS D'UN ÉMETTEUR MOBILE, AVION, SOUS-MARIN OU BATEAU... MAIS BIEN D'UNE STATION FIXE!...
HELL! VOUS VOULEZ DIRE D'UNE... STATION À TERRE?.. D'UNE ÎLE?
DIABLE!
L'AVEZ-VOUS LOCALISÉE?...
HÉLAS! PAS AVEC UNE TOTALE PRÉCISION, SIR!... CERTAINS RELÈVEMENTS COMPORTAIENT QUELQUES ERREURS! EN FAIT, NOUS HÉSITONS ENTRE DEUX OU TROIS ÎLES DES CARAÏBES!
HEIN?! CUBA?!...
NON, SIR! CETTE FOIS, CASTRO EST TOTALEMENT HORS DE SOUPÇONS! LES ÉMISSIONS DE BROUILLAGE VIENNENT D'INAGUA, DE HAÏTI OU DE SAINT-DOMINGUE!
NOM DE NOM! C'EST UNE SECONDE AFFAIRE DE CUBA QUI RECOMMENCE! IL FAUT QUE J'ALERTE LE PRÉSIDENT ET LE PENTAGONE IMMÉDIATEMENT! LAISSEZ-MOI, MESSIEURS!
NORTH ATLANTIC OCEAN
HOBSON! CES TROIS RÉPUBLIQUES SONT TOUTES DIRIGÉES PAR DES DICTATEURS QUI NOUS SONT HOSTILES!... PENSEZ-VOUS QUE L'U.R.S.S SOIT DANS LE COUP?...
ALLO!... ALLO!...
B.17.A
IMPOSSIBLE! LES RUSSES N'ONT AUCUNE ENVIE DE RÉÉDITER L'HISTOIRE DE CUBA!... ILS NE RISQUERAIENT PAS DE FAIRE CAPOTER LE RAPPROCHEMENT QU'ILS ONT AMORCÉ AVEC NOUS DEPUIS KENNEDY!...
VOUS AVEZ RAISON, HOBSON! IL Y A LE "TÉLÉPHONE ROUGE"... LE PROGRAMME SPATIAL COMMUN... NOS LIVRAISONS DE BLÉ... LE PACTE ANTIATOMIQUE... NON, LES RUSSES NE SONT POUR RIEN LÀ-DEDANS!...
HEU... EXCUSEZ-MOI, HOBSON, MAIS... SAVEZ-VOUS AVEC PRÉCISION LEQUEL DE NOUS TROIS A LE PREMIER DÉTECTÉ L'ÉMISSION DE BROUILLAGE?
?!?!...
EH BIEN... TIENS?!... CURIEUX!... C'EST VOUS!...
PARFAIT, MON CHER HOBSON! HMM... BUCK, TUMB, DOIS-JE VOUS RAPPELER NOTRE PETIT PARI D'AVANT LE DÉPART?...
UN PARI?... QUEL PARI?...
ESPÈCE DE FAUX JETON! HYPOCRITE! TU LE SAIS!... J'AI GAGNÉ LE DROIT D'EXPRIMER UN VOEU QUE VOUS AVEZ JURÉ D'EXÉCUTER TOUS LES DEUX!...
HEU... EXACT!...
EH BIEN, VOUS ALLEZ VOUS ACQUITTER IMMÉDIATEMENT!... SUIVEZ-MOI!...
HÉÉ!... QUE MIJOTES-TU?... OÙ NOUS ENTRAÎNES-TU?...
?
J'AI PEUR DE COMPRENDRE!...
B.17.B

DIX MINUTES PLUS TARD, CHEZ LE COIFFEUR DU CAMP...
...ET VOUS ME TEINDREZ IMMÉDIATEMENT LES CHEVELURES DE CES DEUX GENTLEMEN EN ROUGE VIF! HA! HA! HA! UN PARI EST UN PARI!
MAIS, SIR!...
EXACT, MON VIEUX! NOUS AVONS PERDU! OBÉISSEZ! FAITES CE QU'EXIGE CE GNOME ABOMINABLE!...
HOBSON! PRIEZ POUR NE PAS VOUS ÊTRE TROMPÉ, SINON...
BIENTÔT...
ET VOILÀ, GENTLEMEN!.. EST-CE ASSEZ CAROTTE?..
OOOH! UNE VRAIE RÉUSSITE! ON EN MANGERAIT!..
HA!.. HA!.. HA!.. HA!.. HA!.. HA!..
HEU... EXCUSEZ-MOI, SIRS!.. C'EST... HEU... C'EST TOUT À FAIT AMUSANT!.. HEU... HI!.. HI!.. HI!.. JE... JE M'APERÇOIS QUE JE ME SUIS TROMPÉ!..
AH! OUI?...
AH! OUI?...
EST-CE DRÔLE!.. HI!.. HI!.. HI!.. EN RÉALITÉ, C'EST LE COLONEL DANNY QUI AVAIT GAGNÉ ET...
COIFFEUR!.. VOULEZ-VOUS NOUS PRÊTER VOTRE ÉCHOPPE DURANT DIX MINUTES!...
?!...
ET DIX MINUTES PLUS TARD...
OOOOH!... LIEUTENANT HOBSON!...
HEU... PLAISANTERIE STUPIDE, PAS VRAI?!...
B.18.A.
CEPENDANT...
...ET CESSE DE RONCHONNER!... J'AVAIS LE DROIT DE FORMULER UN SOUHAIT, NON?!...
UN PARI EST UN PARI, PAS VRAI?...
GRRR...
CE SOIR-LÀ, AU QUARTIER GÉNÉRAL DE CAP KENNEDY...
GENTLEMEN!... LES ORDRES DE WASHINGTON SONT FORMELS!... NE RIEN ÉBRUITER ET STOPPER TOUS NOS ESSAIS DE FUSÉES JUSQU'À CE QUE NOUS AYONS REPÉRÉ AVEC PRÉCISION LA BASE QUI BROUILLE NOS ÉMISSIONS DE TÉLÉGUIDAGE!...
NOS AGENTS SECRETS DANS LES TROIS RÉPUBLIQUES SUSPECTES ONT TOUS ÉTÉ ALERTÉS!
NORTH ATLANTIC OCEAN
AFRIC
DE NOTRE CÔTÉ, NOUS ALLONS LANCER DES RECONNAISSANCES AÉRIENNES INTENSIVES POUR TENTER DE RETROUVER ET DE PHOTOGRAPHIER CETTE DAMNÉE BASE!...
DIABLE! SALE MISSION!
NOUS ALLONS DEVOIR VIOLER L'ESPACE AÉRIEN DE TROIS PAYS AVEC LESQUELS NOS RELATIONS SONT DÉJÀ TENDUES À L'EXTRÊME!..
JE SAIS, MAIS NOUS N'AVONS PAS LE CHOIX!...
SEULES DES PREUVES ACCABLANTES PEUVENT NOUS PERMETTRE DE PORTER L'AFFAIRE DEVANT LE CONSEIL DE SÉCURITÉ DE L'O.N.U ET DE FAIRE TRIOMPHER NOTRE PLAINTE!...
VICTOR HUBINON
B.18.B.

IL NOUS FAUT COÛTE QUE COÛTE DES PHOTOS DE LA BASE DE BROUILLAGE ENNEMIE! ET JE NE VOUS CACHE PAS, GENTLEMEN, QUE JE COMPTE PARTICULIÈREMENT SUR VOUS!...
NOUS AVONS OPÉRÉ DE LA MÊME FAÇON À CUBA... ET C'EST GRÂCE AUX PHOTOS QUE NOUS AVONS PU FOURNIR QUE L'U.R.S.S., SUR LA PRESSION DE L'OPINION MONDIALE, A DÛ EN RETIRER SES FUSÉES STRATÉGIQUES!...
TRÈS BIEN! MAIS... SI NOUS SOMMES REPÉRÉS?...
BIEN ENTENDU, INTERDICTION ABSOLUE DE RIPOSTER! IL FAUT LIMITER LES INCIDENTS! POUR PLUS DE SÛRETÉ, VOS JETS NE SERONT PAS ARMÉS!...
HEIN?!...
LA MÉTÉO SERA TRÈS MAUVAISE LES PROCHAINS JOURS... ELLE PRÉVOIT MÊME UN TYPHON... EXCELLENT ALIBI POUR JUSTIFIER DES DÉROUTEMENTS, VOIRE MÊME DES ERREURS DE NAVIGATION!...
CHACUN D'ENTRE VOUS PRENDRA LA DIRECTION D'UN DES GROUPES DE RECONNAISSANCE DE PATRICK AIR FORCE BASE!... ALLEZ, GENTLEMEN... AU TRAVAIL! VOUS COMMENCEREZ DÈS DEMAIN!
PLUS TARD...
IL Y A TROIS SECTEURS: HAÏTI, SAINT-DOMINGUE ET INAGUA! TIRONS ÇA AU SORT! CHACUN DE CES BOUTS DE PAPIER PORTE UN NOM!...
B.19.A.
HAÏTI!...
INAGUA!...
SAINT-DOMINGUE! BONNE CHANCE, GARÇONS! IL VA FALLOIR JOUER DRÔLEMENT SERRÉ ET EN ISOLÉS!...
ET DÈS LE LENDEMAIN, À L'AUBE...
NOUS ASSURERONS NOUS-MÊMES LES PREMIÈRES MISSIONS, MARIO, CHACUN AU-DESSUS DE NOTRE SECTEUR! HISTOIRE DE MESURER LES DIFFICULTÉS RÉELLES DU TRAVAIL!
EN ROUTE, CHAPS!...
VOS ZINCS SONT ÉQUIPÉS DE CAMÉRAS ULTRA-PUISSANTES À INFRAROUGES!... ELLES PERMETTENT DE FILMER À TRÈS HAUTE ALTITUDE À TRAVERS LES NUAGES ET MÊME LA NUIT!... PAR CONTRE, PAS UNE SEULE ROQUETTE NI UNE SEULE BALLE DANS VOS CANONS!...
CE MATIN-LÀ, L'UN SUR HAÏTI, L'AUTRE SUR SAINT-DOMINGUE ET LE TROISIÈME SUR INAGUA, BUCK, TUMBLER ET SONNY EFFECTUENT LEUR PREMIÈRE MISSION DE RECONNAISSANCE. ET DÉSORMAIS, PRESQUE CHAQUE JOUR, ALTERNANT AVEC LEURS PILOTES, ILS DÉCOLLENT DE PATRICK A.F. BASE ET CONTINUENT À MENER MÉTHODIQUEMENT LEUR PÉRILLEUX TRAVAIL....
60230
60231
U.S. AIR FORCE
B.19.B.

MAIS BIENTÔT SURGISSENT LES PREMIÈRES DIFFICULTÉS....
ALLO!.. ALLO, ICI CONTRÔLE AÉRIEN DE SAINT-DOMINGUE!.. J'APPELLE LE CHASSEUR AMÉRICAIN QUI SURVOLE ACTUELLEMENT PUERTO PLATA!.. ALLO, M'ENTENDEZ-VOUS?..
19
AÏE! ÇA Y EST! JE SUIS REPÉRÉ!.. UNE FOIS DE PLUS! IMPOSSIBLE D'ÉCHAPPER À CES DAMNÉS RADARS!...
ALLO, ICI "VOODOO" FOX ZOULOU PAPA DE L'U.S. AIR FORCE! JE VOUS REÇOIS CLAIR ET NET, CINQ SUR CINQ!... OVER!
60230
U.S. AIR FORCE
VOUS TRAVERSEZ SANS AUCUNE AUTORISATION L'ESPACE AÉRIEN NATIONAL DOMINICAIN! JE VOUS DONNE L'ORDRE D'ATTERRIR IMMÉDIATEMENT SUR LE TERRAIN DE SAN-DOMINGO POUR VÉRIFICATION! OVER!...
DE ZOULOU PAPA! AI ÉTÉ PRIS DANS UNE QUEUE DE TYPHON AVEC MES RADIO-COMPAS EN PANNE! JE ME SUIS ÉGARÉ... TOUTES MES EXCUSES, MAIS IMPOSSIBLE D'ATTERRIR!...
DANNY
JE VIRE IMMÉDIATEMENT SUR LE TROIS ZÉRO TROIS POUR QUITTER LA ZONE AÉRIENNE DOMINICAINE! ENCORE TOUTES MES EXCUSES!...
B.20.A.
PLUS TARD...
IL VA FALLOIR REDOUBLER DE PRÉCAUTIONS, JEUNES GENS... NOUS NOUS FAISONS ACCROCHER PAR LES RADARS DE PLUS EN PLUS SOUVENT! LES CHOSES RISQUENT DE SE GÂTER!...
PLUSIEURS PROTESTATIONS OFFICIELLES SONT DÉJÀ PARVENUES À WASHINGTON!... IL FAUT ABOUTIR AU PLUS TÔT!...
HÉLAS! MON GÉNÉRAL... LE RÉSULTAT EST TOUJOURS NÉGATIF... PAS LE MOINDRE INDICE JUSQU'ICI!...
DANNY! LES MISSIONS N'AURONT PLUS LIEU QUE LA NUIT... ET L'ON VA MONTER SUR VOS AVIONS LES DISPOSITIFS DE BROUILLAGE RADAR DÉJÀ UTILISÉS SUR LES "F-105"!...
OR AU MÊME MOMENT À MANAOS, CAPITALE DE LA RÉPUBLIQUE D'INAGUA...
SENORES! LA SITUATION EST ALARMANTE! DEPUIS PLUSIEURS JOURS, NOS RADARS ONT DÉCELÉ UNE SOUDAINE INTENSIFICATION DES INCURSIONS AÉRIENNES YANKEES AU-DESSUS DE NOTRE TERRITOIRE!...
IL S'AGIT D'AVIONS DE RECONNAISSANCE APPARTENANT À DES BASES DE FLORIDE ET NOTAMMENT À CAP KENNEDY!...
HELL! CES DÉTAILS SEMBLENT BIEN PROUVER QUE LES AMÉRICAINS SE DOUTENT DE QUELQUE CHOSE!...
VICTOR HUBINON
B.20.B

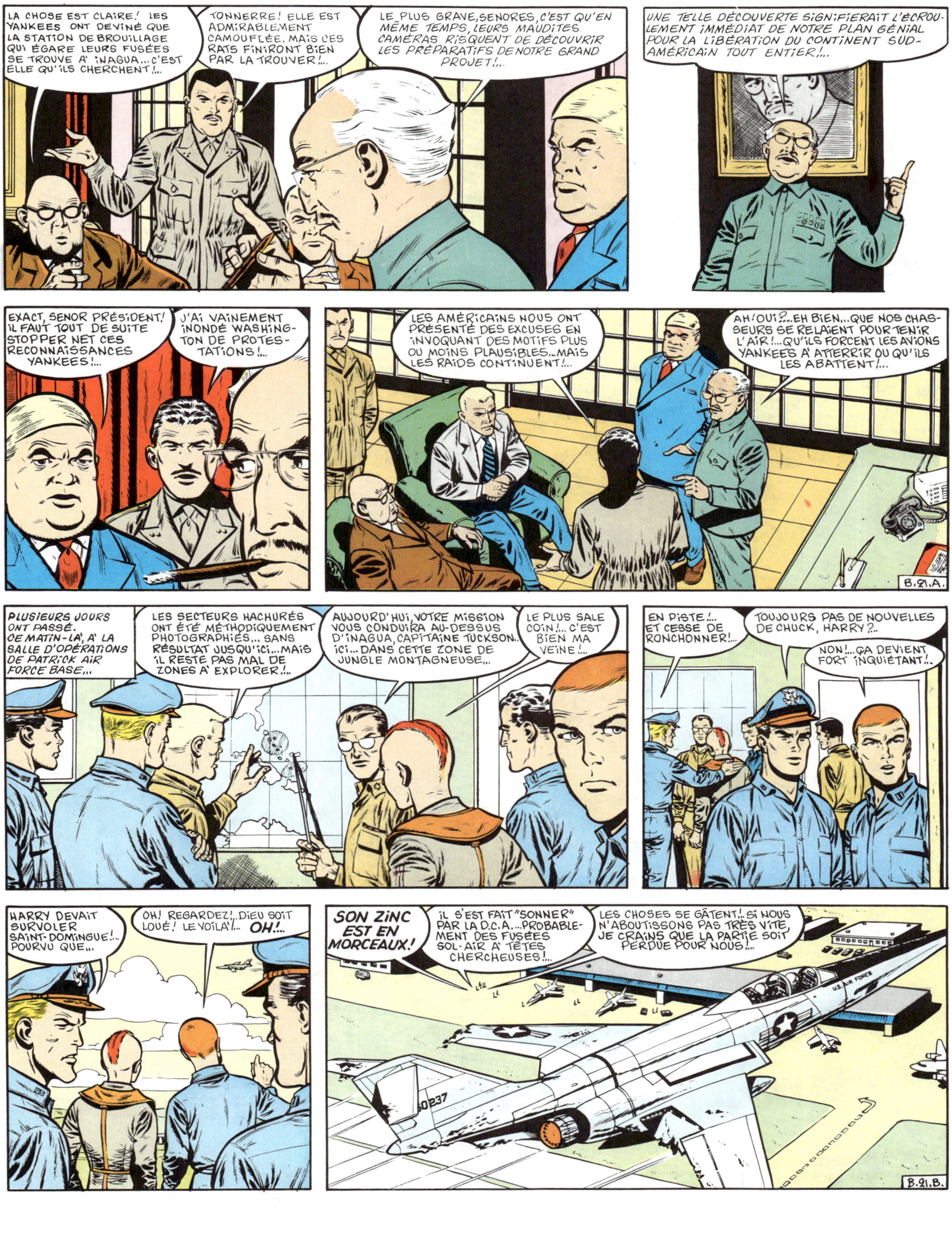
LA CHOSE EST CLAIRE ! LES YANKEES ONT DEVINÉ QUE LA STATION DE BROUILLAGE QUI ÉGARE LEURS FUSÉES SE TROUVE A' INAGUA... C'EST ELLE QU'ILS CHERCHENT !...
TONNERRE ! ELLE EST ADMIRABLEMENT CAMOUFLÉE. MAIS CES RATS FINIRONT BIEN PAR LA TROUVER !...
LE PLUS GRAVE, SENORES, C'EST QU'EN MÊME TEMPS, LEURS MAUDITES CAMÉRAS RISQUENT DE DÉCOUVRIR LES PRÉPARATIFS DE NOTRE GRAND PROJET !...
UNE TELLE DÉCOUVERTE SIGNIFIERAIT L'ÉCROULEMENT IMMÉDIAT DE NOTRE PLAN GÉNIAL POUR LA LIBÉRATION DU CONTINENT SUD-AMÉRICAIN TOUT ENTIER !...
EXACT, SENOR PRÉSIDENT ! IL FAUT TOUT DE SUITE STOPPER NET CES RECONNAISSANCES YANKEES !...
J'AI VAINEMENT INONDÉ WASHINGTON DE PROTESTATIONS !...
LES AMÉRICAINS NOUS ONT PRÉSENTÉ DES EXCUSES EN INVOQUANT DES MOTIFS PLUS OU MOINS PLAUSIBLES... MAIS LES RAIDS CONTINUENT !...
AH ! OUI ?... EH BIEN,... QUE NOS CHASSEURS SE RELAIENT POUR TENIR L'AIR !... QU'ILS FORCENT LES AVIONS YANKEES A' ATTERRIR OU QU'ILS LES ABATTENT !...
B.21.A.
PLUSIEURS JOURS ONT PASSÉ. CE MATIN-LÀ, A' LA SALLE D'OPÉRATIONS DE PATRICK AIR FORCE BASE...
LES SECTEURS HACHURÉS ONT ÉTÉ MÉTHODIQUEMENT PHOTOGRAPHIÉS... SANS RÉSULTAT JUSQU'ICI... MAIS IL RESTE PAS MAL DE ZONES A' EXPLORER !...
AUJOURD'HUI, VOTRE MISSION VOUS CONDUIRA AU-DESSUS D'INAGUA, CAPITAINE TUCKSON... ICI... DANS CETTE ZONE DE JUNGLE MONTAGNEUSE...
LE PLUS SALE COIN !... C'EST BIEN MA VEINE !...
EN PISTE !... ET CESSE DE RONCHONNER !...
TOUJOURS PAS DE NOUVELLES DE CHUCK, HARRY ?...
NON !... ÇA DEVIENT FORT INQUIÉTANT !...
HARRY DEVAIT SURVOLER SAINT-DOMINGUE !... POURVU QUE...
OH ! REGARDEZ !... DIEU SOIT LOUÉ ! LE VOILÀ !... OH !...
SON ZINC EST EN MORCEAUX !
IL S'EST FAIT "SONNER" PAR LA D.C.A.... PROBABLEMENT DES FUSÉES SOL-AIR A' TÊTES CHERCHEUSES !...
LES CHOSES SE GÂTENT !... SI NOUS N'ABOUTISSONS PAS TRÈS VITE, JE CRAINS QUE LA PARTIE SOIT PERDUE POUR NOUS !...
U.S. AIR FORCE
B.21.B.

CEPENDANT SONNY S'EST INSTALLÉ AUX COMMANDES DE SON "VOODOO"... — INAGUA EST LE PLUS "DUR" DES PAYS AUXQUELS NOUS AVONS À FAIRE! NE PRENDS SURTOUT AUCUN RISQUE!... RESTE À TRÈS HAUTE ALTITUDE ET FAIS DEMI-TOUR AU MOINDRE ACCROCHAGE! VU?... — T'EN FAIS PAS, GROSSE TÊTE!... J'AI L'INTENTION DE REVENIR!...	ET QUELQUES MINUTES PLUS TARD...

RAPIDEMENT, TOUT EN PRENANT SON CAP, SONNY EST MONTÉ JUSQU'À L'ALTITUDE MAXIMUM, PRÈS DE 28.000 MÈTRES.
— LA MÉTÉO PRÉVOIT UN CIEL COUVERT SUR TOUTES LES CARAÏBES. AVEC UN PEU DE CHANCE ET MON SYSTÈME DE BROUILLAGE RADAR, JE DEVRAIS POUVOIR DÉBOUCHER AU-DESSUS D'INAGUA!...

QUARANTE MINUTES PLUS TARD...
— RADARISTE À PILOTE! NOUS DEVONS ÊTRE À LA VERTICALE D'INAGUA!... MIEUX VAUDRAIT DESCENDRE POUR OBTENIR DES PHOTOS PLUS NETTES, SONNY!
— OKAY!...

PLONGEANT RÉSOLUMENT, SONNY A ENTAMÉ SA PERCÉE...
— D'APRÈS MES CALCULS, NOUS DEVRIONS SORTIR DE LA "CRASSE" JUSTE AU-DESSUS DU SECTEUR QUE NOUS AVONS À FILMER!... STOPPEZ LA DESCENTE AUX ENVIRONS DE 30.000 PIEDS...

QUELQUES INSTANTS APRÈS...
— TU RAMASSES LE "JACKPOT", LARRY!... JOLI TRAVAIL! EN PLEIN SUR L'OBJECTIF!... ON Y VA! ENCLENCHE LES CAMERAS!
— ON EST VERNIS, SONNY! VOILÀ MÊME LE SOLEIL!... LE SOLEIL D'AUSTERLITZ!...

— SOLEIL D'AUSTERLITZ OU SOLEIL DE WATERLOO?... À LA MÊME SECONDE EN EFFET...
— NUMÉRO 2 AU LEADER!... ALERTE!... UN "AMÉRICANO" DESSOUS À NEUF HEURES!...
— DIOS!... UN JET DE RECONNAISSANCE!... ET IL NE NOUS A PAS VUS!...
— CELUI-LÀ, IL NOUS LE FAUT!... SOUVENEZ-VOUS!... IL Y A UNE PRIME POUR LE PREMIER CHASSEUR QUI ENVOIE UN DE CES "GRINGOS" AU TAPIS!... LE PRÉSIDENT VEUT UNE PREUVE QUI ACCABLE LES AMÉRICAINS!... **EN AVANT!**

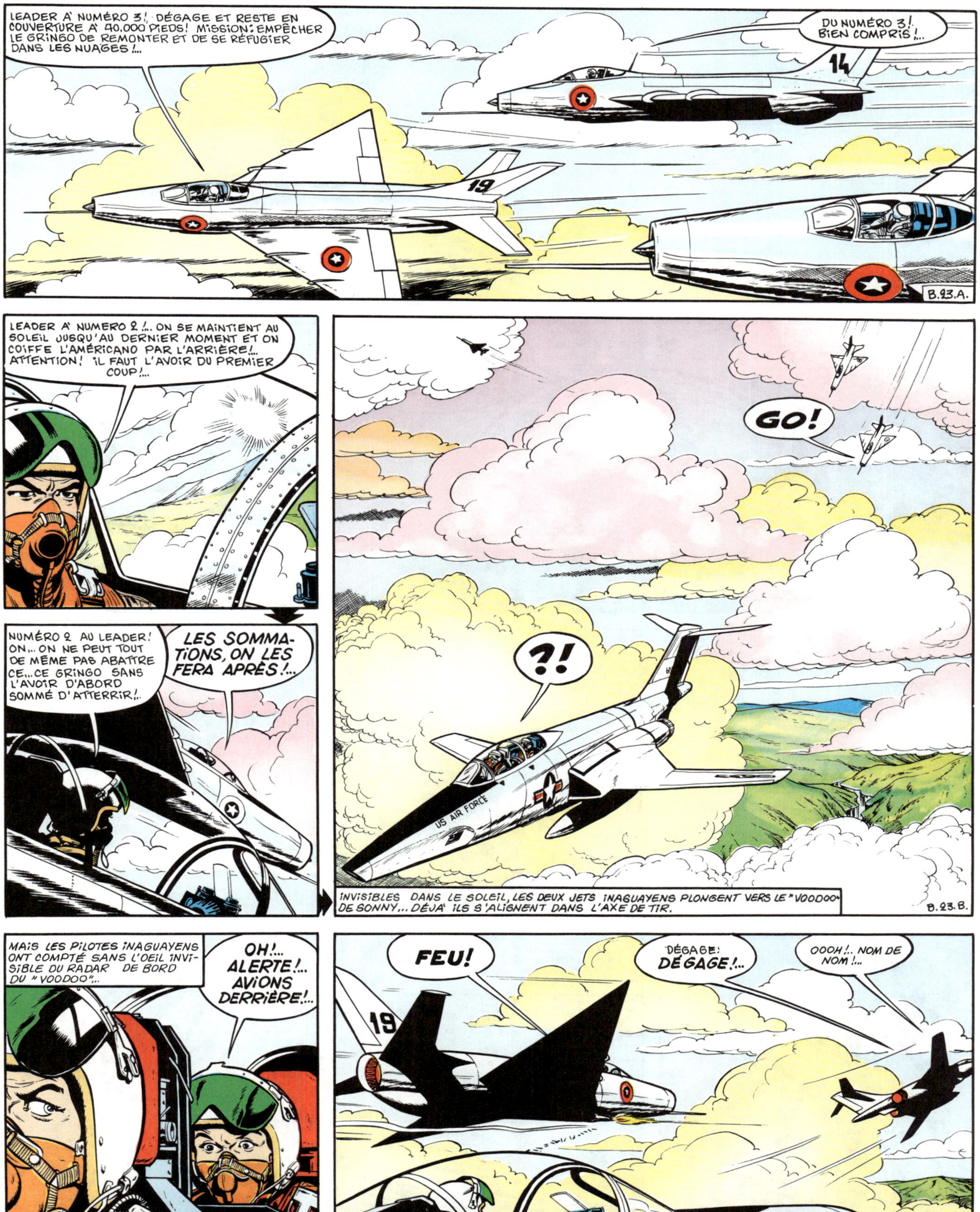
LEADER À NUMÉRO 3! DÉGAGE ET RESTE EN COUVERTURE À 40.000 PIEDS! MISSION: EMPÊCHER LE GRINGO DE REMONTER ET DE SE RÉFUGIER DANS LES NUAGES!...
DU NUMÉRO 3!. BIEN COMPRIS!...
14
19
B.23.A.
LEADER À NUMÉRO 2!... ON SE MAINTIENT AU SOLEIL JUSQU'AU DERNIER MOMENT ET ON COIFFE L'AMÉRICANO PAR L'ARRIÈRE!... ATTENTION! IL FAUT L'AVOIR DU PREMIER COUP!...
NUMÉRO 2 AU LEADER! ON... ON NE PEUT TOUT DE MÊME PAS ABATTRE CE... CE GRINGO SANS L'AVOIR D'ABORD SOMMÉ D'ATTERRIR!...
LES SOMMATIONS, ON LES FERA APRÈS!...
GO!
?!
US AIR FORCE
INVISIBLES DANS LE SOLEIL, LES DEUX JETS INAGUAYENS PLONGENT VERS LE "VOODOO" DE SONNY... DÉJÀ ILS S'ALIGNENT DANS L'AXE DE TIR.
B.23.B.
MAIS LES PILOTES INAGUAYENS ONT COMPTÉ SANS L'OEIL INVISIBLE DU RADAR DE BORD DU "VOODOO"...
OH!... ALERTE!... AVIONS DERRIÈRE!...
FEU!
DÉGAGE! DÉGAGE!...
OOOH!... NOM DE NOM!...
19
B.23.C

120

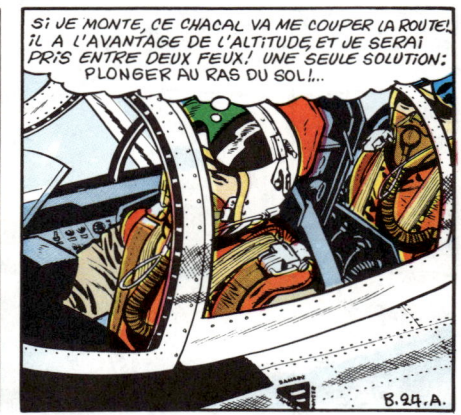

- NOM DE NOM! MA PRESSION HYDRAULIQUE! ELLE DÉGRINGOLE! JE SUIS SÉRIEUSEMENT MOUCHÉ!..

- OH! LÀ-HAUT! LES ZINCS RAMEUTÉS PAR LES DEUX RASCALS QUI ME TALONNENT!.. SI JE TENTE DE RESSORTIR DE CE TROU, JE ME FERAI CUEILLIR AU VOL!...

ALORS COMMENCE UN AFFOLANT ET MORTEL SLALOM, PLUS BAS QUE LES SOMMETS HÉRISSÉS D'ARBRES, SUR LE TRACÉ SINUEUX ET PROFONDÉMENT ENCAISSÉ DES VALLÉES INAGUAYENNES... MAIS DERRIÈRE LE "VOODOO" LANCÉ DANS D'HALLUCINANTS DÉRAPAGES, LES DEUX CHASSEURS INAGUAYENS REFUSENT DE DÉCROCHER...

A SAUTE-MOUTON PAR-DESSUS LES CRÊTES, RABOTANT LES ARBRES DU VENTRE DE SON FUSELAGE, LE "VOODOO" EXÉCUTE UNE SARABANDE INFERNALE, FRÔLANT CENT FOIS L'ÉCRASEMENT CONTRE UNE PAROI. COURAGEUSEMENT, LES DEUX CHASSEURS INAGUAYENS TENTENT DE SUIVRE LA FOLLE VOLTIGE DE LEUR PROIE.

- LEADER À NUMÉRO DEUX!... IL EST TOUCHÉ! NOUS GAGNONS SUR LUI! NOUS LE TENONS!... SERRE! SERRE SUR MOI!
- ATTENTION! LES MONTAGNES SE RESSERRENT!...

À UN DÉTOUR DE LA VALLÉE, EN EFFET, CELLE-CI S'ÉTRANGLE BRUSQUEMENT ENTRE DEUX HAUTES FALAISES BOISÉES... SURPRIS, DANS L'IMPOSSIBILITÉ DE RÉAGIR À TEMPS, LES JEUX CHASSEURS INAGUAYENS TENTENT DÉSESPÉRÉMENT DE FRANCHIR DE FRONT LE GOULET... ET C'EST L'INÉVITABLE!...

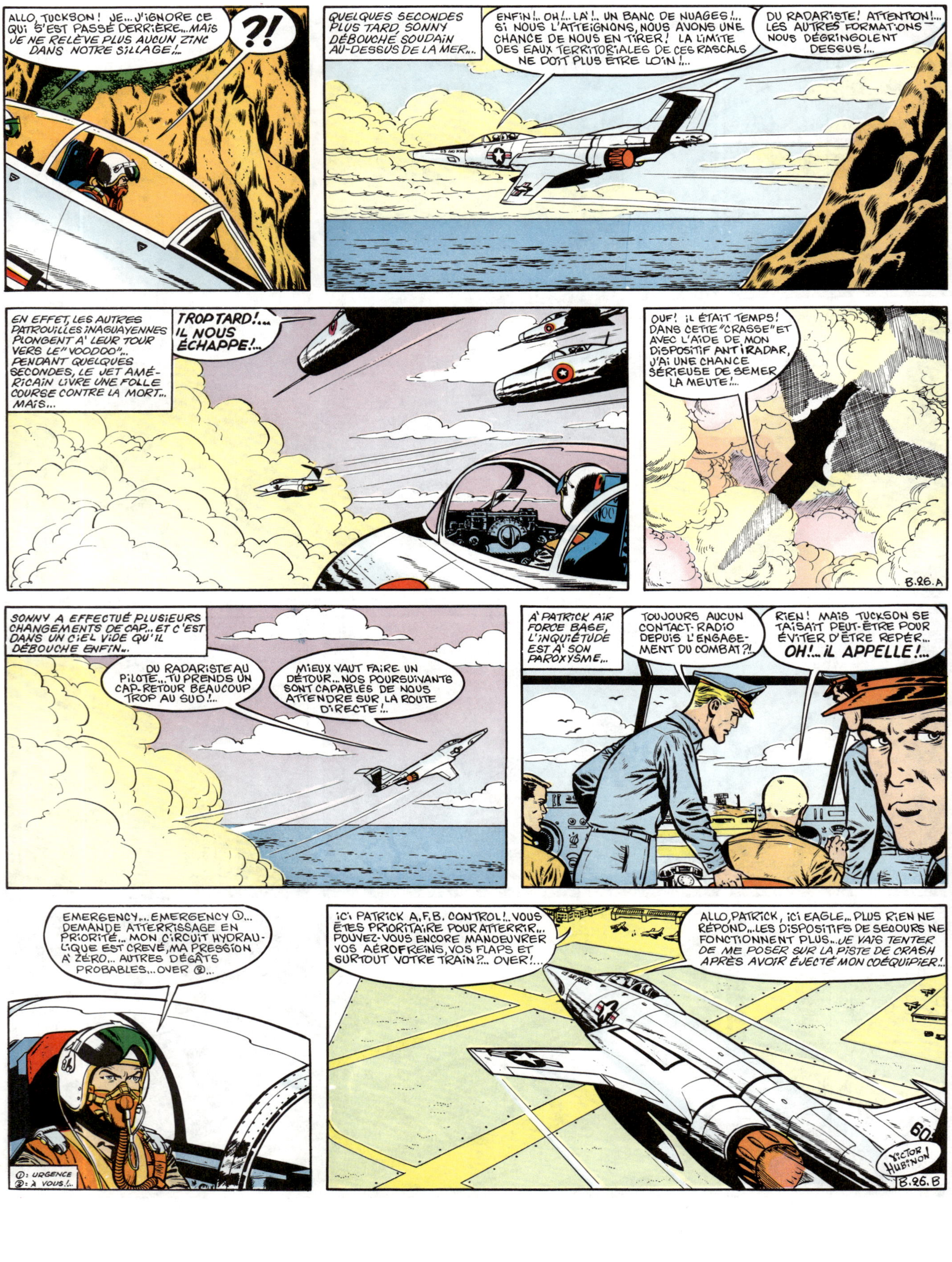
ALLO, TUCKSON ! JE... J'IGNORE CE QUI S'EST PASSÉ DERRIÈRE... MAIS JE NE RELÈVE PLUS AUCUN ZINC DANS NOTRE SILLAGE !..
?!
QUELQUES SECONDES PLUS TARD, SONNY DÉBOUCHE SOUDAIN AU-DESSUS DE LA MER...
ENFIN !.. OH !.. LÀ !.. UN BANC DE NUAGES !... SI NOUS L'ATTEIGNONS, NOUS AVONS UNE CHANCE DE NOUS EN TIRER ! LA LIMITE DES EAUX TERRITORIALES DE CES RASCALS NE DOIT PLUS ÊTRE LOIN !...
DU RADARISTE ! ATTENTION !... LES AUTRES FORMATIONS NOUS DÉGRINGOLENT DESSUS !...
EN EFFET, LES AUTRES PATROUILLES INAGUAYENNES PLONGENT À LEUR TOUR VERS LE "VOODOO"... PENDANT QUELQUES SECONDES, LE JET AMÉRICAIN LIVRE UNE FOLLE COURSE CONTRE LA MORT... MAIS...
TROP TARD !... IL NOUS ÉCHAPPE !...
OUF ! IL ÉTAIT TEMPS ! DANS CETTE "CRASSE" ET AVEC L'AIDE DE MON DISPOSITIF ANTIRADAR, J'AI UNE CHANCE SÉRIEUSE DE SEMER LA MEUTE !...
B.26.A
SONNY A EFFECTUÉ PLUSIEURS CHANGEMENTS DE CAP... ET C'EST DANS UN CIEL VIDE QU'IL DÉBOUCHE ENFIN...
DU RADARISTE AU PILOTE... TU PRENDS UN CAP-RETOUR BEAUCOUP TROP AU SUD !...
MIEUX VAUT FAIRE UN DÉTOUR... NOS POURSUIVANTS SONT CAPABLES DE NOUS ATTENDRE SUR LA ROUTE DIRECTE !...
À PATRICK AIR FORCE BASE, L'INQUIÉTUDE EST À SON PAROXYSME...
TOUJOURS AUCUN CONTACT-RADIO DEPUIS L'ENGAGEMENT DU COMBAT ?!...
RIEN ! MAIS TUCKSON SE TAISAIT PEUT-ÊTRE POUR ÉVITER D'ÊTRE REPÉRÉ... OH !... IL APPELLE !...
EMERGENCY... EMERGENCY ①... DEMANDE ATTERRISSAGE EN PRIORITÉ... MON CIRCUIT HYDRAULIQUE EST CREVÉ, MA PRESSION À ZÉRO... AUTRES DÉGÂTS PROBABLES... OVER ②...
①: URGENCE
②: À VOUS !...
ICI PATRICK A.F.B. CONTROL !.. VOUS ÊTES PRIORITAIRE POUR ATTERRIR... POUVEZ-VOUS ENCORE MANOEUVRER VOS AÉROFREINS, VOS FLAPS ET SURTOUT VOTRE TRAIN ?... OVER !...
ALLO, PATRICK, ICI EAGLE... PLUS RIEN NE RÉPOND... LES DISPOSITIFS DE SECOURS NE FONCTIONNENT PLUS... JE VAIS TENTER DE ME POSER SUR LA PISTE DE CRASH APRÈS AVOIR ÉJECTÉ MON COÉQUIPIER !...
VICTOR HUBINON
B.26.B

123

BIENTÔT, ROULANT DE FRONT SUR LA PISTE DE CRASH, QUATRE VOITURES D'INCENDIE LA RECOUVRENT D'UN ÉPAIS TAPIS DE NEIGE CARBONIQUE.
OKAY, SONNY! TU PEUX ENTAMER TA PROCÉDURE EN FINALE... LA PISTE DE CRASH EST LA 03... VENT: 10 NOEUDS, LÉGÈREMENT DE TRAVERS... Q.F.E.: 1012 MILLIBARS. VIENS DE TRÈS LOIN À VITESSE AUSSI RÉDUITE QUE POSSIBLE!...
BIEN COMPRIS, CONTRÔLE! IL ÉTAIT TEMPS! MON ZINC RÉPOND COMME UN PAVÉ! JE FAIS UN DERNIER CIRCUIT POUR LARGUER MES BIDONS SUPPLÉMENTAIRES AU-DESSUS DE LA MER!
ET QUELQUES INSTANTS PLUS TARD...
EAGLE À CONTRÔLE!... BIDONS LARGUÉS! J'ENTAME MA PROCÉDURE D'ATTERRISSAGE!
OKAY, EAGLE! TOUT EST PARÉ!...
HELL!... LA MOITIÉ DE MES VOYANTS DE CONTRÔLE NE FONCTIONNENT PLUS!... MES CIRCUITS ÉLECTRIQUES ONT DÛ ÊTRE TOUCHÉS PAR LES BALLES DE CES RASCALS D'INAGUAYENS...
B. 28. A
MAIS SONNY IGNORE LE PÉRIL MORTEL QU'IL COURT DÉSORMAIS. SOUS LE VENTRE DE SON "VOODOO" UN BIDON À MOITIÉ PLEIN DE KÉROSÈNE EST RESTÉ ACCIDENTELLEMENT ACCROCHÉ, À SON INSU...
CASSANT PROGRESSIVEMENT SA VITESSE, SONNY ENTAME SA DESCENTE, VIRANT PEU À PEU POUR S'ALIGNER SUR LA PISTE!...
IL FAUT QUE J'ARRIVE À PLAQUER CE ZINC EXACTEMENT AU DÉBUT DE LA PORTION DE "RUNWAY" COUVERTE DE NEIGE CARBONIQUE.
ALLO, CONTRÔLE! DE EAGLE! JE SUIS PARFAITEMENT DANS L'AXE, EN DESCENTE NORMALE... JE DÉBRANCHE MA RADIO POUR POUVOIR ME DÉGAGER PLUS VITE EN CAS DE BESOIN! OUT!...
CEPENDANT...
LE VOILÀ! IL SE PRÉSENTE B... OOH! NOM DE NOM! UN DE SES BIDONS EST TOUJOURS ACCROCHÉ SOUS LE FUSELAGE!
SONNY!.. NON!.. NON!.. OVERSHOOT!..(1) REMETS LES GAZ!..
LA RADIO! VITE! AVERTISSEZ-LE! IL VA S'ÉCRASER SOUS LUI UN BIDON DE CARBURANT!.
TROP TARD, SIR! IL A COUPÉ!...
(1): REMETS LES GAZ.
VICTOR HUBINON
B 28. B.

125

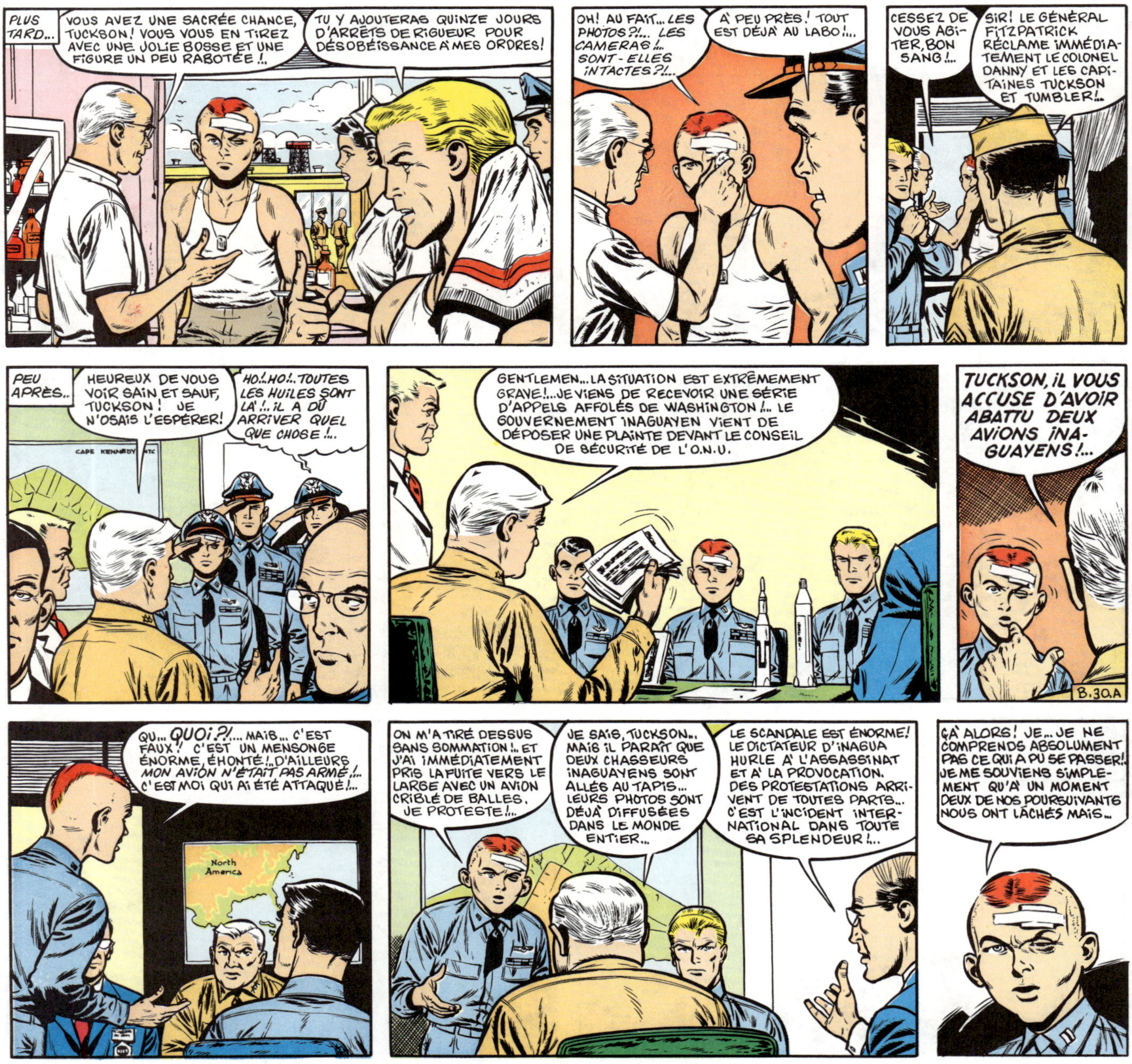
PLUS TARD...
VOUS AVEZ UNE SACRÉE CHANCE, TUCKSON ! VOUS VOUS EN TIREZ AVEC UNE JOLIE BOSSE ET UNE FIGURE UN PEU RABOTÉE !..
TU Y AJOUTERAS QUINZE JOURS D'ARRÊTS DE RIGUEUR POUR DÉSOBÉISSANCE À MES ORDRES !
OH ! AU FAIT... LES PHOTOS ?!... LES CAMÉRAS !... SONT-ELLES INTACTES ?!...
À PEU PRÈS ! TOUT EST DÉJÀ AU LABO !...
CESSEZ DE VOUS AGITER, BON SANG !...
SIR ! LE GÉNÉRAL FITZPATRICK RÉCLAME IMMÉDIATEMENT LE COLONEL DANNY ET LES CAPITAINES TUCKSON ET TUMBLER !...
PEU APRÈS...
HEUREUX DE VOUS VOIR SAIN ET SAUF, TUCKSON ! JE N'OSAIS L'ESPÉRER !
HO !.. HO !.. TOUTES LES HUILES SONT LÀ !.. IL A DÛ ARRIVER QUELQUE CHOSE !...
CAPE KENNEDY
GENTLEMEN... LA SITUATION EST EXTRÊMEMENT GRAVE !... JE VIENS DE RECEVOIR UNE SÉRIE D'APPELS AFFOLÉS DE WASHINGTON !... LE GOUVERNEMENT INAGUAYEN VIENT DE DÉPOSER UNE PLAINTE DEVANT LE CONSEIL DE SÉCURITÉ DE L'O.N.U.
TUCKSON, IL VOUS ACCUSE D'AVOIR ABATTU DEUX AVIONS INAGUAYENS !...
B.30.A
QU... QUOI ?!... MAIS... C'EST FAUX ! C'EST UN MENSONGE ÉNORME, ÉHONTÉ !... D'AILLEURS MON AVION N'ÉTAIT PAS ARMÉ !... C'EST MOI QUI AI ÉTÉ ATTAQUÉ !...
North America
ON M'A TIRÉ DESSUS SANS SOMMATION !.. ET J'AI IMMÉDIATEMENT PRIS LA FUITE VERS LE LARGE AVEC UN AVION CRIBLÉ DE BALLES. JE PROTESTE !...
JE SAIS, TUCKSON... MAIS IL PARAÎT QUE DEUX CHASSEURS INAGUAYENS SONT ALLÉS AU TAPIS... LEURS PHOTOS SONT DÉJÀ DIFFUSÉES DANS LE MONDE ENTIER...
LE SCANDALE EST ÉNORME ! LE DICTATEUR D'INAGUA HURLE À L'ASSASSINAT ET À LA PROVOCATION. DES PROTESTATIONS ARRIVENT DE TOUTES PARTS... C'EST L'INCIDENT INTERNATIONAL DANS TOUTE SA SPLENDEUR !...
ÇA ALORS ! JE... JE NE COMPRENDS ABSOLUMENT PAS CE QUI A PU SE PASSER ! JE ME SOUVIENS SIMPLEMENT QU'À UN MOMENT DEUX DE NOS POURSUIVANTS NOUS ONT LÂCHÉS MAIS...
PEUT-ÊTRE SE SONT-ILS HEURTÉS ?!...
TOUJOURS EST-IL QUE NOUS FAISONS FIGURE D'ACCUSÉS !.. INAGUA RÉCLAME UNE ENQUÊTE INTERNATIONALE ! NOUS AURONS DU MAL À NOUS TIRER DE LÀ !...
BIEN ENTENDU, CETTE AVENTURE NOUS OBLIGE À STOPPER TOTALEMENT TOUS LES VOLS DE RECONNAISSANCE VERS LES ÎLES DES CARAÏBES, QUELLE QUE SOIT LA MENACE QU'ELLES RECÈLENT POUR NOTRE PAYS !...
IL ME FAUT D'URGENCE VOTRE RAPPORT DÉTAILLÉ ET CELUI DE VOTRE RADARISTE, TUCKSON... JE... ENTREZ !...
TOC TOC
MON GÉNÉRAL !.. NOUS VENONS DE FAIRE UNE DÉCOUVERTE INOUÏE !...
VICTOR HUBINON
B.30.B.

QUE SE PASSE-T-IL, HARVEY ?... J'AVAIS ORDONNÉ QUE L'ON NE NOUS DÉRANGE SOUS AUCUN PRÉTEXTE !...
JE SAIS, SIR ! MAIS NOUS VENONS D'ACHEVER LE DÉVELOPPEMENT DES FILMS RAMENÉS PAR LE CAPITAINE TUCKSON !... ET CE QUE NOUS AVONS DÉCOUVERT EST SI IMPORTANT QUE JE ME SUIS PERMIS DE...
North America
HEIN ?!... MAIS... MAIS JE N'AI POURTANT RIEN APERÇU D'EXTRAORDINAIRE AU COURS DE MA MISSION ?!...
VOUS, NON ! MAIS PENDANT QUE VOUS VOUS SECOUIEZ COMME UN BEAU DIABLE POUR ÉCHAPPER AUX CHASSEURS INAGUAYENS, L'OEIL INFAILLIBLE DE VOS CAMERAS CONTINUAIT À SCRUTER LE SOL !...
GENTLEMEN... VOULEZ-VOUS BIEN PASSER EN LA SALLE DE PROJECTION ?... TOUT EST PRÊT !...
UNE BONNE PARTIE DES FILMS ENREGISTRÉS ONT ÉTÉ GÂTÉS PAR LE FEU OU PAR LES MOUVEMENTS DÉSORDONNÉS DE L'AVION... MAIS TUCKSON A AU MOINS PRIS UN CLICHÉ EXTRAORDINAIRE !... UN SEUL !...
REGARDEZ !...
?!?
B.31.A
UN CONVOI DE CAMIONS LOURDS SUR UNE ROUTE DE JUNGLE ?!... C'EST BIEN ÇA, N'EST-CE PAS ?...
LA PHOTO EST TRÈS FLOUE ! QUE TRANSPORTENT-ILS ?...
GENTLEMEN !... SANS AUCUNE ERREUR POSSIBLE, CES GROS CYLINDRES SONT DES ÉLÉMENTS DE FUSÉES BALISTIQUES INTERCONTINENTALES DU TYPE LE PLUS LOURD !...
HEIN ?!
IL S'AGIT LÀ D'UN MODÈLE INCONNU, MAIS PARFAITEMENT CAPABLE D'ENVOYER UNE TÊTE NUCLÉAIRE SUR N'IMPORTE QUEL COIN DU MONDE !...
DES... DES FUSÉES ?!... VOUS ÊTES CERTAIN, HARVEY ?!...
SÛR !... MALHEUREUSEMENT, NOUS NE POSSÉDONS QUE CETTE UNIQUE PHOTO !... CE CONVOI A ÉTÉ FILMÉ PAR HASARD, DE FAÇON TRÈS FUGITIVE AU COURS D'UNE DES ÉVOLUTIONS DÉSORDONNÉES DU CAPITAINE TUCKSON POUR ÉVITER LE TIR DE SES POURSUIVANTS !...
ÇA ALORS !...
POURRAIS-TU RETROUVER CETTE ROUTE ?... LA SITUER SUR LA CARTE ?...
HÉLAS ! J'AI BIEN PEUR QUE NON !... À CE MOMENT-LÀ J'ÉTAIS TROP OCCUPÉ À ÉVITER LES BALLES POUR FAIRE ATTENTION AU PAYSAGE OU À MA NAVIGATION !...
B.31.B

128

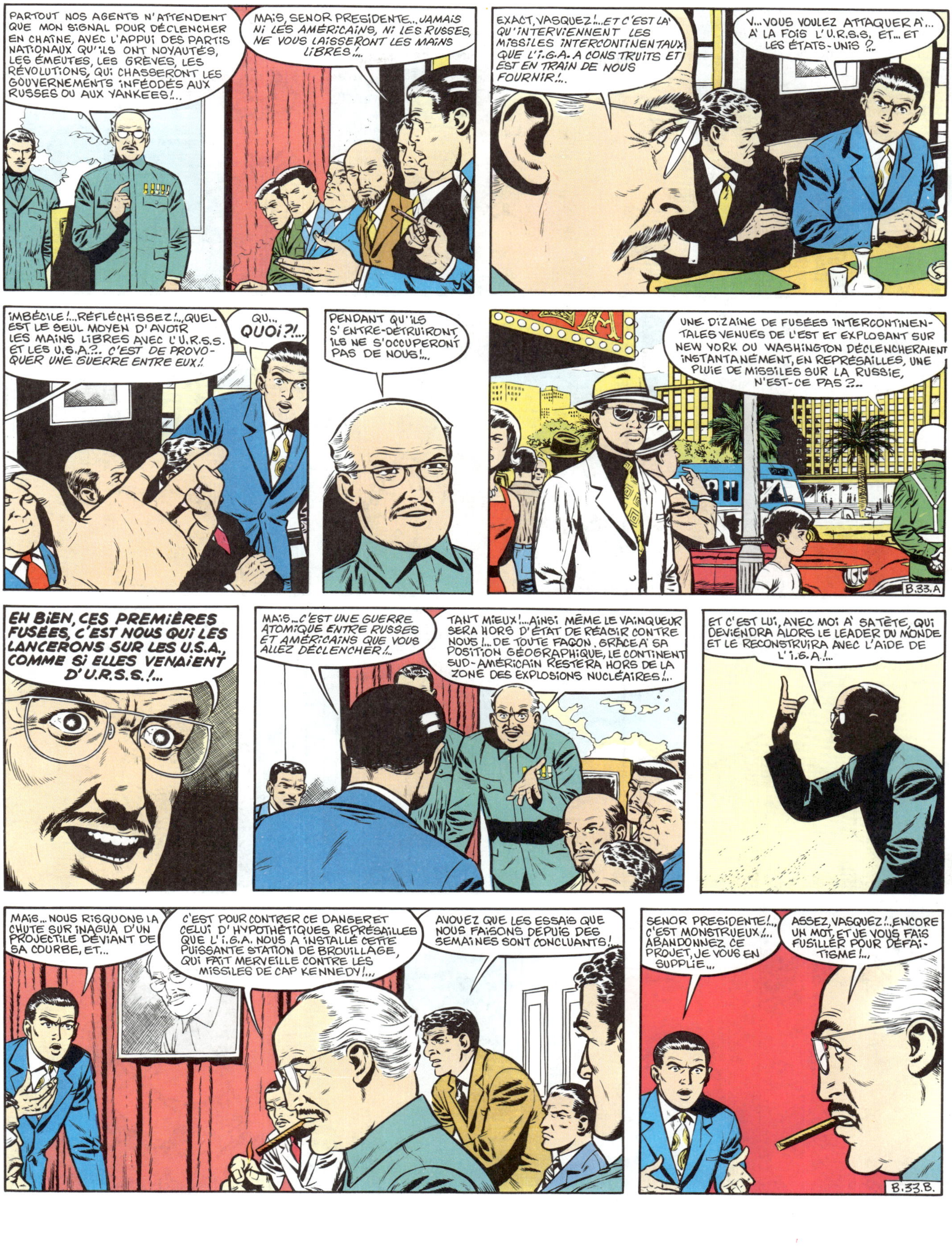
PARTOUT NOS AGENTS N'ATTENDENT QUE MON SIGNAL POUR DÉCLENCHER EN CHAÎNE, AVEC L'APPUI DES PARTIS NATIONAUX QU'ILS ONT NOYAUTÉS, LES ÉMEUTES, LES GRÈVES, LES RÉVOLUTIONS, QUI CHASSERONT LES GOUVERNEMENTS INFÉODÉS AUX RUSSES OU AUX YANKEES !...
MAIS, SENOR PRESIDENTE... JAMAIS NI LES AMÉRICAINS, NI LES RUSSES, NE VOUS LAISSERONT LES MAINS LIBRES !...
EXACT, VASQUEZ !... ET C'EST LÀ QU'INTERVIENNENT LES MISSILES INTERCONTINENTAUX QUE L'I.G.A. A CONSTRUITS ET EST EN TRAIN DE NOUS FOURNIR !...
V... VOUS VOULEZ ATTAQUER À... À LA FOIS L'U.R.S.S. ET... ET LES ÉTATS-UNIS ?...
IMBÉCILE !... RÉFLÉCHISSEZ !... QUEL EST LE SEUL MOYEN D'AVOIR LES MAINS LIBRES AVEC L'U.R.S.S. ET LES U.S.A. ?... C'EST DE PROVOQUER UNE GUERRE ENTRE EUX !
QU... QUOI ?!...
PENDANT QU'ILS S'ENTRE-DÉTRUIRONT, ILS NE S'OCCUPERONT PAS DE NOUS !...
UNE DIZAINE DE FUSÉES INTERCONTINENTALES VENUES DE L'EST ET EXPLOSANT SUR NEW YORK OU WASHINGTON DÉCLENCHERAIENT INSTANTANÉMENT, EN REPRÉSAILLES, UNE PLUIE DE MISSILES SUR LA RUSSIE, N'EST-CE PAS ?...
B.33.A
EH BIEN, CES PREMIÈRES FUSÉES, C'EST NOUS QUI LES LANCERONS SUR LES U.S.A., COMME SI ELLES VENAIENT D'U.R.S.S. !...
MAIS... C'EST UNE GUERRE ATOMIQUE ENTRE RUSSES ET AMÉRICAINS QUE VOUS ALLEZ DÉCLENCHER !...
TANT MIEUX !... AINSI MÊME LE VAINQUEUR SERA HORS D'ÉTAT DE RÉAGIR CONTRE NOUS !... DE TOUTE FAÇON, GRÂCE À SA POSITION GÉOGRAPHIQUE, LE CONTINENT SUD-AMÉRICAIN RESTERA HORS DE LA ZONE DES EXPLOSIONS NUCLÉAIRES !...
ET C'EST LUI, AVEC MOI À SA TÊTE, QUI DEVIENDRA ALORS LE LEADER DU MONDE ET LE RECONSTRUIRA AVEC L'AIDE DE L'I.G.A. !...
MAIS... NOUS RISQUONS LA CHUTE SUR INAGUA D'UN PROJECTILE DÉVIANT DE SA COURBE, ET...
C'EST POUR CONTRER CE DANGER ET CELUI D'HYPOTHÉTIQUES REPRÉSAILLES QUE L'I.G.A. NOUS A INSTALLÉ CETTE PUISSANTE STATION DE BROUILLAGE, QUI FAIT MERVEILLE CONTRE LES MISSILES DE CAP KENNEDY !...
AVOUEZ QUE LES ESSAIS QUE NOUS FAISONS DEPUIS DES SEMAINES SONT CONCLUANTS !...
SENOR PRESIDENTE !... C'EST MONSTRUEUX !... ABANDONNEZ CE PROJET, JE VOUS EN SUPPLIE...
ASSEZ, VASQUEZ !... ENCORE UN MOT, ET JE VOUS FAIS FUSILLER POUR DÉFAITISME !...
B.33.B.

130

131

SINCÈREMENT, SIR, CE JOB ME DÉPLAÎT FORT !... MAIS... LA SÉCURITÉ DE NOTRE PAYS COMPTE PLUS QUE MES SENTIMENTS !... JE SUIS PARTANT !...
TUMBLER ?... TUCKSON ?...
J'AI TOUJOURS FAIT ÉQUIPE AVEC BUCK, SIR !...
...ET COMMENT VOULEZ-VOUS QUE CES DEUX IDIOTS SE DÉBROUILLENT SANS MOI ? QUAND PART-ON ?...
UNE QUEUE DE TYPHON GÊNERA LE TRAVAIL DES RADARS INAGUAYENS !...
MERCI DU FOND DU COEUR, GARÇON !... JE SAVAIS QUE VOUS NE ME LAISSERIEZ PAS TOMBER !...
EH BIEN, NOUS VOICI UNE FOIS DE PLUS EMBARQUÉS DANS UN SACRÉ PÉTRIN !.. IL FAUT FÊTER ÇA !... CIGARE, BUCK ?...
NON, MERCI, VIEUX !... PLUS TARD !...
CINQ JOURS ONT PASSÉ... CINQ JOURS D'INTENSE ENTRAÎNEMENT ET DE FIÉVREUX PRÉPARATIFS.
TOUT EST PARÉ !... NOUS AVONS BIEN EN MAIN LE ZINC, MAIS AUSSI LES CAMERAS À INFRA-ROUGES !...
VOUS AUREZ UN PLAN DE VOL RÉGULIER POUR INAGUA... ET AVEC CETTE IMMATRICULATION CIVILE PANAMÉENNE, JAMAIS LES INAGUAYENS NE SOUPÇONNERONT QUE CE ZINC EST UN AVION DE RECONNAISSANCE !...
ILS NE S'INQUIÉTERONT QUE QUAND ILS VOUS VERRONT QUITTER VOTRE ROUTE ET ZIGZAGUER... MAIS ALORS LA MÉTÉO VOUS FOURNIRA UN ALIBI !...
PANAMAIR
HP-AVU
B.36 A
ET CE SOIR-LÀ...
NOS RECOUPEMENTS ET DES RAPPORTS FOURNIS PAR NOS AGENTS SECRETS À INAGUA NOUS DONNENT LA CERTITUDE QUE LA BASE SECRÈTE ET LA STATION DE BROUILLAGE SONT PAR ICI !...
INAGUA
NORTH ATLANTIC OCEAN
ÇA RÉDUIRA VOS TÂTONNEMENTS... C'EST LA RÉGION CÔTIÈRE COUVERTE DE JUNGLE OÙ TUCKSON S'EST FAIT ACCROCHER !... VOUS DEVREZ LA RATISSER !...
IL EST POSSIBLE DE RETIRER LES FILMS DES CAMERAS DEPUIS L'INTÉRIEUR DU ZINC... AINSI VOUS POURREZ ÉVACUER AVEC EUX L'AVION EN VOL SI BESOIN EST !...
VOS COMBINAISONS ET CES PARACHUTES NOIRS SONT INVISIBLES DANS L'OBSCURITÉ...
DÈS CETTE NUIT, ET DURANT SIX AUTRES, UN SOUS-MARIN VOUS ATTENDRA ICI, AU CAP GORDO !...
N'OUBLIEZ PAS !... UNE PRESSION SUR CE BOUTON, PRÈS DE L'ALTIMÈTRE, FERA EXPLOSER L'AVION DANS LES DEUX MINUTES QUI SUIVRONT !... ET MAINTENANT, VIDEZ VOS POCHES !...
HEU... PUIS-JE GARDER CES CIGARES ?...
BIEN SÛR !...
BON VOL, GARÇONS, ET BONNE CHANCE !... EN PISTE !...
ET BIENTÔT...
NERVEUX, HEIN, BUCK ?... UN CIGARE ?... ÇA TE CALMERA !...
MERCI, VIEUX !... JE LE PRENDS, MAIS JE LE FUMERAI AU RETOUR !...
VICTOR HUBINON
B.36 B.

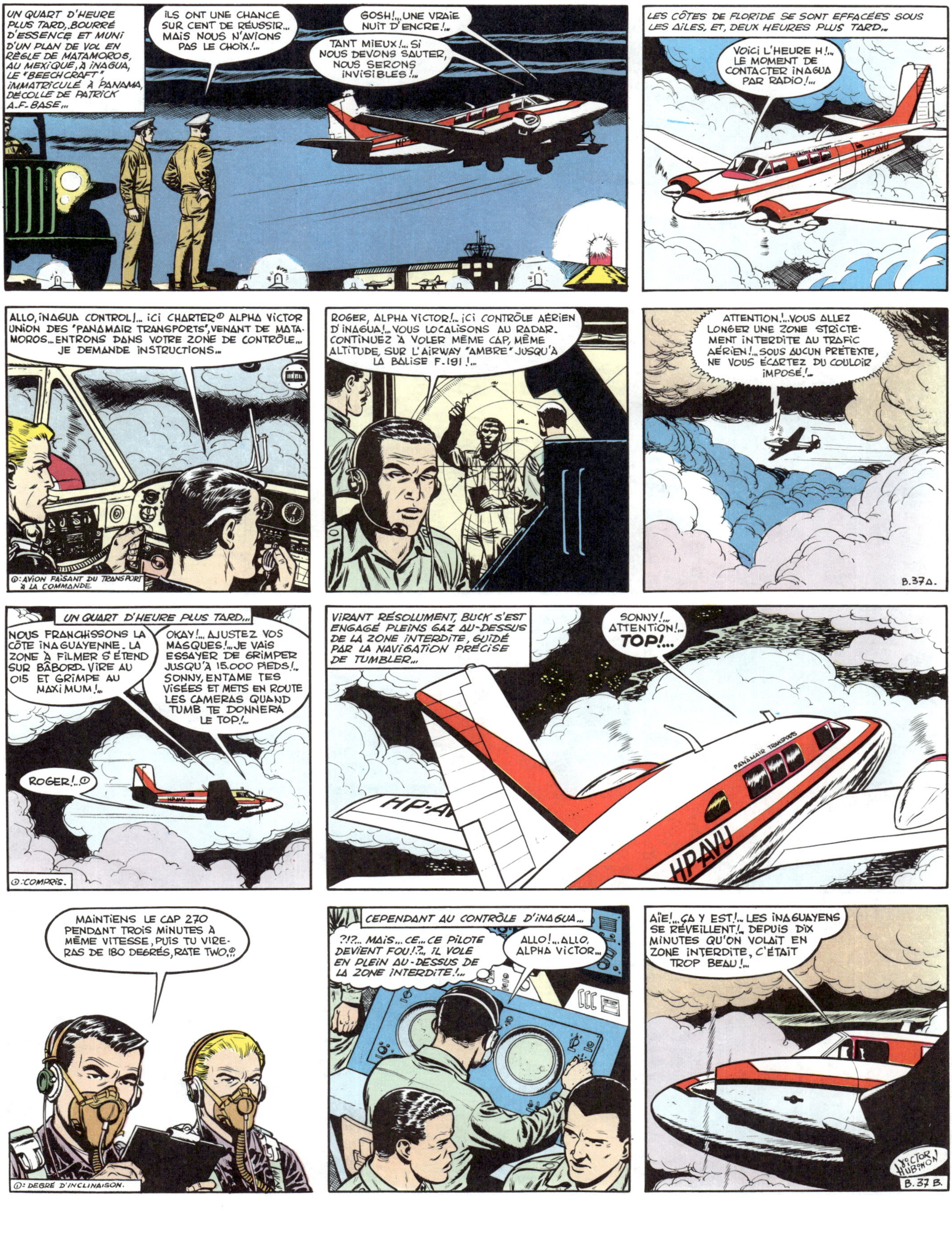

UN QUART D'HEURE PLUS TARD, BOURRÉ D'ESSENCE ET MUNI D'UN PLAN DE VOL EN RÈGLE DE MATAMOROS, AU MEXIQUE, À INAGUA, LE "BEECHCRAFT" IMMATRICULÉ À PANAMA, DÉCOLLE DE PATRICK A.F. BASE...
ILS ONT UNE CHANCE SUR CENT DE RÉUSSIR... MAIS NOUS N'AVIONS PAS LE CHOIX!...
GOSH!... UNE VRAIE NUIT D'ENCRE!...
TANT MIEUX!... SI NOUS DEVONS SAUTER, NOUS SERONS INVISIBLES!...
LES CÔTES DE FLORIDE SE SONT EFFACÉES SOUS LES AILES, ET, DEUX HEURES PLUS TARD...
VOICI L'HEURE H!... LE MOMENT DE CONTACTER INAGUA PAR RADIO!...
ALLO, INAGUA CONTROL!... ICI CHARTER(1) ALPHA VICTOR UNION DES "PANAMAIR TRANSPORTS", VENANT DE MATAMOROS... ENTRONS DANS VOTRE ZONE DE CONTRÔLE... JE DEMANDE INSTRUCTIONS...
(1): AVION FAISANT DU TRANSPORT À LA COMMANDE.
ROGER, ALPHA VICTOR!... ICI CONTRÔLE AÉRIEN D'INAGUA!... VOUS LOCALISONS AU RADAR. CONTINUEZ À VOLER MÊME CAP, MÊME ALTITUDE, SUR L'AIRWAY "AMBRE" JUSQU'À LA BALISE F-191!...
ATTENTION!... VOUS ALLEZ LONGER UNE ZONE STRICTEMENT INTERDITE AU TRAFIC AÉRIEN!... SOUS AUCUN PRÉTEXTE, NE VOUS ÉCARTEZ DU COULOIR IMPOSÉ!...
B.37 A.
UN QUART D'HEURE PLUS TARD...
NOUS FRANCHISSONS LA CÔTE INAGUAYENNE. LA ZONE À FILMER S'ÉTEND SUR BÂBORD. VIRE AU 015 ET GRIMPE AU MAXIMUM!...
OKAY!... AJUSTEZ VOS MASQUES!... JE VAIS ESSAYER DE GRIMPER JUSQU'À 15.000 PIEDS!... SONNY, ENTAME TES VISÉES ET METS EN ROUTE LES CAMERAS QUAND TUMB TE DONNERA LE TOP!...
ROGER!...(1)
(1): COMPRIS.
VIRANT RÉSOLUMENT, BUCK S'EST ENGAGÉ PLEINS GAZ AU-DESSUS DE LA ZONE INTERDITE, GUIDÉ PAR LA NAVIGATION PRÉCISE DE TUMBLER...
SONNY!... ATTENTION!... TOP!...
PANAMAIR TRANSPORTS
HP-AVU
MAINTIENS LE CAP 270 PENDANT TROIS MINUTES À MÊME VITESSE, PUIS TU VIRERAS DE 180 DEGRÉS, RATE TWO.(1)
(1): DEGRÉ D'INCLINAISON.
CEPENDANT AU CONTRÔLE D'INAGUA...
?!?... MAIS... CE... CE PILOTE DEVIENT FOU!?... IL VOLE EN PLEIN AU-DESSUS DE LA ZONE INTERDITE!...
ALLO!... ALLO, ALPHA VICTOR...
AÏE!... ÇA Y EST!... LES INAGUAYENS SE RÉVEILLENT!... DEPUIS DIX MINUTES QU'ON VOLAIT EN ZONE INTERDITE, C'ÉTAIT TROP BEAU!...
VICTOR HUBINON
B.37 B.

134

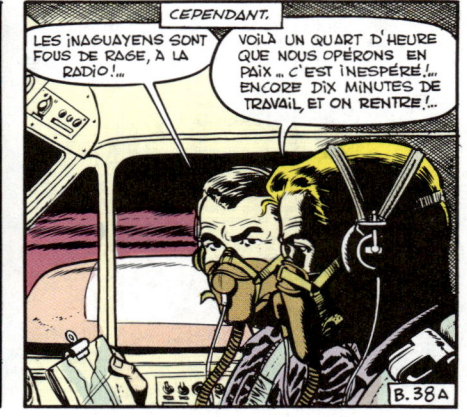

ACHEVANT LEUR VIRAGE, LES DEUX CHASSEURS INAGUAYENS SE SONT À NOUVEAU ALIGNÉS DANS LE SILLAGE DU BIMOTEUR. ET SOUDAIN...
ENCORE TROIS MINUTES DE GAGNÉES, BUCK, VIRE AU... OW!..
ATTENTION!... UNE ROCKET!... LE COUP DE SEMONCE!..
TUMB!.. SONNY!.. STOPPEZ LES CAMÉRAS, SORTEZ-EN LES FILMS, GAGNEZ LA TRAPPE D'ÉVACUATION ET TENEZ-VOUS PRÊTS À SAUTER!... VITE!...
BUCK!.. ET TOI?...
MOI, JE VAIS VOUS LARGUER! DANS CE NOIR, J'ESPÈRE QUE NOS SUIVEURS NE VOUS REPÈRERONT PAS!.. PUIS JE TENTERAI DE LES ENTRAÎNER LE PLUS LOIN POSSIBLE DE VOTRE POINT DE CHUTE!..
JE REFUSE QUE TU TE SAC...
SHUT UP!.. PAS DE DISCUSSION!... CHAQUE SECONDE COMPTE! VOS RISQUES VALENT LES MIENS! OBÉIS! TU JOUES LÀ LE SORT DU MONDE ENTIER!...
OKAY, VIEUX FRÈRE!... JE REJOINS SONNY!... BONNE CHANCE!...
SIGNALEZ-MOI QUAND VOUS SEREZ PARÉS ET ATTENDEZ MON SIGNAL!.. À BIENTÔT, KID!.. ET T'EN FAIS PAS!
B.39.A
CEPENDANT...
COUGUAR 2 À LEADER!... JE TIENS LE GRINGO AU BOUT DE LA MIRE DE MON RADAR DE TIR!..
ALORS FEU À VOLONTÉ!..
BUCK!.. ILS TIRENT!..
RATÉ!.. CE DÉMON A ESQUIVÉ!
C'EST VU PAPA! DÉPÊCHEZ-VOUS! JE FONCE VERS LE CAP GORDO! ATTENTION! CRAMPONNEZ-VOUS!.. ÇA VA SECOUER!..
ALORS COMMENCE UNE LUTTE INÉGALE ET DÉSESPÉRÉE... VIRANT SEC, DÉRAPANT BRUTALEMENT, PLONGEANT À MORT, CABRANT, BUCK ENTAME À L'AVEUGLETTE UN HALLUCINANT SLALOM PAR-DESSUS LA JUNGLE, DANS UNE OBSCURITÉ OPAQUE...
AVEC CE ZINC TROP LENT CONTRE DES JETS, C'EST PERDU D'AVANCE! AUCUN ESPOIR DE LES DÉCROCHER ET DE LES SEMER!...
ALLO, BUCK!.. ICI TUMB!.. SONNY ET MOI, NOUS SOMMES RÉPARTIS LES FILMS... NOUS GAGNONS LA TRAPPE!
IMPOSSIBLE D'AJUSTER UN TIR AVEC CE DÉMON QUI BONDIT EN TOUS SENS!...
B.39.B.

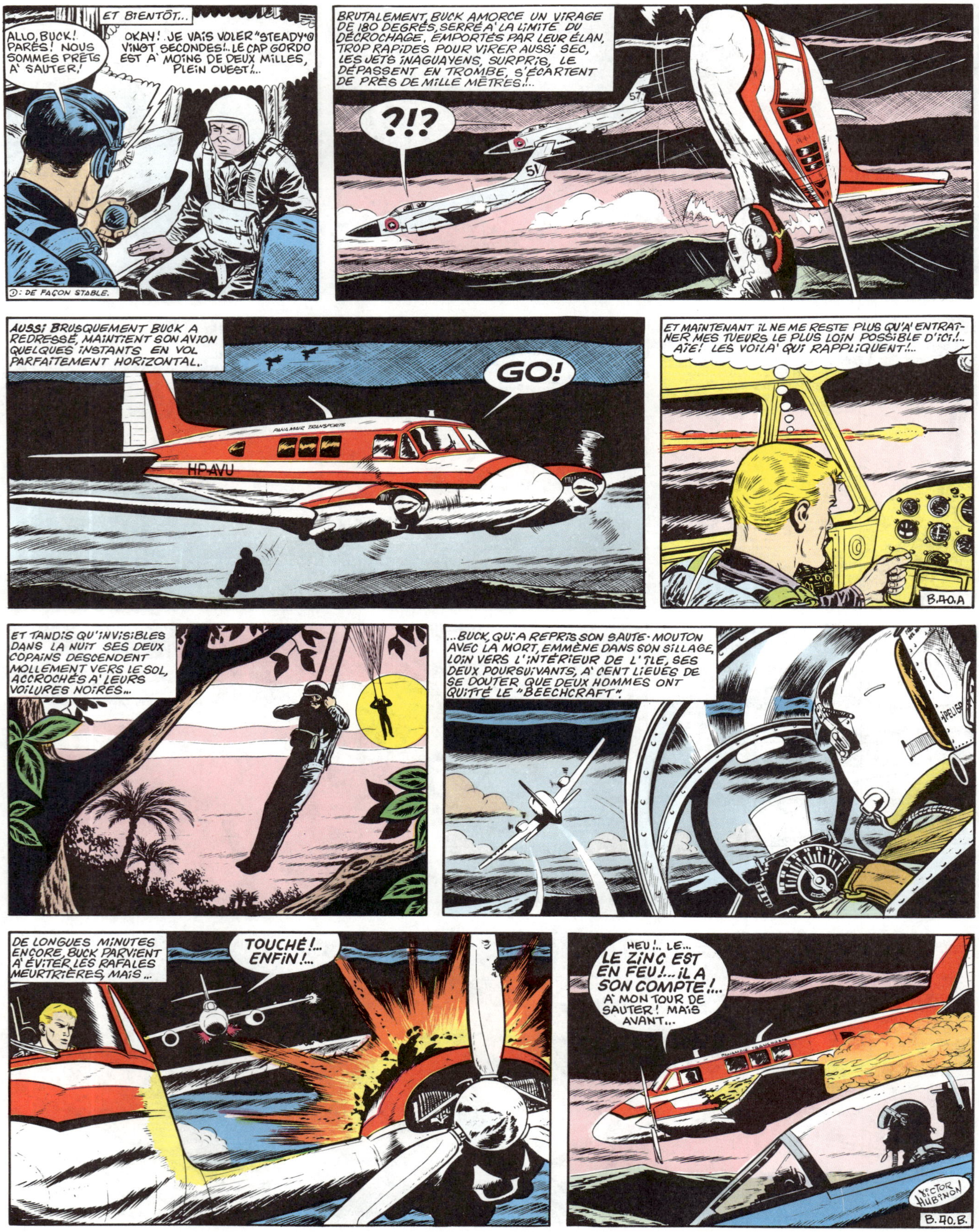
ET BIENTÔT...
ALLO, BUCK! PARÉS! NOUS SOMMES PRÊTS À SAUTER!
OKAY! JE VAIS VOLER "STEADY"① VINGT SECONDES!.. LE CAP GORDO EST À MOINS DE DEUX MILLES, PLEIN OUEST!..
①: DE FAÇON STABLE.
BRUTALEMENT, BUCK AMORCE UN VIRAGE DE 180 DEGRÉS, SERRÉ À LA LIMITE DU DÉCROCHAGE. EMPORTÉS PAR LEUR ÉLAN, TROP RAPIDES POUR VIRER AUSSI SEC, LES JETS INAGUAYENS, SURPRIS, LE DÉPASSENT EN TROMBE, S'ÉCARTENT DE PRÈS DE MILLE MÈTRES!...
?!?
AUSSI BRUSQUEMENT BUCK A REDRESSÉ, MAINTIENT SON AVION QUELQUES INSTANTS EN VOL PARFAITEMENT HORIZONTAL..
GO!
PANAMAIR TRANSPORTS
HP-AVU
ET MAINTENANT IL NE ME RESTE PLUS QU'À ENTRAÎNER MES TUEURS LE PLUS LOIN POSSIBLE D'ICI!.. AÏE! LES VOILÀ QUI RAPPLIQUENT!...
B.40.A
ET TANDIS QU'INVISIBLES DANS LA NUIT SES DEUX COPAINS DESCENDENT MOLLEMENT VERS LE SOL, ACCROCHÉS À LEURS VOILURES NOIRES...
...BUCK, QUI A REPRIS SON SAUTE-MOUTON AVEC LA MORT, EMMÈNE DANS SON SILLAGE, LOIN VERS L'INTÉRIEUR DE L'ÎLE, SES DEUX POURSUIVANTS, À CENT LIEUES DE SE DOUTER QUE DEUX HOMMES ONT QUITTÉ LE "BEECHCRAFT".
DE LONGUES MINUTES ENCORE, BUCK PARVIENT À ÉVITER LES RAFALES MEURTRIÈRES, MAIS...
TOUCHÉ!.. ENFIN!..
HEU!.. LE...
LE ZINC EST EN FEU!.. IL A SON COMPTE!..
À MON TOUR DE SAUTER! MAIS AVANT...
VICTOR HUBINON
B.40.B.

137

DÈS QU'IL A ÉTÉ INFORMÉ DE LA DESTRUCTION DE TON ZINC ET DE TA CAPTURE, LE GÉNÉRAL RAMON M'A DEMANDÉ D'ALLER LUI FAIRE PERSONNELLEMENT MON RAPPORT, SANS PERDRE UNE MINUTE !..
VOILÀ POURQUOI MON JET M'ATTEND À LA PORTE... MAIS J'AIMERAIS APPORTER AU PRÉSIDENT TES AVEUX COMPLETS, GRINGO !... TU ES AMÉRICAIN, INUTILE DE NIER, ET TU SERAS FUSILLÉ !...
POURTANT, SI TU NOUS AIDAIS ET SI TU AVOUAIS, JE POURRAIS PEUT-ÊTRE TE SAUVER LA VIE !... ALLONS !... PARLE DONC, IMBÉCILE !...
IL ME FAUT GAGNER DU TEMPS !...
IL Y A UN JET DEHORS, JUSTE DEVANT CE BUREAU. SI JE POUVAIS RESTER SEUL AVEC CE RASCAL, M'EN DÉBARRASSER, FONCER À TRAVERS TOUT JUSQU'À L'AVION, METTRE EN ROUTE, DÉCOLLER...
ALORS, GRINGO ?..
OKAY !.. JE SUIS PRÊT À PARLER !.. MAIS PAS DEVANT CES HOMMES !... CE QUE J'AI À VOUS DIRE EST CONFIDENTIEL !
TRÈS BIEN !... MAIS AU PREMIER GESTE SUSPECT, JE TE CASSE LA TÊTE !...
HO !.. VOUS DEUX !.. ALLEZ M'ATTENDRE À CÔTÉ. ET QU'ON NE ME DÉRANGE PAS !... QUANT À TOI, SACHE QUE JE NE TE QUITTE PAS DE L'OEIL ET QUE JE TIRE VITE ET BIEN !... TIENS, TIENS...
B.42.A
VOILÀ UN CIGARE QUE JE VAIS FUMER POUR TOI, YANKEE !.. J'ADORE LES HAVANES !.. HA !.. HA !.. HA !.. VAS-Y, JE T'ÉCOUTE !..
TONNERRE !.. PAS MOYEN DE DISTRAIRE SON ATTENTION !...
BRUSQUEMENT, LE HURLEMENT D'UN MOTEUR VIENT D'ÉCLATER...
MÊME SI CE RASCAL TIRE, LE VACARME DEHORS ÉTOUFFERA COMPLÈTEMENT LA DÉTONATION... LE TOUT EST DE NE PAS ME FAIRE ATTEINDRE !...
MAIS SOUDAIN...
BOUM
TONNERRE !...
UNE SECONDE, L'INAGUAYEN, AVEUGLÉ, STUPÉFAIT, OUBLIE TOUTE VIGILANCE !.. MAIS DÉJÀ, AVEC UNE RAPIDITÉ FOUDROYANTE, BUCK FONCE D'INSTINCT...
?!?
... LANCÉ COMME UN MARTEAU, SON POING CUEILLE SON ADVERSAIRE AU MENTON...
OUF !.. AVEC CE VROMBISSEMENT D'ENFER AU DEHORS, PERSONNE NE SEMBLE AVOIR ENTENDU !.. SACRÉ SONNY !... SON CIGARE M'A SAUVÉ !... ET MAINTENANT, IL ME FAUT FAIRE VITE !...
B.42.B.

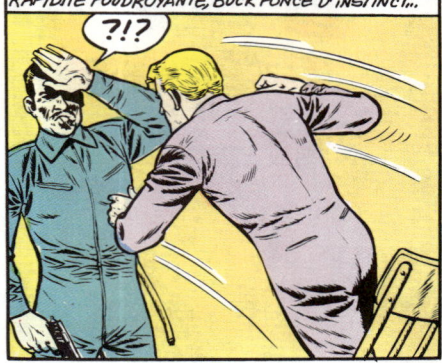

139

IGNORANT LES FUSÉES ROUGES ET LES SIGNAUX DÉSESPÉRÉS QUI PARTENT DE LA TOUR DE CONTRÔLE, OÙ LES OPÉRATEURS S'ÉGOSILLENT VAINEMENT À LA RADIO, BUCK A ATTEINT LA PISTE, S'Y ENGAGE SANS MÊME RALENTIR ET, PLEINS GAZ, DÉCOLLE...
OUF!.. SAUVÉ!.. AVANT QUE LES AVIONS EN ALERTE DÉCOLLENT, J'AURAI UNE AVANCE SUFFISANTE!...
17
À PEINE EN L'AIR, BUCK A VIRÉ EN RASE-MOTTES POUR ÉVITER L'ANGLE DE BALAYAGE DES RADARS INAGUAYENS. IL FONCE VERS LA CÔTE À VITESSE MAXIMUM.
VOILÀ LA MER!.. DANS QUELQUES MINUTES, JE SERAI HORS DES EAUX TERRITORIALES, ET SI TOUT VA BIEN, DANS DEUX HEURES J'ATTERRIRAI À CAP KENNEDY!...
17
DEUX HEURES APRÈS, EN EFFET...
ALLO!.. PATRICK CONTROL!.. ICI COLONEL DANNY!.. SUIS EN VUE DE LA CÔTE... ATTENTION!.. JE VOLE À BORD JET INAGUAYEN!.. AVERTISSEZ TOUS NOS SERVICES SURVEILLANCE AÉRIENNE!...
ET BIENTÔT SANS ENCOMBRE MAIS RÉSERVOIRS PRESQUE À SEC, BUCK SE POSE À PATRICK A.F. BASE, GAGNE LE TARMAC...
BUCK!.. SAIN ET SAUF!.. DIEU SOIT LOUÉ!..
OH!.. SONNY!.. TUMB!.. PAR QUEL MIRACLE ÊTES-VOUS LÀ?.. CE N'EST PAS POSSIBLE!...
MAIS SI... LE SOUS-MARIN NOUS A RECUEILLIS DEUX HEURES APRÈS NOTRE SAUT, PUIS UN HYDRAVION NOUS A RAMENÉS!.. BUCK!.. LE SUCCÈS EST TOTAL!.. NOS FILMS ONT ÉTÉ DÉVELOPPÉS!... ILS SONT ACCABLANTS!...
B. 44. A.
QUELQUES HEURES PLUS TARD...
DEAR BOYS, C'EST LA VICTOIRE!... WASHINGTON VIENT D'APPELER!.. VOS PHOTOS ONT FAIT L'EFFET D'UNE BOMBE À L'O.N.U.!.. LA T.V., LES JOURNAUX SONT EN TRAIN DE LES DIFFUSER DANS LE MONDE ENTIER!..
LE SCANDALE EST ÉNORME!.. NOTRE PAYS, L'U.R.S.S., LES PAYS DES DEUX BLOCS, FONT FRONT COMMUN POUR EXIGER LE DÉMANTÈLEMENT IMMÉDIAT DES BASES DE LANCEMENT INAGUAYENNES, SOUS CONTRÔLE DU CONSEIL DE SÉCURITÉ!..
VOILÀ QUI RUINE LE PRESTIGE ET LES AMBITIONS DU GÉNÉRAL RAMON.
TOUS LES PAYS SUD-AMÉRICAINS LE PRENNENT VIOLEMMENT À PARTIE!.. MÊME À INAGUA, CE RASCAL NE SE RELÈVERA PAS DE CE COUP TERRIBLE!.. ON Y ANNONCE DÉJÀ DES ÉMEUTES!...
ATLANTIC OCEAN
TOUT CELA, C'EST À VOUS QUE LE MONDE LE DOIT!.. VOUS AVEZ SANS DOUTE SAUVÉ LA PAIX!.. MAIS LE PRÉSIDENT JOHNSON VOUS LE DIRA LUI-MÊME... IL TIENT À VOUS REMERCIER PERSONNELLEMENT!..
UNE PERMISSION À WASHINGTON D.C.?.. HÉ!.. HÉ!..
HEU... BUCK!.. RENDS-MOI DONC LE CIGARE QUE JE T'AI OFFERT... HEU.. J'AI HONTE!.. JE T'AI FAIT LÀ UNE TRÈS MAUVAISE FARCE ET...
UNE MAUVAISE BLAGUE?!.. HA!.. HA!.. HA!.. MAIS C'EST LE PLUS FIER SERVICE QUE TU M'AIES JAMAIS RENDU!.. HA!.. HA!.. HA!.. HA!.. HA!.. HA!..
?!
B.44.B.
FIN

LES AVENTURES DE **BUCK DANNY**

LE MYSTERE DES AVIONS FANTOMES

DUPUIS

LE MYSTÈRE DES AVIONS FANTÔMES

TOUT au début des années soixante, une étrange histoire commença à circuler aux Etats-Unis dans les milieux aéronautiques et fut bientôt reprise par la presse. Des pilotes de compagnies aériennes reliant l'est du pays à la côte du Pacifique affirmaient avoir fugitivement aperçu un avion énorme et d'un type totalement inconnu qui leur coupait la route ou les dépassait à une vitesse absolument stupéfiante : double, au moins, de la vitesse des chasseurs les plus rapides existant alors dans le monde. Sans immatriculation, ces appareils d'un noir d'encre apparaissaient puis disparaissaient comme l'éclair. Ces rencontres insolites s'étaient déroulées au-dessus des déserts montagneux qui constituent l'essentiel des territoires du Nevada, de l'Arizona et du Nouveau-Mexique.

On commença par accuser d'hallucinations les témoins de ces vols fulgurants — toujours effectués de nuit. Puis, les observations se multipliant, les hypothèses les plus folles furent échafaudées : engins venus d'un autre monde, appareils soviétiques d'un type révolutionnaire, etc...

C'est seulement en février 1964 que le Président Johnson se décida à révéler la vérité : une vérité d'ailleurs mitigée de mensonge. Il avoua que l'U.S. Air Force avait mis au point un avion de combat révolutionnaire, l'A-12, capable de voler à quatre fois la vitesse du son et à une altitude jamais atteinte jusqu'alors.

Charlier n'en connaissait guère plus quand cette révélation lui donna l'idée d'écrire une histoire consacrée à ce mystérieux avion, sur lequel un secret absolu avait pesé pendant quatre ans ! Comme tout le monde, à l'époque, il ignorait alors que l'A-12 était en fait un avion-espion, commandé par la C.I.A. pour survoler le territoire soviétique en restant hors d'atteinte de n'importe quel chasseur ou missile anti-aérien adverses. Ce que lui permettait son altitude de croisière de 25 kilomètres, ses formes fuyantes et son revêtement de titane difficilement détectables par les radars.

Depuis l'A-12, devenu le Y.F.-12, puis le S.R.-71, long de 32 m 74, pesant 77 tonnes et baptisé « Black Bird » (oiseau noir), a encore amélioré ses performances. En 1974, un S.R.-71 reliait New York à Londres en 1 h 55. Plus récemment et malgré plusieurs ravitaillements, un autre a effectué un tour et quart du globe en 10 h 30 ! Mais les initiés prétendent que les performances réelles du S.R.-71 sont tenues secrètes et officiellement très minorées. Il serait capable d'atteindre les 30 kilomètres d'altitude et de frôler Mach 5 !

Toutes choses que Victor Hubinon et Jean-Michel Charlier ignoraient quand ils réalisèrent, à partir de quelques photos et de données imprécises, « Le mystère des avions fantômes ». Ils étaient les premiers à traiter le sujet en dehors de quelques rares spécialistes. Mais on dit que l'un des prochains BUCK DANNY de Charlier et Bergèse sera consacré aux S.R.-71 toujours en service.

BUCK DANNY

LE MYSTERE DES AVIONS FANTOMES

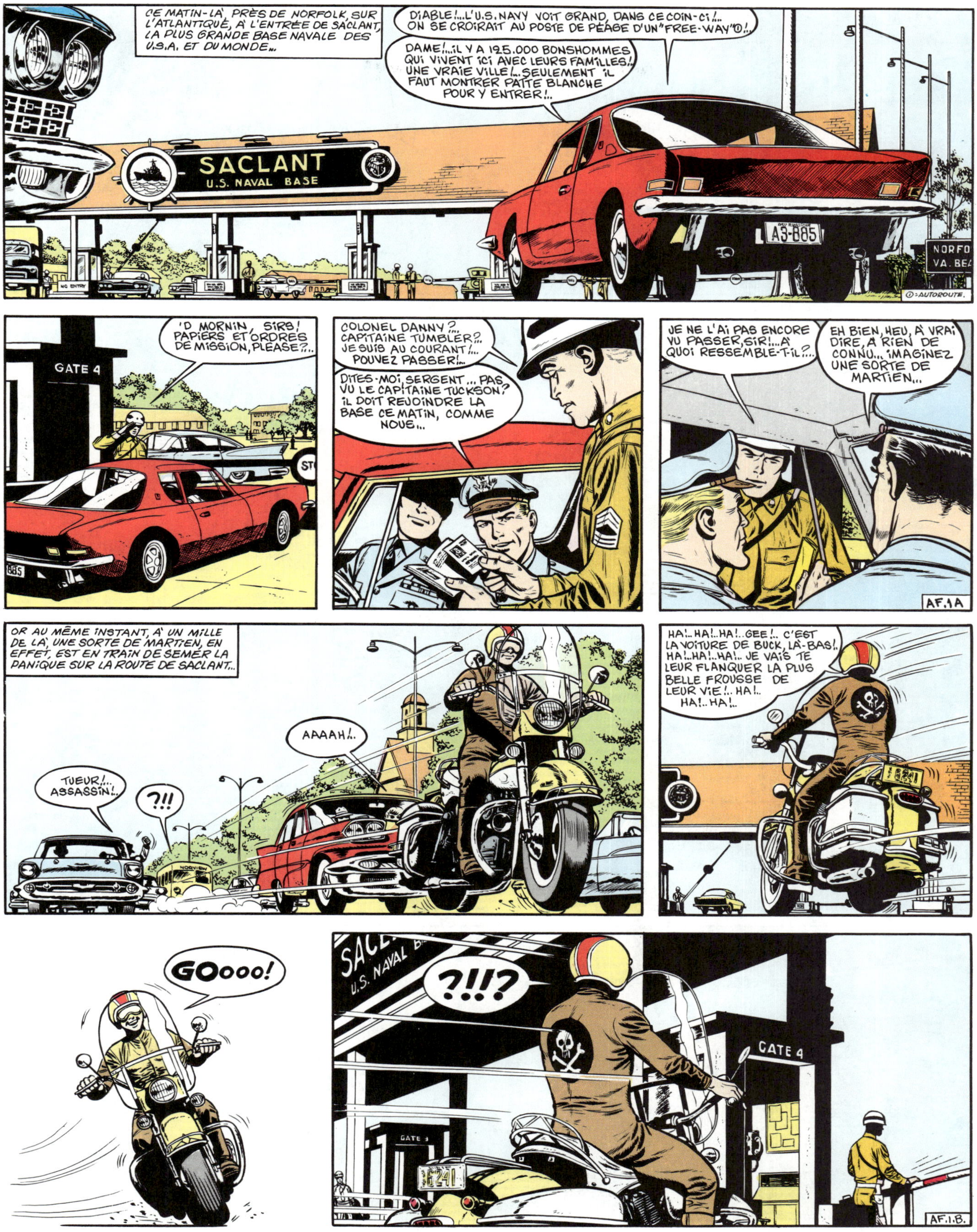

Hiiii!... LA... LA BARRIÈRE!
?!?!... HÉÉÉ!...
STOP
BANG
STOP
AF. 2. A.
AAAARGH!
TIENS! VOILÀ SONNY QUI PASSE EN RASE-MOTTES, COMME D'HABITUDE!...
CECI, MA CHÈRE?... C'EST LA BAGNOLE LA PLUS SÛRE QU'ON AIT JAMAIS CONSTRUITE!... AVEC ÇA, IL NE PEUT RIEN VOUS ARRIVER!...
HEIN?!... QUOI?!...
STOP
OUOUW!...
?!
OW!...
Hiiii!... AU SECOURS!...
HOUOUOU!... MA TÊTE!... QU'EST-CE QUE...
?!
AF. 2. B.
MAIS... ESPÈCE DE CINGLÉE!... A... ALLEZ-VOUS CESSER D'ÉCRASER L'ACCÉLÉRATEUR!...
P... PEUX PAS!... JE... JE SUIS COINCÉE!... AU SECOURS!...
AAAAH!...
AF. 2. C.

?!
OOOOOH!
PHUUUU!... HEU... HEU... HELLO!...
ESPÈCE DE PETIT CRÉTIN DÉGÉNÉRÉ!... BEATNIK!... RASCAL!...
TUEUR!... ABRUTI CRIMINEL!... JE... JE VAIS TE FAIRE UNE GROSSE TÊTE ET DES OREILLES EN POINTE!...
SLIM!... ASSASSIN!... VOUS... VOUS AVEZ FAILLI ME TUER!... AH!... JE LES RETIENS, VOS PROMENADES SENTIMENTALES ET ROMANTIQUES!...
?!!... MA... MA PAROLE!...
SLIM!... SLIM HOLDEN! (1)
(1) VOIR : PROTOTYPE FX-13.
QUE... HEIN?!... N... NON!... SONNY!... SONNY TUCKSON!... SACRÉE VIEILLE NOIX!... ÇA ALORS!...
OH!...
AF.3.A.
HA!... HA!... HA!... SONNY!... TOUJOURS LE MÊME!... ET BUCK? ET TUMB?... PAS LÀ?...
TOI, ICI!... QUELLE SURPRISE!... HA!... HA!... HA!... JE NE POUVAIS PAS MIEUX TOMBER!... SI J'OSE DIRE!... AU FAIT, NAVRÉ POUR TA VOITURE, MAIS ELLE AVAIT BESOIN D'UN LAVAGE!... HA!... HA!... HA!...
OH!... C'EST TROP FORT!... GOUJATS!... RUSTRES!... MOUJIKS!...
VOUS EN FAITES PAS, MA'AM, ON VA LEUR APPRENDRE À NE PAS PRENDRE NOTRE PISCINE POUR UNE POUBELLE!... QU'ILS SORTENT, ET VOUS VERREZ!...
MAIS... MARGARET?... HÉ!... OÙ ALLEZ-VOUS?... ATTENDEZ!... IL FAUT QUE JE VOUS PRÉSENTE SONNY!...
C'EST DÉJÀ FAIT!... ALLEZ AU DIABLE, VOUS ET VOS COPAINS!...
ALORS, LES GUGUSSES?!... VOUS VOUS DÉCIDEZ À SORTIR DE LÀ OU ON VA VOUS CHERCHER?!...
HEU... ILS N'ONT PAS L'AIR TRÈS AMICAUX, HEIN?!...
JE VEUX CROIRE TOUT DE MÊME QU'ILS N'OSERAIENT PAS FRAPPER DES ACCIDENTÉS!...
ÇA VA COMME ÇA, LES GARS!... PAS D'ÉNERVEMENT!... GARDE À VOUS!...
DANNY!... TUMBLER!... JE ME DOUTAIS BIEN QUE VOUS N'ÉTIEZ PAS LOIN!...
BUCK!... ÇA ALORS!... ON PEUT DIRE QUE TU TOMBES À PIC!...
CE N'EST PAS COMME TOI!... SORTEZ DE LÀ, TOUS LES DEUX!...
VOUS ENVERREZ LA NOTE AU CAPITAINE TUCKSON, À BORD DE L'"ENTERPRISE", ET AJOUTEZ-Y UNE TRIPLE TOURNÉE DE WHISKIES!...
AF.3.B.

HEU... J'AI... J'AI EU UN PETIT INCIDENT MÉCANIQUE EN ARRIVANT, ET...
J'AI VU ÇA !... MAIS JE CRAINS QUE LA VENTE DE CE QUI RESTE DE TA MOTO NE SUFFISE PAS À PAYER LES DÉGÂTS !...
HEUREUX DE VOUS REVOIR TOUS LES TROIS !.. VOUS EMBARQUEZ SUR LE PORTE-AVIONS ATOMIQUE ?...
JUSTE POUR UN STAGE !.. ET TOI ?... QU'ES-TU DEVENU DEPUIS L'ÉPOQUE OÙ NOUS ÉTIONS ENSEMBLE DANS L'ESCADRILLE "ZZ" ?...
JE VIENS DE PASSER DEUX ANS À EDWARDS A.F. BASE, DANS LE DÉSERT DE MOJAVE, COMME PILOTE DU X-15.
EN SOMME, TU NOUS AS SUCCÉDÉ LÀ-BAS !... SACRÉ ZINC, HEIN ?!...
MAIS... POURQUOI DIABLE T'A-T-ON ENVOYÉ À SACLANT ?.. TU EMBARQUES AUSSI SUR L'"ENTERPRISE" ?...
AUCUNE IDÉE !.. C'EST TRÈS MYSTÉRIEUX... VOICI QUINZE JOURS, À EDWARDS, J'AI REÇU L'ORDRE URGENT ET CONFIDENTIEL DE VENIR ICI, OÙ JE DEVAIS RECEVOIR DE NOUVELLES INSTRUCTIONS... J'ATTENDS TOUJOURS !...
RIEN D'ÉTONNANT !.. TU CONNAIS LE PENTAGONE !.. OÙ TE DÉPOSE-T-ON ?..
MINUTE !.. VOILÀ LES M.P.'S !.. JE PENSE QU'ILS SERAIENT HEUREUX DE TE DIRE DEUX MOTS !.. ILS TENAIENT À LEUR BARRIÈRE...
PEU APRÈS...
ET C'EST ÇA, VOS PAPIERS ?... NAVRÉ, SIR !... JE SUIS OBLIGÉ DE FAIRE UN RAPPORT... VOUS AVEZ COLLECTIONNÉ UN MAXIMUM D'INFRACTIONS DANS LE MINIMUM DE TEMPS !...
TOUJOURS TA MANIE DES RECORDS, HEIN ?!...
AF. 4.A.
OKAY, SIR !.. VOUS POUVEZ ALLER !.. TOUT EST EN ORDRE !...
PAS TROP TÔT !... BRR !.. JE SUIS GLACÉ !... SI ÇA CONTINUE, CE N'EST PAS SUR L'"ENTERPRISE" MAIS SUR UNE CIVIÈRE QUE J'EMBARQUERAI !...
MOI AUSSI !... J'HABITE UNE CHAMBRE, QUARTIER OUEST, 6e AVENUE, BLOC 2... SONNY POURRA SE CHANGER. JE LUI PRÊTERAI UNE TENUE !...
PEU APRÈS...
HEU... UN PEU LARGE, HEIN ?...
ÇA MET EN VALEUR TES FORMES ATHLÉTIQUES !... EN ROUTE !.. NOUS SOMMES TRÈS EN RETARD !...
HÉ !.. ON NE VA PAS SE QUITTER COMME ÇA !.. DEMAIN, C'EST MON ANNIVERSAIRE !.. ON FÊTE ÇA ENSEMBLE !.. JE VOUS INVITE AU KING'S CLUB, EN VILLE !... RENDEZ-VOUS LÀ-BAS À HUIT HEURES P.M. (1) !...
EXCELLENTE IDÉE, SLIM !...
C'EST D'ACCORD !...
ET MERCI POUR TA TENUE !...
(1) : POST MERIDIEM : 8H. DU SOIR.
HELL !.. UNE HEURE DE RETARD !.. ON NOUS ATTENDAIT À BORD À DIX HEURES !...
POURVU QUE MES BAGAGES SOIENT ARRIVÉS SUR L'"ENTERPRISE" !... JAMAIS JE N'OSERAI ME PRÉSENTER COMME ÇA AU COMMANDANT !...
HÉ, MOM !.. T'AS VU LE CLOWN ?..
POURQUOI IL A MIS L'UNIFORME DE SON PAPA, LE PETIT GARÇON ?..
VICTOR HUBINON
AF. 4.B.

QUELQUES INSTANTS PLUS TARD, LA VOITURE DE BUCK, QUI A PÉNÉTRÉ DANS L'ENCEINTE STRICTEMENT GARDÉE DES QUAIS, ARRIVE DEVANT LE PLUS GRAND NAVIRE DU MONDE, LE SEUL PORTE-AVIONS À PROPULSION ATOMIQUE: L'"ENTERPRISE", 335 M.57 DE LONG HORS TOUT, 85.350 TONNES À PLEINE CHARGE, QUATRE CATAPULTES ET DEUX PISTES D'ENVOL, 100 AVIONS ET HÉLICOPTÈRES, 160 PILOTES, 4.600 OFFICIERS ET HOMMES D'ÉQUIPAGE.
HÉ!...CE "BIG-E" (1) EST UN JOLI BATEAU-MOUCHE!...
TU PARLES!..IL PEUT NAVIGUER CINQ ANS ET FAIRE VINGT FOIS LE TOUR DU MONDE SANS RENOUVELER SON COMBUSTIBLE!..
(1): SURNOM DE L'"ENTERPRISE".
AF. S.A.
MONTRANT PATTE BLANCHE, LES TROIS AMIS SONT MONTÉS À BORD...
COLONEL DANNY?.. ENFIN!.. LE COMMODORE VINCENT DE POIX VOUS A DÉJÀ RÉCLAMÉ TROIS FOIS!.. IL VOUS ATTEND IMMÉDIATEMENT!..
NOUS AVONS ÉTÉ RETARDÉS PAR UN PETIT... HEU... ACCIDENT!..
DÉSOLÉ, SIR!.. AUCUNE NOUVELLE DE VOS BAGAGES!.. ILS NE SONT PAS LÀ!..
OOOH!..
ET QUELQUES MINUTES PLUS TARD...
BIENVENUE À BORD, GARÇONS!.. MAIS J'AIMERAIS PLUS DE PONCTUALITÉ!..?!.. HÉ!.. DITES-MOI, TUCKSON!.. VOUS AVEZ DIABLEMENT FONDU, CES DERNIERS TEMPS, HEIN... MALADE?..
CURE D'AMAIGRISSEMENT, SIR!.. SONNY ÉTAIT ÉNORME ET RESTAIT COINCÉ DANS SES COCKPITS!.. DE DEUX CHOSES, L'UNE: OU IL FALLAIT CONSTRUIRE DES AVIONS PLUS LARGES, OU LE FAIRE MAIGRIR!.. LA NAVY A PRÉFÉRÉ LA SECONDE SOLUTION!..
WELL!.. VOUS ÊTES LÀ POUR PRENDRE LE COMMANDEMENT DE LA CHASSE EMBARQUÉE À BORD DE L'"ENTERPRISE", GENTLEMEN... JE VOUS PRÉSENTERAI MOI-MÊME, CE MIDI, À VOS PILOTES!...
D'ICI LÀ, MON ADJOINT, LE COMMANDANT LING, VOUS INSTALLERA ET VOUS FERA VISITER LE NAVIRE... NOUS QUITTERONS SACLANT DANS TROIS JOURS...
SAVEZ-VOUS POUR OÙ, SIR?..
ON PRÉTEND QUE C'EST POUR RIO ET L'AMÉRIQUE DU SUD... MAIS JE NE LE SAURAI QU'UNE FOIS AU LARGE, EN OUVRANT LES INSTRUCTIONS CACHETÉES QU'ON ME REMETTRA AU DÉPART!
AF. S.B.

UN PEU PLUS TARD, AYANT PRIS POSSESSION DE LEURS CABINES, LES TROIS PILOTES ENTREPRENNENT LA VISITE DU PORTE-AVIONS, GUIDÉS PAR LING. D'ABORD LES HANGARS...
DANNY, VOICI LE COMMANDANT BENHAM, VOTRE CHEF-MÉCANO, ET SON EMPIRE !.. ICI, COMME PARTOUT, PAS LE MOINDRE HUBLOT. RIEN QUE L'AIR FILTRÉ ET CONDITIONNÉ POUR LE CAS D'ATTAQUES NUCLÉAIRES !...
VOS ZINCS VOUS ATTENDENT, GENTLEMEN !...CES TROIS "CRUSADERS" LÀ-BAS !... VOS NOMS SONT DÉJÀ SUR LES COCKPITS !... HEU... VOUS SEMBLEZ AVOIR MAIGRI, CAPITAINE TUCKSON... HEU... JE VOUS EN PARLE À CAUSE DE VOTRE COMBINAISON PRESSURISÉE...
OOOH !...
209
9519
...PUIS CE SONT LES INSTALLATIONS DE L'ÉQUIPAGE...
VOICI LA CAFETERIA RÉSERVÉE AUX 600 HOMMES AFFECTÉS À L'ENTRETIEN ET À LA MANOEUVRE DES AVIONS... IL Y EN A 5 COMME ÇA !.. ET NOUS AVONS À BORD 5 STATIONS DE T.V., 5 HÔPITAUX, 3 CINÉMAS, 2 THÉÂTRES ET UN JOURNAL AVEC SON IMPRIMERIE !...
...PUIS LES ÉTAGES TECHNIQUES...
VOICI LE SECTEUR DES MOTEURS ATOMIQUES DU NAVIRE... SEULS LES TECHNICIENS SONT AUTORISÉS À PÉNÉTRER ICI, ET IL LEUR FAUT EXHIBER UN BADGE SPÉCIAL D'IDENTIFICATION !...
BRRR !.. PASSONS !.. MOI, LES RADIATIONS, CE N'EST PAS MON FORT !...
AF. 6. A.
ET CE MIDI-LÀ, BUCK, SONNY ET TUMBLER PRENNENT CONTACT AVEC LEURS PILOTES.
GENTLEMEN, VOICI VOS NOUVEAUX LEADERS !.. BUCK DANNY, NOUVEAU "BOSS" DE LA CHASSE DU BORD, ET LES CAPITAINES TUCKSON ET TUMBLER, QUI PRENDRONT LA TÊTE DES "SQUADRONS" JAUNE ET BLEU !...
REPOS, LES GARS !.. ON AURA TOUT LE TEMPS DE FAIRE PLUS AMPLE CONNAISSANCE D'ICI RIO !.. SIMPLEMENT, J'ESPÈRE QU'ON FERA ENSEMBLE DE L'EXCELLENT TRAVAIL !...
BIG E
PLUS TARD ENCORE, CE SOIR-LÀ...
ZUT, ZUT ET ZUT !.. ÊTRE OBLIGÉ DE ME RENDRE À L'INVITATION DE SLIM AVEC CE COSTUME TROP GRAND !.. OÙ DIABLE PEUVENT RESTER MES BAGAGES ?...
LES TROIS AMIS SONT SORTIS DU CAMP ET ONT GAGNÉ NORFOLK...
KING'S CLUB !.. C'EST LÀ !...
GEE !.. SLIM NE S'EST PAS FICHU DE NOUS !.. UN VRAI RESTAURANT DE VEDETTES !...
King's Club
LA TABLE DU CAPITAINE HOLDEN ?... CERTAINEMENT, GENTLEMEN... ELLE EST RÉSERVÉE... LA VOICI !...
?!?!... CURIEUX !.. SLIM N'EST PAS ENCORE LÀ !.. POURTANT NOUS SOMMES EN RETARD D'AU MOINS UN QUART D'HEURE
VOUS SEREZ CONTENT, SIR !.. NOTRE MENU VOUS PERMETTRA DE RETROUVER EN UN SOIR TOUS LES KILOS QUE VOUS AVEZ PERDUS !...
AJOUTEZ UN SEUL MOT, ET VOUS PRENEZ CE PLAT DE SPAGHETTI SUR LE CRÂNE, SOMBRE IDIOT !...
VICTOR HUBINON
AF. 6. B.

HELL !... QUE DIABLE FABRIQUE SLIM !... VOILÀ TROIS QUARTS D'HEURE QUE NOUS L'ATTENDONS !... JE MEURS DE FAIM !...
PAS POSSIBLE !... IL S'EST PASSÉ QUELQUE CHOSE D'ANORMAL... SI SLIM AVAIT EU UN EMPÊCHEMENT, IL AURAIT TÉLÉPHONÉ !... AURAIT-IL EU UN ACCIDENT ?...
NOUS AVONS PRIS LA SEULE ROUTE EXISTANT ENTRE SACLANT ET NORFOLK, ET TOUT ÉTAIT NORMAL !... MAIS JE VAIS APPELER LA BASE POUR M'INFORMER !...
ET UN PEU PLUS TARD...
DE PLUS EN PLUS BIZARRE !... AUCUN ACCIDENT N'EST SIGNALÉ, ET ON N'A VU SLIM NULLE PART !... POURTANT UN DES POSTES DE GARDE PRÉTEND QU'IL A QUITTÉ LA BASE VERS 7 H. 30 !...
?!?
EN SOMME, SLIM SE SERAIT VOLATILISÉ ENTRE SACLANT ET NORFOLK...
RIDICULE !... LA ROUTE EST TRÈS FRÉQUENTÉE ET FAIT À PEINE 15 MILLES !
REFAISONS-LA EN SENS INVERSE !...
QUOI ?!... SANS AVOIR MANGÉ ?
CETTE DISPARITION M'INQUIÈTE !... SLIM A PILOTÉ LE X-15, IL SAIT BEAUCOUP DE CHOSES ET...
VOUS PARTEZ, GENTLEMEN ?...
NAVRÉ !... UN CONTRETEMPS !... ON REVIENDRA !...
VOUS AVEZ TORT DE PARTIR SANS MANGER !... HI !... HI !... HI !... VOUS ALLEZ DEVENIR ENCORE PLUS MAIGRE ET...
QUOI ?!...
AF. 7. A.
MAIS... QU'EST-CE QUE J'AI DIT ?... QU'EST-CE QUE J'AI DIT ?...
?!
CEPENDANT C'EST EN VAIN QUE BUCK, SONNY ET TUMB REFONT EN SENS INVERSE LA ROUTE SACLANT-NORFOLK...
STUPÉFIANT !... AUCUNE PERSONNE INTERROGÉE NE SEMBLE AVOIR APERÇU SLIM !...
RIEN !... NOUS VOICI REVENUS À LA BASE ET DEVANT LA MAISON DE SLIM !... J'AI DE PLUS EN PLUS FAIM !...
ALLONS JETER UN COUP D'OEIL !... NOUS TROUVERONS PEUT-ÊTRE UN INDICE !...
?!?!... CURIEUX !... TOUT SEMBLE EN PLACE... ET POURTANT, À QUELQUES DÉTAILS, JE JURERAIS QU'ON A FOUILLÉ CET APPARTEMENT !...
EXACT !... CERTAINS OBJETS PERSONNELS DE SLIM ONT DISPARU !...
QUOI ?... TU ES SÛR ?!...
?!?... TIENS !... DU PAPIER BRÛLÉ !... ON DIRAIT UN ORDRE DE MISSION !...
C'EST BIEN ÇA !... OH !... TOP SECRET !... ET LÀ, UN NOM : BASE SPÉCIALE D'AMARILLO, SONORA... TIENS, TIENS !... TU CONNAIS ÇA, TOI ?...
NON !... MAIS ÇA EXPLIQUE TOUT !...
AF. 7. B.

C'EST PROBABLEMENT LÀ TOUT CE QUI RESTE DE CES FAMEUSES INSTRUCTIONS QU'ATTENDAIT SLIM!... ELLES DEVAIENT LUI ENJOINDRE DE GAGNER AVEC UN MAXIMUM DE DISCRÉTION CE MYSTÉRIEUX CAMP D'AMARILLO!...
SÛREMENT UNE DES BASES SECRÈTES QUE NOUS AVONS DANS L'OUEST!... SLIM, LIÉ PAR LE SECRET MILITAIRE, N'A PU NOUS PRÉVENIR!...
MAIS POURQUOI L'AVOIR FAIT VENIR SUR LA CÔTE EST POUR LE RENVOYER ENSUITE À L'OUEST?... C'EST RIDICULE!...
RIDICULE OU PAS, C'EST SÛREMENT L'EXPLICATION!... HÉ!... FAISONS UNE BLAGUE À SLIM!... ENVOYONS-LUI UN TÉLÉGRAMME À AMARILLO!... IL SE DEMANDERA COMMENT NOUS SAVONS OÙ IL EST!...
ADOPTÉ!...
VOILÀ QUI EST FAIT!... JE TRAITE SLIM DE LÂCHEUR!... NOUS DÉPOSERONS CE CÂBLE AU BUREAU DU BORD!... LA POSTE MILITAIRE SE CHARGERA BIEN DE L'ACHEMINER!... J'AIMERAIS VOIR LA TÊTE DE SLIM!...
PLUS TARD, SUR L' "ENTERPRISE"...
AMARILLO A.F. BASE?... VOUS ÊTES SÛR QUE ÇA EXISTE, SIR?... JAMAIS ENTENDU CE NOM-LÀ!...
ON VA MANGER, OUI OU ZUT?...
ET LE SURLENDEMAIN...
TOUJOURS AUCUNE RÉPONSE DE SLIM?...
RIEN!... NOUS L'AURONS SANS DOUTE EN MER, NOUS APPAREILLONS CETTE NUIT... PAR CONTRE, J'AI ENFIN RÉCUPÉRÉ MES BAGAGES!...
AF.8.A.
CETTE NUIT-LÀ, EN EFFET, L'"ENTERPRISE", ENCADRÉ PAR SES DESTROYERS D'ESCORTE, QUITTE SACLANT ET MET LE CAP AU LARGE...
ET MAINTENANT, LES GARS, SUIVEZ-MOI!... J'AI UNE SURPRISE À VOUS MONTRER!... TERRIBLE!.. VENEZ DONC VOIR DANS MA CABINE!...
?!?!... EN VITESSE, ALORS!... LE COMMODORE DE POIX NOUS CONVOQUE À UN BRIEFING CHEZ LUI, DANS DIX MINUTES, AVEC TOUS LES OFFICIERS DU BORD!... ET ÇA A L'AIR IMPORTANT!...
HEIN?!... QU'EST-CE QUE C'EST QUE ÇA?!...
HA!.. HA!.. HA!.. SIDÉRÉS, HEIN?... C'EST MON DÉGUISEMENT POUR RIO!... NOUS ALLONS ARRIVER LÀ-BAS EN PLEIN CARNAVAL!...
RUINEUX MAIS IRRÉSISTIBLE, HEIN?!... JE VAIS ME TAILLER UN SUCCÈS...
...FOU!... MAIS LE PRESTIGE DE LA FLOTTE NE S'EN RELÈVERA JAMAIS!... WELL!... ALLONS CHEZ LE "VIEUX"!... IL A DÛ OUVRIR SES ORDRES!...
VICTOR HUBINON
A.F.8.B.

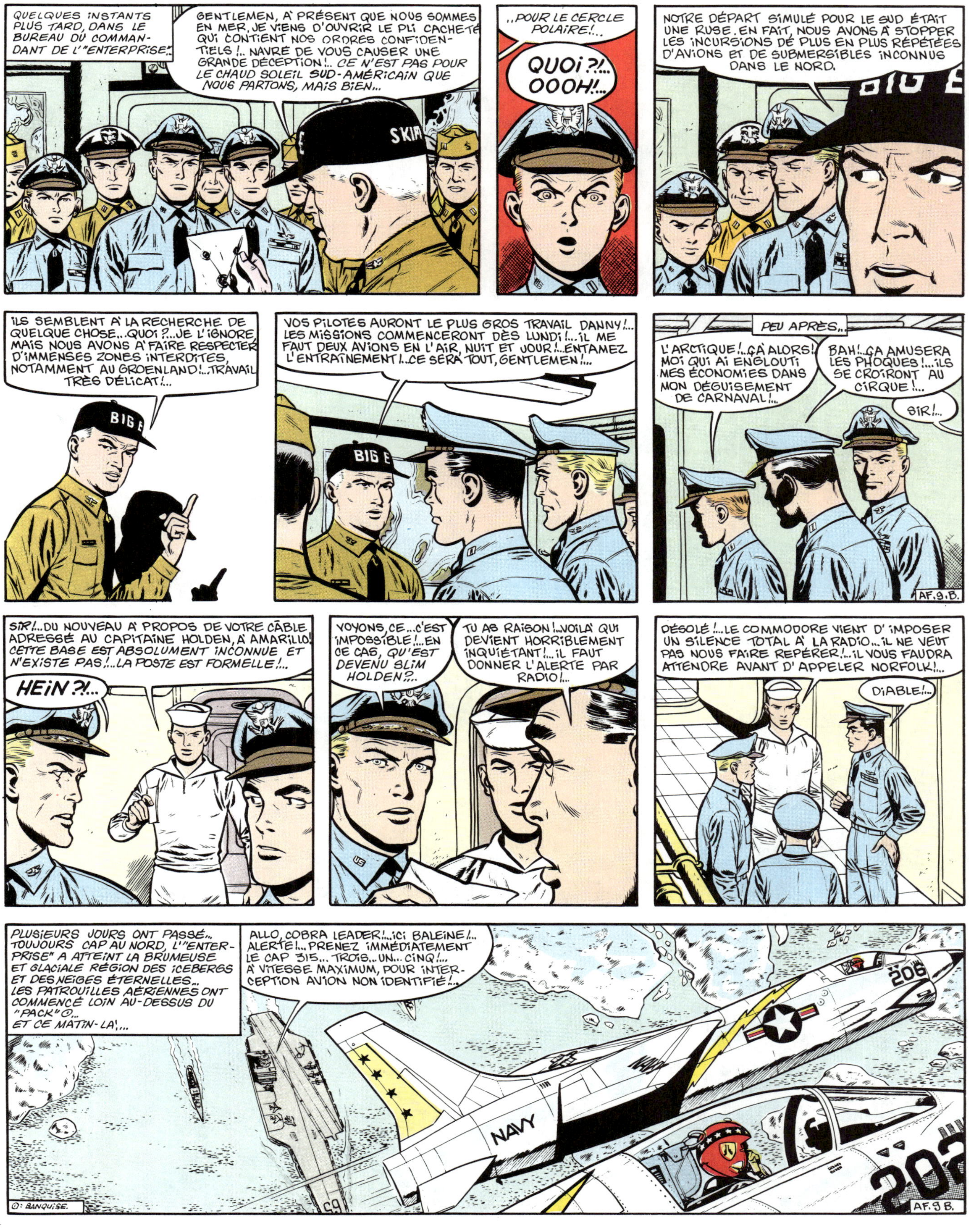
QUELQUES INSTANTS PLUS TARD, DANS LE BUREAU DU COMMANDANT DE L'"ENTERPRISE".
GENTLEMEN, À PRÉSENT QUE NOUS SOMMES EN MER, JE VIENS D'OUVRIR LE PLI CACHETÉ QUI CONTIENT NOS ORDRES CONFIDENTIELS !.. NAVRÉ DE VOUS CAUSER UNE GRANDE DÉCEPTION !.. CE N'EST PAS POUR LE CHAUD SOLEIL SUD-AMÉRICAIN QUE NOUS PARTONS, MAIS BIEN...
SKIP
..POUR LE CERCLE POLAIRE !...
QUOI ?!.. OOOH !...
NOTRE DÉPART SIMULÉ POUR LE SUD ÉTAIT UNE RUSE. EN FAIT, NOUS AVONS À STOPPER LES INCURSIONS DE PLUS EN PLUS RÉPÉTÉES D'AVIONS ET DE SUBMERSIBLES INCONNUS DANS LE NORD.
BIG E
ILS SEMBLENT À LA RECHERCHE DE QUELQUE CHOSE... QUOI ?!.. JE L'IGNORE MAIS NOUS AVONS À FAIRE RESPECTER D'IMMENSES ZONES INTERDITES, NOTAMMENT AU GROENLAND !.. TRAVAIL TRÈS DÉLICAT !...
BIG E
VOS PILOTES AURONT LE PLUS GROS TRAVAIL DANNY !.. LES MISSIONS COMMENCERONT DÈS LUNDI !.. IL ME FAUT DEUX AVIONS EN L'AIR, NUIT ET JOUR !.. ENTAMEZ L'ENTRAÎNEMENT !. CE SERA TOUT, GENTLEMEN !...
BIG E
PEU APRÈS...
L'ARCTIQUE !.. ÇA ALORS ! MOI QUI AI ENGLOUTI MES ÉCONOMIES DANS MON DÉGUISEMENT DE CARNAVAL !...
BAH !.. ÇA AMUSERA LES PHOQUES !... ILS SE CROIRONT AU CIRQUE !...
SIR !...
AF. 9 B.
SIR !... DU NOUVEAU À PROPOS DE VOTRE CÂBLE ADRESSÉ AU CAPITAINE HOLDEN, À AMARILLO ! CETTE BASE EST ABSOLUMENT INCONNUE ET N'EXISTE PAS !... LA POSTE EST FORMELLE !...
HEIN ?!...
VOYONS, CE... C'EST IMPOSSIBLE !... EN CE CAS, QU'EST DEVENU SLIM HOLDEN ?!..
TU AS RAISON !.. VOILÀ QUI DEVIENT HORRIBLEMENT INQUIÉTANT !.. IL FAUT DONNER L'ALERTE PAR RADIO !...
DÉSOLÉ !... LE COMMODORE VIENT D'IMPOSER UN SILENCE TOTAL À LA RADIO... IL NE VEUT PAS NOUS FAIRE REPÉRER !... IL VOUS FAUDRA ATTENDRE AVANT D'APPELER NORFOLK !...
DIABLE !...
PLUSIEURS JOURS ONT PASSÉ... TOUJOURS CAP AU NORD, L'"ENTERPRISE" A ATTEINT LA BRUMEUSE ET GLACIALE RÉGION DES ICEBERGS ET DES NEIGES ÉTERNELLES... LES PATROUILLES AÉRIENNES ONT COMMENCÉ LOIN AU-DESSUS DU "PACK"①... ET CE MATIN-LÀ...
ALLO, COBRA LEADER !.. ICI BALEINE !... ALERTE !... PRENEZ IMMÉDIATEMENT LE CAP 315... TROIS... UN... CINQ !... À VITESSE MAXIMUM, POUR INTERCEPTION AVION NON IDENTIFIÉ !...
206
NAVY
202
①: BANQUISE.
AF. 9 B.

C'EST UN APPAREIL ISOLÉ. ALTITUDE : 10.000 PIEDS... VITESSE : 500 NOEUDS ENVIRON... JE LE LOCALISE DANS LE 330, VOLANT SUR LE CAP 045 A' CINQ MINUTES DE VOL!...
DE COBRA!... BIEN COMPRIS, BALEINE!... PRENONS CAP INDIQUÉ ET ENTAMONS LA CHASSE!... ENCLENCHONS NOS RADARS!... CONTINUEZ A' NOUS AMENER SUR L'OBJECTIF!...
FLIGHT DECK CONTROL SUPERVISOR
COBRA LEADER A' NUMÉRO DEUX!... ON DESCEND AU RAS DE L'EAU POUR ÉVITER LE RADAR DE CET AVION INCONNU!... IL NE FAUT PAS LUI DONNER L'ÉVEIL!... ON GRIMPERA EN APPROCHE FINALE!...
ROGER!...
202
206
PLONGEANT AU RAS DES VAGUES, LES DEUX "CRUSADERS" FAISANT DU SLALOM ENTRE LES ICEBERGS, FONCENT VERS LEUR PROIE, GUIDÉS PAR LES PUISSANTS RADARS DE L'"ENTERPRISE". MAIS SOUDAIN...
DE BALEINE A' COBRA!... CONTACT PERDU!... OBJECTIF SEMBLE AVOIR DÉCELÉ VOTRE APPROCHE ET AVOIR PLONGÉ SOUS NOTRE COUVERTURE RADAR!... ESSAYEZ DE L'ACCROCHER PAR VOS PROPRES MOYENS!...
HEIN?!
NAVY
NOM DE NOM!... QUELLE GROSSIÈRE ERREUR AI-JE BIEN PU FAIRE POUR QUE CE DAMNÉ ZINC INCONNU AIT PU NOUS REPÉRER ?... JE N'Y COMPRENDS RIEN!... A' CROIRE QU'IL A ÉTÉ AVERTI!...
202
AF.10.A.
MÉTHODIQUEMENT, RADARS DE RECHERCHE ET DE TIR ALLUMÉS, BUCK ET SON AILIER ONT ENTREPRIS DE FOUILLER LA ZONE SUSPECTE. EN VAIN...
INUTILE DE NOUS ACHARNER!... C'EST LOUPÉ!... ON RENTRE!...
DE COBRA 2 A' LEADER!... C'EST TRÈS CURIEUX!... LA MÊME BLAGUE EST ARRIVÉE A' LA PATROUILLE MENÉE PAR SMITH, AVANT-HIER...
BON SANG!... IL FAUT QUE JE CONFESSE SÉRIEUSEMENT TOUS MES HOMMES SUR CE SUJET!...
NAVY
ET UNE DEMI-HEURE PLUS TARD, AU DEBRIEFING...
ÇA ALORS!... C'EST ÉTRANGE!... J'AI PERDU COMME TOI LE CONTACT AVEC UN SOUS-MARIN NON IDENTIFIÉ SUR LEQUEL M'AMENAIENT LES GUETTEURS DU "SONAR" ①. IL Y A CINQ JOURS... L'ENGIN A DÛ PLONGER A' GRANDE PROFONDEUR ET S'IMMOBILISER!...
INQUIÉTANT!... NON SEULEMENT DE NOMBREUX CURIEUX RÔDENT DANS CE SECTEUR, MAIS ENCORE ILS SEMBLENT INFAILLIBLEMENT PRÉVENUS A' TEMPS DE NOTRE APPROCHE!...
VAH-7
① : SYSTÈME DE REPÉRAGE PAR LE SON.
BOYS, UNE SEULE CONCLUSION S'IMPOSE!... IL Y A UN TRAÎTRE A' BORD DE CE NAVIRE, QUI RENSEIGNE CES ESPIONS SUR NOS MOINDRES MOUVEMENTS!...
OH!...
VICTOR HUBINON
AF.10.B.

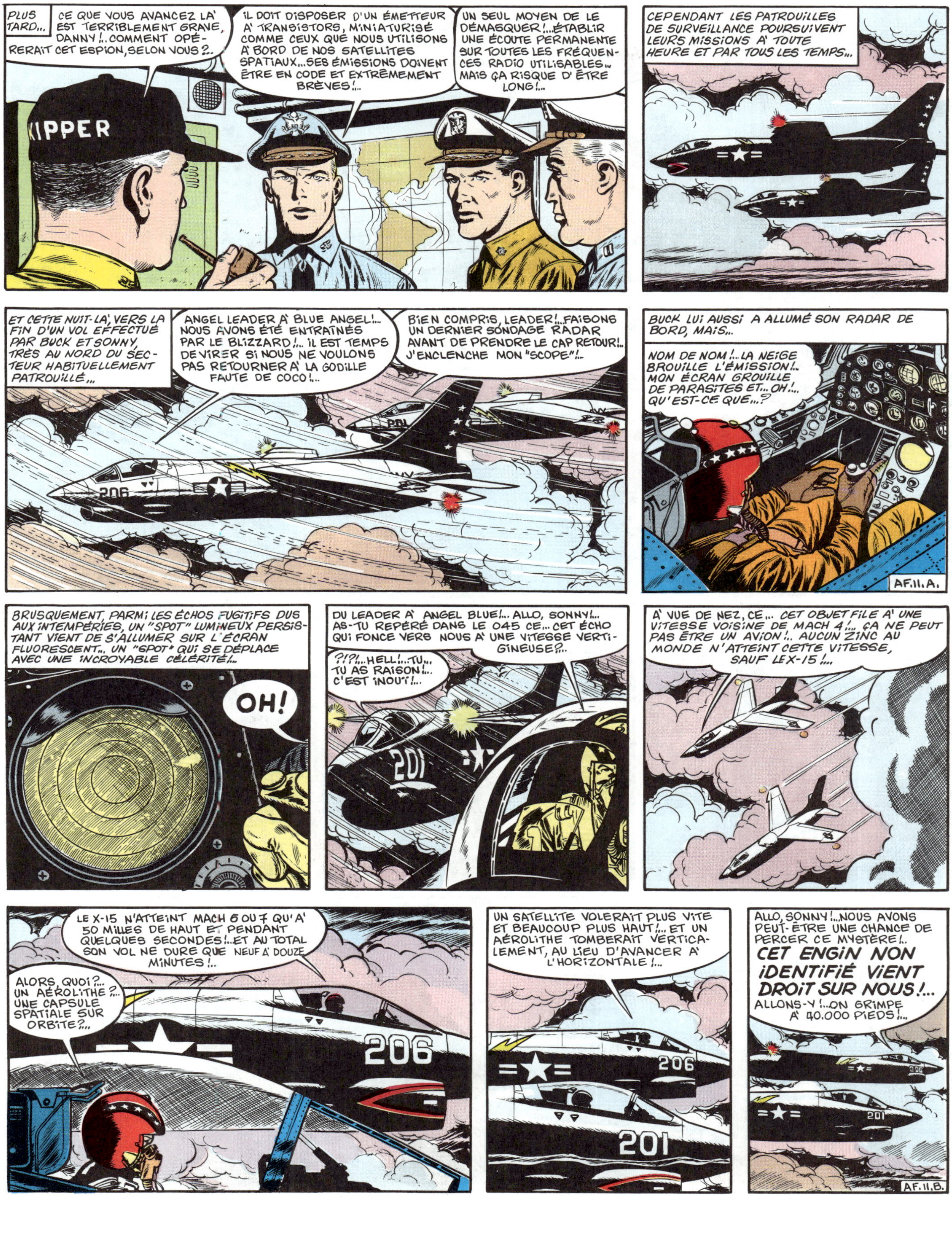
PLUS TARD...
CE QUE VOUS AVANCEZ LÀ EST TERRIBLEMENT GRAVE, DANNY !.. COMMENT OPÉRERAIT CET ESPION, SELON VOUS ?..
KIPPER
IL DOIT DISPOSER D'UN ÉMETTEUR À TRANSISTORS, MINIATURISÉ COMME CEUX QUE NOUS UTILISONS À BORD DE NOS SATELLITES SPATIAUX... SES ÉMISSIONS DOIVENT ÊTRE EN CODE ET EXTRÊMEMENT BRÈVES !...
UN SEUL MOYEN DE LE DÉMASQUER !... ÉTABLIR UNE ÉCOUTE PERMANENTE SUR TOUTES LES FRÉQUENCES RADIO UTILISABLES... MAIS ÇA RISQUE D'ÊTRE LONG !...
CEPENDANT LES PATROUILLES DE SURVEILLANCE POURSUIVENT LEURS MISSIONS À TOUTE HEURE ET PAR TOUS LES TEMPS...
ET CETTE NUIT-LÀ, VERS LA FIN D'UN VOL EFFECTUÉ PAR BUCK ET SONNY, TRÈS AU NORD DU SECTEUR HABITUELLEMENT PATROUILLÉ...
ANGEL LEADER À BLUE ANGEL !... NOUS AVONS ÉTÉ ENTRAÎNÉS PAR LE BLIZZARD !... IL EST TEMPS DE VIRER SI NOUS NE VOULONS PAS RETOURNER À LA GODILLE FAUTE DE COCO !...
BIEN COMPRIS, LEADER !... FAISONS UN DERNIER SONDAGE RADAR AVANT DE PRENDRE LE CAP RETOUR !... J'ENCLENCHE MON "SCOPE" !...
206
BUCK LUI AUSSI A ALLUMÉ SON RADAR DE BORD, MAIS...
NOM DE NOM !... LA NEIGE BROUILLE L'ÉMISSION !... MON ÉCRAN GROUILLE DE PARASITES ET... OH !... QU'EST-CE QUE...?
AF.11.A.
BRUSQUEMENT, PARMI LES ÉCHOS FUGITIFS DUS AUX INTEMPÉRIES, UN "SPOT" LUMINEUX PERSISTANT VIENT DE S'ALLUMER SUR L'ÉCRAN FLUORESCENT... UN "SPOT" QUI SE DÉPLACE AVEC UNE INCROYABLE CÉLÉRITÉ !...
OH!
DU LEADER À ANGEL BLUE !... ALLO, SONNY !... AS-TU REPÉRÉ DANS LE 045 CE... CET ÉCHO QUI FONCE VERS NOUS À UNE VITESSE VERTIGINEUSE ?...
?!?!... HELL !... TU... TU AS RAISON !... C'EST INOUÏ !...
201
À VUE DE NEZ, CE... CET OBJET FILE À UNE VITESSE VOISINE DE MACH 4 !... ÇA NE PEUT PAS ÊTRE UN AVION !.. AUCUN ZINC AU MONDE N'ATTEINT CETTE VITESSE, SAUF LE X-15 !...
LE X-15 N'ATTEINT MACH 6 OU 7 QU'À 50 MILLES DE HAUT ET PENDANT QUELQUES SECONDES !... ET AU TOTAL SON VOL NE DURE QUE NEUF À DOUZE MINUTES !...
ALORS, QUOI ?... UN AÉROLITHE ?... UNE CAPSULE SPATIALE SUR ORBITE ?...
206
UN SATELLITE VOLERAIT PLUS VITE ET BEAUCOUP PLUS HAUT !... ET UN AÉROLITHE TOMBERAIT VERTICALEMENT, AU LIEU D'AVANCER À L'HORIZONTALE !...
206
201
ALLO, SONNY !... NOUS AVONS PEUT-ÊTRE UNE CHANCE DE PERCER CE MYSTÈRE !..
CET ENGIN NON IDENTIFIÉ VIENT DROIT SUR NOUS !...
ALLONS-Y !... ON GRIMPE À 40.000 PIEDS !...
201
AF.11.B.

POST-COMBUSTION ALLUMÉE, LES DEUX "CRUSADER" CABRÉS À 45 DEGRÉS, ONT ENTAMÉ UNE MONTÉE FOUDROYANTE, NAVIGUANT POUR UNE "ATTAQUE EN COLLISION" CONTRE L'ENGIN MYSTÉRIEUX.
LEADER À BLUE ANGEL !.. ON RÉTABLIT À 40.000 PIEDS... C'EST À PEU PRÈS L'ALTITUDE DE CETTE DAMNÉE CHOSE !
ROGER !.. OH !... BUCK !... REGARDE LE SCOPE !... ELLE EST SUR NOUS !...
ET AU MÊME INSTANT...
OH !
UNE SECONDE, UN TRAIT DE FEU S'EST INSCRIT DANS LE PARE-BRISE DE BUCK... MAIS DÉJÀ IL S'AMENUISE À UNE VITESSE VERTIGINEUSE, N'EST PLUS QU'UN POINT LUMINEUX, DISPARAÎT AVANT MÊME QUE LES "CRUSADER" AIENT EU LE TEMPS DE VIRER POUR MENER LA CHASSE.
BLOOD 'ND GUTS !.. JAMAIS VU ÇA !.. PAS POSSIBLE !.. ON A ESSAYÉ D'INTERCEPTER UN MÉTÉORE !..
UN JET !... C'ÉTAIT UN JET !... CETTE GICLÉE DE FLAMMES SORTAIT D'UN RÉACTEUR !...
DÉSESPÉRÉMENT, BUCK TENTE DE SUIVRE SUR SON SCOPE LA COURSE DU BOLIDE... MAIS BIENTÔT...
IL EST SORTI DU CHAMP BALAYÉ PAR MON RADAR DE BORD !...
A.F.19.A.
PLUS RIEN À FAIRE, SONNY !.. ON RENTRE !.. ET AU TROT !.. NOTRE RAPPORT VA FAIRE UN SACRÉ FOIN AU PENTAGONE !..
J'AI PU RELEVER LE CAP DE CE BOLIDE... C'EST TOUJOURS ÇA !..
TROIS QUARTS D'HEURE APRÈS, LES DEUX "CRUSADER" SE POSENT SUR LE "BIG E" À L'INSTANT OÙ SE DÉCHAÎNE UNE EFFROYABLE TEMPÊTE DE NEIGE.
BON SANG !.. UNE MINUTE DE PLUS, ET NOUS NE POUVIONS PLUS NOUS POSER !...
OUF !.. J'AI EU CHAUD !.. J'ÉTAIS EN TRAIN DE BRÛLER MES DERNIÈRES GOUTTES DE PÉTROLE !..
ET DIX MINUTES PLUS TARD...
UN... UN JET VOLANT À MACH 4 ?... VOYONS, DANNY, CE N'EST PAS POSSIBLE !.. ÇA N'EXISTE PAS !...
JE SUIS ABSOLUMENT FORMEL, SIR ! TUCKSON L'A VU AUSSI !...
UN TEL ENGIN NE POURRAIT ÊTRE QUE RUSSE OU SUÉDOIS... CE SONT LES SEULS PAYS À POSSÉDER DES BASES SECRÈTES ARCTIQUES !...
BIG E
CES TERRAINS SONT TROP LOIN D'ICI, SIR !...
OU ALORS IL FAUDRAIT ADMETTRE QUE CE JET POSSÈDE NON SEULEMENT UNE VITESSE FABULEUSE, MAIS AUSSI UN RAYON D'ACTION MIRACULEUX !...
ET POURQUOI PAS ?..
VICTOR HUBINON
A.F.19.B.

155

156

157

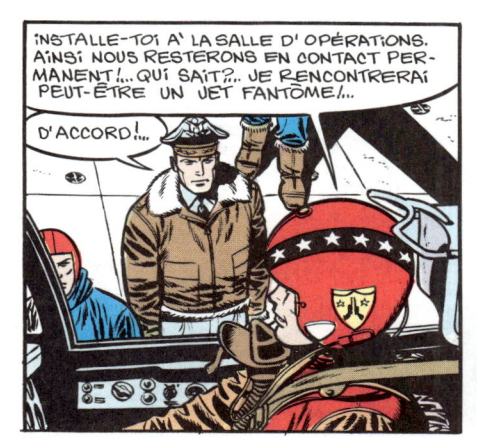

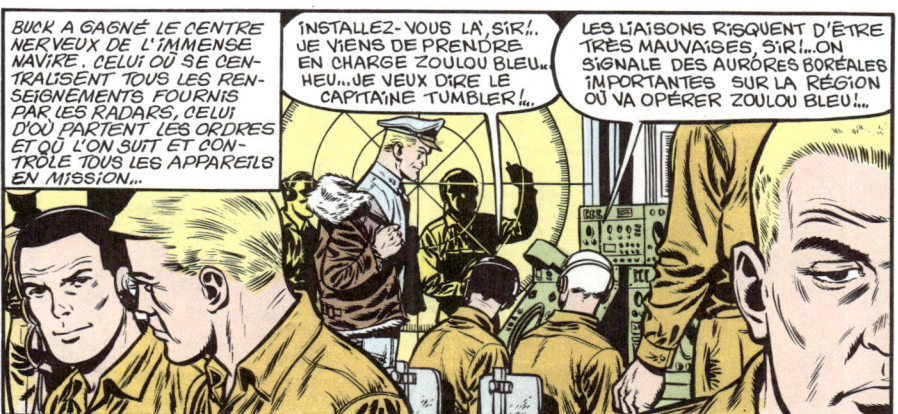

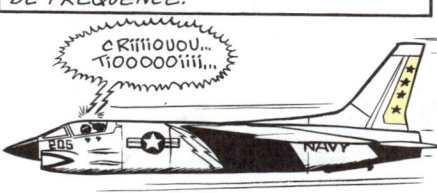

158

159

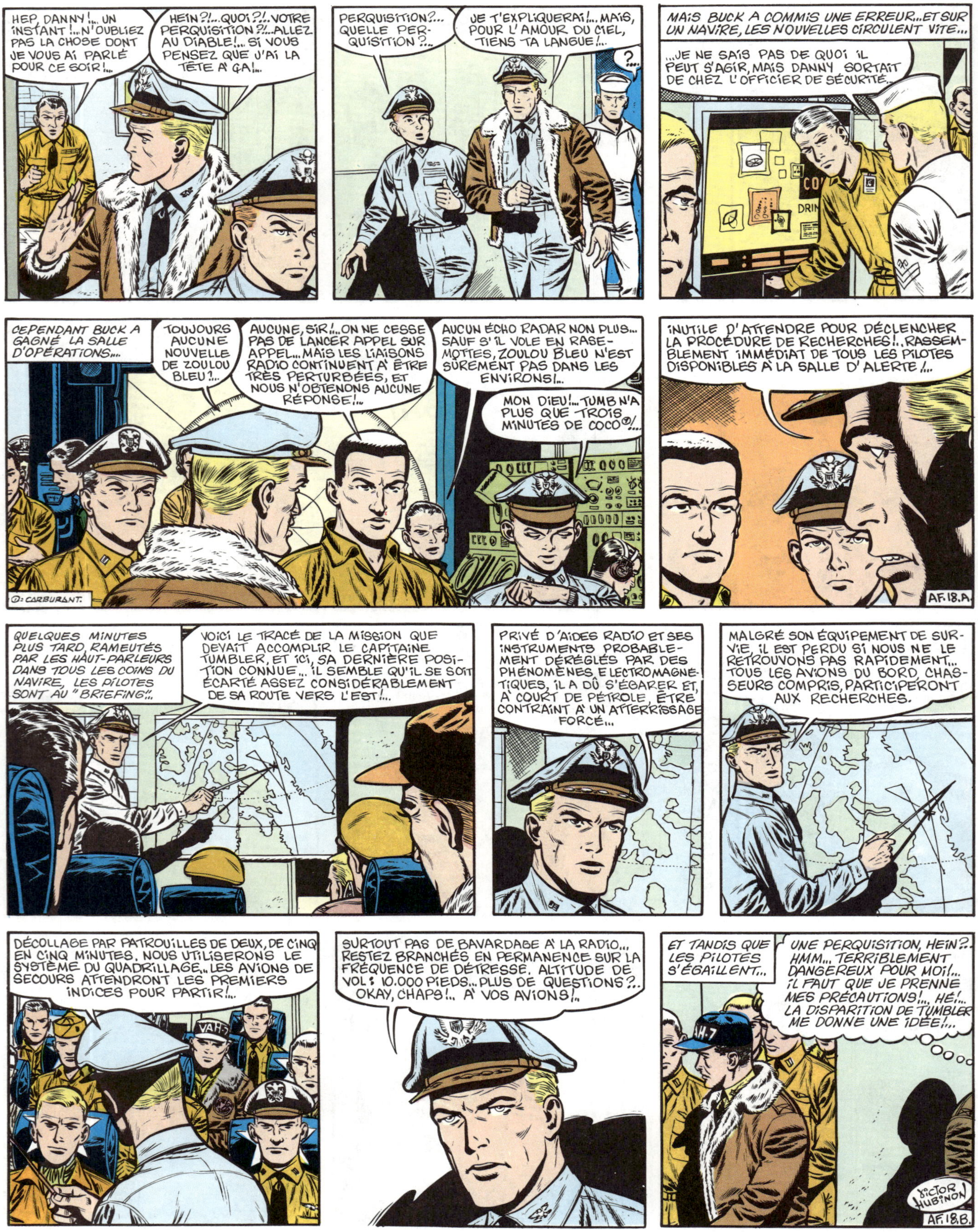
HEP, DANNY !... UN INSTANT !... N'OUBLIEZ PAS LA CHOSE DONT JE VOUS AI PARLÉ POUR CE SOIR !...
HEIN ?!...QUOI ?!...VOTRE PERQUISITION ?!...ALLEZ AU DIABLE !... SI VOUS PENSEZ QUE J'AI LA TÊTE À ÇA !...
PERQUISITION ?... QUELLE PERQUISITION ?...
JE T'EXPLIQUERAI !... MAIS, POUR L'AMOUR DU CIEL, TIENS TA LANGUE !...
?
MAIS BUCK A COMMIS UNE ERREUR...ET SUR UN NAVIRE, LES NOUVELLES CIRCULENT VITE...
...JE NE SAIS PAS DE QUOI IL PEUT S'AGIR, MAIS DANNY SORTAIT DE CHEZ L'OFFICIER DE SÉCURITÉ...
CEPENDANT BUCK A GAGNÉ LA SALLE D'OPÉRATIONS...
TOUJOURS AUCUNE NOUVELLE DE ZOULOU BLEU ?...
AUCUNE, SIR !... ON NE CESSE PAS DE LANCER APPEL SUR APPEL... MAIS LES LIAISONS RADIO CONTINUENT À ÊTRE TRÈS PERTURBÉES, ET NOUS N'OBTENONS AUCUNE RÉPONSE !...
AUCUN ÉCHO RADAR NON PLUS... SAUF S'IL VOLE EN RASE-MOTTES, ZOULOU BLEU N'EST SÛREMENT PAS DANS LES ENVIRONS !...
MON DIEU !... TUMB N'A PLUS QUE TROIS MINUTES DE COCO①!...
①: CARBURANT.
INUTILE D'ATTENDRE POUR DÉCLENCHER LA PROCÉDURE DE RECHERCHES !... RASSEMBLEMENT IMMÉDIAT DE TOUS LES PILOTES DISPONIBLES À LA SALLE D'ALERTE !...
AF. 18. A.
QUELQUES MINUTES PLUS TARD, RAMEUTÉS PAR LES HAUT-PARLEURS DANS TOUS LES COINS DU NAVIRE, LES PILOTES SONT AU "BRIEFING"...
VOICI LE TRACÉ DE LA MISSION QUE DEVAIT ACCOMPLIR LE CAPITAINE TUMBLER, ET ICI, SA DERNIÈRE POSITION CONNUE... IL SEMBLE QU'IL SE SOIT ÉCARTÉ ASSEZ CONSIDÉRABLEMENT DE SA ROUTE VERS L'EST !...
PRIVÉ D'AIDES RADIO ET SES INSTRUMENTS PROBABLEMENT DÉRÉGLÉS PAR DES PHÉNOMÈNES ÉLECTROMAGNÉTIQUES, IL A DÛ S'ÉGARER ET, À COURT DE PÉTROLE, ÊTRE CONTRAINT À UN ATTERRISSAGE FORCÉ...
MALGRÉ SON ÉQUIPEMENT DE SURVIE, IL EST PERDU SI NOUS NE LE RETROUVONS PAS RAPIDEMENT... TOUS LES AVIONS DU BORD, CHASSEURS COMPRIS, PARTICIPERONT AUX RECHERCHES.
DÉCOLLAGE PAR PATROUILLES DE DEUX, DE CINQ EN CINQ MINUTES. NOUS UTILISERONS LE SYSTÈME DU QUADRILLAGE... LES AVIONS DE SECOURS ATTENDRONT LES PREMIERS INDICES POUR PARTIR !...
SURTOUT PAS DE BAVARDAGE À LA RADIO... RESTEZ BRANCHÉS EN PERMANENCE SUR LA FRÉQUENCE DE DÉTRESSE. ALTITUDE DE VOL : 10.000 PIEDS... PLUS DE QUESTIONS ?.. OKAY, CHAPS !... À VOS AVIONS !...
ET TANDIS QUE LES PILOTES S'ÉGAILLENT...
UNE PERQUISITION, HEIN ?... HMM... TERRIBLEMENT DANGEREUX POUR MOI !... IL FAUT QUE JE PRENNE MES PRÉCAUTIONS !... HÉ !... LA DISPARITION DE TUMBLER ME DONNE UNE IDÉE !...
VICTOR HUBINON
AF. 18. B.

QUELQUES MINUTES APRÈS, LES CATAPULTES DU "BIG-E" LANCENT LES PREMIERS APPAREILS...
UNE CHANCE!... LE CIEL S'EST DÉGAGÉ!... ET LES LIAISONS RADIO SONT REDEVENUES NORMALES!... AVEC UN PEU DE CHANCE, NOUS RÉCUPÉRERONS TUMB!...
COURAGE, VIEUX FRÈRE!... JE SUIS SÛR QU'IL A RÉUSSI AU MOINS À S'ÉJECTER!... TUMB EN A VU D'AUTRES! NOUS LE RETROUVERONS!... DUSSIONS-NOUS CHERCHER JUSQU'AU PÔLE!...
DANNY!...
JE VIENS D'APPRENDRE QUE TUMBLER N'EST PAS RENTRÉ!... JE SUIS DE TOUT COEUR AVEC VOUS, CHAPS!... N'ÉPARGNEZ RIEN!...
MERCI, SIR!... NOUS FERONS L'IMPOSSIBLE!...
BIG E
ET BIENTÔT BUCK ET SONNY DÉCOLLENT À LEUR TOUR, FONCENT VERS LE NORD...
201
NAVY
207
JUSQU'À LA NUIT, NE REGAGNANT L'"ENTERPRISE" QU'À COURT DE CARBURANT ET POUR SE RAVITAILLER, "CRUSADERS", "VIGILANTE", "TRACKERS", "VOODOO", SILLONNENT MÉTHODIQUEMENT LES ÉTENDUES DÉSERTIQUES ET GLACÉES DU "PACK"... EN VAIN...
NAVY
AF.19.A.
IL FAIT NUIT NOIRE QUAND BUCK ET SONNY RENTRENT LES DERNIERS À BORD DU "BIG-E", LES RÉSERVOIRS PRESQUE À SEC...
ALLO, BEAR LEADER!... ICI CONTRÔLE DES VOLS!... VEUILLEZ VOUS RENDRE IMMÉDIATEMENT CHEZ LE "SKIPPER" SITÔT APPONTÉ!... JE RÉPÈTE...
?!?!
201
NAVY
ET BIENTÔT...
VOUS M'AVEZ FAIT DEMANDER DE TOUTE URGENCE, SIR ?...
OUI, BUCK!... HEU... J'AI... HEU... DE MAUVAISES NOUVELLES POUR VOUS AU SUJET DE TUMBLER!...
BIG E
COMME IL SE DEVAIT, J'AI SIGNALÉ PAR RADIO SA DISPARITION À NORFOLK ET À WASHINGTON... HEU... J'AI REÇU UNE RÉPONSE EN CODÉ, VOICI DIX MINUTES À PEINE : ORDRE FORMEL DE STOPPER IMMÉDIATEMENT TOUTES RECHERCHES CONCERNANT TUMBLER!...
HEIN?!... QUOI?!... MAIS... C'EST INIQUE!... MONSTRUEUX!...
SINCÈREMENT NAVRÉ, BUCK!... MAIS IL SEMBLERAIT QUE TUMBLER S'EST POSÉ SAIN ET SAUF SUR UNE DES BASES SECRÈTES SOVIÉTIQUES DU GRAND NORD!... C'EST WASHINGTON QUI LE PRÉTEND!...
HEIN?!... VOUS... VOUS VOULEZ RIRE!...
HÉLAS!... NON, COLONEL!... ET IL SEMBLERAIT MÊME QUE TUMBLER AIT ATTERRI CHEZ LES RUSSES... VOLONTAIREMENT!...
BIG E
AF.19.B.

TUMBLER CHEZ LES RUSSES!... TUMBLER DEVENU COMPLÈTEMENT FOU ET TRAHISSANT... NON, MAIS... VOUS ALLEZ RETIRER ÇA IMMÉDIATEMENT, SINON...
UN INSTANT, BUCK!...ET DU CALME!...JETEZ UN COUP D'OEIL SUR CECI!...VOUS IDENTIFIEZ CET APPAREIL?...
BIG E
UN ÉMETTEUR RÉCEPTEUR RADIO COMPLET À TRÈS HAUTE PUISSANCE... CELUI QUI DIVULGUAIT TOUS LES MOUVEMENTS DE NOS ZINCS!...
JE SAIS QUE C'EST DUR À ENTENDRE, BUCK... MAIS NOUS AVONS DÉCOUVERT CET ÉMETTEUR DANS LA CABINE DE TUMBLER!... C'EST ACCABLANT!...
TUMB, UN ESPION?!... C'EST GROTESQUE!... RISIBLE!...
HÉLAS!...HEU... NOUS AVIONS PENSÉ QU'IL SERAIT PLUS SIMPLE ET MOINS CHOQUANT DE FOUILLER LES CABINES DES NAVIGANTS PENDANT QU'ILS SERAIENT EN VOL... PAR ERREUR, CELLE DE TUMBLER A ÉTÉ VISITÉE AUSSI!...
BIG E
NOUS Y AVONS TROUVÉ CETTE RADIO PIRATE EN PARFAIT ÉTAT DE MARCHE!...
C'EST SIMPLE!...DEVINANT QU'IL ÉTAIT SUR LE POINT D'ÊTRE DÉCOUVERT, TUMBLER A PRÉFÉRÉ PASSER... HEU... DE L'AUTRE CÔTÉ, ET POUR COUVRIR SA FUITE, IL A INVENTÉ CETTE HISTOIRE STUPIDE DE LA VOIX DE HOLDEN CAPTÉE PAR HASARD!...
BIG E
HEIN?!... MAIS... VOUS ÊTES FOUS!... C'EST IMPOSSIBLE!... JE PROTESTE!... TUMB EST UN MODÈLE DE DROITURE ET...
AF.20.A
HEU... TOUJOURS EST-IL QUE LE PENTAGONE A DONNÉ L'ORDRE DE STOPPER LES RECHERCHES, PAR CRAINTE DE GRAVES INCIDENTS DIPLOMATIQUES AVEC LES RUSSES, EN CAS DE SURVOL DE LEURS ILES!...
DE MON CÔTÉ, HEU... JE PENSE PRÉFÉRABLE D'ÉTOUFFER COMPLÈTEMENT L'AFFAIRE, JUSQU'À CE QU'ON EN SACHE PLUS LONG!... PAS UN MOT À QUICONQUE... TROUVEZ UN PRÉTEXTE, BUCK!...
B... BIEN, SIR!...
MAIS BUCK N'A PU CACHER À SONNY LA VÉRITÉ.
TUMB!...UN... UN TRAÎTRE! MAIS... C'EST DÉLIRANT!... MONSTRUEUX!... CE QUI S'EST PASSÉ RÉELLEMENT, JE LE DEVINE, MOI!...
TROMPÉ PAR SES INSTRUMENTS DÉRÉGLÉS, TUMB S'EST RETROUVÉ PAR HASARD AU-DESSUS DE LA BASE SECRÈTE RUSSE OÙ NICHENT CES JETS FANTÔMES QUE NOUS AVONS VUS ET AUXQUELS NUL NE VEUT CROIRE!...
CAR CETTE BASE EXISTE, J'EN SUIS SÛR!... ET TUMB S'EST FAIT ABATTRE PAR LES FUSÉES ANTIAÉRIENNES DES "IVAN". MAIS COMME IL ÉTAIT DANS SON TORT, WASHINGTON ORDONNE LE "BLACK-OUT" TOTAL, PAR CRAINTE DE COMPLICATIONS POLITIQUES!...
ÇA NE TIENT GUÈRE, SONNY!...COMMENT EXPLIQUES-TU ALORS CET ÉTRANGE MESSAGE DE TUMB AU SUJET DE LA VOIX DE HOLDEN?... ET LA DÉCOUVERTE DE CET ÉMETTEUR CLANDESTIN DANS SA CABINE?...
VICTOR HUBINON
AF.20.B.

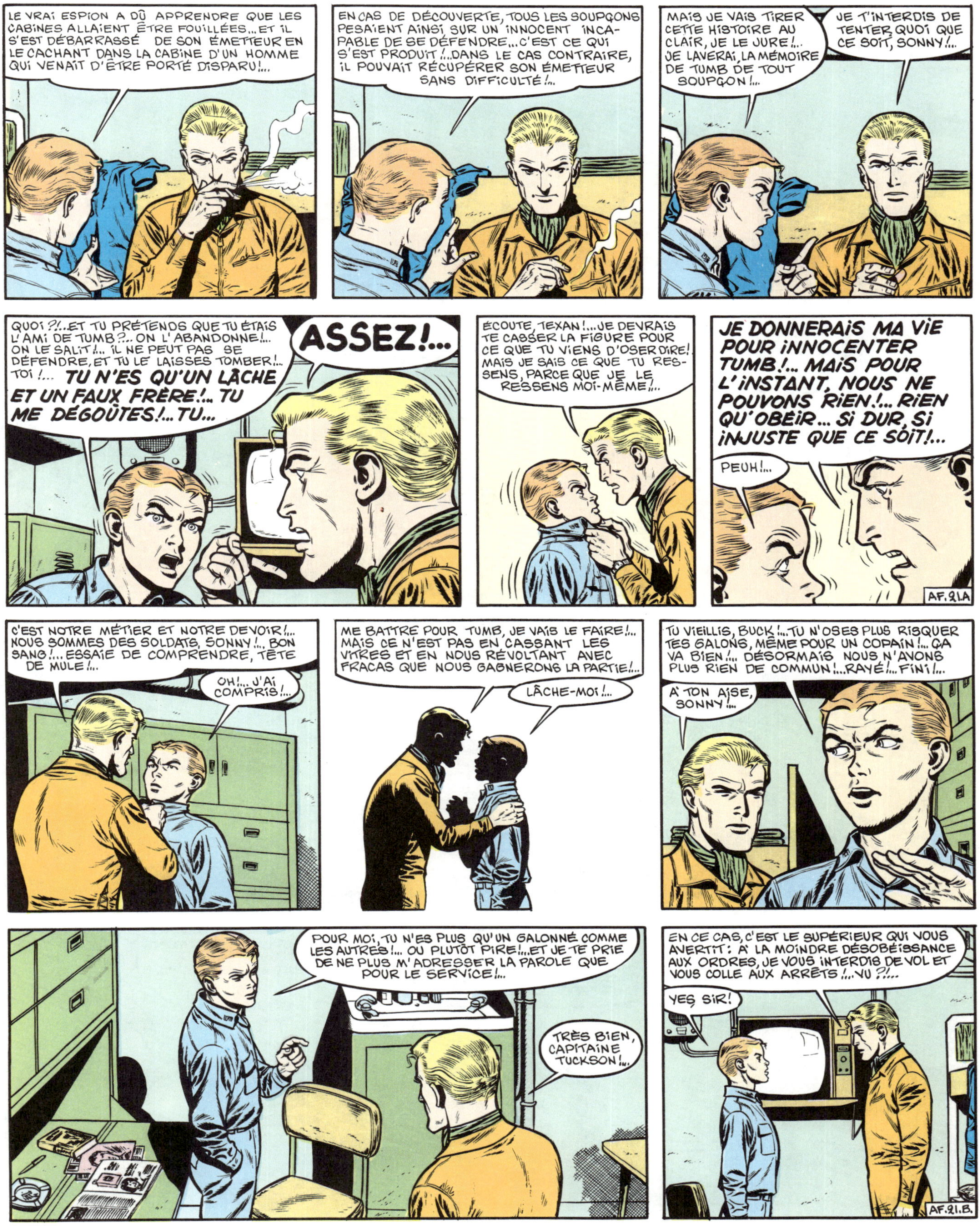
LE VRAI ESPION A DÛ APPRENDRE QUE LES CABINES ALLAIENT ÊTRE FOUILLÉES... ET IL S'EST DÉBARRASSÉ DE SON ÉMETTEUR EN LE CACHANT DANS LA CABINE D'UN HOMME QUI VENAIT D'ÊTRE PORTÉ DISPARU!...
EN CAS DE DÉCOUVERTE, TOUS LES SOUPÇONS PESAIENT AINSI SUR UN INNOCENT INCAPABLE DE SE DÉFENDRE... C'EST CE QUI S'EST PRODUIT!... DANS LE CAS CONTRAIRE, IL POUVAIT RÉCUPÉRER SON ÉMETTEUR SANS DIFFICULTÉ!...
MAIS JE VAIS TIRER CETTE HISTOIRE AU CLAIR, JE LE JURE!... JE LAVERAI LA MÉMOIRE DE TUMB DE TOUT SOUPÇON!...
JE T'INTERDIS DE TENTER QUOI QUE CE SOIT, SONNY!...
QUOI?!... ET TU PRÉTENDS QUE TU ÉTAIS L'AMI DE TUMB?... ON L'ABANDONNE!... ON LE SALIT!... IL NE PEUT PAS SE DÉFENDRE, ET TU LE LAISSES TOMBER!... TOI!... TU N'ES QU'UN LÂCHE ET UN FAUX FRÈRE!... TU ME DÉGOÛTES!... TU...
ASSEZ!...
ÉCOUTE, TEXAN!... JE DEVRAIS TE CASSER LA FIGURE POUR CE QUE TU VIENS D'OSER DIRE! MAIS JE SAIS CE QUE TU RESSENS, PARCE QUE JE LE RESSENS MOI-MÊME!...
JE DONNERAIS MA VIE POUR INNOCENTER TUMB!... MAIS POUR L'INSTANT, NOUS NE POUVONS RIEN!... RIEN QU'OBÉIR... SI DUR, SI INJUSTE QUE CE SOIT!...
PEUH!...
AF. 21 A
C'EST NOTRE MÉTIER ET NOTRE DEVOIR!... NOUS SOMMES DES SOLDATS, SONNY!... BON SANG!... ESSAIE DE COMPRENDRE, TÊTE DE MULE!...
OH!... J'AI COMPRIS!...
ME BATTRE POUR TUMB, JE VAIS LE FAIRE!... MAIS CE N'EST PAS EN CASSANT LES VITRES ET EN NOUS RÉVOLTANT AVEC FRACAS QUE NOUS GAGNERONS LA PARTIE!...
LÂCHE-MOI!...
TU VIEILLIS, BUCK!... TU N'OSES PLUS RISQUER TES GALONS, MÊME POUR UN COPAIN!... ÇA VA BIEN!... DÉSORMAIS NOUS N'AVONS PLUS RIEN DE COMMUN!... RAYÉ!... FINI!...
À TON AISE, SONNY!...
POUR MOI, TU N'ES PLUS QU'UN GALONNÉ COMME LES AUTRES!... OU PLUTÔT PIRE!... ET JE TE PRIE DE NE PLUS M'ADRESSER LA PAROLE QUE POUR LE SERVICE!...
TRÈS BIEN, CAPITAINE TUCKSON!...
EN CE CAS, C'EST LE SUPÉRIEUR QUI VOUS AVERTIT: À LA MOINDRE DÉSOBÉISSANCE AUX ORDRES, JE VOUS INTERDIS DE VOL ET VOUS COLLE AUX ARRÊTS!... VU?!...
YES SIR!
AF. 21. B.

164

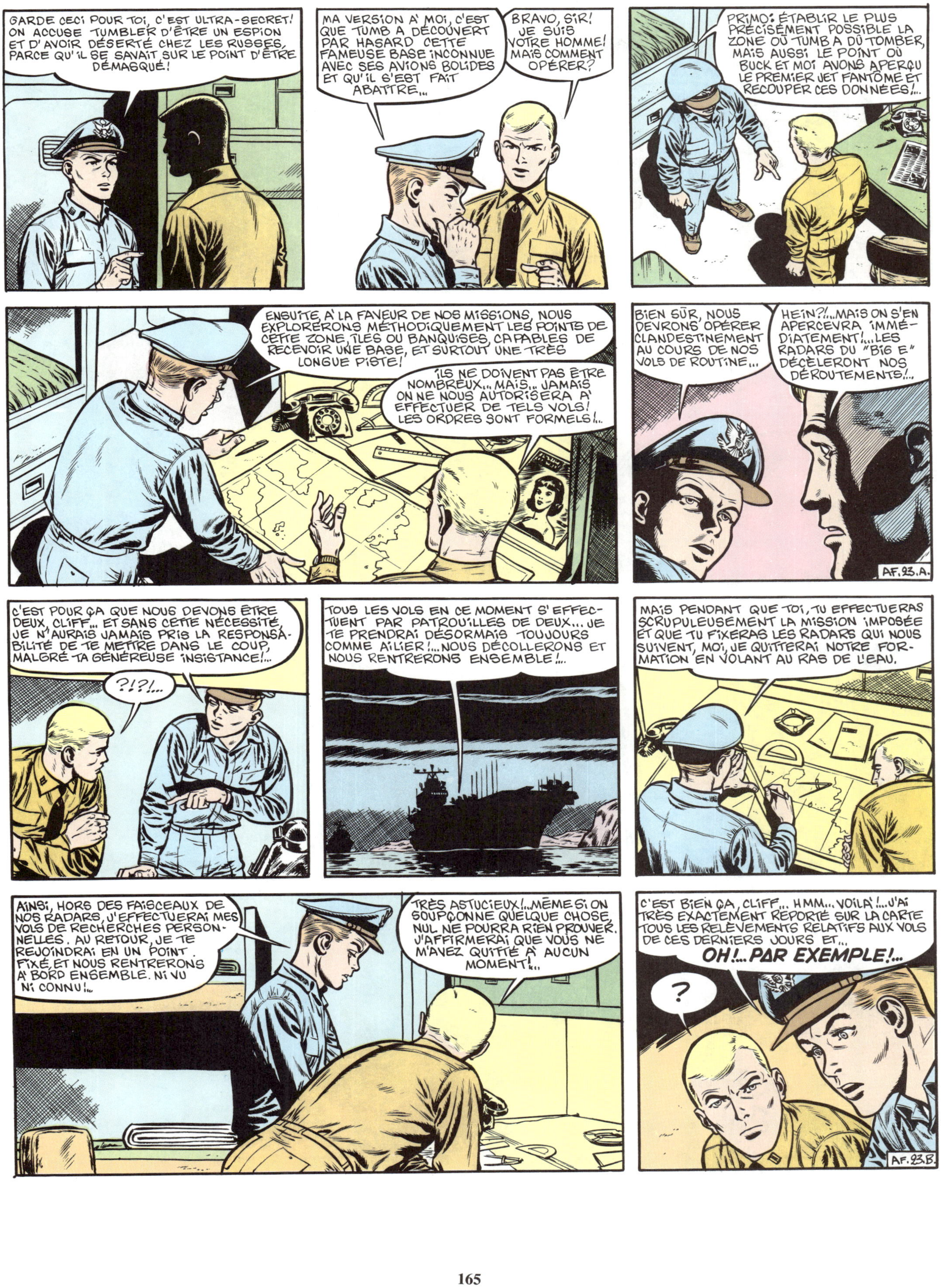
GARDE CECI POUR TOI, C'EST ULTRA-SECRET! ON ACCUSE TUMBLER D'ÊTRE UN ESPION ET D'AVOIR DÉSERTÉ CHEZ LES RUSSES, PARCE QU'IL SE SAVAIT SUR LE POINT D'ÊTRE DÉMASQUÉ!
MA VERSION À MOI, C'EST QUE TUMB A DÉCOUVERT PAR HASARD CETTE FAMEUSE BASE INCONNUE AVEC SES AVIONS BOLIDES ET QU'IL S'EST FAIT ABATTRE...
BRAVO, SIR! JE SUIS VOTRE HOMME! MAIS COMMENT OPÉRER?
PRIMO: ÉTABLIR LE PLUS PRÉCISÉMENT POSSIBLE LA ZONE OÙ TUMB A DÛ TOMBER, MAIS AUSSI LE POINT OÙ BUCK ET MOI AVONS APERÇU LE PREMIER JET FANTÔME ET RECOUPER CES DONNÉES!...
ENSUITE, À LA FAVEUR DE NOS MISSIONS, NOUS EXPLORERONS MÉTHODIQUEMENT LES POINTS DE CETTE ZONE, ÎLES OU BANQUISES, CAPABLES DE RECEVOIR UNE BASE, ET SURTOUT UNE TRÈS LONGUE PISTE!
ILS NE DOIVENT PAS ÊTRE NOMBREUX... MAIS... JAMAIS ON NE NOUS AUTORISERA À EFFECTUER DE TELS VOLS! LES ORDRES SONT FORMELS!...
BIEN SÛR, NOUS DEVRONS OPÉRER CLANDESTINEMENT AU COURS DE NOS VOLS DE ROUTINE...
HEIN?!... MAIS ON S'EN APERCEVRA IMMÉDIATEMENT!... LES RADARS DU "BIG E" DÉCÈLERONT NOS DÉROUTEMENTS!...
AF. 23. A.
C'EST POUR ÇA QUE NOUS DEVONS ÊTRE DEUX, CLIFF... ET SANS CETTE NÉCESSITÉ, JE N'AURAIS JAMAIS PRIS LA RESPONSABILITÉ DE TE METTRE DANS LE COUP, MALGRÉ TA GÉNÉREUSE INSISTANCE!...
?!?!...
TOUS LES VOLS EN CE MOMENT S'EFFECTUENT PAR PATROUILLES DE DEUX... JE TE PRENDRAI DÉSORMAIS TOUJOURS COMME AILIER!... NOUS DÉCOLLERONS ET NOUS RENTRERONS ENSEMBLE!...
MAIS PENDANT QUE TOI, TU EFFECTUERAS SCRUPULEUSEMENT LA MISSION IMPOSÉE ET QUE TU FIXERAS LES RADARS QUI NOUS SUIVENT, MOI, JE QUITTERAI NOTRE FORMATION EN VOLANT AU RAS DE L'EAU.
AINSI, HORS DES FAISCEAUX DE NOS RADARS, J'EFFECTUERAI MES VOLS DE RECHERCHES PERSONNELLES. AU RETOUR, JE TE REJOINDRAI EN UN POINT FIXÉ, ET NOUS RENTRERONS À BORD ENSEMBLE. NI VU NI CONNU!...
TRÈS ASTUCIEUX!... MÊME SI ON SOUPÇONNE QUELQUE CHOSE, NUL NE POURRA RIEN PROUVER. J'AFFIRMERAI QUE VOUS NE M'AVEZ QUITTÉ À AUCUN MOMENT!...
C'EST BIEN ÇA, CLIFF... HMM... VOILÀ!... J'AI TRÈS EXACTEMENT REPORTÉ SUR LA CARTE TOUS LES RELÈVEMENTS RELATIFS AUX VOLS DE CES DERNIERS JOURS ET...
OH!... PAR EXEMPLE!...
?
AF. 23. B.

RE... REGARDE !... LA DERNIÈRE POSITION CONNUE DE TUMBLER SE SITUE À MOINS DE 150 MILLES DU POINT OÙ BUCK ET MOI AVONS REPÉRÉ LE JET FANTÔME !... YEEPEE !... NOUS BRÛLONS !...
ÇA ALORS !...
DÈS LE LENDEMAIN, À L'AUBE, LES VOLS HABITUELS DE PATROUILLE ET DE SURVEILLANCE ONT REPRIS SUR LE "BIG-E".
HÉ !... QUE SE PASSE-T-IL ?... VOUS AVEZ REMARQUÉ ?... DANNY ET SONNY NE S'ADRESSENT PLUS LA PAROLE !...
EUX QUI ÉTAIENT PLUS LIÉS QUE DES FRÈRES !... ON DIRAIT QU'ILS SONT EN FROID !...
UNE AMITIÉ VIEILLE DE VINGT ANS !... C'EST À PEINE CROYABLE !...
201
CEPENDANT SONNY, AVEC TOUTE SON OBSTINATION ENTÊTÉE DE TEXAN, A COMMENCÉ À APPLIQUER SON PLAN... MULTIPLIANT LES MISSIONS, IL DÉCOLLE À CHAQUE FOIS AVEC HARPER COMME AILIER.
207
HÉ !... ON DIRAIT QUE LE ROUQUIN TEXAN A REPORTÉ TOUTE SON AMITIÉ SUR LE PETIT HARPER !... UNE VRAIE MÈRE POULE !... ILS NE SE QUITTENT PLUS !...
AF.24.A
PLUSIEURS JOURS ONT PASSÉ, ET CE MATIN-LÀ...
?!?... ENCORE UN VOL DE TUCKSON ?!... BON SANG !... IL N'ARRÊTE PAS !...
IL DOIT CHERCHER À S'ÉTOURDIR POUR OUBLIER LA DISPARITION DE TUMBLER, SIR !... ET EN TANT QUE CHEF DE SQUADRON, IL EST LIBRE DE RÉPARTIR LES MISSIONS DEMANDÉES À SON GROUPE COMME IL L'ENTEND !...
ET DURANT SES VOLS... HEU... RIEN REMARQUÉ D'ANORMAL, BARTON ?...
NON, SIR !... LES MISSIONS SONT PARFAITEMENT REMPLIES... LES RENSEIGNEMENTS DEMANDÉS SONT SCRUPULEUSEMENT RAMENÉS... RIEN À DIRE !...
MAIS LA RÉALITÉ EST TOUT AUTRE... DÈS QUE SONNY ET SON AILIER SONT À BONNE DISTANCE DU "BIG-E"...
ALLO, CLIFF... ATTENTION !... GARDE BIEN LE 262 !...
207
206
TANDIS QUE HARPER MAINTIENT SOIGNEUSEMENT SON CAP, SONNY, SUR LE MÊME AXE, PLONGE SOUDAIN VERS LE SOL, PIQUE AU RAS DE LA MER...
VOILÀ !... UNE FOIS DE PLUS, LE TOUR EST JOUÉ !... LES RADARS DE L'"ENTERPRISE" CONTINUENT À SUIVRE CLIFF, QUI VA ACCOMPLIR PAISIBLEMENT NOTRE MISSION... ET MOI, HORS DE VUE, ME VOICI LIBRE DE CONTINUER MES EXPLORATIONS !...
207
VICTOR HUBINON
AF.24.B

À MOINS DE SOIXANTE MÈTRES AU-DESSUS DES VAGUES, EFFECTUANT UN PÉRILLEUX SLALOM ENTRE LES ICEBERGS DE PLUS EN PLUS NOMBREUX, SONNY FONCE VERS LE NORD...
HMM... J'AI DÉJÀ EXPLORÉ SANS RÉSULTAT LA PLUS GRANDE PARTIE DE LA ZONE QUE J'AI DÉLIMITÉE... AUJOURD'HUI JE VAIS POUSSER CARRÉMENT AU NORD. IL Y A LÀ TOUT UN GROUPE D'ÎLES DÉSERTES, ISOLÉES PAR LA BANQUISE!...
NAVY
DIABLE!.. LE TEMPS SE GÂTE DE PLUS EN PLUS!.. IL VA FALLOIR QUE JE MONTE AU-DESSUS DE LA COUCHE DES NUAGES. JE NE PEUX PAS CONTINUER À VOLER AUSSI BAS SANS VISIBILITÉ...
207
MILLE PIEDS!.. HELL!.. À CETTE ALTITUDE, JE SUIS DANS LE RAYON OPÉRATIONNEL DES RADARS!.. JE VAIS ME FAIRE INÉVITABLEMENT REPÉRER. C'EST RISQUÉ, MAIS UNE SEULE CHOSE À FAIRE POUR ÉVITER LES ENNUIS : NE RÉPONDRE À AUCUNE DEMANDE D'IDENTIFICATION!..
207
NAVY
SONNY NE S'EST PAS TROMPÉ, EN EFFET. AU MÊME INSTANT, SUR L'"ENTERPRISE"...
ALERTE!... AVION NON IDENTIFIÉ VOLANT PLEIN NORD DANS LE SECTEUR 325... C'EST UN JET... IL NE RÉPOND À AUCUN DE NOS APPELS!...
CE N'EST SÛREMENT PAS UN DES NÔTRES... AUCUN VOL NE NOUS A ÉTÉ SIGNALÉ DANS LE SECTEUR PAR NOS BASES ARCTIQUES... D'AILLEURS, CE ZINC AURAIT FAIT FONCTIONNER SON SYSTÈME D'IDENTIFICATION!...
AF. 25. A
CEPENDANT...
HÉ!... ÇA S'AGITE DIABLEMENT!.. C'EST LA TROISIÈME FOIS QUE LE "BIG-E" TENTE DE ME CONTACTER!... D'ICI QU'ON ME COLLE UNE PATROUILLE AUX TROUSSES, IL N'Y A PLUS LOIN!..
207
HEUREUSEMENT, L'ARCHIPEL QUE J'AI L'INTENTION DE SURVOLER EST TOUT PROCHE ET...
OOOOOH!...
UN... UN DES JETS FANTÔMES!...
NAVY
207
SOUS LE NEZ DE SONNY, UN LONG BOLIDE NOIR, SANS IMMATRICULATION, VIENT SOUDAIN DE JAILLIR COMME UN BOULET DE L'ÉPAISSE COUCHE DE NUAGES AU RAS DE LAQUELLE VOLE LE "CRUSADER", UN FUSEAU DE MÉTAL QUI, À UNE VITESSE FOUDROYANTE, FONCE VERS LE CIEL, PRESQUE À LA VERTICALE.
AF. 25. B.

AVEC LE RÉFLEXE DU CHASSEUR, SONNY, EN UNE FRACTION DE SECONDE, A VIRÉ SEC. POUSSANT AU MAXIMUM, IL LANCE SON APPAREIL DANS LE SILLAGE DE L'AVION MYSTÉRIEUX... MAIS MALGRÉ SA VITESSE DE MACH 2,2, LE "CRUSADER" EST LITTÉRALEMENT LAISSÉ SUR PLACE.	EN QUELQUES SECONDES, LE JET FANTÔME N'EST PLUS QU'UN POINT MINUSCULE GRIMPANT À UNE ALLURE VERTIGINEUSE... UNE SECONDE ENCORE, ET CE POINT SE FOND DANS LE CIEL... SEUL SUR LE RADAR DE TIR DU "CRUSADER", UN "SPOT" LUMINEUX RÉVÈLE ENCORE QUELQUES COURTS INSTANTS SA COURSE FOLLE.

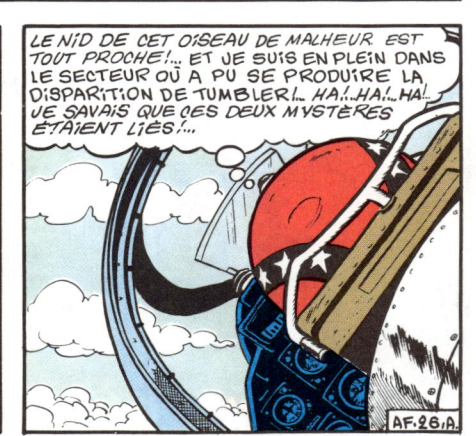

"HELL!... C'EST TOUT SIMPLEMENT PRODIGIEUX!... CE... CE ZINC INCROYABLE MONTAIT AU MOINS À MACH 4!..① "

① : PRÈS DE 5000 KM-H.

"ET PAS QUESTION DE SUIVRE, MÊME DE TRÈS LOIN!... L'ÉCHO LUMINEUX VIENT DE SORTIR DE L'ÉCRAN DE MON RADAR!... CE DAMNÉ PIÈGE EST DÉJÀ HORS DE PORTÉE DU FAISCEAU!... MAIS... *J'AI GAGNÉ!...*"

"LE NID DE CET OISEAU DE MALHEUR EST TOUT PROCHE!... ET JE SUIS EN PLEIN DANS LE SECTEUR OÙ A PU SE PRODUIRE LA DISPARITION DE TUMBLER!... HA!.. HA!.. JE SAVAIS QUE CES DEUX MYSTÈRES ÉTAIENT LIÉS!..."

"PAS DE DOUTE!... LA BASE SECRÈTE DES JETS FANTÔMES EST JUSTE EN DESSOUS DE MOI, DANS UNE DE CES ÎLES QUE CACHE CETTE COUCHE DENSE DE NUAGES ET DE BRUME!..."

"TANT PIS!... J'IGNORE À QUELLE ALTITUDE SE DISSIMULENT LES PARPAINGS DANS CETTE "CRASSE" QUI DOIT TRAÎNER JUSQU'AU SOL, MAIS JE VAIS TENTER UNE PERCÉE AVEC MES RADARS DE BORD!..."

MAIS SOUDAIN...

"ALLO!.. ALLO!.. J'APPELLE AVION NON IDENTIFIÉ VOLANT AU CAP 335,... VOUS SURVOLEZ UNE ZONE INTERDITE!... FAITES-VOUS CONNAÎTRE IMMÉDIATEMENT!.."

?!

"NOM DE NOM!.. QUE... QUEL EST CET ÉMETTEUR QUI M'APPELLE, SANS SE NOMMER, SUR NOTRE FRÉQUENCE DE TRAVAIL HABITUELLE?.. HÉ! C'EST SÛREMENT UN PIÈGE!.. PAS QUESTION DE ME TRAHIR EN RÉPONDANT!.."

"ALLO, ALLO!.. J'APPELLE AVION NON IDENTIFIÉ!.. DERNIER AVERTISSEMENT!.. DEMI-TOUR!.. ET FAITES-VOUS CONNAÎTRE, SINON VOUS SEREZ ABATTU! OVER!..."

"DIABLE!... ÇA SE GÂTE!..."

BON SANG!... AU DIABLE CES IMBÉCILES!... MAIS IL FAUT QUE JE FASSE TRÈS VITE!... ILS SERAIENT CAPABLES DE...
UNE... UNE FUSÉE ANTIAÉRIENNE!...
NAVY
207
JE... OOOOH!... NOM DE NOM!...
AF.27.A.
TALONNANT DÉSESPÉRÉMENT SON PALONNIER, SONNY, DANS UN RÉFLEXE DÉSESPÉRÉ DE DÉFENSE, FAIT DÉRAPER BRUTALEMENT SON "CRUSADER." MAIS TROP TARD...
HELL!... JE...
NAVY
TOUCHÉ!... JE SUIS TOUCHÉ!... ET SALEMENT!...
BON SANG!... JE... JE NE MANOEUVRE PRESQUE PLUS!... ET MON ZINC EST EN FEU!... JE SUIS PERDU!...
NAVY
207
AF.27.B.

PERDANT RAPIDEMENT DE L'ALTITUDE ET ÉVITANT TOUTE MANOEUVRE QUI POURRAIT LE FAIRE "DÉCROCHER" SONNY FUIT DROIT DEVANT LUI...	JE... JE N'AI PAS LE CHOIX! EN LANÇANT UN S.O.S., JE VAIS RÉVÉLER MA DÉSOBÉISSANCE ET JE RISQUE DES SANCTIONS TERRIBLES... MAIS SI JE ME TAIS, NUL NE ME RETROUVERA ET LA DÉCOUVERTE SENSATIONNELLE QUE JE VIENS DE FAIRE RESTERA INCONNUE!

ALLO, BIG-E! ALLO, BIG-E! MAYDAY! MAYDAY! MAYDAY! ①... ICI TURBAN LEADER! MON AVION EST EN FEU! JE VAIS ÊTRE OBLIGÉ DE M'ÉJECTER! VOICI MA POSITION APPROXIMATIVE!

① : S.O.S.

MAIS AU MÊME INSTANT, LE "CRUSADER" QUI CONTINUE À SE DÉSAGRÉGER, BASCULE SOUDAIN, PASSE SUR LE DOS ET...

SAUTER! IL FAUT QUE JE SAUTE TOUT DE SUITE, SINON...

HELL! JE N'AI PAS EU LE TEMPS DE DONNER MA POSITION! JE NE SAIS MÊME PAS SI MON APPEL A ÉTÉ CAPTÉ!

OUF! ME VOICI AU SOL! SAUVÉ!...

HÉLAS! UN NOUVEAU DANGER MENACE DÉJÀ SONNY...

MON PARACHUTE ÉTALÉ FERA SUR LA NEIGE UNE LARGE TACHE FACILEMENT REPÉRABLE...

170

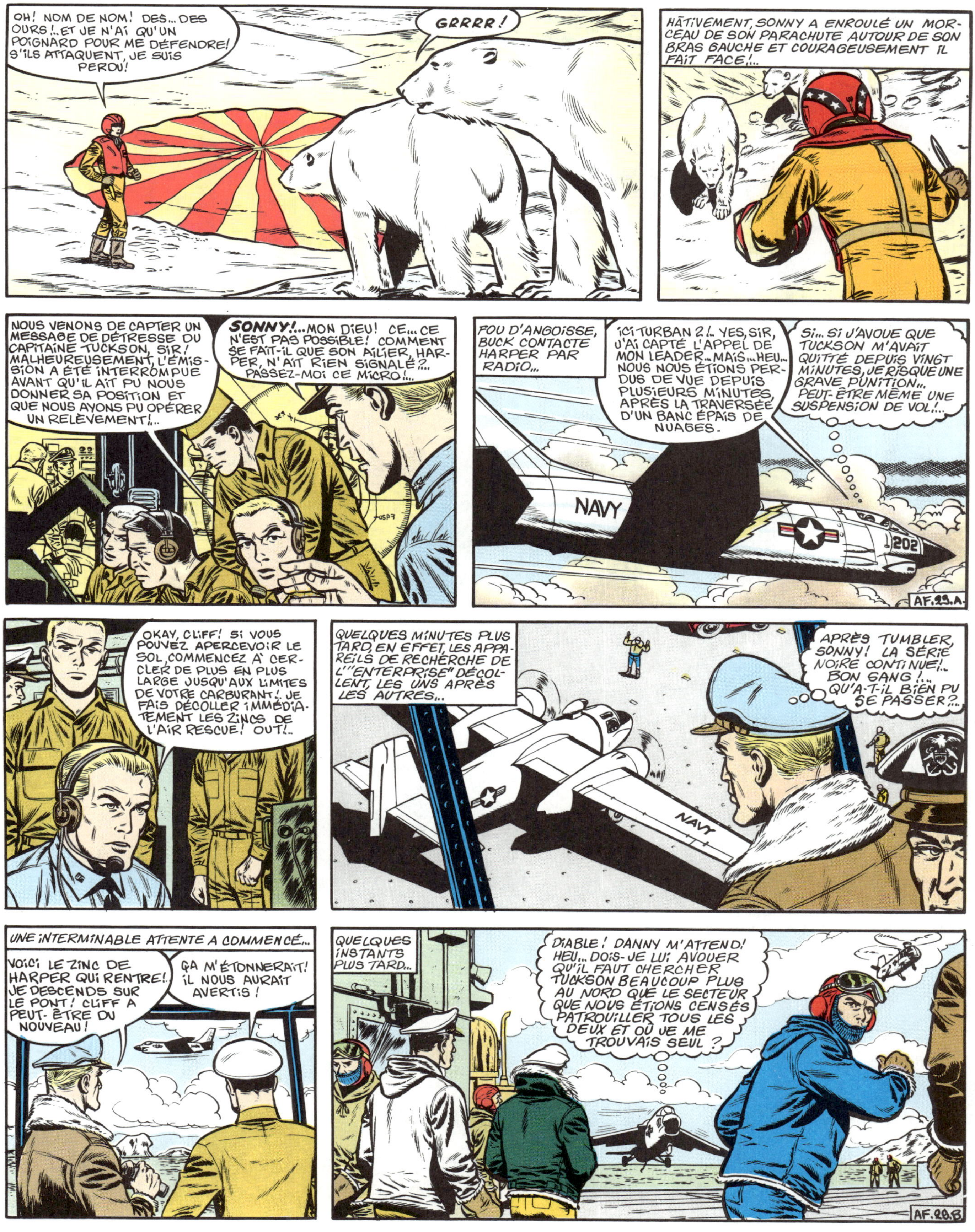

OH! NOM DE NOM! DES... DES OURS!... ET JE N'AI QU'UN POIGNARD POUR ME DÉFENDRE! S'ILS ATTAQUENT, JE SUIS PERDU!
GRRRR!
HÂTIVEMENT, SONNY A ENROULÉ UN MORCEAU DE SON PARACHUTE AUTOUR DE SON BRAS GAUCHE ET COURAGEUSEMENT IL FAIT FACE!...
NOUS VENONS DE CAPTER UN MESSAGE DE DÉTRESSE DU CAPITAINE TUCKSON, SIR! MALHEUREUSEMENT, L'ÉMISSION A ÉTÉ INTERROMPUE AVANT QU'IL AIT PU NOUS DONNER SA POSITION ET QUE NOUS AYONS PU OPÉRER UN RELÈVEMENT!...
SONNY!... MON DIEU! CE... CE N'EST PAS POSSIBLE! COMMENT SE FAIT-IL QUE SON AILIER, HARPER, N'AIT RIEN SIGNALÉ?... PASSEZ-MOI CE MICRO!...
FOU D'ANGOISSE, BUCK CONTACTE HARPER PAR RADIO...
ICI TURBAN 2!... YES, SIR, J'AI CAPTÉ L'APPEL DE MON LEADER... MAIS... HEU... NOUS NOUS ÉTIONS PERDUS DE VUE DEPUIS PLUSIEURS MINUTES, APRÈS LA TRAVERSÉE D'UN BANC ÉPAIS DE NUAGES.
SI... SI J'AVOUE QUE TUCKSON M'AVAIT QUITTÉ DEPUIS VINGT MINUTES, JE RISQUE UNE GRAVE PUNITION... PEUT-ÊTRE MÊME UNE SUSPENSION DE VOL!...
NAVY
202
AF. 29. A.
OKAY, CLIFF! SI VOUS POUVEZ APERCEVOIR LE SOL, COMMENCEZ À CERCLER DE PLUS EN PLUS LARGE JUSQU'AUX LIMITES DE VOTRE CARBURANT!... JE FAIS DÉCOLLER IMMÉDIATEMENT LES ZINCS DE L'AIR RESCUE! OUT!...
QUELQUES MINUTES PLUS TARD, EN EFFET, LES APPAREILS DE RECHERCHE DE L'"ENTERPRISE" DÉCOLLENT, LES UNS APRÈS LES AUTRES...
APRÈS TUMBLER, SONNY! LA SÉRIE NOIRE CONTINUE!... BON SANG!... QU'A-T-IL BIEN PU SE PASSER?...
NAVY
UNE INTERMINABLE ATTENTE A COMMENCÉ...
VOICI LE ZINC DE HARPER QUI RENTRE!... JE DESCENDS SUR LE PONT! CLIFF A PEUT-ÊTRE DU NOUVEAU!
ÇA M'ÉTONNERAIT! IL NOUS AURAIT AVERTIS!
QUELQUES INSTANTS PLUS TARD...
DIABLE! DANNY M'ATTEND! HEU... DOIS-JE LUI AVOUER QU'IL FAUT CHERCHER TUCKSON BEAUCOUP PLUS AU NORD QUE LE SECTEUR QUE NOUS ÉTIONS CENSÉS PATROUILLER TOUS LES DEUX ET OÙ JE ME TROUVAIS SEUL?
AF. 29. B

JE... JE SUIS ABSOLUMENT NAVRÉ DE CE QUI ARRIVE, SIR! JE... J'AIMERAIS VOUS PARLER SEUL À SEUL AVANT DE... DE FAIRE MON RAPPORT OFFICIEL...
?!?!... TRÈS BIEN, CLIFF! DÉBARRASSE-TOI EN VITESSE DE TON ÉQUIPEMENT. JE T'ATTENDS DANS QUELQUES MINUTES À MON BUREAU...
202
JET
DANGER
PEU APRÈS...
JE... JE VAIS TRAHIR UN SECRET ET UN SERMENT, SIR, MAIS SI JE ME TAIS, IL N'Y AURA AUCUNE CHANCE DE RETROUVER LE CAPITAINE TUCKSON ET DE LE SAUVER! IL N'EST PAS TOMBÉ DANS LA RÉGION OÙ ON LE CHERCHE MAIS BIEN PLUS AU NORD!
QU... QUOI ?!... QUE VEUX-TU DIRE ?! IL AURAIT DÉSOBÉI AUX ORDRES ?! OH! LE CINGLÉ! LA SATANÉE MULE!...
IL VOULAIT RÉHABILITER TUMBLER EN PROUVANT L'EXISTENCE D'UNE BASE RUSSE INCONNUE DE NOUS DANS LE SECTEUR OÙ CELUI-CI AVAIT DISPARU ET OÙ VOUS AVIEZ CROISÉ DES JETS FANTÔMES... ET JE CROIS QU'IL A RÉUSSI!...
HEIN ?!...
PEU AVANT QUE LE CAPITAINE LANCE SON S.O.S., J'AI CAPTÉ À LA RADIO DES BRIBES DE MESSAGE... EN ANGLAIS, UN ÉMETTEUR MYSTÉRIEUX SOMMAIT UN AVION DE SE FAIRE CONNAÎTRE, SOUS PEINE D'ÊTRE ABATTU S'IL RESTAIT MUET!...
ET TU CROIS QUE L'AVION QUI REFUSAIT DE RÉPONDRE À CET ULTIMATUM ÉTAIT CELUI DE SONNY? ET QUE LA MENACE AURAIT ÉTÉ EXÉCUTÉE ?... MAIS, BON SANG, OÙ ÉTAIS-TU PENDANT CE TEMPS-LÀ ?...
A.F. 30. A.
TROIS CENTS MILLES PLUS AU SUD, ACCOMPLISSANT SEUL LA MISSION QUI NOUS ÉTAIT PRESCRITE... HEU... C'ÉTAIT CONVENU ENTRE SONNY ET MOI... JE SAIS QUE ÇA VA ME COÛTER CHER, MAIS...
MERCI D'AVOIR PARLÉ MALGRÉ CELA, CLIFF!
LE PLUS URGENT EST D'ALERTER LES AVIONS DE RECHERCHE ET DE LES REMETTRE SUR LA BONNE PISTE! NOUS AVONS DÉJÀ PERDU TROP DE TEMPS! JE STATUERAI PLUS TARD SUR TON CAS!...
OR AU MÊME INSTANT, SUR LA BANQUISE...
HELL! ILS... ILS VONT ATTAQUER!
CE... CE FAUVE DOIT PESER PLUS D'UN QUART DE TONNE! JAMAIS JE NE POURRAI SUPPORTER LE CHOC!
FRAPPER AU VENTRE! AAAAAAH!...
A.F. 30. B.

Case 1: SAUVAGEMENT, DÉSESPÉRÉMENT, SONNY FRAPPE... FRAPPE L'ÉNORME BÊTE QUI L'ÉCRASE DE SON POIDS, L'ÉTOUFFE ENTRE SES PATTES...
PAR MIRACLE, SON CASQUE DE PILOTE, LES COMBINAISONS ET LE GILET DE SAUVETAGE QUI LE MATELASSENT LE PROTÈGENT DES CROCS ET DES TERRIBLES GRIFFES DU PLANTIGRADE.

Case 2: LE VENTRE LARDÉ DE COUPS DE POIGNARD, L'OURS S'EFFONDRE SOUDAIN, MAIS UNE DE SES TERRIBLES PATTES S'ABAT SUR LE CASQUE DE SONNY, ASSOMMANT LE MALHEUREUX.

Case 3: ALORS, IVRE DE FUREUR, ENRAGÉE PAR LA MORT DE SON COMPAGNON, L'OURSE SE RUE À SON TOUR SUR LE CORPS INERTE DU PILOTE...

Case 4: MAIS À L'INSTANT OÙ ELLE ABAT SON ÉNORME PATTE ARMÉE DE GRIFFES TRANCHANTES COMME DES RASOIRS, UN BRUIT INCONNU, INQUIÉTANT, VIENT ALERTER L'ÉPAIS CERVEAU DE LA BRUTE...

Case 5: VOLANT À TRÈS BASSE ALTITUDE, UN AVION A SURGI, UN AVION CAMOUFLÉ EN BLANC, SANS LA MOINDRE IMMATRICULATION...

— OBSERVATEUR À PILOTE!... LÀ, DEVANT!... UN PARACHUTE ÉTALÉ SUR LA NEIGE ET... OH! IL Y A UN TYPE! IL EST ATTAQUÉ PAR DES OURS!...
— NOM DE NOM!... VITE! IL FAUT INTERVENIR!

Case 6: PLONGEANT AU RAS DU "PACK", LE MYSTÉRIEUX AVION FONCE, MOTEURS HURLANTS, VERS L'OURSE...
MAIS LA MORT DE SON MÂLE A RENDU CELLE-CI FOLLE DE FUREUR, INACCESSIBLE À LA PEUR. LE FAUVE FAIT FACE!...

— SEULE UNE ROCKET A UNE CHANCE D'EFFRAYER CETTE DAMNÉE BÊTE!... JE VAIS ESSAYER DE TIRER SANS TOUCHER LE TYPE PAR TERRE!...

Case 7: FEU!

174

175

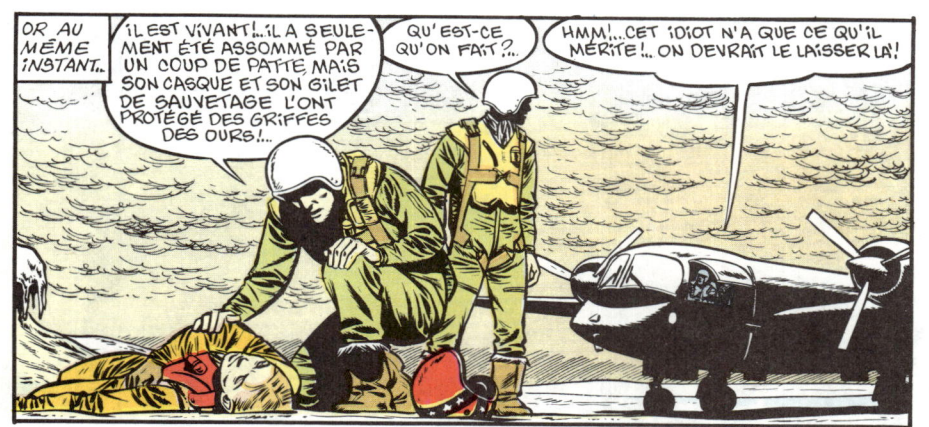

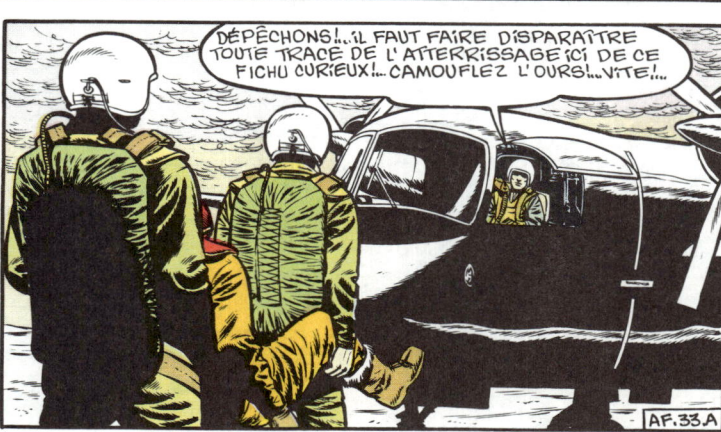

CEPENDANT, SUR LA PASSERELLE DE COMMANDEMENT DU "BIG-E", L'ANGOISSE CROIT AU FUR ET À MESURE QUE PASSENT LES HEURES...
TOUJOURS RIEN, DANNY?
RIEN! NOS APPAREILS DE RECHERCHE ONT RATISSÉ LE SECTEUR DANS LEQUEL TUCKSON A DÛ S'ÉJECTER... MAIS IL FAUDRAIT POUVOIR POUSSER LE TRAVAIL DE QUADRILLAGE PLUS AU NORD-EST!...
IMPOSSIBLE D'AVOIR LA RÉPONSE DE WASHINGTON À MON RAPPORT, BUCK! TUCKSON A DISPARU À PEU PRÈS AU MÊME ENDROIT QUE TUMBLER, ET JUSQU'ICI LES ORDRES SONT FORMELS! AUCUN VOL AUTORISÉ DANS CETTE RÉGION, PAR CRAINTE D'INCIDENTS DIPLOMATIQUES!
À LA SUITE DE VOS GRAVES RÉVÉLATIONS, J'AI DEMANDÉ DE NOUVELLES INSTRUCTIONS ET... AH?! LES VOICI PEUT-ÊTRE.. C'EST LE CENTRAL TRANSMISSION QUI M'APPELLE!
AF.34.A
YESSIR! C'EST LA RÉPONSE DU PENTAGONE! MAIS ELLE EST EN CODE ULTRA-SECRET! À NE DÉCHIFFRER QUE PAR VOUS SEUL, SIR! ET C'EST TRÈS URGENT!
?!?!... J'ARRIVE!
OR AU MÊME INSTANT, TRÈS AU NORD...
RADARISTE AU PILOTE! NOUS DEVONS NOUS TROUVER À PEU PRÈS À LA VERTICALE DU POINT OÙ J'AI DÉTECTÉ, POUR LA PREMIÈRE FOIS, L'AVION SUSPECT... MAIS JE N'AI PLUS AUCUN ÉCHO!...
ET SOUDAIN...
?!?! OBSERVATEUR AU PILOTE! LÀ... JUSTE DEVANT! DES... DES DÉBRIS! ILS FLOTTENT SUR LA MER!
HELL! JOHN A RAISON! REGARDE... SUR LA GLACE! UN DÉBRIS D'AILE! ET... ET SUR L'ICEBERG... DES TRACES DE FUMÉE GRASSE!
BON SANG!
AF.34.B
LE "TRACKER" A COMMENCÉ À CERCLER AU-DESSUS DU LIEU OÙ LE "CRUSADER" DE SONNY, ABANDONNÉ PAR SON PILOTE, A PERCUTÉ LA BANQUISE.
AUCUN DOUTE POSSIBLE, KIDS! C'EST BIEN LE LIEU DU "CRASH"! CE BOUT D'AILE EST CELUI D'UN "CRUSADER"!
IL Y A DES DÉBRIS ÉPARPILLÉS SUR PLUS D'UN MILLE! LE ZINC DE TUCKSON A DÛ HEURTER LE "PACK" DE PLEIN FOUET ET IL A EXPLOSÉ EN MIETTES!...
LE PILOTE A PEUT-ÊTRE RÉUSSI À S'ÉJECTER! JOE!... RAMEUTE TOUS NOS AVIONS EN VOL PAR RADIO!... IL FAUT FOUILLER CE SECTEUR PIED PAR PIED!
NAVY
MAIS UNE HEURE PLUS TARD...
INUTILE DE S'OBSTINER À RATISSER LES ALENTOURS! CE PAUVRE TUCKSON EST BIEN MORT!... SINON ON AURAIT AU MOINS RETROUVÉ SON PARACHUTE!
OH!... LÀ-BAS!... ON DIRAIT!...
AF.34.C.

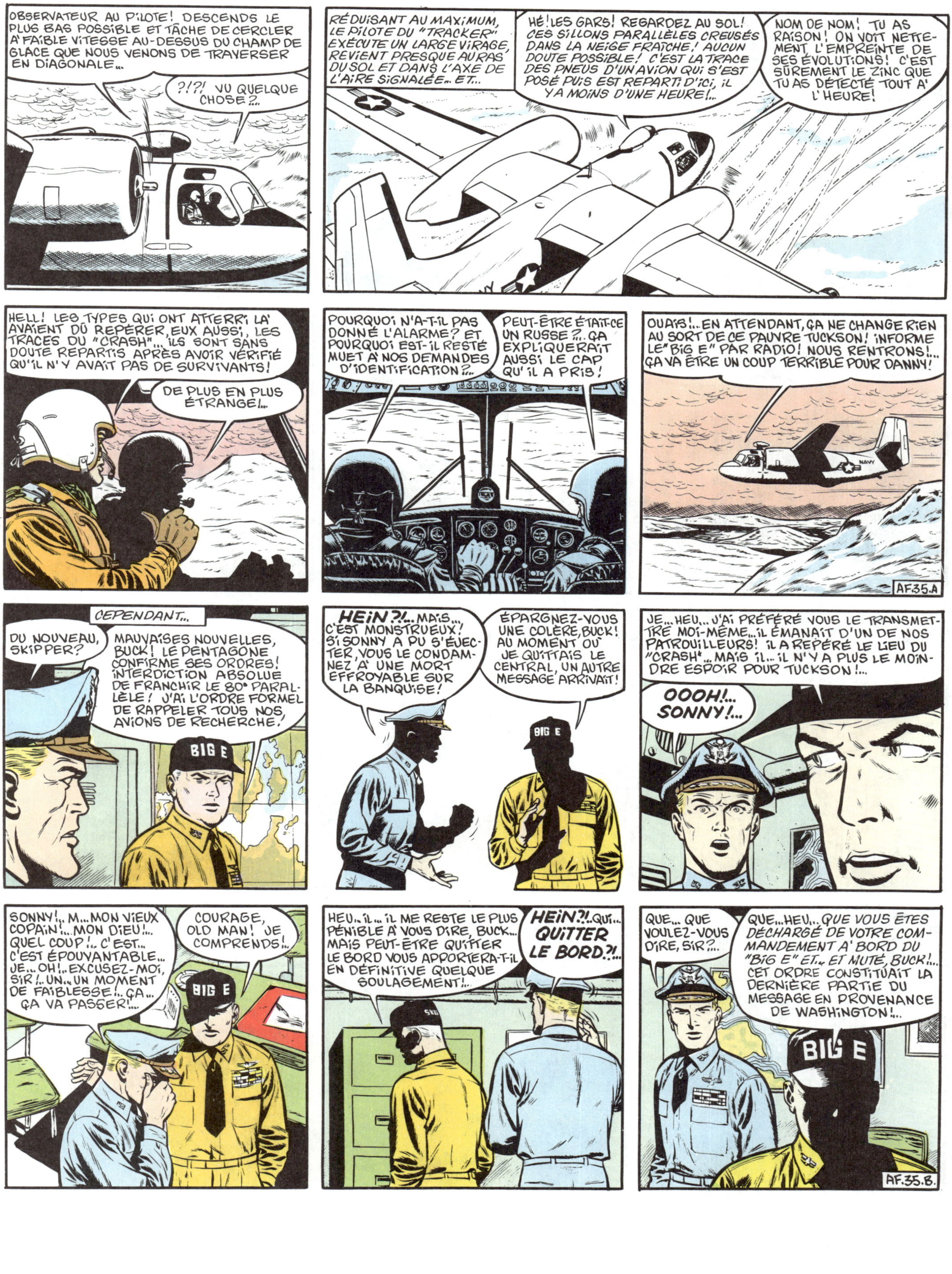
OBSERVATEUR AU PILOTE! DESCENDS LE PLUS BAS POSSIBLE ET TÂCHE DE CERCLER À FAIBLE VITESSE AU-DESSUS DU CHAMP DE GLACE QUE NOUS VENONS DE TRAVERSER EN DIAGONALE...
?!?! VU QUELQUE CHOSE ?...
RÉDUISANT AU MAXIMUM, LE PILOTE DU "TRACKER" EXÉCUTE UN LARGE VIRAGE, REVIENT PRESQUE AU RAS DU SOL ET DANS L'AXE DE L'AIRE SIGNALÉE... ET...
HÉ! LES GARS! REGARDEZ AU SOL! CES SILLONS PARALLÈLES CREUSÉS DANS LA NEIGE FRAÎCHE! AUCUN DOUTE POSSIBLE! C'EST LA TRACE DES PNEUS D'UN AVION QUI S'EST POSÉ PUIS EST REPARTI D'ICI, IL Y A MOINS D'UNE HEURE!...
NOM DE NOM! TU AS RAISON! ON VOIT NETTEMENT L'EMPREINTE DE SES ÉVOLUTIONS! C'EST SÛREMENT LE ZINC QUE TU AS DÉTECTÉ TOUT À L'HEURE!
HELL! LES TYPES QUI ONT ATTERRI LÀ AVAIENT DÛ REPÉRER, EUX AUSSI, LES TRACES DU "CRASH"... ILS SONT SANS DOUTE REPARTIS APRÈS AVOIR VÉRIFIÉ QU'IL N'Y AVAIT PAS DE SURVIVANTS!
DE PLUS EN PLUS ÉTRANGE!...
POURQUOI N'A-T-IL PAS DONNÉ L'ALARME? ET POURQUOI EST-IL RESTÉ MUET À NOS DEMANDES D'IDENTIFICATION ?...
PEUT-ÊTRE ÉTAIT-CE UN RUSSE ?... ÇA EXPLIQUERAIT AUSSI LE CAP QU'IL A PRIS!
OUAIS!... EN ATTENDANT, ÇA NE CHANGE RIEN AU SORT DE CE PAUVRE TUCKSON! INFORME LE "BIG E" PAR RADIO! NOUS RENTRONS!... ÇA VA ÊTRE UN COUP TERRIBLE POUR DANNY!
NAVY
AF.35.A
CEPENDANT...
DU NOUVEAU, SKIPPER?
MAUVAISES NOUVELLES, BUCK! LE PENTAGONE CONFIRME SES ORDRES! INTERDICTION ABSOLUE DE FRANCHIR LE 80° PARALLÈLE! J'AI L'ORDRE FORMEL DE RAPPELER TOUS NOS AVIONS DE RECHERCHE!
BIG E
HEIN ?!... MAIS... C'EST MONSTRUEUX! SI SONNY A PU S'ÉJECTER, VOUS LE CONDAMNEZ À UNE MORT EFFROYABLE SUR LA BANQUISE!
ÉPARGNEZ-VOUS UNE COLÈRE, BUCK! AU MOMENT OÙ JE QUITTAIS LE CENTRAL, UN AUTRE MESSAGE ARRIVAIT!
BIG E
JE... HEU... J'AI PRÉFÉRÉ VOUS LE TRANSMETTRE MOI-MÊME... IL ÉMANAIT D'UN DE NOS PATROUILLEURS! IL A REPÉRÉ LE LIEU DU "CRASH"... MAIS IL... IL N'Y A PLUS LE MOINDRE ESPOIR POUR TUCKSON!...
OOOH!... SONNY!...
SONNY!... M... MON VIEUX COPAIN!... MON DIEU!... QUEL COUP!... C'EST... C'EST ÉPOUVANTABLE... JE... OH!... EXCUSEZ-MOI, SIR!... UN... UN MOMENT DE FAIBLESSE!... ÇA... ÇA VA PASSER!...
COURAGE, OLD MAN! JE COMPRENDS!...
BIG E
HEU... IL... IL ME RESTE LE PLUS PÉNIBLE À VOUS DIRE, BUCK... MAIS PEUT-ÊTRE QUITTER LE BORD VOUS APPORTERA-T-IL EN DÉFINITIVE QUELQUE SOULAGEMENT!...
HEIN ?!... QUI... QUITTER LE BORD ?!...
QUE... QUE VOULEZ-VOUS DIRE, SIR ?...
QUE... HEU... QUE VOUS ÊTES DÉCHARGÉ DE VOTRE COMMANDEMENT À BORD DU "BIG E" ET... ET MUTÉ, BUCK!... CET ORDRE CONSTITUAIT LA DERNIÈRE PARTIE DU MESSAGE EN PROVENANCE DE WASHINGTON!...
BIG E
AF.35.B.

RELEVÉ DE MON COMMANDEMENT ?... MAIS... POURQUOI ?...
OH !.. J'AI PROTESTÉ... MAIS LE PENTAGONE SEMBLE VOUS RENDRE RESPONSABLE DE LA DÉSOBÉISSANCE DE TUCKSON, ET PAR LÀ DE NOUS AVOIR FAIT FRÔLER L'INCIDENT INTERNATIONAL !...
QUOI ?!... MAIS... C'EST PROFONDÉMENT INJUSTE, VOUS LE SAVEZ BIEN !.. JE ME SUIS MÊME DISPUTÉ AVEC SONNY À CE SUJET !.. BON SANG !.. ET... ET OÙ SUIS-JE ENVOYÉ ?..
J'AI BEAUCOUP INSISTÉ POUR LE SAVOIR, ET, CONFIDENTIELLEMENT, JE L'AI APPRIS... VOUS DEVEZ QUITTER LE BORD SOUS 48 HEURES ET REGAGNER LES STATES, D'OÙ VOUS SEREZ DIRIGÉ SUR LA BASE D'ESSAIS D'AMARILLO !...
HEIN ?!.. AMARILLO ?!... MAIS... MAIS C'EST LA BASE SECRÈTE OÙ A ÉTÉ SOI-DISANT MUTÉ SLIM HOLDEN !..
?!?!... POURQUOI DITES-VOUS : "SOI-DISANT" ?...
PARCE QUE CETTE BASE N'A JAMAIS EXISTÉ, SIR !.. SOUVENEZ-VOUS, LES TÉLÉGRAMMES QUE J'AI EXPÉDIÉS À HOLDEN À CETTE ADRESSE ME SONT TOUS REVENUS AVEC LA MENTION : ADRESSE INCONNUE !...
CURIEUX !...
INCONNUE NE VEUT PAS DIRE INEXISTANTE, DANNY !.. DES MOTIFS STRATÉGIQUES PEUVENT JUSTIFIER LE BLACK-OUT TOTAL QUI ENTOURE CETTE BASE !...
JE SUPPOSE QU'IL EST INUTILE DE DISCUTER LA DÉCISION DU PENTAGONE !.. EH BIEN, SOIT !.. JE PARTIRAI !..
AF.36.A.
J'IGNORE QUELLE MOUCHE A PIQUÉ LES "GROS BONNETS" DE L'AÉRONAVALE... MAIS JE VAIS VOUS REGRETTER, DANNY... J'AVAIS RUDEMENT BESOIN DE VOUS À LA TÊTE DE MES PILOTES...
THANK YOU, SIR !...
C'EST UNE CHANCE QUE LES MYSTÉRIEUX SOUS-MARINS QUI NOUS PISTAIENT SEMBLENT AVOIR PERDU NOTRE TRACE DEPUIS QUE L'ÉMETTEUR CLANDESTIN QUI LES RENSEIGNAIT À NOTRE BORD A ÉTÉ DÉCOUVERT !...
JE... JE VOUDRAIS VOUS DEMANDER UNE FAVEUR AVANT DE QUITTER LE BORD, SIR !.. CELLE D'ALLER SURVOLER LE LIEU OÙ S'EST ÉCRASÉ SONNY, POUR UN DERNIER ADIEU !...
JE COMPRENDS ÇA, BUCK !.. MES NOUVEAUX ORDRES M'OBLIGENT À REJETER CATÉGORIQUEMENT VOTRE DEMANDE... MAIS... HMM... POUR 48 HEURES ENCORE, VOUS ÊTES LE PATRON DE LA CHASSE DU BORD ET LE SEUL RESPONSABLE DES VOLS...
HMM... À CONDITION QUE NOS RADARS NE DÉTECTENT RIEN, JE NE SUIS PAS CENSÉ SAVOIR SI VOUS AVEZ OU NON EFFECTUÉ UN LÉGER CROCHET VERS LE NORD AU COURS DE VOTRE DERNIÈRE MISSION...
MERCI, SIR !..
UN INSTANT, BUCK !.. JE... HEU... JE PRÉFÉRERAIS QUE VOUS VOUS FASSIEZ ESCORTER PAR UN AILIER... APRÈS TOUT CE QUI S'EST PASSÉ, C'EST PLUS PRUDENT !...
ENTENDU, SIR !..
VICTOR HUBINON
AF.36.B.

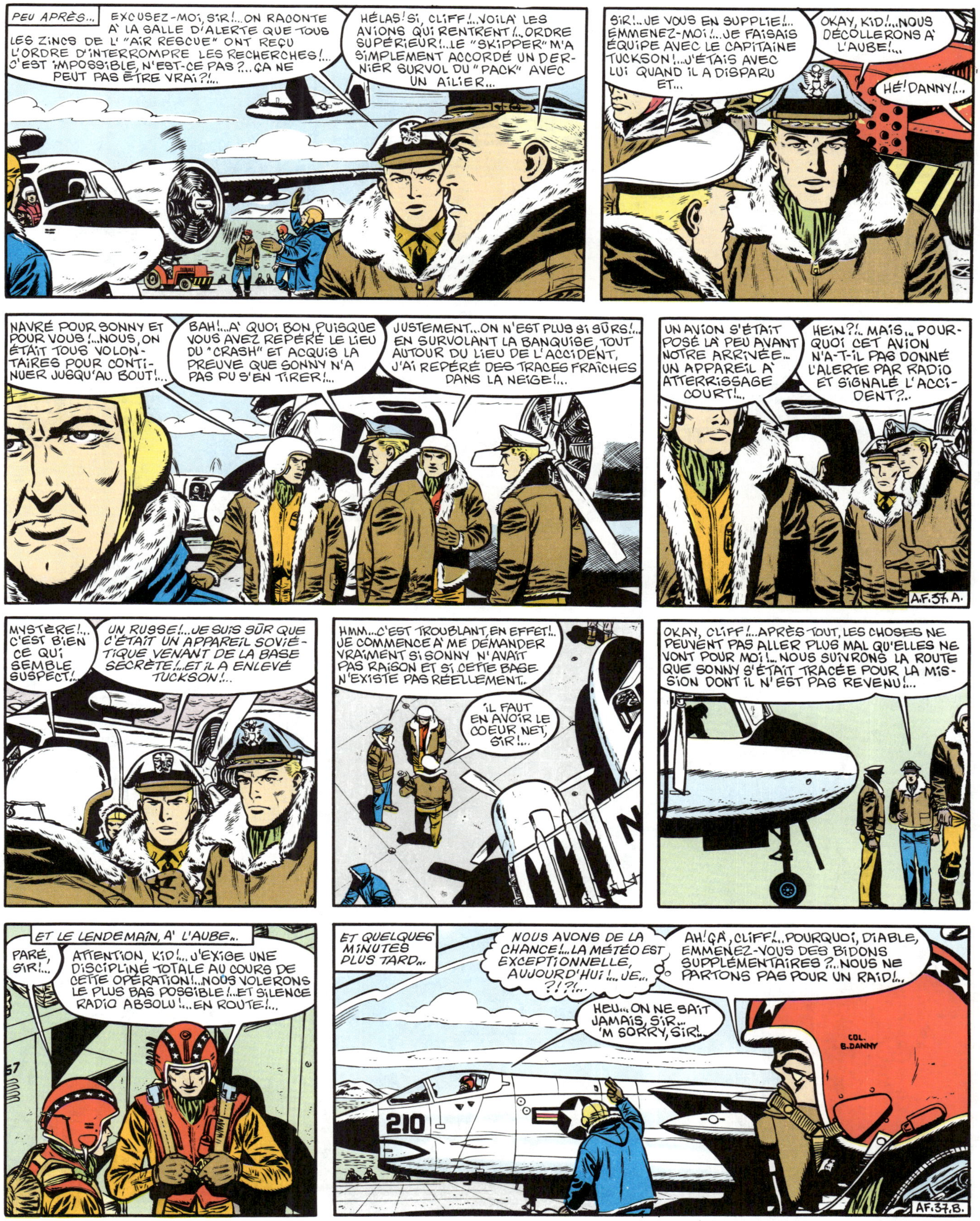
PEU APRÈS...
EXCUSEZ-MOI, SIR !... ON RACONTE À LA SALLE D'ALERTE QUE TOUS LES ZINCS DE L'"AIR RESCUE" ONT REÇU L'ORDRE D'INTERROMPRE LES RECHERCHES !... C'EST IMPOSSIBLE, N'EST-CE PAS ?... ÇA NE PEUT PAS ÊTRE VRAI ?!...
HÉLAS ! SI, CLIFF !... VOILÀ LES AVIONS QUI RENTRENT !... ORDRE SUPÉRIEUR !... LE "SKIPPER" M'A SIMPLEMENT ACCORDÉ UN DERNIER SURVOL DU "PACK" AVEC UN AILIER...
SIR !... JE VOUS EN SUPPLIE !... EMMENEZ-MOI !... JE FAISAIS ÉQUIPE AVEC LE CAPITAINE TUCKSON !... J'ÉTAIS AVEC LUI QUAND IL A DISPARU ET...
OKAY, KID !... NOUS DÉCOLLERONS À L'AUBE !...
HÉ ! DANNY !...
NAVRÉ POUR SONNY ET POUR VOUS !... NOUS, ON ÉTAIT TOUS VOLONTAIRES POUR CONTINUER JUSQU'AU BOUT !...
BAH !... À QUOI BON PUISQUE VOUS AVEZ REPÉRÉ LE LIEU DU "CRASH" ET ACQUIS LA PREUVE QUE SONNY N'A PAS PU S'EN TIRER !...
JUSTEMENT... ON N'EST PLUS SI SÛRS !... EN SURVOLANT LA BANQUISE, TOUT AUTOUR DU LIEU DE L'ACCIDENT, J'AI REPÉRÉ DES TRACES FRAÎCHES DANS LA NEIGE !...
UN AVION S'ÉTAIT POSÉ LÀ PEU AVANT NOTRE ARRIVÉE... UN APPAREIL À ATTERRISSAGE COURT !...
HEIN ?!... MAIS... POURQUOI CET AVION N'A-T-IL PAS DONNÉ L'ALERTE PAR RADIO ET SIGNALÉ L'ACCIDENT ?...
A.F. 37. A.
MYSTÈRE !... C'EST BIEN CE QUI SEMBLE SUSPECT !...
UN RUSSE !... JE SUIS SÛR QUE C'ÉTAIT UN APPAREIL SOVIÉTIQUE VENANT DE LA BASE SECRÈTE !... ET IL A ENLEVÉ TUCKSON !...
HMM... C'EST TROUBLANT, EN EFFET !... JE COMMENCE À ME DEMANDER VRAIMENT SI SONNY N'AVAIT PAS RAISON ET SI CETTE BASE N'EXISTE PAS RÉELLEMENT...
IL FAUT EN AVOIR LE COEUR NET, SIR !...
OKAY, CLIFF !... APRÈS TOUT, LES CHOSES NE PEUVENT PAS ALLER PLUS MAL QU'ELLES NE VONT POUR MOI !... NOUS SUIVRONS LA ROUTE QUE SONNY S'ÉTAIT TRACÉE POUR LA MISSION DONT IL N'EST PAS REVENU !...
ET LE LENDEMAIN, À L'AUBE...
PARÉ, SIR !...
ATTENTION, KID !... J'EXIGE UNE DISCIPLINE TOTALE AU COURS DE CETTE OPÉRATION !... NOUS VOLERONS LE PLUS BAS POSSIBLE !... ET SILENCE RADIO ABSOLU !... EN ROUTE !...
ET QUELQUES MINUTES PLUS TARD...
NOUS AVONS DE LA CHANCE !... LA MÉTÉO EST EXCEPTIONNELLE, AUJOURD'HUI !... JE... ?!?!...
AH ! ÇA, CLIFF !... POURQUOI, DIABLE, EMMENEZ-VOUS DES BIDONS SUPPLÉMENTAIRES ?... NOUS NE PARTONS PAS POUR UN RAID !...
HEU... ON NE SAIT JAMAIS, SIR... 'M SORRY, SIR !...
COL. B. DANNY
210
A.F. 37. B.

180

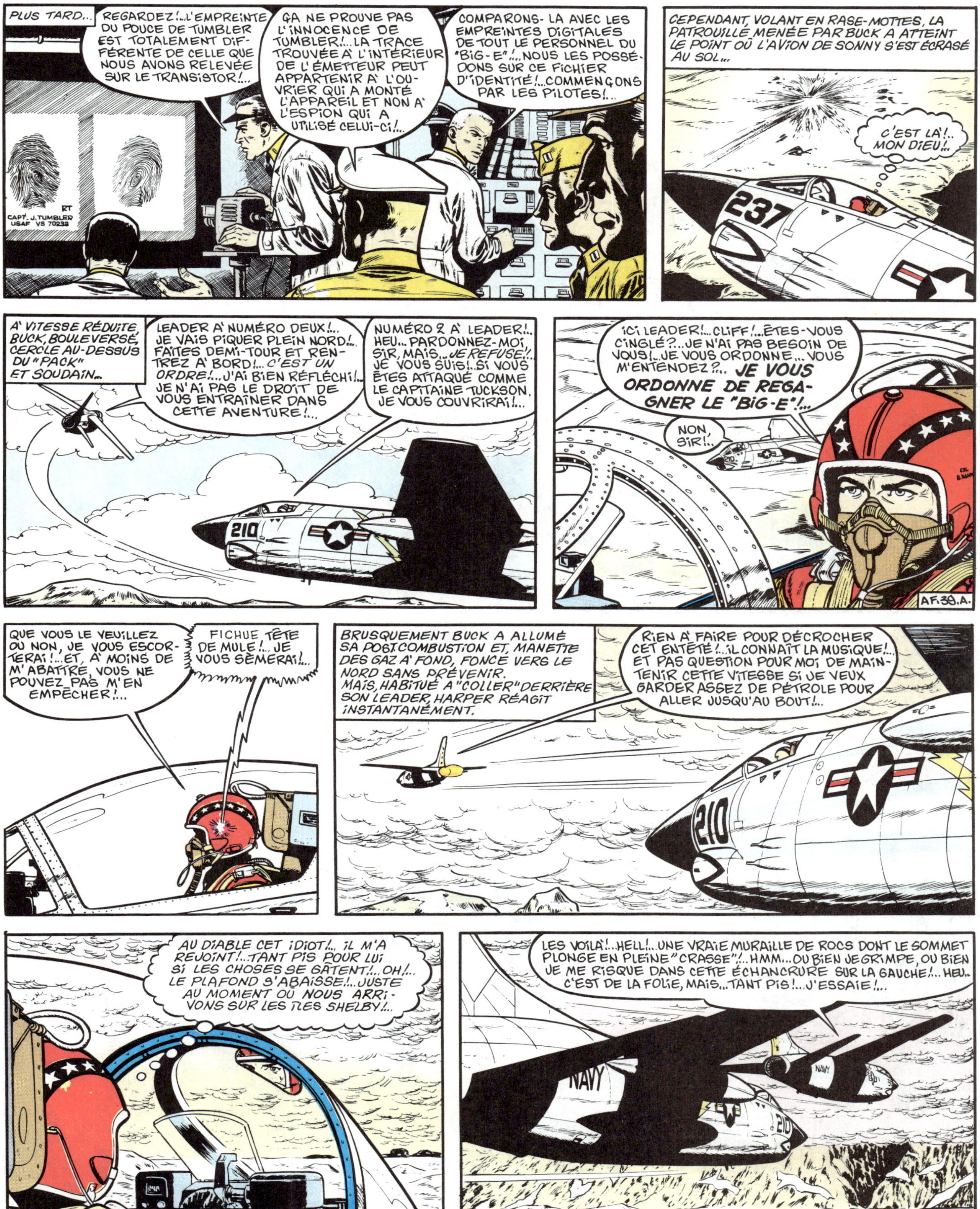
PLUS TARD...
REGARDEZ!...L'EMPREINTE DU POUCE DE TUMBLER EST TOTALEMENT DIFFÉRENTE DE CELLE QUE NOUS AVONS RELEVÉE SUR LE TRANSISTOR!...
ÇA NE PROUVE PAS L'INNOCENCE DE TUMBLER!... LA TRACE TROUVÉE À L'INTÉRIEUR DE L'ÉMETTEUR PEUT APPARTENIR À L'OUVRIER QUI A MONTÉ L'APPAREIL ET NON À L'ESPION QUI A UTILISÉ CELUI-CI!...
COMPARONS-LA AVEC LES EMPREINTES DIGITALES DE TOUT LE PERSONNEL DU "BIG-E"!...NOUS LES POSSÉDONS SUR CE FICHIER D'IDENTITÉ!...COMMENÇONS PAR LES PILOTES!...
RT
CAPT. J. TUMBLER
USAF VS 70232
CEPENDANT, VOLANT EN RASE-MOTTES, LA PATROUILLE MENÉE PAR BUCK A ATTEINT LE POINT OÙ L'AVION DE SONNY S'EST ÉCRASÉ AU SOL...
C'EST LÀ!.. MON DIEU!..
237
À VITESSE RÉDUITE, BUCK, BOULEVERSÉ, CERCLE AU-DESSUS DU "PACK" ET SOUDAIN...
LEADER À NUMÉRO DEUX!... JE VAIS PIQUER PLEIN NORD!... FAITES DEMI-TOUR ET RENTREZ À BORD!... C'EST UN ORDRE!...J'AI BIEN RÉFLÉCHI!... JE N'AI PAS LE DROIT DE VOUS ENTRAÎNER DANS CETTE AVENTURE!...
NUMÉRO 2 À LEADER!... HEU... PARDONNEZ-MOI, SIR, MAIS... JE REFUSE!... JE VOUS SUIS!..SI VOUS ÊTES ATTAQUÉ COMME LE CAPITAINE TUCKSON, JE VOUS COUVRIRAI!...
210
ICI LEADER!...CLIFF!...ÊTES-VOUS CINGLÉ?...JE N'AI PAS BESOIN DE VOUS!...JE VOUS ORDONNE... VOUS M'ENTENDEZ?... JE VOUS ORDONNE DE REGAGNER LE "BIG-E"!...
NON, SIR!...
AF.39.A.
QUE VOUS LE VEUILLEZ OU NON, JE VOUS ESCORTERAI!...ET, À MOINS DE M'ABATTRE, VOUS NE POUVEZ PAS M'EN EMPÊCHER!...
FICHUE TÊTE DE MULE!... JE VOUS SÈMERAI!...
BRUSQUEMENT BUCK A ALLUMÉ SA POST-COMBUSTION ET, MANETTE DES GAZ À FOND, FONCE VERS LE NORD SANS PRÉVENIR. MAIS, HABITUÉ À "COLLER" DERRIÈRE SON LEADER, HARPER RÉAGIT INSTANTANÉMENT.
RIEN À FAIRE POUR DÉCROCHER CET ENTÊTÉ!...IL CONNAÎT LA MUSIQUE!... ET PAS QUESTION POUR MOI DE MAINTENIR CETTE VITESSE SI JE VEUX GARDER ASSEZ DE PÉTROLE POUR ALLER JUSQU'AU BOUT!...
210
AU DIABLE CET IDIOT!... IL M'A REJOINT!...TANT PIS POUR LUI SI LES CHOSES SE GÂTENT!... OH!... LE PLAFOND S'ABAISSE!...JUSTE AU MOMENT OÙ NOUS ARRIVONS SUR LES ÎLES SHELBY!...
LES VOILÀ!...HELL!...UNE VRAIE MURAILLE DE ROCS DONT LE SOMMET PLONGE EN PLEINE "CRASSE"!...HMM... OU BIEN JE GRIMPE, OU BIEN JE ME RISQUE DANS CETTE ÉCHANCRURE SUR LA GAUCHE!...HEU... C'EST DE LA FOLIE, MAIS... TANT PIS!...J'ESSAIE!...
NAVY
NAVY
210
AF.39.B.

Case 1
AILE DANS AILE, LES DEUX JETS S'ENGOUFFRENT DANS L'ÉTROITE GORGE, BLOQUÉE PAR LES GLACES ET QUI SINUE ENTRE D'ÉNORMES PAROIS DONT LE FRONT SE PERD DANS LA BRUME.

ENCORE UNE CHANCE QUE LA MÉTÉO SOIT EXCEPTIONNELLE, AUJOURD'HUI!... CET ARCHIPEL EST HABITUELLEMENT NOYÉ SOUS LES NUAGES 360 JOURS SUR 365!... DIABLE!... MON CARBURANT S'ÉPUISE DANGEREUSEMENT!...

Case 2
APRÈS UN DERNIER COUDE BRUSQUE, NÉGOCIÉ ACROBATIQUEMENT PAR LES DEUX PILOTES, LE DÉTROIT S'ÉLARGIT SOUDAIN DEVANT EUX, DÉMASQUANT À L'INTÉRIEUR DE LA CEINTURE DES ÎLES UNE IMMENSE BANQUISE PLANE COMME UN MIROIR... ET...

?!?!... TONNERRE!...

OOH!... LÀ!... LA BASE SECRÈTE!...

Case 3
C'EST ELLE, EN EFFET, AVEC SON IMMENSE PISTE AMÉNAGÉE SUR LA GLACE, SES HANGARS, SES ATELIERS CREUSÉS DANS LE ROC, SES INSTALLATIONS DE DÉTECTION ET SES RADARS.

NOM DE NOM!... C'EST UNE VRAIE VILLE!... OH!... SONNY AVAIT RAISON!... C'EST BIEN LE NID DES JETS FANTÔMES!... ILS SONT LÀ!... ALIGNÉS AU SOL!...

ENFIN!... NOUS LES TENONS!... HA!... HA!... HA!... C'EST LA PANIQUE, LÀ-DESSOUS!... LA SURPRISE A ÉTÉ TOTALE!... LES FALAISES ONT MASQUÉ NOTRE APPROCHE AUX RADARS!...

CLIFF TOUJOURS DANS SON SILLAGE, BUCK PLONGE AU RAS DU SOL VERS L'AIRE OÙ, SANS LA MOINDRE IMMATRICULATION, S'ALIGNENT LES JETS MYSTÉRIEUX.
PRODIGIEUX! JAMAIS JE N'AI VU DE ZINCS COMME CEUX-LÀ!
QUI, DIABLE, A BIEN PU INSTALLER À NOTRE BARBE CETTE BASE CLANDESTINE ? OH!... LÀ-BAS! DES BATTERIES DE FUSÉES ANTIAVIONS ! MAIS... MA PAROLE! ON DIRAIT...
CEPENDANT DANS LES LOCAUX DU SERVICE DE SÉCURITÉ DE L'"ENTERPRISE"...
PLUS DE DOUTE POSSIBLE! LES DEUX EMPREINTES SONT RIGOUREUSEMENT IDENTIQUES!
CETTE FOIS, NOUS TENONS ENFIN L'ESPION QUI NOUS TRAHISSAIT. LE VRAI! IL FAUT ARRÊTER CE RASCAL IMMÉDIATEMENT! JE COURS AVERTIR LE SKIPPER!
AF.41.A.
OR À LA MÊME SECONDE, AU-DESSUS DE LA MYSTÉRIEUSE BASE POLAIRE, BUCK, LUI AUSSI, EST EN TRAIN DE VIVRE L'UNE DES PLUS GRANDES SURPRISES DE SA VIE DE PILOTE!...
EST-CE... EST-CE QUE JE DEVIENS FOU?! CES... CES FUSÉES SOL-AIR?! CE SONT DES "NIKE"!... DES FUSÉES AMÉRICAINES!...
MAIS SOUDAIN...
ALLO... ALLO... ICI CONTRÔLE AU SOL! J'APPELLE LES DEUX "CRUSADERS" U.S. QUI NOUS SURVOLENT EN CE MOMENT! ATTERRISSEZ IM-MÉ-DIA-TEMENT! ET PAS UN MOT À LA RADIO!
HEIN?!...
MA PAROLE! C'EST CETTE BASE PIRATE QUI NOUS APPELLE! ET... EN ANGLAIS!
ICI COLONEL DANNY, DE L'"ENTERPRISE"! QUI ÊTES-VOUS? RÉPONDEZ!
OH?! LE COLONEL DANNY? CONTINUEZ À CERCLER.. QUELQU'UN VA VOUS PARLER!
?!?! OÙ DIABLE SOMMES-NOUS? SÛREMENT PAS AU-DESSUS D'UNE BASE RUSSE! NOUS AURIONS DÉJÀ ÉTÉ ABATTUS!
ET TOUT À COUP, C'EST UNE VOIX FAMILIÈRE QUI SONNE AUX OREILLES DE BUCK, CLOUÉ DE STUPEUR.
ALLO, VIEILLE NOIX! POUR L'AMOUR DU CIEL, PAS D'IDIOTIES! ATTERRIS!
AF.41.B.

S...S... SONNY !...
C'EST LA VOIX DE SONNY !...
P...PAS POSSIBLE! JE DÉLIRE! LE DÉBIT DE MON MASQUE A OXYGÈNE DOIT ÊTRE DÉRÉGLÉ ET ME DONNE DES HALLUCINATIONS!
BUCK! ATTERRIS AVEC TON AILIER EN CONFIANCE ET SANS POSER DE QUESTIONS! VITE! TU VAS FINIR PAR TE FAIRE DESCENDRE!
CEPENDANT SUR LE "BIG-E"...
YES, SIR, JE SUIS FORMEL! L'EMPREINTE RELEVÉE A L'INTÉRIEUR DE L'ÉMETTEUR CLANDESTIN N'EST PAS CELLE DE TUMBLER, MAIS BIEN CELLE DU PILOTE CLIFF HARPER !...
L'ESPION, C'ÉTAIT LUI! IL FAUT L'ARRÊTER IMMÉDIATEMENT!
HEIN?! MAIS IL... IL EST EN VOL AVEC DANNY! TONNERRE! IL... IL FAUT ALERTER BUCK PAR RADIO A TOUT PRIX! VITE!...
LOIN AU NORD, MAL REMIS DE SA STUPEUR ET APRÈS DE MORTELLES SECONDES D'HÉSITATION, BUCK DANNY, IMPRESSIONNÉ PAR L'INSISTANCE ANGOISSÉE DE SONNY, VIENT BRUSQUEMENT DE SE DÉCIDER...
LEADER A NUMÉRO 2! IL FAUT ÉCLAIRCIR CE MYSTÈRE, CLIFF! ON SE POSE! JE VAIS ATTERRIR LE PREMIER! BREAK!
DU NUMÉRO 2! OKAY, SIR! JE VOUS SUIS!...
AF. 42. A.
BUCK A AMORCÉ SA PROCÉDURE... MAIS SOUDAIN...
?!?! HEIN?! MAIS... QUE FAIT CLIFF?... IL A REMIS LA GOMME!... IL GRIMPE "PLEIN POT" ET... AH! ÇA... IL... IL EST FOU ?!...
IL S'ÉLOIGNE PLEIN NORD!... ALLO... ALLO, CLIFF!...
LEADER A NUMÉRO 2!... BON SANG!... RÉPONDEZ!... CLIFF!... ALLO!... ALLO!...
ÉPOUMONE-TOI, IMBÉCILE!... C'EST ICI QUE NOS ROUTES SE SÉPARENT! HA! HA! HA!
GRÂCE A TA JOBARDISE, JE SAIS MAINTENANT CE QUE JE VOULAIS SAVOIR!... CE QUE NOS SOUS-MARINS RECHERCHENT DEPUIS DES MOIS!... L'EMPLACEMENT DE LA BASE SECRÈTE!...
LT. C. HARPER
ALLO, DANNY!... ALLO, DANNY!... ICI L'"ENTERPRISE"!... C'EST LE COMMANDANT DE POIX EN PERSONNE QUI VOUS PARLE!... ALLO!...
ATTENTION!... VOUS ÊTES EN DANGER!... NOUS VENONS DE DÉCOUVRIR, SANS DOUTE POSSIBLE, QUE VOTRE AILIER HARPER EST UN ESPION!...
QU... QUOI ?!...
C'EST LUI QUI RENSEIGNAIT PAR RADIO LES SOUS-MARINS QUI NOUS SUIVAIENT!... JE VOUS ORDONNE DE LE NEUTRALISER A TOUT PRIX!...
NOM DE NOM!...
VOILA DONC POURQUOI CE COYOTE FUIT SANS RÉPONDRE A AUCUN APPEL!... BON SANG!... IL FAUT QUE JE LE RATTRAPE!...
VICTOR HUBINON
AF. 42. B.

POST-COMBUSTION ALLUMÉE, BUCK VIRE ET, GAZ OUVERTS À FOND, SE RUE À LA POURSUITE DU "CRUSADER" DE HARPER, ALOURDI ET FREINÉ PAR SES BIDONS SUPPLÉMENTAIRES... — ALLO!.. ALLO, HARPER!.. ICI DANNY!.. TU ES DÉMASQUÉ, RASCAL!.. INUTILE DE FUIR!.. JE T'AI PRIS EN CHASSE!..DEMI-TOUR!..	— ALLO, CLIFF!..IL EST TROP TARD POUR LARGUER TES "BIDONS"!.. JE SUIS DANS TON DOS!.. DERNIER AVERTISSEMENT!.. DEMI-TOUR ET POSE-TOI, OU JE TE DESCENDS!.. — VA-T'EN AU DIABLE, DANNY!..

— MON DIEU!..PARDONNEZ-MOI, C'EST AFFREUX, MAIS JE N'AI PAS LE CHOIX!..

DÉSESPÉRÉMENT L'ESPION S'EST LANCÉ DANS UN CARROUSEL EFFRÉNÉ POUR TENTER DE DÉCROCHER ET D'EMPÊCHER BUCK D'AJUSTER SON TIR... C'EST COMPTER SANS LA VIRTUOSITÉ ET L'INFAILLIBLE COUP D'ŒIL DE CE DERNIER.

QUELQUES MINUTES PLUS TARD, BUCK, BOULEVERSÉ, REVIENT SE POSER SUR LA BASE INCONNUE...
— LE MALHEUREUX!..SON ZINC A EXPLOSÉ AVEC LUI!..DIEU AIT SON ÂME!..

— LE "CRUSADER" A GAGNÉ LE PARKING ET...
— ?!?!..OOOH!...

— S...SONNY!..T...TUMB!..SLIM HOLDEN!.. VI...VIVANTS!..ICI!..AH!ÇA!..JE DÉLIRE!.. JE DEVIENS FOU!..
— REMETS-TOI, VIEILLE NOIX!..TU NE RÊVES PAS!..
— BUCK!..ENFIN!..HEUREUX DE TE REVOIR!..BIENVENUE À AMARILLO!..

— A...AMARILLO?!..OOH!..
— C'EST LE NOM-CODE DE CETTE BASE!..UNE BASE ULTRA-SECRÈTE DONT SEUL LE PRÉSIDENT DES U.S.A. ET QUELQUES TRÈS RARES INITIÉS CONNAISSENT L'EXISTENCE!..

— TOUS CEUX QUI ONT CRÉÉ CETTE BASE, QUI L'ONT INSTALLÉE, QUI Y SONT AFFECTÉS, ONT DÛ ACCEPTER D'Y ÊTRE SÉQUESTRÉS ET DE SE RETRANCHER TOTALEMENT DU MONDE DURANT DEUX ANS, SANS MÊME POUVOIR AVERTIR LEURS PROCHES!..
— ?!?!

— MOI-MÊME J'AVAIS ÉTÉ DÉSIGNÉ COMME PILOTE POUR AMARILLO. LE SOIR OÙ NOUS DEVIONS DÎNER ENSEMBLE, J'AI DÛ SUR UN SIMPLE SIGNAL QUITTER SÉANCE TENANTE À LA MINUTE, SANS MÊME POUVOIR VOUS PRÉVENIR!..
— MAIS... POURQUOI UN TEL SECRET?...

186

Le coin du collectionneur : PILOTE D'ESPACE !

Victor Hubinon n'avait pas pu participer à la tournée effectuée par Jean-Michel Charlier sur les bases aérospatiales américaines. Il prit sa revanche, à sa façon, en concoctant lui aussi une histoire de conquête spatiale, qui ne devait rien à la plume de son complice habituel et où, avec son sens aigu de l'humour, il se caricaturait et pastichait lui-même ses héros devenus célèbres.

PILOTE D'ESPACE

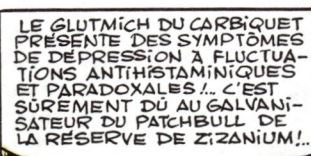

ET 4 MINUTES "L" PLUS TARD...
BUCK!...J'AI LE CONTACT AVEC AXP!... HUM!... VOYONS LES CARACTÉRISTIQUES... ATMOSPHÈRE IDENTIQUE À LA NÔTRE, TEMPÉRATURE IDENTIQUE, PESANTEUR IDENTIQUE!... TOUT ÇA ME PARAÎT OKAY!...
NE POUSSE PAS TROP LA VITESSE, BUCK!... LE CALENDRIER CHAUFFE!...
MER CALMÉE
OCÉAN PÉTULANT
2e CHAÎNE ANT 2
VOILÀ!... NOUS NOUS POSERONS AU COEUR DES MONTAGNES ROUSSES!...
MONTAGNES ROUSSES
FLEUVE HÉSITANT
CHAÎNE DE TRANSMI
1e CHAÎNE. TF1.
AXP 1245
QUELQUES INSTANTS APRÈS...
ASTÉROÏDAGE ① CORRECT!...
SONNY!... ÉQUIPE-TOI ET VA CONTACTER LES AUTORITÉS!...
USS-S.71
①: EH BIEN, OUI!... POURQUOI PAS?...
APPAREMMENT, IL N'Y A PAS FOULE, DANS CE COIN!...
BSF. 2 A
EH BIEN, VOILÀ!... IL N'Y A RIEN NI PERSONNE!... PAS D'AUTORITÉS NI MÊME DE SYNDICAT D'INITIATIVE!...
C'EST BIZARRE!
?!?!... DES EMPREINTES DE PAS?!... IL Y AURAIT DONC DES INDIGÈNES DANS CE COIN...
...MAIS PAS TRÈS ACCUEILLANTS, SEMBLERAIT-IL!...
AHEM!
?
QU... QUE... QUI... OH!... OOH!... OOH!
CLONK
BUCK!... TUMB! MAMAN!
HEM!
BSF. 2 B

190

NE TENTEZ PAS DE FUIR!...VOUS ÊTES SURVEILLÉS!...
?
NON, MAIS...
?!
IL N'EST PAS LE SEUL, DITES DONC!...ON A DÛ LES FAIRE AU DUPLICATEUR!...
OUVREZ!
NASA
NASA
Ô SPLENDEUR FLAMBOYANTE!...Ô DIVINITÉ SANS PAREILLE!...Ô IMPÉRATRICE IMMORTELLE!... VOICI VOS PRISONNIERS!...
OH!..NON!...PAS ÇA!...
BSF. 4 A
MAIS...C'EST ELLE!...
BEN OUI!.. C'EST ELLE!..
LADY X!
NASA
APPELEZ-MOI JEANNE D'X, J'AI SAUVÉ CETTE PLANÈTE!...
ELLE ÉTAIT EN DANGER?...
NON!..MAIS CELA M'A QUAND MÊME PERMIS D'EN DEVENIR L'IMPÉRATRICE!
ET QU'EN PENSE LE PEUPLE?... JE VEUX DIRE...CES "COPIES"?...
LES ESCLAVES-ROBOTS?...CE SONT LES SEULS HABITANTS!... JE LES AI FAIT CONSTRUIRE À VOTRE EFFIGIE, COLONEL!... JE NE VOULAIS PAS VOUS OUBLIER ET ÇA M'AMUSE BEAUCOUP DE LES FOUETTER!...
CETTE HISTOIRE D'X ME PARAÎT SUSPECTE!...
JE VOUS PRÉSENTE MON GÉNIAL INGÉNIEUR!...CELUI QUI A RÉALISÉ EN MATIÈRE PLASTIQUE ET TRANSISTORISÉ TOUS LES PANTINS QUI NOUS ENTOURENT...
...LE DOCTEUR NOCK!...
BSF. 4B

PRINTED IN BELGIUM BY proost INTERNATIONAL BOOK PRODUCTION

27
27
51
3
6603
BELL
USAF
0101
FU-101
12061
NAVY
GA
147863
105
3215
3
NAVY
306
AB
9107
NAVY
261